华阳公主

秦始皇的女儿华阳公主，心地纯净，淑美无双。她与燕国义士高渐离上演了一场曲折离奇、揪心裂肺的爱情悲剧，在秦皇一统天下的时代风貌的映衬下，更显出厚重的历史感。人物生动，情节跌宕，激扬的情感与壮阔的场面相呼应，通俗性、可读性和文化意味夹杂其间，令人难于释卷……

小白菊・著

目　录

第一章

歌女受困临淄

战国时代，齐国的都城临淄，是一个有七万余户居民的大城市，它不仅是一个繁荣的经济都市，更是一个著名的音乐之城。在那里，几乎人人都会弹琴唱歌。平日，每到傍晚，大街小巷歌声不断。遇上年节或喜庆日子，十字街头、大街两旁，搭起座座歌台，台上摆满了钟、鼓、竽、笙、筑、筝、琴、箫等各种乐器。只等日落西山，月上柳梢，在一片烛火灯光中，表演者依次登台。他们穿着最漂亮的衣服，欢快地敲钟、鼓瑟、吹竽、击筑。在乐曲的伴奏下，或独唱，或对唱，或合唱，一曲接一曲，一首又一首，直唱到三星高照，东方欲晓方罢。

这些琴师、鼓手、歌手中，大都是业余爱好者，但也不乏专业演员。他们以自己的一技之长，在各个舞台上演出，除了获得阵阵掌声、喝彩声，往往台下还雨点般向他们掷来钱币；即使那些蹩脚的末流演员上台，水平不高又连连失误，台下观众也能报以善意的笑声或同情的叹息，他们从未不会怪声怪叫地喝倒彩。因为临淄人个个都有登台表演的经历，尝过登台表演的滋味，所以，对表演者都特别宽容。他们不仅把钱撒向表演优秀者，就是一般表演者也能得到丰厚的报酬，所以，在这里谋生要比在别处容易得多。于是，这里不仅聚集了全齐国最优秀的音乐家，就连燕、赵、秦、楚、韩、魏以及外域的音乐家也向这里集中。一时间，临淄成了中华大地的音乐中心。

在众多歌手中，有一位名叫韩娥的女歌手名声最响，整个临淄城无人不知、无人不晓。只要提起她，每个人都能说出一段听了她的演奏后的美妙感受。

使韩娥成名的那次演出，是在齐国相国田文府上进行的。

当韩娥刚刚踏上相府那高大辉煌的舞台时，台下的观众并不感到她有什么特别。一个二十七八岁的女子，姿容说不上艳丽，衣着也不算豪华，只是眉宇间稍稍露出几分高贵。一领紫色大氅，头系一条鲜红的纱巾，怀中抱着一张筑，轻移脚步，缓缓走向舞台中央。而后，解下大氅，露出红衣红裙和衣裙下丰满的身体。她面带笑容地向台下行礼后，便坐在一张桌子后面，把调好的筑轻轻放在桌子上，又轻轻拨弄了几下弦。然后，她从筑的不知什么地方抽出一根竹片，轻轻敲击着筑弦，只听一片锵锵嚓嚓的声音在大厅上空回响，向四面散开了去。

看她的筑，也并没有什么特别，颈细肩圆，似筝非筝，十三根弦整整齐齐地铺在上面。看她击筑，也是左手按弦，右手执竹片敲击，并无与众不同之处，然而那声响、那节拍、那音律，却别有一番韵味。

她先击了一曲《玄鸟》，那乐声恰如一只燕子突然从云中飞下，左旋右旋，上下翻飞，边飞边唱，呢喃啁啾。低语如情话，高唱如情歌。而后，做了几个大幅度的旋转，嗖地飞向天际，渐渐消失在迷茫的天宇。这时，筑声若断若续、若隐若现，其轻如雪片飘落地面，如细雨滴打芭蕉。少顷，筑声渐密，犹如那飞入云中的头燕子带领燕群从天而降，欢叫着扑向大地。无数只燕子忽上忽下、忽疾忽徐地飞舞着、欢叫着，好像就在头顶，就在眼前，待人们上下左右去寻时，却已飞得无影无踪，只感到有一阵风迎面扑来，分明是那群燕子带起的。

一曲终了，全场一片寂静，随后发出一阵暴风雨般的掌声和叫好声。

接着，韩娥击了一曲《大厦》。

传说古时洪水为患，先王舜任命鲧治水，鲧用堵的办法，未能制服洪水。舜杀鲧，任命他的儿子禹治水，禹用十年时间，日夜操劳，不敢稍懈，三过家门而不入。他又吸取父亲筑堤堵水失败的教训，采取疏导的办法，凿开龙门，疏通三江五湖，使洪水通畅地流入大海。人们为了欢庆治水的胜利，歌颂禹的功绩，创作了音乐歌舞《大厦》。

演奏开始，韩娥便大幅度、大力度地拨动、击打着筑弦，如山洪暴发，如江河决堤，那张不大的筑，竟发出震天动地的声响，好像屋顶在抖动，天地在旋转，山峰在倾斜；同时，隐约传来孩童的啼哭，父母的呼喊，以及百兽恐惧的吼叫，万鸟惊慌的哀鸣。

顷刻间，筑声转换成激越昂扬的音调，如千万人抬石压夯，挖山凿石；又如无数勇士冲锋陷阵，杀奔疆场。其间，分明传来壮烈的拼杀声，雄壮的呼喊声，严厉的命令声……

接着筑声渐缓，节奏趋于平和，如溪水淙淙，如秋风习习。其间，似有牛羊的咩叫，鸟兽的欢鸣，并夹杂有人们的欢歌笑语、嬉闹戏谑，一派和平安静的气氛，分明是人民治服洪水后在享受幸福宁静的生活。

最后，筑声由平和欢快变为低沉哀怨，如泣如诉般讲述着大禹治水过程中一段动人的爱情故事。

故事的女主人公是年轻姑娘涂氏，她崇拜禹的英武和智慧，喜爱他的宽广和热烈，而禹也爱上了涂氏的美丽和善良。每当他治水经过涂山（据考，涂山即今浙江绍兴）时，两人相见，互诉爱慕之情，情意绵绵，难以割舍。然而，禹治水常常巡行在外，涂氏便站在涂山上唱着她所作的《候人兮猗》的情歌，等待禹的到来。

思恋的筑声如清泉缓缓地从韩娥手中流出，两个反复后，只见韩娥轻启朱唇，一阵清脆鲜嫩、令人心摇神荡的歌声传来：

我站在涂山之东兮，
望红日之高升。

极目远眺什么都看得清，
却未看见我心中的神。

我站在涂山之南兮，
山连山岭接岭。
心中的人啊，
你在哪座山间巡行！

我站在涂山之北兮，
莽莽雪原尽收眼底。
哪怕是相距千里。
我也能认出你的身影。

我站在涂山之西兮，
见残阳徐徐下坠。
太阳落山有再升的时候，
我的人啊，你为何不归？

一曲唱罢，台下众人如痴如醉，直到韩娥笑吟吟地抱着她的筑准备下场，人们才醒悟过来，呐喊着，吆喝着，请求着——

"唱得好！"

"太精彩了！"

"再唱一曲吧！"

……

韩娥一再谢幕，笑着退下台去。

可是人们却迟迟不愿散去，散去了的在家中也辗转反侧，难以入睡，耳边的音乐搅得他们坐卧不宁，这其中还包括相国田文。

第二天清早，田文和他的众多食客不唤自来地聚集在韩娥击筑唱歌的大厅里，他们明明听到韩娥的歌声还在大厅中回荡。

"难道我的耳朵有毛病？"田文望着那空荡荡的大厅说。

"相国的耳朵哪会有毛病，我们也明明听见她的歌声。"食客们说。

"真是太奇怪了，大家仔细看看，那声音是从什么地方传来的？"

"好像是从墙壁里。"一个食客说。

"不对，是从屋顶上。"另一个食客说。

田相国和他的食客们寻找着，讨论着，议论纷纷但莫衷一是。

如是者三天。

最后，他们的结论是韩娥的歌声已达到如此美妙感人的程度："余音绕梁，三日不绝。"

这种赞美歌者技艺高超的说法，一直沿用至今。

在相府演出后，韩娥名声大震，各衙门、行帮、街里，纷纷前来相邀。韩娥演出不断，日进斗金。但她是个豪爽大度的女子，所得钱财，除自己日常开支外，其余全部济贫救困。但凡朋友有求，她从不吝惜。

在临淄演出大半年后，韩娥应邀前往其他国家演出。一时间，她的歌声传遍了中华大地。

战国时期是个战争的时代，七国间为了争雄称霸，今天你打过来，明天我打过去；昨天甲国联合乙国攻打丙国，今天甲国拉拢丙国进攻乙国，明天乙国团结丙国攻打甲国，杀得一片混乱，难解难分。于是，百姓四处逃难，流离失所，如无根的浮萍，到处流浪。

这不，韩娥正在楚国演出，打起仗来了，她赶快避向韩国；没几天，韩国也被卷进战争，她又流亡到赵国；现在，赵国也打起来了，她又回到齐国。但是齐国正在备战，与韩国、魏国联合，准备攻楚。临淄城一派慌乱和紧张，谁还有兴致来听音乐？

齐都临淄雍门外有个繁华的市镇，镇上有个像模像样的客栈。当初，店主见著名歌手韩娥前来打尖，拱手相迎，殷勤接待："能接待您这样的贵宾，实乃小店之荣幸。"店主一面笑迎韩娥，一面吩咐店小二："快把韩大姐的行李搬到楼上特等客房，好生伺候……"

因为兵荒马乱，很少有人请韩娥演出，她身上的银钱渐渐用尽，把首饰及贵重衣物卖的卖当的当，维持了一阵，再也敷衍不下去了。因欠了几日房租，店家便说："韩大姐，这楼上挺不方便，请您搬到楼下去住吧。"

不等韩娥同意，两个店小二就把行李搬下楼去了。

韩娥在临淄也有几个朋友，但多已逃往外地，剩下的则自顾不暇，有所接济也甚微薄。于是过些时候，店主又说了："韩大姐，后院有间空屋，挺安静的，劳驾您搬到那里去住吧。"说罢，两个店小二提起韩娥剩下不多的行李，来到后院的一间小屋，丢在炕上就走。

面对这间阴暗、潮湿、破旧不堪的小屋，韩娥本想一走了之，但转念一想：自己身无分文，离开这里又到何处安身？何况现在各国都在打仗，自己唯一所长的音乐又只能在太平年景才有用武之地，不如忍下一时之气，待战事平息了，在音乐之都的临淄是可以住下去的。自己现在还不满四十岁，说不定今生还有一次辉煌。眼下，自己又在创作新曲，需要的是时间。好歹已经有了一个安定的住所……想着想着，她觉得眼前的路很宽，也就放下烦恼，着手收拾那间小屋。

不到一个时辰，一间乱糟糟的小屋就被打扫得干干净净。然后，她打开包袱，整理清点衣物。仅剩下的几件衣服已十分破旧，她把它们整整齐齐地叠好。她又打开一个小小的绣花布袋，轻轻从里面取出一只洁白的玉镯。她抚摸着，叹息着，自言自语地说了句："我等你已整整二十年了，你到底在哪里啊？"

收好了玉镯，她从布套里取出她的筑，用布细细擦拭，又一根根调好弦，轻轻拨弄着，吟唱着。但唱的什么，也听不清，只觉得哀怨婉转，缠绵悱恻，听了心里堵得慌。

韩娥在她的小屋里只安静地度过两三天，店主又来了。一见面就问："韩大姐，你欠的房钱什么时候还清？"

"老板，实在抱歉，过几天平静些，我到城里活动活动，一有演出收入，我就一文不少地奉还。"

"你看这战事能马上停吗？猴年马月我能讨到你的房钱啊？"

"老板，请您放心，我韩娥绝不会赖账，一定有还清的时候。"

"韩大姐，不是我不相信，我手头实在是太紧。这样吧，我看你一时半会儿也还不了这笔账，我给你出个主意你看中不中……"

"只要能让我渡过难关就行。"

"我看你有这么副好嗓子，不如到城楼上给那些当兵的唱唱小曲，陪他们开开心，你还会缺钱用吗？……"

"住嘴！你把我看成什么人了？"从来也难得发火的韩娥，气得浑身打战，指着门说："你，你给我滚出去！"

"韩大姐，我可是为了您好，叫我滚，我就滚，您可别后悔……"

当韩娥还没有从气愤中缓过气来时，两个店小二便闯了进来说道："韩大姐，我们奉店主之命来收住店钱，今天如果交了便罢，要是没钱，就请您把衣物留下，另找住处。"说罢，不由分说，抢了包袱，又来拽人。

"老板"，韩娥对着店小二身后的店老板说，"为人做事也别太绝，我只不过欠你这一点住店钱，你便如此凶狠，恐怕也太过分了吧！我马上就走，我的所有东西，除了那张筑和包袱里的一个小物件，全给你抵房钱，你看够不？要是不够，我立个字据，以后一定奉还。"

店主上前几步，向韩娥拱手笑道："真对不起，失礼了。"说着，便来抖她的包袱，一件件衣物估算着价钱说："你这几件破旧衣服价值几何？"当他从绣花衣布袋中取出玉镯，反复看了后说："这东西还能卖几个钱,不过,也不够房钱。”说着便揣进自己口袋。

“那是我的要紧物件,你不能要。”韩娥说着急了,要去夺回来。

店主一手挡住,同时东张西望着。他指着挂在墙上的那张筑对小二说:“那破筑也能抵几文钱。”

韩娥制止说:“店主,那是我的命根子,你不能拿走!”

店主笑道:“韩大姐,你说的两件东西我都可以不拿,我也可以不撵你走,只是,你要依了我的建议,去城楼上唱小曲,如何?”

“不去,饿死我也不去!”

“那好,从今天起,就请您到别处住宿。小二,把韩大姐送出去!”

两个店小二答应一声,便来拖韩娥。

“放开,我自己会走!”

韩娥大步走出客栈店门,回头望去,见那筑被店小二“哐啷”一声丢在地上,她好不心疼。那张跟了她二十多年的筑,与她一起经受了多少荣辱与悲喜。她父母早逝,自己尚未嫁人,世间没有一个亲人,那筑就是她的亲人;她没有儿女,那筑就是她的儿女,她怎能轻易舍弃它。然而,她现在却不能不舍弃。她要在与它告别前再去抱抱它,亲亲它。于是她飞快地转过身去,扑向那筑,把它紧紧地搂在怀里。

店主以为她要抢回那筑,便过来夺。但韩娥抱得太紧,一时竟夺不过来。他骂道:“好不要脸的泼妇!”手一松,又顺势一推,韩娥站立不住,跌倒在地,那筑撞在额角上,顿时鲜血迸出,染红了大半个脸。

见伤了人,住店的客人就开口了——

“只不过欠了几个住店钱,就这么对待一个女子,也太不近情理了。”

“店家如此狠心,简直枉披人皮。”

“店家伤了人,要赔汤药钱!”

……

这时,一个穿着整齐的十二三岁的少年走上前来,先把韩娥扶起,又从怀中取出一块白布,把她额上的伤口压住,再找出布条为她包扎伤口,还顺手揩去了她脸上的血迹。做完这一切后,他从衣袋里摸出一把刀币丢在店主面前说:“这些,够还你的住店钱吗?”

店主见钱眼开,笑着拾起刀币,说道:“够了,够了……”

韩娥睁开昏昏沉沉的双眼,挣扎着坐起来向少年微微点头表示感谢。她想站起来,但未能成功,那少年急忙把她扶起。

韩娥一手抱着筑,又接过店小二送回的包袱和店主送还的玉镯,另一只手扶着门墙,稳了稳脚步,便跨出门去。

“大姐,你不能就这么走,叫他医好了再走。”

“不能就这么便宜了他!”

众人纷纷说。

韩娥摇摇头,颤颤巍巍地走出店门,但在下台阶时,又差点摔倒。那少年跨前几步,把她扶起,又从她手上接过筑,问道:“阿姨,您要去哪儿?”

“我,我准备去赵国。”

“我也准备去赵国,您坐在这儿稍等,我去取了行李咱们一道走,路上也好照顾阿姨。”

“好,难得有你这么热心的好人,我等你。”

那少年快步回到客栈,付了房钱,取了行囊,走出门来不觉一阵头晕,心中也觉得闷得慌。他感到奇怪,自己从来没有这些毛病呀!稍稍清醒后,他才觉得这毛病与耳朵听到的声音有关。

越往前走,他听得越清楚了,那是一曲哀怨的歌:

我本弱女子,
流落在异邦。
举目无亲友,
被逐在街巷。
皆因囊中羞,
命运落千丈。
昔日挥金处,
而今已颓唐。
呜呼人间事,
好不费思量。

如泣如诉的歌声伴着若断若续的击筑声,听得人肝肠寸断,脑涨欲裂。少年循声找去,见一堆人围在街边,那歌声正是从人堆中传出来的。他拨开人堆,但见刚才被撵出客栈的阿姨正在那里击筑唱歌。少年吃惊的同时,突然想到平时常听到的一个名字——韩娥!

这少年也非等闲之辈。他出身贵族之家,从小学文习武,粗通音律,且走南闯北,见过许多世面。这次来齐国,还负有一项特殊使命。他便是以后在历史上大出风头的高渐离。

高渐离在流落到赵国时,与作为人质的秦国王孙异人之子嬴政结为生死之交。异人见高渐离聪明伶俐,忠诚可靠,视为心腹,常派他去各地刺探情报。这次他被派到齐国,完成使命后准备启程回赵国。

高渐离路上悉心照料韩娥，又向她请教音乐。韩娥见少年聪明实在，又对自己这么好，就把击筑的技艺诀窍教给他，又教他唱歌。高渐离感到从来没有这么快乐过。

两人边走边唱，也不觉得累。只是走得慢，三天才走了一百多里路。高渐离有点急了，说："韩姨，照我们这样走法，什么时候才能走到赵国？"

韩娥笑道："我还嫌快了哩。"

"您这话是什么意思？"

"我们还要回去一趟，走快了，岂不要走更多的路？"

"您还有什么事情没办？那不如现在就往回走。"

"不，会有人来接我们，估计快到了。"

高渐离更摸不着头脑了。

韩娥问道："你不是说头昏脑涨心里难受吗？现在好了没有？"

高渐离摸摸头，揉揉胸，说："是呀，怎么就好了。"

"可是镇上人的头昏脑涨心里难受的病没好，要等我回去治哩。"

"您还会治病？"高渐离奇怪地问。

韩娥微笑点头。高渐离更佩服了。

两人说着说着，只听身后一阵马蹄声。回头一看，有数骑快马向他们追来。但听马上的人老远就喊："韩大姐请留步……"

几匹马跑到韩娥面前，马上的人勒住马头，滚下马鞍，纳头便拜。韩娥见了说："快快请起，有什么事请讲。"

"韩大姐，劳驾您回去一趟。"

"还欠你们饭钱，还是住店钱？"韩娥笑问。

"韩大姐休要取笑，只因前天您走后，我们镇上的人个个头昏脑涨心里难受，整日愁眉苦脸如丧考妣。几天看不到笑容，听不见笑声。后来大家找原因才知道是您老人家临走时唱了那曲悲哀的歌……这都怪我们镇上的人有眼无珠，还望您老人家大人不计小人过，回去唱几曲快乐的歌，把悲哀唱跑，把欢乐给我们唱回来。"

高渐离听了，恍然大悟，便说："韩姨，咱们不回去，让他们悲哀去，谁叫他们那么刻薄的！"

来人听了，忙向高渐离作揖，说："请公子大量，请公子大量。"

韩娥说道："此事怪不着镇上的人，只怪那个店老板。"

"店老板自知理亏，正在准备丰盛的家宴，要当众向您赔罪。"

"好，看在全镇百姓的分上，咱们回去一趟。"

韩娥和高渐离换上来人的快马，半天工夫就回到镇上。

高渐离早就听说韩娥的歌声有“绕梁三日，不绝于耳”的奇迹，没想到还能使人哭，让人笑，叫你悲，叫你喜……他骑马走进市镇，果然见街上行人个个愁眉苦脸；抬头看天空，连太阳都变得惨白；道旁的柳树，也没了绿意；鸡不叫，鸟不唱，全镇笼罩在一片死寂之中。

市镇上的人们早就做好迎接韩娥的准备了。镇上有头脸的人物恭候两旁，夹道相迎。店主则亲自上前，牵过韩娥的马，扶她下马，然后陪同韩娥去客栈的厅堂上，请韩娥上坐，店主在一旁拱手谢罪。接着，摆上酒宴，众人纷纷向韩娥及高渐离敬酒，一再表示忏悔之意。

宴罢，韩娥在众人簇拥下，登上新搭的歌台。韩娥高坐在歌台的琴桌后，稍稍活动了下手指，便轻舒玉臂，一手轻盈地拨弄着筑弦，一手执竹片在筑弦上敲打，顿时，欢乐的乐曲如一阵清风向台下人群飘去。随着乐曲节奏的加快，人们如冻结的冰雪遇上春风，如板结的土壤淋上春雨，开始融化了，酥松了，丝丝笑意开始在人们脸上出现了……

再抬头看天，阳光由惨白变得透红，镶着红边的朵朵白云也为欢乐的歌声所打动，一丝不动地停在空中；近处的杨柳轻轻摇摆，远处的树林瑟瑟作响；百鸟在韩娥的头顶上飞舞，和着筑声欢快地鸣叫着。

筑声渐渐变得缓慢，变得悠扬，代之而起的是韩娥高昂快乐的歌声：

春风习习，
杨柳依依。
于时言言，
于时语语。
风兮雨兮，
闪电雷鸣。
吾击筑兮，
众人歌兮。
吾引吭兮，
众人和兮。
歌兮和兮，
乐无边兮。

韩娥唱着唱着，台下的人也都跟着唱了起来，跳了起来。不论衰翁孩童，老妪少妇，贩夫走卒，村夫农妇，全都欢歌雀跃，手舞足蹈，如醉如狂。台上台下，沉浸在一片欢腾之中。

高渐离看得呆了，他决心拜韩娥为师，做一个像她那样的音乐家。

华阳公主

第二章

吕不韦计赚西秦

秦昭王四十八年,即公元前259年初春,在赵都邯郸流传着一个奇闻:一匹牝马生了个人。有亲眼看见的人说,是个男孩,生下来还哭了几声才死去。后来越传越奇,说那孩子生下来口吐人言,见风就长,口如血盆,眼似铜铃,满身是毛。幸遇一道长,口中念念有词,举剑劈成两半,才化作一股青烟飘逝。不然,要是长大成了气候……

恰恰这年初春,作为人质留在赵国的秦王孙异人的夫人赵姬生了个儿子。秦国人祖先姓嬴,这孩子生在正月,便取名为嬴政。

嬴政出生得实在不是时候,因为头一年秦国正与赵国打仗,赵国败输,作为人质,秦王孙异人日子自然不好过,甚至有性命之忧。幸好遇上一个大商人吕不韦,他用大把金钱帮异人四处活动,不仅使他转危为安,还使他从此大踏步走上秦国君主的王位。

吕不韦是个有政治野心的商人,他不满足于自己家财万贯、良田千顷、妻妾成群的安乐生活,他认为这些比起权力来,通通微不足道。他想当官,当大官,大到宰相甚至更大。只要手中有了权,天下什么好东西捞不到?

早在几年前,吕不韦就看中异人这个"奇货"了。

一天,他去拜会异人。因为他曾资助过自己,异人对他十分客气,宾主坐定后,异人说道:"吕先生,你我素昧平生,却在我危难之时极力相助,使我现在的日子好多了。我不知道该怎么感谢你才好。"

"王孙不必客气,你我君子之交不言利,我之所以愿意为王孙尽点菲薄之力,一则因为我们是至交,朋友有难,当拔刀相助;二则,还有个为秦国、为中华神州的长远打算……"

没等吕不韦讲完,异人便打断他说:"你的话,请讲明白些。"

"其实,王孙应该懂才对。"

异人对吕不韦所言并非不懂,只是他感到自己不是嫡出,又没有靠山,想有作为也难以办到,便说:"愿闻先生高见。"

"那好,我就向王孙直说。"吕不韦故意压低声音对异人说:"令祖父秦王年事已高,令尊是太子安国君,老秦王驾崩后将会继承王位,那以后的太子将是谁呢?王孙想过吗?"

"我,我未敢多想……"异人嗫嚅着说。

"是的",吕不韦继续说,"你有兄弟二十多人,你非嫡出,又居中;因长期在外当人质,不为令尊所了解。据说,令尊最宠爱的是华夫人,但她没有儿子。依愚下之见,若能取得华夫人好感,让她收你为嗣子,那太子的位置就是你的了。以后嘛,顺理成章,秦国的王位,就归你了……"

异人大喜,说道:"先生果然高见,只是说来容易,做起来难哪!"

“王孙放心，只要您同意我的计划，一切我去安排，只是……”

异人知道他下面要说什么，不等他说出来，就慷慨地说：“我同意你的计划，要是将来一切如愿，秦国的江山有你一半！”

“好，我们一言为定。”

“绝不食言。”异人说罢，两人都伸出右手，重重击了一掌。

说干就干，吕不韦立即变卖了家产，筹集了一大笔银两。他先分一半给异人，对他说：“你用这些钱来广招门客，多兴义举，拉拢各方面有势力的人物，以提高自己的声誉。另一半钱财，我用来采购珍奇古玩，去秦国活动，一定让你将来当上太子，进而当上国君。”

异人依计而行，将吕不韦给的钱财用来搜罗门人，贿赂赵国官员，还办了不少扶危济贫的好事，果然声名大振。

吕不韦则押着满车的珍宝西去秦国，一一打通关节。

最后，他终于见到华夫人，向她进言道：“古人云：以色事人者，色衰则爱弛。夫人今蒙安国君宠爱，但美中不足的是没有亲生儿子，如果不趁现在受宠的时候选定一个贤明孝敬的子嗣准备将来继承王位，以后安国君一旦晏驾，夫人必然失去权势。俗话说，花在开时深扎根，请夫人勿失时机。今在赵国做人质的王孙异人，一向对夫人十分敬重，现在托我向夫人敬献珍宝，一再问安。他在赵国招贤纳士，声誉日隆，常叹息自己命运不济，不是夫人所生，有心把夫人当靠山。如果夫人立他为嗣，他一定会把您当成亲生母亲一样孝敬，将来夫人的地位不就稳固了……”

吕不韦的这番话果然说到华夫人的心坎上，当夜，她就对安国君吹了一阵枕头风。安国君同意立异人为嗣，并刻下玉符为据，又赐给异人许多钱财。异人有了名分，有了靠山，地位一下子就改变了。他感激吕不韦的帮助，称他为兄，以示亲密无间。

吕不韦在实行改变异人地位计划的同时，也在实行一套改变自己地位的计划。

这天，他请异人到家中饮酒。酒至半酣，异人见一绝色女子从里屋走出来向他劝酒。他被她的美丽打动了，忍不住与她眉目传情动起手脚来。他见吕不韦酒醉伏案酣睡，便放肆拉着那女子不放。那女子佯装挣扎，不意打翻了酒壶，吕不韦惊醒后见状立刻变色道：“身为王孙，你怎么能这样？想我吕不韦为了你倾家荡产在所不惜，你能有今日，全靠我的奔走，可为何如此对待我的心爱之人？”

异人自知理亏，立刻拱手赔罪：“我酒后失态，还望兄长见谅。”

但异人是个爱色如命的人，他见那女子如此姣美，实在难以割舍，便不顾自己的身份，向吕不韦跪下求道：“吕兄的恩惠，我没齿不忘。只是，只是这女子太迷人了，没有她，我不知道这日子该怎么过。望兄长好事做到底，就把她送给我吧！"

吕不韦沉吟片刻，叹口气说："这女子本是我很喜爱的歌女，名赵姬，你既然看中了，我就把她送与你。我吕不韦为了你什么都舍得！只是她太好了，还望你不要亏待了她。"

异人见吕不韦应允了，便千恩万谢领着那女子回府去了。

其实，这完全是吕不韦的一个阴谋。

那赵姬早已与吕不韦有染，而且已怀孕在身，吕不韦便设了这个圈套，让异人把她带回府去。他想：将来如果赵姬生的是个男孩，如果又能当上太子，继承王位，自己就成了秦国的"太上皇"；退一步说，即使做不到这点，赵姬在异人身边，也是自己安下的一颗"钉子"；再说，因为把赵姬送给了异人，将来他登了王位，这关系不就更深一层了吗？吕不韦是个最精明不过的人，为了万无一失，他又安排赵姬学得一手哄过异人的本事，所以，异人至死都不怀疑嬴政就是自己的孩子。

没想到，从以后的事态发展看，历史简直成了吕不韦手上的一团任他捏拿的烂泥：异人果然继承了王位，成了秦庄襄王；赵姬所生果真是个儿子，以后立为太子，又继承了王位，成了后来的秦始皇；吕不韦当了相国，而且是秦始皇的"仲父"，其地位也与"太上皇"差不多。

当然，这些都是后话。

韩娥与高渐离离开齐国，晓行夜宿，到了赵都邯郸。韩娥自有人请她去演出，高渐离向异人复命后便去后院找嬴政。嬴政这时也十来岁了，与高渐离有很深的情谊，虽说是主人与门客的关系，却以兄弟相称。

"渐离兄，这一去几个月，让我好想。"嬴政见到高渐离，非常高兴。

"我也好思念公子。交了差便来看你，还给你带来件礼物。"

嬴政见他抱了一张筑，便说："要送我这张筑？"

"不，我是来给你献歌的。"高渐离说罢，便敲着筑唱起来。一曲唱罢，嬴政拍手道："没想到，才几个月不见，你就成为音乐家了！"

"公子，我来还有一事——向你辞行。"高渐离神色黯然地说。

"什么，你要到哪儿去？"嬴政问。

"我要跟我师父韩娥学音乐。"

"你不是说要当个纵横家，帮助我治国吗？怎么要去学什么音乐。"

"是的，原先我曾想当一个能治国安邦，能带兵打仗，能游说诸国的政治家、军事家、外交家。可是现在我不想了，因为干那些事伟大是伟大，但都要绞脑汁，费心机，用计谋；整日盘算如何打倒别人，控制别人；

是打，是杀，是强迫，是用刑。我不愿意看到那些，更不愿意去做那些。我要学音乐，因为音乐可以给人以快乐，使人忘掉忧愁；可以引人向善，洁人心灵，甚至可以治病救人……”

“这么说来，你以后再也不过问天下事了？”

“从事音乐不等于不问天下事。古人说：‘治世之音安以乐，其政和；乱世之音怨以怒，其政乖；亡国之音哀以思，其民困。声音之道，与政通矣。’我从事音乐是想让人们生活得更好，更有滋味，不也是从政吗？”

“几个月不见，就变得这么有学问了。那，我更不能放你走了。”

“公子，俗话说，匹夫不可夺其志。我是走定了。”

“要是我父亲不放你走呢？”

“你父亲那里我已说好，他说了，只要你同意，他就放我走。”

“我不同意，我舍不得放你走。”

“可是我不乐意，你硬留下我，岂不大家都不高兴？”

“那我们兄弟情谊你也不顾了？”

“不，这是两回事。今后公子有事召唤，我还是会来的，说不定那时我会为你做更多的事。”

“不管怎么说，我不放你走。”

“要是你强迫我留下，我会很不高兴的。”

嬴政听了，变脸说：“我不管你，只要我高兴就行。”

高渐离像不认识他似的看着他，也变脸说：“你这么说，我更要走了。”

两人不欢而散。

半个月后，高渐离不辞而别，跟着韩娥四处流浪唱歌去了。

之后不久，秦国再次发兵攻打赵国，邯郸被包围。赵国为了解邯郸之围，便把异人拘留起来，扬言说，秦军如攻城，便杀了异人。嬴政和母亲赵姬也被限制了自由。

吕不韦着急死了！要是异人被杀，他的全部计划和心血都将落空。于是他不惜花黄金六百万买通看守，把异人救出牢狱。又买通守城士兵，将异人送到城外的秦军营中，使他安全地回到咸阳。

异人逃跑后，赵王大怒，下令杀掉赵姬和嬴政。

高渐离随韩娥流浪卖艺，日子过得轻松自在，但他仍然牵挂着嬴政。高渐离是个重义轻利的人，与嬴政的那段友情他永远忘不了。当他听说秦军包围邯郸时，便对韩娥说：“师父，我要回邯郸。”

韩娥奇怪地望着他问道：“所有人都避之犹恐不及，你反倒要去？”

“师父有所不知，我与嬴政交情很深。现在秦军攻赵，他作为秦国人质王孙异人的儿子，处境一定很危险。朋友有难，我不能坐视不救。”

“好徒儿，你说得对。你去吧，路上要小心。来，把筑带上，也好做个掩护。记住，完事后到燕国找我。”

自从异人被抓走以后，嬴政母子整日处于惶恐不安之中。一连半个月，异人杳无音讯。最近两天，门口又加了岗，不准进出。嬴政感到凶多吉少。

这天黄昏，嬴政正在书房闷坐，忽听一阵筑声从远处传来。他一惊，莫非是他？顺着筑声，嬴政找到后花园。他知道墙外是条僻静的小巷。这时，筑声越加清晰，伴着筑声，还传来悦耳的歌声：

青青子衿，
悠悠我心。
纵我未往，
子不嗣音？

嬴政听了，果然是他，心中好不畅快：这个时候，他躲在我家后花园外的巷子里唱情歌，一定是要来搭救我。他静静地听着，听他唱了一遍又一遍，一连三遍都唱这三段。过一会，他又重复唱了三遍，直到听到有巡逻士兵过来把他赶走。

嬴政一切都明白了，他立刻告诉母亲做好准备，今夜三更翻墙逃跑。

刚刚三更，嬴政和母亲就悄悄来到后花园墙下，把准备好的梯子往墙上一靠，嬴政爬上墙头向下望，月光中只见高渐离和另外两个人向他招手。他转过身拉母亲上了墙头，说一声“母亲随后跳”，自己先纵身跳了下去。下面，高渐离和两个伙伴轻轻把他接住。

嬴政站稳后，示意母亲大胆往下跳。那赵姬哪里敢跳，但为了逃命，只有闭上双眼，身子一歪，向墙外滚下去。幸好下面人多，七手八脚地把她接住。但赵姬究竟是女流之辈，一向胆小，竟在落地之前惊叫了一声“妈呀！”正好被巡逻士兵听见，大吼一声：“什么人？”便操着长矛跑了过来。

高渐离见势不妙，让两个同伴先去抵挡，他领着嬴政母子转过几条闾巷，便消失在夜幕中了。

高渐离的两个伙伴见人已走脱，不再恋战，虚晃一枪，飞身上房，几个蹦跳，再无踪影。

秦军这次攻赵与往次夺城掠地大获全胜不一样，因统帅指挥失当被赵军偷袭了营寨，落得损兵折将大败而回。

邯郸解围后，高渐离护送嬴政及其母亲赵姬返秦。至秦边地函谷关前，高渐离向嬴政拱手道："公子，前面就是秦国地界了，我不送了。"

"渐离兄，一路上我多次相劝，请你与我一道回秦。我父亲现在是太子，将来必然继承王位。那时，立我为太子，你我早年的志向就都可以实现了。"

"我志不在此。何况，我与师父相约在燕国相见，岂能爽约？"

"你既然思念师父，不如我另派人去燕国把她接到秦国来。你是我母子的救命恩人，一路又精心保护、照料我们，我父亲一定会重用你的。"

"谢公子美意，此事不必再议，在下就此告辞，咱们后会有期。"

嬴政看实在挽留不住，只有道一声珍重，洒泪而别。

嬴政回秦国不久，曾祖父秦昭王病逝，祖父安国君继位，为秦孝文王。但他在位仅三天，就染暴病死了。史家认为这是吕不韦所为，他为了让子楚（异人回秦国后中，华夫人为他改名为"子楚"）早日继承王位，买通宫人在酒中下毒，害死了秦孝文王。

孝文王死后，子楚继承王位，称秦庄襄王。华夫人立为太后，赵姬为王后。吕不韦被任命为丞相，还被封为文信侯，赐食邑十万户。

秦庄襄王子楚在位仅三年便驾崩，嬴政继位，时年十三岁。其母赵姬被尊为太后，尊吕不韦为"仲父"。因嬴政年少，秦国军国大权全都掌握在赵太后和吕不韦手中。

一切都来得这么容易，照说，吕不韦该高兴才是，可是他更苦恼了。在他看来，来得容易的东西也必然丢失得容易，因此，还不如不得到为好。

吕不韦的苦恼不是没有缘由的。

比如，他现在真正戴上"太上皇"的桂冠了，该得意了吧？但不，他恨不得将这项桂冠连自己的脑袋一起砍掉！他后悔当初的荒唐。不错，那王位上明明坐的是自己的儿子，可是他会喊你一声"父亲"吗？你又敢喊他一声"儿子"吗？你敢去挑明吗？莫说挑明，甚至连一点风声都不能透露。如有半点透露，自己的前程乃至性命，全都会在顷刻之间完蛋。他感到他钻进了自己织就的网里怎么也钻不出来了。他甚至感到有几分恐怖，最后哀叹道："天作孽犹可违，自作孽不可活。"

这件事虽然使他苦恼，但他抱定宗旨不露半点痕迹，神不知鬼不觉地让它成为一个永远的秘密；可是与此相关的另一件事就更麻烦了，那就是太后的不时传唤。

起初,他还为庄襄王的驾崩而高兴,这下好了,他可以与昔日的情人重温旧梦了。可是,随着赵太后的频频宣召,自己经常出入甘泉宫,看到那些太监宫女们隐约露出的奇异目光他就心虚。有一次,他正好与进宫请安的嬴政相遇,嬴政问他进宫何事。虽然自己巧言支吾了过去,但嬴政那冷冷的目光、冷冷的声调传了过来,顿时使他一连打了几个冷战,以致那次与赵太后相聚,他兴趣全无,使她很不满意。"怎么,你像变成太监了?"羞得吕不韦无地自容。

吕不韦决定摆脱她。他从她那句"你像变成太监了"的玩笑话中得到启发,决定给她找个太监,整日在宫中伺候她,让她把自己忘掉。

咸阳城里有个无赖,人们也不知道他的姓名,因为他德行很坏,便都叫他"嫪毐"(音 lào ǎi)。他也不在乎,就以嫪毐为名,招摇过市。此人别无长处,唯一的能耐是能讨女人的欢心。吕不韦需要的正是这种人,便把他找来,对他说:"嫪毐,我看你年轻力壮,相貌堂堂,想委你一个差事。"

嫪毐听了,匍匐在地,连连叩头说:"谢大人栽培,只是小人文不懂诗书,武不会骑射,是个无用之才。"

"听说,你对付女人很有一套,是吗?"

"丞相莫见笑……"

"我就用你这个……"吕不韦说着,自己也忍不住笑,便假装咳嗽一声,压住已到喉头的笑声。"实话对你说吧,宫中赵太后身边需要一个太监,你就去吧。"

嫪毐听了,叩头如捣蒜,带着哭声求道:"大人饶了我吧,想我那点本事一旦成了太监就全没了。请大人开恩……"

"可是你不成为太监,那太后身边能让你去?"

"丞相大人,小人实在不愿当太监。"

"不过这由不得你。"

嫪毐终于成了太监,不过在吕不韦精心安排下,对他只做了个假手术。当他一身太监打扮被送进宫时,他心领神会,伺候得赵太后十分满意。

但是女人始终难以忘怀她的第一个情人。赵太后仍然经常召吕不韦进宫。于是他又想出另外的点子,撺掇嬴政将赵太后迁至咸阳二百里以外的雍城去住,以完全摆脱她的纠缠。

赵太后去了雍城,嫪毐随往。因为离京城较远,二人便无所顾忌,公然同居一室,如同夫妻,两年内生了两个男孩。他们还约定待嬴政死后让他们的儿子继承王位。赵太后又对嬴政说，嫪毐侍奉国母有功，应予奖赏。嬴政便封他为长信侯，把山阴一带的土地赐给他。嫪毐从此有了政治地位，他依仗太后，结交朝廷官员，大量收养门客。几年间，他的势力就超过了吕不韦。朝廷一些大臣也都投靠在他的门下。

面对这种局面，一向办事周密精细的吕不韦也感到棘手难办了。他觉得现在唯一的办法是找嫪毐作一次推心置腹的谈话，告诫他要收敛些，免得捅出娄子波及自己。他利用一次去雍城公务的机会与嫪毐作了一次密谈。

"嫪公公，"今日的嫪毐已非昔日可比，吕不韦对他说话的口气变得既尊重又亲切，"一向过得如意吧。看，又发福了许多。"

"全蒙太后照顾，托她老人家的福。"

嫪毐说了这句话后，两人便都沉默着。吕不韦想听他说下一句"也感谢相国大人的栽培"，但他缄口不语。吕不韦很不是滋味，心里骂道："小人得志，不可与谋。"脸上却带着笑说："是呀，太后对你很满意，还说我会识人。"

嫪毐本想说："太后接见你时我也在旁边，怎么没听见说这话？"但他忍住了，只报以讪笑。

吕不韦见他皮笑肉不笑的样子，心里有些发毛，但还是忍住了，他脸色变得很严肃地说："嫪公公，俗话说，月满则亏，水满则溢。请勿忘了自己的身份。还有，那两个孩子，也要妥善处理……"

嫪毐好久都没有听到有人以这种教训的口吻对他讲话了，听了，他感到太刺耳。哼，你吕不韦也想教训我，想控制我？你自己拿面镜子照照……他越想越气，便忍不住反唇相讥道："大人，多蒙指教。关于孩子嘛，我会照你那样处理得天衣无缝……"

吕不韦一惊。坏了，赵姬把什么都道给他了。赵姬呀赵姬，你那么机灵，那么聪明，怎么就不想想后果呢？女人，究竟是女人……

吕不韦觉得再谈下去会更糟，便含含糊糊说了句："我们各自珍重。"便拱手告别了。

吕不韦只觉得又钻进一层他自己编织的网，这个嫪毐浅薄无知，事情就会坏在他手上。吕不韦预感到已危在眉睫，要想个办法对付他。

吕不韦的办法还没想好，嫪毐的办法倒先拿出来了。他要吕不韦先尝尝他的厉害。

这天，嫪毐主动登门拜访吕丞相。

听说嫪毐登门造访，吕不韦心想：大概他回心转意，登门道歉来了，毕竟我还是他的恩人嘛。如果真是这样，再规劝他几句，只要他不捅娄子,相安无事就行。

“吕大人,恭喜呀恭喜!”嫪毐刚跨进门,就满脸堆笑,双手打躬,不停地道喜。

把吕不韦弄糊涂了。迎进嫪毐后忙问:“嫪公公,这喜从何来?”

“传太后口谕,秦王年已弱冠,到了大婚年纪,她说你的大女儿才貌俱佳,特命我来做媒。吕大人,您说,这不是大喜吗?”

吕不韦不听则已,一听,不觉一阵头晕:好你这个坏种,你明明知道嬴政是我的亲生儿子,却叫我把女儿嫁给他。如果答应,即使不拆穿,我也将抱愧终身;如果不答应,定会招致秦王不满,后果也很糟。什么太后的旨意,全是你嫪毐使的坏。他望着嫪毐,恨不得一剑劈了他!

吕不韦强忍怒气,笑道:“多谢公公一片好意,我本当立刻答复,但因小女尚年幼,且品貌皆差,恐有辱秦王……”

“吕大人过谦了,谁不知道您的千金是咸阳城有名的美人和才女。至于年纪嘛,她是辛未年腊月初七申时出生,再过两个月便是十六周岁了……”

吕不韦听了这话,对嫪毐只有佩服的分了:没想到这世上还有比我吕不韦更精细、更厉害的人。

他的脑子飞快地转动着:不如将计就计,答应下这桩婚事,亲上加亲,岂不更好?难道你嫪毐还敢拆穿?拆穿了,你是媒人,首先问你的罪;但转而一想:自己早就后悔与皇室的关系太深了,这样的关系越深,麻烦越多,危险越大,不如离远点好。再说,这嫪毐居心叵测,说不定有更可怕的阴谋隐在背后。但他一时又找不到更好的理由拒绝,便说:“谢公公美意,请转奏太后,三日后回话。”

“好,听候佳音。”嫪毐说罢,笑着告辞走了。

到了第三日,吕不韦终于找到一个好借口,他向嫪毐说:“小女从小拜她姨妈为母,不幸姨妈于上个月病逝,按祖制要守孝三年。”

嫪毐当然知道这只是借口,他说:“原来如此,不知者不为罪,请吕大人原谅。这喜酒先放放,三年后再喝。”

虽然这件事被吕不韦搪塞过去了,嫪毐还是感到无比痛快:先让你尝尝我的厉害,耗子咬牛尾巴,大的还在后头哩,你等着吧!

还没等到嫪毐把更厉害的手段使出来,一个要置他于死地的计划已在吕不韦心中酝酿成熟。

吕不韦明白,他的计划是不得已走的危险棋;但他更明白,在嫪毐咄咄逼人的气势下,他已无退路可走。走险棋总比坐以待毙好。

他已瞄准了一个绝好的机会。

第三章

剑，在秦王手中颤抖

秦王政九年，即公元前238年正月，二十二岁的嬴政举行加冠佩剑典礼。礼毕，带着一班文武大臣到雍城朝见太后，暂住祈年宫，准备春分大祭后返回咸阳。在这段时间里，朝廷上下要举办两次大型活动：一是祭祖，一是谢神。祭祖典礼在秦王到雍城后不久就举行了，谢神活动正在紧张筹备中。

谢神，主要是酬谢农神。由于农神的保佑，去年全国获得大丰收，普天之下，隆重庆贺，向农神致谢。已经过了年，春天开始了，又将播种了，祈求农神多加照顾，风调雨顺，六畜兴旺。除了农神，还有其他各路神灵，也将一一祭祀，请他们广施法力，逐鬼禳灾，保江山永固，百姓平安。

祭祖，纯粹是官方活动，虽然隆重，但规模仅限于王室和朝廷；谢神就不一样了，除了官方，还有民间参与。辛苦劳作了一年的老百姓，也借这个机会好好放松放松，想着花样玩耍，狂欢几个日夜。筋骨舒展了，精神畅快了，好投入新一年的劳作中去。对这些民间活动，朝廷还加以鼓励，有时，王公大臣们也参与其间，以示"与民同乐"。有他们参加，那气氛自然更加热烈了。

今年，是秦王嬴政亲政第一年，全国上下都以特别兴奋的心情准备这次谢神活动。秦王一再下诏，务必要办得隆重热烈，让全国百姓尽情欢乐，以示新王的宽厚与仁德。

祭神的仪式隆重热烈，由秦王嬴政主祭，先祭天神，然后祭农神、雨神、风神、水神、山神……一一祭祀完毕后，盛大的庆祝活动便开始了。

头戴面具，身穿奇装的男女村民，一队队从四面八方朝雍城涌来，锣鼓声、鞭炮声，震耳欲聋；各色彩旗间穿插走动着红男绿女，令人眼花缭乱。人们跳舞唱歌，尽情欢笑。入夜，火把点燃了，如一条条长龙在城里街巷间盘来绕去。

秦王在城楼上与大臣们饮酒观景，不时传下旨意，对表演者奖赏鼓励。城楼上，还准备了大筐钱币，大把向城下撒去，让百姓哄抢玩乐。

一些较低级的地方官员，也混杂在百姓之中与民同乐，带领百姓向秦王跪拜谢恩。

真正的高潮在下半夜，跳舞的男女们都取下面具，开始跳桑林舞，跳着跳着，各自选择如意的对象，跳到野外桑林树丛中尽情欢乐去了。

第二天，狂欢继续进行。稍有不同的是雍城和咸阳的欢乐人群互相交换场地，一队队边跳边唱边走，顺着大路向对方移动。雍城到咸阳相距二百里，为了让这些狂欢的人无食宿之虑，沿途每隔十里便设有一个接待站，里面酒池肉林，任人享用。又有供男女欢娱休息的场所，"男女皆裸，相逐其间，为长夜之饮"。如是者数日数夜，人人尽欢尽醉方休。

朝廷大臣们虽不参与这些“下里巴人”的娱乐,他们也有他们的玩法,最为通行的是饮酒赌博。祈年宫内的大郑殿上,几十张大餐桌上摆满了美酒佳肴供王公大臣们尽情享用,吃饱喝足之后可到偏殿去赌钱,打牌、掷骰、押宝、斗鸡样样齐全,任意玩耍。

相国吕不韦今天虽然陪秦王祭祀忙了一天,晚上又陪秦王到城楼上看节目,午夜后,他仍到大郑殿与众大臣喝酒猜拳,而后又到偏殿看王公大臣们赌钱。他这里看看,那里玩玩,替输家着急,为赢家高兴,快天亮才回府。

第二天晚上他仍然如此:先去大郑殿喝酒,再去偏殿观赌,至鸡叫三遍方归。

回府后他抓紧时间睡了个觉,便对手下一心腹说:“快去中大夫颜泄处一趟,请他到我府上叙话。”

颜泄这两天赌运不好,不仅把随身带的钱输个干净,连咸阳的一所宅第也输掉了,还欠下嫪毐一笔赌账。其时,他正在发毛,忽闻相府来人邀请他过府叙话,心中甚喜,便随来人去了相府。

见面礼毕,客套了几句,吕不韦便请颜泄入席饮酒。酒过三巡,颜泄忍不住问道:“相国大人传唤下官,不知有何见教?”

吕不韦笑道:“别无他事,只因见大夫这两日赌运不佳,请您过府饮酒叙话散散心。”

颜泄性格耿直坦率,对吕不韦所言深信不疑,欠身说:“谢相国关心。说起来惭愧,这两日实在背运,家当都快输光了。”

“我看嫪公公手气很不错,赢了不少钱!”

“别提他了!”三杯酒下肚,颜泄的话就多了,“虽然他身为长信侯,家财万贯,却是小人见识,赌场上输赖赢要,又凶又恶,那德行简直就是个无赖。”

吕不韦跟上说:“你说得对,他本是个无赖。其实,对这种人,你不必怕他,欺软怕硬的货!”

“奇怪的是,他的牌运就那么好,就没见他输过。”

“颜兄,你还蒙在鼓里。那牌,全有记号,张张他都认得,哪有不赢的?不信今晚再赌时把牌换了,他准输。”

“相国莫见笑,我已身无半文,哪里有钱去赌?”颜泄垂头丧气地说。

吕不韦站起来笑道:“这好办,我这里有的是!”说着便招呼左右,“快去账房取五百金来给颜泄大人。颜大人,你看够不?不够只管来取。”

“那,这么多钱……”颜泄惊喜中又有些许疑虑。

“你尽管拿去，输了算我的，赢了算你的。”

颜泄见吕不韦如此仗义，十分感动，走下酒桌，一揖到地，说：“谢相国大人，今后不论什么事，请大人吩咐，颜泄一定誓死效命……”

送走了颜泄，吕不韦等到傍晚时分，便穿戴整齐了去见秦王。

秦王正在祈年宫里审读文书，见吕不韦走来，问道：“仲父请坐，此时来有何要事？”

吕不韦说：“日前陛下要我提出伐赵统军将领的名单，臣已拟好，请阅示。”

秦王接过竹简一看，便说：“长安君成蟜早有二心，樊於期又桀骜不驯，为何专选他二人为统帅？”

吕不韦起身上前半步低声向秦王说：“我安排蒙赦、张唐为殿后总管，这样就万无一失了……”

“啊！”秦王若有所悟，说道：“好，就这么定了！”

吕不韦接着又说：“今天，是祭神第三天了，全国上下，一派欢乐。臣近两日去大郑殿与众人饮酒取乐，未见陛下光临，听说整日在宫中审读文书，躬操文墨，臣实在于心不安，故今晚特来宫中请陛下去各处游玩游玩，一则稍作休息，再则与诸王公大臣饮酒叙话，也算君臣同乐了。”

“你不说我倒忘了，好，说走就走，我们一起去大郑殿饮几盅，再去玩上几盘，说不定还能赢两个金元宝回来。”

颜泄身上有了钱，顿时气粗起来，先去大郑殿海喝了一气，遇见嫪毐便说：“嫪公公，在下还想孝敬您一些银钱哩，不知公公敢要否？”

“先把昨日欠的一百金还了再说。”嫪毐边大杯喝酒边说。

“当然当然，今日全是现金。请公公随我来。”

二人来到偏殿赌场，嫪毐叫身后太监取过牌来，二人便押下赌注斗起牌来。

一连几次颜泄都输了。

“公公，这牌怎么老向着您，我们换一副如何？”颜泄说罢，叫身后小斯拿出一副牌来放在桌上。

“怎么？”嫪毐立刻变脸道：“你怀疑我的牌有假？”

“不敢，几天斗牌都是用您的牌，今天用一次我的，也算公平嘛。”

“你是什么东西，敢跟我要公平……”嫪毐大怒，抓住颜泄衣领不放，口水直喷在他脸上。

“我是什么东西，整个咸阳城都知道。”颜泄本来性子就暴躁，今晚又喝多了酒，说话也就不管那么多了。

“好呀！简直反了！”嫪毐这几年春风得意，今晚也喝多了酒，便冲口而出说：“你这贼敢骂我，你知道我是谁吗？我是今王的继父！你敢跟我抗礼，我马上要了你的狗头！”

颜泄听了，大吃一惊，不敢再说，立刻溜出赌场。

也是凑巧，他刚出门走了几步便与一个人碰个正着。抬头一看竟是秦王，吓得魂飞魄散，连忙跪下请罪：“小臣晕了头瞎了眼，惊了王驾，请大王治罪。”

“你刚才和谁吵架，闹得乌烟瘴气的？”

“小臣刚才，刚才……”

“快说，吞吞吐吐的。到底跟谁？”

“跟嫪毐公公。”

“为什么？”

“不，不为什么……”

“不为什么会吵这么凶？”

这时，秦王身后走出吕不韦，他说道：“颜大夫，大王问你，你就直说。”

“大王，因为他的牌有假。”

“就为这个？”

“还有……”

“还有什么，快向大王如实讲来！”吕不韦鼓励他说。

“嫪毐公公说……”

“他说什么？”秦王紧问。

“小臣不敢说。”颜泄跪下连连叩头。

“大王陛下在这里哩，你大胆地说。”吕不韦给他打气。

“嫪毐公公说，他是大王的……继父……”

“什么?!”嬴政大吼一声，抽出佩剑，“你再说一遍！”

“陛下恕罪，小臣不敢乱说，嫪毐公公刚才说他是大王的继父。这，还不止我一人听见……”

嬴政站在台阶上，一动不动，只有他手中的剑在发抖。半晌，他冷冷地说了句：“你走吧！”

颜泄战战兢兢站起来，刚转身准备走，嬴政冲上前去，一剑直穿他的后心。只听“啊呀”一声，颜泄便倒在台阶下了。

嬴政也不说话，抽出剑，径直往祈年宫走去。回宫后，他立刻命心腹拿了兵符，连夜去岐山召大将桓琦，令其率兵来雍城捉拿嫪毐及其死党。

嫪毐在雍城长期经营，遍布党羽。其党羽探得秦王调兵要捉嫪毐，立即报告他。

嫪毐自知酒后失言闯了大祸，急忙到后宫找太后商量对策。

平时没有主见的赵太后这时倒有了主意，她想：一边是自己的儿子，一边是自己的情人，不论哪方得胜，自己都不是输家，便对前来求计的嫪毐做出一副无可奈何的样子说："我有什么办法？一切依你，你就看着办吧。"说罢，待嫪毐走后，便叫心腹太监准备快马好车，独自一人回咸阳去了。

"让你们打吧，杀吧，别把血溅到我身上。"

嫪毐早就有谋逆篡位的野心，门下收养食客上千，家奴僮仆上万，又在宫中培植了亲信势力。现在发生了这突发事件，秦王已调兵要捕杀自己，岂能束手待毙？便召集门客家奴和宫中卫卒，拿出太后印玺宣称，祈年宫里有叛贼，太后下旨救驾，望大家奋力攻打；又暗使心腹专杀秦王，杀死献头者赏千金，封万户侯，提升为将军。嫪毐急急做了安排后便亲率两千余人马围住祈年宫。无奈宫门紧闭，一时间难以攻入。

面对宫墙下黑压压的人群，秦王毫无惧色。他在宫墙上绕了一圈后，用威严的声音问道："尔等为何聚众犯驾？"

下面的兵丁回道："长信侯说行宫中有反贼，下令叫我们来救驾。"

"宫中有什么反贼？长信侯嫪毐才是真正的反贼，你们被他蒙骗了。"

下面人听了这些话，顷刻间散去了一半。

秦王接下令道："嫪毐蓄意谋反，罪该当诛。有生擒者，赏钱百万；杀死献头者，赏钱五十万；杀死逆党一人者，赏钱十万，待事平后还论功赐爵。"

听了秦王命令，攻打祈年宫的士兵纷纷倒戈，与嫪毐的死党搏斗。这时宫门打开，从里面杀出秦王的贴身卫队及太监，内外夹击，叛乱队伍死伤大半。嫪毐见势不妙，率领剩下的百余亲信夺路而逃。未行十余里，又遇桓琦大军，嫪毐及其余党全数被擒，秦王令押回咸阳审问。

秦王率卫队闯进太后宫中，见人就杀，只杀得横尸遍地，宫墙之内血积数寸。卫士又在后宫一隐蔽处搜出太后与嫪毐所生二子，秦王见了，一剑一个，结果了其性命。一时间杀得起兴，下令搜寻太后，也要杀了。有人说太后已于凌晨驾车逃去咸阳，秦王大吼一声："快备马！"立刻带上亲兵十余骑直奔咸阳而去。

当秦王嬴政一剑向颜泄背心刺去时，吕不韦心中叫一声“完了”，那剑也如同刺向自己心口一样；及至嬴政抽出剑，颜泄身子一软倒下时，吕不韦也几乎跟着倒下。他做梦也没想到嬴政会杀颜泄，想的是嬴政会提剑去杀嫪毐。然而秦王杀了颜泄后却提着剑回宫去了，而且连看都没看自己一眼。

吕不韦渐渐明白嬴政的用意了。

后来，嫪毐带兵围攻祈年宫失败被擒，也完全在他的意料之中，他佩服嬴政的魄力和智谋——“后发制人”，这对一个登基不久的君王来说是十分必要的策略。他有几分高兴：到底是我吕不韦的种。但这种高兴只是一闪间的感觉，而另一种感觉却随即而生，并长时间地占据着他的心头。

嬴政已不是不懂事的毛孩子了，他已长大成人，看他那机灵狡诈的样子，对自己与赵太后、嫪毐，乃至与他的关系，心中恐怕早就有了数。其中每一个关系都足以致我于死地。加上，嬴政眼看我与嫪毐势力膨胀，对他的权力带来威胁，他绝不会容忍。现在，他算找到了个机会，而这个机会却是我给他创造的。嬴政借机向嫪毐杀去，第二剑，恐怕就要杀到我头上了。

吕不韦想着想着，头都大了，他不知道这事该如何了结。

不时，他接到报告：“秦王血洗太后宫，见人便杀。因寻不着太后，骑马杀向咸阳去了。”

“嫪毐被擒后由桓琦押往咸阳候审。”

还有向他请示的：

“祭神活动还搞不搞？”

“出了这样的事，后事如何处理？”

吕不韦作为相国，责无旁贷地指挥处理后事，宣布祭神活动终止，清理打扫后宫……然后，心事重重地回到咸阳，闭门害病去了。

嬴政在马上挥动着马鞭，使劲抽打着马屁股，心里还不断地咒骂着母后：“这等不顾脸面的母亲，要她作甚？……”

早饭时候，秦王赶到咸阳甘泉宫，一问，说太后也刚进宫，他便提了剑遍宫搜寻。众嫔妃、太监、宫女见秦王提剑进宫专寻太后，声言要杀她，一个个吓得目瞪口呆，胆战心惊，一时不知如何是好。

嬴政提剑寻到后宫一所院落，只见前面不远处正是太后，她正慌慌张张朝通往另一个院落的门里钻。嬴政在后面大吼道：“快，快把她堵住！”

前面两个宫女见跑过来的是太后，不敢去堵，身子一闪放她过去了。嬴政过来，不分皂白，挥剑乱砍，两个宫女血肉横飞，倒在血泊之中。

赵太后回头见了，更是吓得没命地朝前跑，又钻进另一所院落。究竟嬴政年轻，脚力好，几步蹿了上去，正要举剑向她刺去，忽然听见“哇哇”几声婴儿的啼哭从身边屋里传出。他感到奇怪，这深宫之中哪来婴儿啼哭？便收了剑，扭头看去，只见屋内一阵忙乱，一个收生婆已抱着一个刚刚生下来的孩子向他跪下说：“恭喜大王，是个小公主。”

嬴政听了，这才想起这是爱妃玉姬的卧室。记得一个月前他去雍城，玉姬就在这个房里与他相会，她倒在他怀中撒娇地说：“大王，眼看我要临产，望大王早归。我实在有些害怕，只要你在我身边，我胆子就大了。”

那娇滴滴软绵绵的话语还在耳边回响。于是，不觉间，他竟把追杀太后的事忘了。他丢下宝剑，用那双长满黑毛的大手在婴儿脸上轻轻抚摸了两把，然后急急走到床前，对玉姬说：“爱妃受苦了。”

但见玉姬脸色苍白，有气无力地说了句：“陛下……”

“爱妃，你……”秦王声音变得很伤感。

玉姬想说话，但说不出来，只把眼睛吃力地睁着，无神地望着秦王，一双冰冷的手却紧紧地攥着他的手。

“怎么了，你……”秦王的声音已经硬了。

玉姬已无力回答，旁边的宫女说道：“启奏大王，今天已是第三天了，一直生不下来，还是听了大王的脚步声，小公主才出来的哩！”

玉姬的手更冷了。只见她嚅动着嘴唇，用极低微的声音说：“大王，妾命薄，怕不能伺候大王了。咱们的女儿，望大王多多……”

话未说完，手一松，玉姬便合上了两眼。

“玉姬，我的玉姬……”秦王哭喊着，匍匐在她身上……

良久，嬴政才抬起头来，对宫女们说：“好生照看小公主，如有差错，我定不轻饶！”说罢，让两个宫女扶着，疲惫不堪地回寝宫去了，好像把刚才追杀太后的事已忘得一干二净。

其实，他何曾忘记？他看到玉姬为生产女儿竟会付出这么大的代价，他心软了，再不忍心提剑去追杀他的母亲了。

小公主的生虽然导致了玉姬的死，但她却制止了一场家族的凶杀，于是，一生下来就深得太后和父王的宠爱，被认为是具有一个吉星高照命运的、非凡的人。因为她母亲是华阳人，为了纪念公主的生母，秦王便封她为华阳公主。

自从回到咸阳,吕不韦便整日昏昏沉沉,不知得了什么病。

这天下午,突然神秘兮兮地进来一个人对他说:“丞相大人,嫪毐公公请您叙话。”

吕不韦本不想去,但经不住来人的一再相邀,便随他进了大牢。

但见嫪毐戴着刑具端坐在那里。

谈话免除了一切客套与虚假,开诚布公得像两人手执刀剑在战场上对杀:“嫪毐,我知道,你想见我是求我救你,可是现在一切都晚了。”

“吕不韦,你说对了,我也知道已经晚了,可是我求你还不晚。”

“话既然说到这分上了,你就开个条件吧。”

“我只求不死,哪怕充军,真的受一次腐刑……我都愿意。”

“救你一命,我很难办到。”

“但是,吕不韦,要你一命,我倒很容易办到。”嫪毐说得很自信,说完还一笑。

“那你说,有什么办法救你?”

“就像你当初救公子子楚那样救我一次。”

“这办不到,实在办不到。”

“还有一个办法,你俯耳过来。”

吕不韦上前两步,把耳朵凑了过去。

嫪毐举起戴有镣铐的双手向他的头部猛地砸下。

吕不韦感到一阵剧痛,大叫一声:“哎呀!”

原来是场噩梦。

然而,一切都如梦中那样在进行。

嫪毐果然将吕不韦如何物色他,买通人给他做假手术,以太监身份送进太后宫中;又如何与太后私通生子,以及太后向他透露吕不韦实乃当今秦王亲生父亲等细节,都一一做了招供。

秦王的判决下来了——

车裂嫪毐,五马分尸;其家人全部处死;宾客家奴中凡参加叛乱者处死;未参加的充军三千里外。

对太后,夺去其国母称号,断绝母子关系,减少俸禄,迁外地别宫居住,派三百名士兵严加看管,不许与外界接触。

眼看吕不韦性命难保,群臣都为他求情,秦王说:“先把脑袋寄放在那里。”

吕不韦的病更重了,从此称病不朝,专心主编他的《吕氏春秋》。

第四章

再续母子情

那日，赵太后急慌慌跑了两个院落，已经精疲力竭。当她听见嬴政的脚步声已经蹿到身后时，她明白，今天是死定了。真没想到，当初与吕不韦遗下的情种而今会给自己带来要命的后果。突然，她又想到在生嬴政那年邯郸流传的牝马生人的传说，都认为那是个不祥之兆，谁知道这不祥之兆竟落在自己的头上……她感到嬴政已把高举起的剑向自己头上劈来。她眼睛一闭，便一头倒了下去。

不知过了多久，醒来后，她发觉自己躺在床上，并没有死。不是明明嬴政砍了自己一剑吗？难道他念及哺育之恩剑下留情？不，他不会。那一定是要判自己其他什么酷刑，如车裂、剐、烹、剥……她亲眼见过执行那些酷刑的情状，受刑人的惨叫似乎还在她耳边回响，简直太可怕了！与其等着受那种刑倒不如死。

她觉得死得最舒服的方法莫过于服毒，可是她已被看管起来，哪里去找毒药？

还有简便的方法是上吊，可是她觉得那一定很痛，很难受。

于是她决定学“文死谏”的忠臣一头碰死在石阶上。可是她环顾左右，这屋里没有石阶。

怎么，这人想活不容易，想死也这么难？

最后，她想到绝食。

早饭不吃，轻易地就过了。午饭、晚饭不吃，怎么还没死？眼看难受得已抵御不住面前小桌上馒头的香味了。唉，早知道这死也这么不易就不死了。想拿起馒头就吃吧，又觉得对不起已饿过的这一天，而且还有点不好意思。她希望这时送饭的宫女来劝她进食，她好就势把那馒头咸菜和稀饭一股脑儿地吃下去。

送饭的宫女果然来了，见饭菜未动，便劝起来：“太后，您想开些，千万别朝绝路上想，您老是不该死不会死的，要不，那玉姬的小公主就不会专选那个时辰来……”

“什么意思？”太后奇怪地问。

宫女便把秦王如何追杀太后，如何在举剑的刹那间听见小公主的哭声，又如何丢下剑去亲小公主，去哭玉姬等经过细细讲了一遍。最后她说：“太后您看，这岂不是天意吗？您老不要往绝路上想，大王究竟是您亲生的嘛……”

“啊，原来这是天意。古语说，天意不可违……”

于是，赵太后“顺应天意”，把小桌上的饭菜吃了个精光。

吃罢饭，她竟产生了一个异想天开的想法：如果活着，她将去领养这个生下来就没有妈妈的孩子，算是对她的报答，更可以冲淡以后孤寂的生活。但当对她的宣判下来后她向秦王提出这个要求时遭到了拒绝。

现在,她正枯坐在那荒凉的小宫殿简陋的房子里,孤独地数着日子。

秦王又是几天没上朝,整日在后宫抱着华阳公主。"啊,看她多像她死去的母亲。""啊,她都会笑了,笑起来更像。"……

众大臣知道他在思念玉姬,纷纷跪劝:"大王……"

还未等大臣们开口,秦王便一挥手说:"我知道你们要说什么,不外乎妹喜亡夏呀,褒姒祸周呀,西施施魅呀,如姬窃符呀等等。我早就听腻了,你们快走,快给我走!"

有两个不知趣的还跪在那里不动,秦王大声喝道:"滚!"同时抽出剑来。两人见势不妙,连滚带爬地离开了西垂宫。

然而秦嬴政究竟是秦嬴政,是统一中华刚强无比的始皇帝。在经历了一番痛苦后,便从儿女私情的苦海中挣扎了出来。

这天清晨,秦王照例在庭院舞了一通剑。舞毕,走近那座汉白玉雕的石狮子面前,爱怜地抚摸了一番之后,退后两步,大喝一声,举剑便朝那石狮子砍去。只见火花一闪,咔嚓哐啷一阵响,那石狮子便身首异处了。

在四周伺候的太监们个个吓得心惊肉跳,筛糠似的发抖,不知谁将跟那石狮子一样被取了首级。

"过来!"秦王向太监们命令着。

站在四周的七八个太监还未从石狮子被砍的恐惧中醒过来,你望望我,我望望你,都迟疑不前。

"叫你们过来,没听见?"秦王发火了,大声号叫着。

太监们这才慌了手脚,急急走近秦王。

"你。"秦王指着最后一个走近他的太监说:"过来点儿,再过来点儿……"

那太监走了几步,快靠近秦王时,只听得"哎哟"一声惨叫,胸口已被秦王的剑刺穿,立刻,他便软塌塌地倒下去了。

"看见了",秦王用剑指着还在流血的太监尸体说:"这就是怠慢我的命令的下场!"

其余太监见了纷纷跪下,齐声说道:"求大王饶命,我们再也不敢了。"

"快抬出去,把这收拾干净!"

"是!"

众太监抬走死尸,打扫血迹,很快便收拾干净。

“快，去把华阳公主抱来。”秦王说。

太监们慌忙从后院抱来小公主。他们想：这下恐怕轮到她了。

秦王从太监手上接过小公主，在她脸上身上一阵狂亲。小公主玩具似的在那双毛茸茸的大手上被揉搓一阵后，就被掷还给太监。秦王背过身说：“把她抱去交给太……不对，交给赵姬，五年后还我。”

“是！”太监应声把小公主抱上退了出去。

“快去通知公卿大臣午时三刻上朝，一个也不能少！”

“是！”

从此秦王朝气蓬勃地投进他的事业，“昼断狱，夜理书”，不知疲倦地工作，朝政很快有了起色。

吕不韦的日子很不好过，白天坐卧不宁，夜晚噩梦不断。对外，他说整日忙着搜集资料，要编一部历史著作。其实，他哪里在编什么《吕氏春秋》？莫说他没有那份才能，即使有，他也没有心思写。特别是车裂了缪毒、罢免了太后之后，自己虽然还挂个相国的空头衔，但在秦王面前已完全失去了信任。从秦王嗜杀成性的脾气看，自己这条命早晚难保。最近，又因长安君和樊於期谋反之事引起许多议论，这两个人领兵伐赵出自自己的建议。秦嬴政不会看不出是他的用意，看来是难逃噩运了。

吕不韦忧心忡忡，夜晚更是难以入梦了。

话说长安君与樊於期领兵伐赵，兵至屯留扎营，樊於期对长安君说：“请恕在下直言，今秦王政不是先王亲骨肉，君才是先王嫡子……”他把吕不韦向秦襄王献怀孕赵姬之事细说一遍，希望长安君力挽狂澜，夺回王位，继先王之大业。

长安君听了，大惊道：“若非卿所言，我还蒙在鼓里。大丈夫立身于世，怎能受此奇耻大辱？请将军赐教！”

樊於期说：“此事别无办法。今君手握兵权，若将讨伐嬴政和吕不韦的檄文布告天下，让臣民明白真相，君振臂一呼，必然应者云集，攻占了咸阳，拥立君为秦王。”

长安君听了十分振奋，立即让樊於期拟檄文各地张挂，拉起造反大旗，领兵攻城。几日间一连攻下数城，朝野为之震动。

秦王嬴政闻报，不但不慌，反而有几分欣喜。想那长安君一向与自己不睦，早就想除掉他又难找到机会。今依吕不韦计，令他伐赵，分他一点兵权，任他有所动作才好找借口消灭他。现在，果如吕不韦所料，他竟公然造起反来。想到吕不韦的超人智谋，秦王对他又生了几分怜惜。但是，当他看到樊於期起草的那檄文，心中怒火又起，对吕不韦更增加了许多痛恨。

原来，那檄文中除了攻击嬴政非先王血统、性情乖戾、为政暴虐等政敌通常用的那些言辞外，更多的是揭露吕不韦“阴谋窃取我秦国政权，大逆不道，欺民窃国，以吕代嬴，危害社稷，罪不容诛”等内容。秦王看罢，猛然想起樊於期平日与吕不韦之间的矛盾。樊於期本为有功虎将，一向对吕不韦的奸诈不满。吕不韦想除掉他，便故意让他与长安君领兵伐赵，让他们同谋，然后借机除掉他……

“好个吕不韦，原来你在利用我！”

秦王咬牙切齿地念叨着，下决心要杀了吕不韦。

吕不韦已预感到自己死期不远，但他不愿死，特别不愿死在自己的亲生儿子嬴政手上。如何才能躲过这个劫难呢？他费尽心机也没有想出个拯救自己的好计谋来。没想到当初与赵姬的那个轻松愉快的游戏，却成了摆不脱甩不掉的沉重负担。

想到赵姬，他突然眼前一亮：解铃还须系铃人，救我的还得是她。

他想：太后虽然被废黜，但终究是秦王的生母，有些话如能通过她传递过去，说不定会有效果。于是他以太后的名义给秦王写了一封信，花重金打通关节送到太后手上，叫她重抄一份送呈秦王。信中这样写道：

> 秦王陛下：闻陛下赦免吕不韦，妾以为不当。当初我有孕后被送与先王，吕不韦实为陛下之生父。犯有如此大罪而不诛，定为世人议论，为后人讥笑。请大王三思。

这当然是吕不韦的一个计谋。他亲眼看着嬴政长大，是他的生父。俗话说“知子莫若父”，嬴政刚愎自用，自以为是：别人说不的，他偏说是。这封由赵姬写给秦王劝他杀吕不韦的信，必然会起相反的作用；加之，秦王对自己是不是吕不韦亲生子之事，只是听说，还拿不准。这封由赵姬亲笔写给他的信，明白无误地证实了这点。吕不韦欺君当然该杀，但到底是自己的亲生父亲。杀父亲，这在以孝治天下的华夏，是要遗臭万年的。

赵太后把吕不韦的信重抄了一遍，等待机会呈送给秦王。

现在，果然有了机会。秦王把华阳公主交给太后抚养，太后接过公主，便让太监把信带回去呈给秦王。

秦王看了信后，先是一阵狂笑，接着便是一阵狂怒，对左右太监喊道:“快把将作少府给我叫来!”

将作少府是秦时专管宫室的负责官员,听秦王宣召,慌忙赶来跪下候旨。

“两天之内将吕不韦买通看守赵姬卫士,为他们传书带信的事查明,将有关人员押来见我。”

哼,你吕不韦也是聪明一世糊涂一时,竟想出这么拙劣的手段来欺骗我,大概你也是穷途末路了。

第二天,将作少府就把受贿为吕不韦传递书信的两个卫士查出,连同赃款,一并押到秦王面前。

秦王下令,将两名卫士立即斩首,把首级挂在吕不韦府外的旗杆上示众。

吕不韦自知事已败露,更是整日惶恐不安。

又过了几天,秦王见吕不韦仍在苟延残喘,立即下旨,命他及家人迁往西蜀。那西蜀乃流放犯人的地方,吕不韦见自己已完全失去秦王的恩信,知道死期已至,狂笑一阵后又长叹数声,便饮鸩自尽而死。

关押赵太后的地方离咸阳不远,那里原是一所专供王室休闲的别宫,因长期无人居住,早已荒芜不堪。待赵太后去的时候,宫内外杂草丛生,野狐遍地。虽然经过一番整治维修,但仍掩盖不住它的破败与荒凉。赵太后带着两个伺候她的老宫女,整日绩麻纺线,日子过得清苦寂寞。

更苦恼的是限制自由,三百兵丁日夜值班,不准她离开居住的小院半步。从声势显赫、仆从如云的身为一国之尊的太后,到孤苦伶仃、苦守岁月的囚徒,她感到日子很荒唐,但也似乎很有趣。

“太后”,老宫女一时改不过口,对她仍以此相称,“您就多休息会儿,每天您比我们做得还多,倒叫我们不好意思了。”

“没事”,赵姬笑着回答道:“我从小就喜欢纺线绩麻。纺车一转,我什么忧愁都忘记了。”

赵姬还有一个忘忧的办法是唱歌。她原来是邯郸城里有名的歌伎,凭着歌声踏入吕不韦家门,进而踏进王宫,成了国母太后。可是,要不是成为国母太后,今天又怎么会成为阶下囚徒呢?她也想过,她要是不会唱歌,也就跟其他女人一样,成为一个养蚕绩麻的农妇,带着儿女过平常日子,无牢狱之苦,无性命之忧。平安倒是平安,然而至死也没有一件值得激动的事情发生。要是这样,这人生一世又有什么趣味?

这么想着,她一点儿不悔。

这么想着,她就悲凄地悄声唱了起来:

子为王兮母为虏，
终日绩麻苦，
常与死为伍。
相隔咫尺远，
当使谁告诉？

就这么想着，唱着，她的歌声便多了些忧虑，多了些深沉，多了些难以捉摸的意韵。

自然，这种歌她只有在心中唱，在鼻子里哼，要是唱出声来被人听了告诉嬴政，那可不得了。

从早到晚，她不停地纺呀纺呀，想呀想呀，愁苦、耻辱、空寞，以及从回忆中跳出来的欢乐，伴着她的歌声，都被织进了漫长的岁月。

可是自小公主来了以后，日子便轻快多了。绩麻的任务取消了，叫她专心带好公主；生活条件也改善了，天天有荤腥；活动的天地也宽了，她可以带着小公主走出院落，甚至爬上宫墙去欣赏四周的景色。

小公主渐渐长大，从牙牙学语到蹒跚学步；从会叫人到会数数。一晃，三年多过去了。

随着华阳公主的长大，赵姬的希望也在滋生，因为她听说秦王要在公主五岁的时候接她回宫。到那时，他一定会从女儿想到母亲，顺理成章，她也将会回咸阳去当她的太后。

然而，另一个事实却使她感到悲哀和绝望，特别是今天小公主去宫墙上玩儿，回来对她说："奶奶，那里又多了一个土堆，现在一共有二十七个了。"秦王也有疏忽的时候，他只规定自己不认母亲，却未规定自己的女儿不认奶奶，所以小公主可以大胆地叫她奶奶。

"你没数错？"赵姬吃惊地问。

"没有数错，我用指头掰着数的。您看，就这么多。"小公主把两个小手摊开，一个、两个数给奶奶看。

土堆在增加，赵姬的希望在缩小。她感到出头无望了，眼泪不由自主地一串串流下，哭得很伤心。哭着，两腿一弯跪在地下，不住地向苍天磕头。

这种场面小公主已看见不止一次了。她感到奇怪，使劲地吸吮着含在嘴里的指头，好像要从自己指头里吸出个答案来。

答案要回到三年以前去找。

那是在秦王宣布对太后"夺其称号，减其俸禄，断绝母子关系，迁居城外僻宫，不再与之相见”的严厉处理后，不断有人来说情。秦王下令说，若有敢以太后事来诤谏者，戮而杀之，断其四肢，积尸于宫墙下示众。

命令固然严厉，不怕死者却大有人在。

第一个以身试法的是御史大夫冯杰，他在朝班时奏道：“陛下严治嫪毐，深得民心，然对太后似嫌太苛。古人云以孝治天下，太后乃陛下生母，母子情生而有之，断之于情理不合……”

“住嘴！”秦王不等他说完，便打断他说，“太后虽为吾母，但她淫乱宫廷，通谋造反，罪不可赦。难道你没听到古人有‘妻为逃嫁，子不得母’的说法？母亲不学好，儿子可以不认。朕早就有令，敢为太后诤谏者杀！你敢冒犯，就先将你开刀。殿前卫士，快将他拿下，枭首示众！”

冯杰面无惧色，随卫士走出大殿。

冯杰的人影还没从秦王眼前消失，忽见朝班中又站出个大臣，他下跪奏道：“臣太中大夫乐云启奏陛下……”

“是不是关于赵姬的事？”秦王问。

“是……”

“押下去按令执行！”秦王愤怒地命令道。

乐云也不辩白，站起来随卫士从容走出大殿。

乐云的影子还未在殿外消失，朝班中又走出一位大臣，他刚跪下准备启奏，秦王便问：“还是为赵姬的事吗？”

“古人云，天下无不是的父母……”

“少啰唆，杀！”

半个时辰不到，一连杀了三个大臣。

此后，仍有不怕死的为太后鸣冤，秦王一律以“杀”作回答。两年多，一连杀了二十七人。这二十七人的尸首先在宫墙外示众，而后送到关押太后的僻宫墙外埋葬。于是那里便出现了二十七个土堆。

小小的华阳公主从她小小指头里怎能吸吮得出这等残酷可怕、这等不可思议的答案呀！

茅焦，是一个齐国不得志的读书人，他也曾在孟尝君门下当过食客，但因孟尝君有门客数千，他又不善钻营，长期得不到重用。在那里他虽无衣食之虑，却难有出头之日，加之又碰上些不愉快的事，一气之下离开了齐国，到各国云游，寻找发达的机会。

到了秦国，他打听到太后被废的前因后果，经过一番琢磨，他觉得这是一个难得的机遇，便把自己准备向秦王诤谏、请求宽宥太后的想法告诉了好友。

“你不要命啦！”好友劝止他说。

茅焦笑道：“男子汉在世，与其默默无闻地生，不如轰轰烈烈地死。古往今来，生生死死多少人，少我这么一个又算什么？”

“可是你冒的风险也太大了！”

“是，不冒大风险哪来大成功？何况，我也有一定把握，不妨去试一试。”

“我看，还是不试为好。”

“我意已决，请勿劝阻。”

当夜，好友不辞而别，他怕茅焦惹出事来祸及自己。

茅焦并不因为好友的逃走而退缩，第二天一早，便去宫外要求面见秦王。秦王知道他的来意后，要太监去告诉他：“秦王有令，凡为太后说情的，杀无赦。你没见到宫墙外的二十七具尸体吗？难道你不怕死吗？”

茅焦说：“天上有二十八星宿，现在才二十七人，我是来凑满二十八人之数的。”

秦王听了，怒道：“此人居然如此可恶，敢来当面触犯寡人。快去准备油锅，我要油炸了他！”

茅焦听了并不害怕，他款步走上殿来，向秦王行礼。只见秦王手按宝剑，怒目而视。茅焦只当没看见，从容向秦王说：“臣之所以敢以太后事面谒秦王，因为自古以来爱惜生命的人并不忌讳说死；正如一个重视国家兴亡的国君不忌讳人说国家危亡一样。忌讳说死的人，并不一定长生不老；忌讳说国家危亡的国君，其国家也不一定就会万古长存。所以，生死存亡的道理，凡贤哲之人都想把它弄清楚。陛下为一国之君，难道不想弄清楚吗？”

秦王见来人仪表不凡，口若悬河，心想不妨让他说下去，说得不好，再杀不迟，便说：“你先说给我听听。”

茅焦态度一下子变得严肃起来，说道：“陛下所为是否过于狂悖，过于残忍？您自己还不知道。试想，车裂假父，滥杀二弟，迁母出宫，残杀谏士，就是夏桀商纣也不过如此，严重的是不准诤谏，堵塞言路。这样，天下人谁还敢倾向秦国？这实在是亡国的征兆。小臣为陛下感到痛心，替秦国前途感到忧虑。我向陛下说的就是这些，请陛下看着办吧。”说完，茅焦解开衣服，向冒着烟的油锅走去。

秦王见状，慌忙走下座位，亲自扶过茅焦说：“先生所言极是，我已知错。请先生受我一拜。”

于是秦王下诏，拜茅焦为上卿。又吩咐备车马，他亲自驾车前往城外僻宫迎太后回朝,恢复她的一切荣誉和待遇。同时,也把华阳公主一起接回来。

当满朝文武看到秦王一手扶着母亲,一手抱着女儿,缓缓从别宫走出来时,无不感动得痛哭流涕。而后,一阵阵“万岁,万万岁”的呼声在咸阳城的上空长久回荡。

华阳公主

第五章

“我要改变她”

这年的春天来得特别迟，已经三月了，却犹如冬天，万物仍在寒风中哆嗦，老天爷又整天板着它那副阴沉沉的脸，难得见到一丝笑容。

又逢清明，这个古老的祭奠祖先慰告亡灵的日子，在阴冷的天气里如期而至。天空，飘洒着蒙蒙细雨，一座座曾是那么荒凉、那么孤寂的坟前，一缕缕青烟随风徐徐上升。坟前，摆着些米酒、水果、猪羊头等类祭品。人们啊，用这最古老的方式，也只能用这最古老的方式，寄托着对亡人的无限哀思和祈祷，表达着对死去亲人的无限歉意和思念。

死去的亲人，倘若在天有灵，能承受得住这悲恸的震荡吗？鹤发童颜，老妪少妇，相携着，搀扶着，或失声痛哭，或无声抽泣，或默默肃立，或虔诚跪拜……清明节啊，这个老天也会哭泣的日子……

秦王嬴政今天起得特别早，也没带侍女和太监，独自来到后花园。三月桃花开满园，缤纷斗艳，清香扑鼻。他是专为这园桃花而来的。

昨夜，又是一个不眠之夜。恍惚中，他看见了曾那样冰清玉洁、兰心慧质的玉姬。他轻拥玉姬，漫步于后花园的桃林里。而今，那温柔、妩媚的笑容还在眼前浮动，那人面桃花相映的美景还在心间。只是，又是满园桃花了，而伊人何在？

三年了，秦王置身于繁忙紧张的政事中，玉姬的影子只是偶尔在心头闪过，且伴有一声长长的叹息。而后，他又置身于宏图大业中了。玉姬，已成为一段尘封的往事。秦王以为，他不会去启封。

但当他一手抱着女儿，一手扶着母后，出现在咸阳宫门时，大臣们热泪盈眶地山呼万岁，他激动了，他想到玉姬。可怜的女人给他送来了女儿，又让他放下追杀母亲的剑。可是她，却匆匆奔赴去了那未知的天国。

低头看看怀里三岁的女儿，她太像玉姬了。那眼睛，那鼻梁，那小巧的嘴，还有那清水出芙蓉的甜甜小脸，总让他幻化出玉姬那冰清玉洁的身影。记得他临驾别宫时，小华阳一点也不怯生，她跪倒在路边，用她轻灵的、童稚的声音喊道："女儿拜见父王，父王万岁，万岁，万万岁！"虽然是天天都听过的老话，但从她口里说出，嬴政心头就涌出一股异样的感觉，一种久违了的人间真情。

多年来尔虞我诈、腥风血雨的政治生涯，秦王总以世故、老练的目光去审度人和事，去完成他的千秋霸业。在他手下，并不乏死心塌地为他效劳的臣子。可要在政治斗争中保持清醒的头脑，排除种种干扰，不为他们左右，不知要耗费多少心机和智慧啊！要善于识破，善于应付，善于言不由衷和笑里藏刀。人性，已渐渐在他的心中泯灭。可是，面对清纯可爱的女儿，冰封多年的亲情又在秦王心中复苏，他知道，他将以一种从未有过的温情来疼爱女儿,就算是为了他的玉姬……

“启奏陛下,祭品已准备好,请起驾……”太监好不容易在桃林中找到陷入沉思的秦王,慌慌张张地跪奏道。

“知道了。”

秦王决定亲自去给玉姬上坟,这在王宫里是少见的。玉姬只是一个妃子,没有资格享受大王的祭礼,但秦王坚持要去,谁也阻挡不了。

当太监正要退下时,秦王吩咐道:“带上华阳公主。”

回到皇宫快三年了,小华阳公主已完全适应了宫里的生活。那金碧辉煌的宫殿,那雄伟高大的建筑,那开满鲜花的花园和那些装在笼子里的珍禽飞鸟,已不再对小华阳具有吸引力了。自从回到皇宫,她就和奶奶分开了。头一两年,她沉浸在一片惊喜和好奇中,可当这种好奇归于平静后,寂寞孤独就接踵而来。皇宫里的礼节特别烦琐,她面对着的都是一些对她毕恭毕敬的宫女、太监。她不想这样,一点儿不想。她好想回到她击筑唱歌奶奶倾听的时节,她甚至怀念起不知比这皇宫要逊色多少倍的僻宫、僻宫墙角边的蟋蟀和墙外的自然风光,她甚至好想念分别近三年的小棋子,想起小棋子扎的风筝,想起小棋子为她捉的小鸟。啊,多么美的一只小鸟啊!当初才逮住它时,它张着一双好可怜好无力的眼睛,瑟瑟地抖着。小棋子说是在墙外捉到的,暴风雨刚过,雨水淋湿了它的翅膀……它的妈妈呢?

小华阳公主觉得自己就像那只没有妈妈的小鸟,虽然奶奶好疼她,好疼她,但是自己没有妈妈。“我的妈妈,您在哪里?”

打懂事起,华阳就缠着奶奶问,奶奶总是抚摸着她的小脑袋说:“妈妈在很远很远的地方。怎么,奶奶不疼你?”

小华阳摇摇头说:“不,奶奶疼我,我爱奶奶……”

无数个夜晚,小华阳醒来,总是泪流满面。妈妈,您在哪里?

好像听谁说妈妈在王宫里,她于是就埋藏着一个梦想:长大了,回到王宫,去找妈妈……

机会来临了,却来得如此突然。她忙着去适应,忙着用她那童稚的目光去看与她过去如此不同的生活环境。和奶奶分开了,孤独和冷清在时刻煎熬着她幼小的心灵。妈妈,王宫里怎么也没有您?

这天,华阳公主在书房里翻书看。每当寂寞心焦时,她总会捧起一册册竹简来读。虽然她才六岁,已经能认不少字了。渐渐地,她对那些竹片发生了兴趣,甚至一个上午她哪儿都不去,完全沉浸在书带给她的欢乐里。她佩服追日的夸父,补天的女娲;牛郎织女鹊桥相会的故事使她朦朦胧胧地知道人世间的更多事。王宫里的书好多好多,这也许是小华阳感到唯一比僻宫好的地方。

这天,侍女来报:"大王派来的小太监求见公主。"

出门一看,华阳公主愣了一下,欢叫道:"小棋子!"

小棋子就是在僻宫时侍候华阳公主的小太监,和华阳公主分开那年,他八岁,这是一个身世悲惨的小男孩。由于家乡遭洪水,家人流离失散,他随逃荒的人群,流落到咸阳街头。

这天,丞相李斯微服私访,见一衣衫褴褛,饿得两眼发直的小男孩,不由使他想起自己年少时的苦难生活,便对这个面黄肌瘦却仍露出一股聪明伶俐的小乞儿动了恻隐之心。他走上前去亲切地问道:"小家伙,今年几岁,家住何处?"

小乞儿见一个面目和善的中年人问他,便靠着墙稳稳身子,非常懂规矩地行了个礼,答道:"回老爷,我名叫小六儿,楚国上蔡人,七岁了……"

"上蔡!"李斯不禁在心中"咯噔"一声。上蔡是他的家乡,虽然,故乡没有给他留下任何值得怀念的人和事,楚国也没有他辉煌灿烂的过去,可在这异国他乡,一个来自故乡的小乞儿深深地拨起了他的思乡情怀。"美不美,家乡水;亲不亲,故乡人。"李斯决定收容这个可怜的小乞儿。

"小家伙,到我府上来干活,我给你饭吃给你衣穿,怎么样?"

"谢老爷……"小棋子伶俐地答应道,并毕恭毕敬地跪下磕了个头。

从此,咸阳街头的偶遇,改变了小棋子一生的命运,并让他成为以后一段悲壮凄美的爱情故事的见证。当然,这是后话。

有天,秦王闲逛到了李斯家。两人对弈,眼看秦王要输,在一旁的小棋子忍不住说道:"跳马,大王,快跳马。"秦王赶快跳马,果然转败为胜。这时,他扭过头来一看,竟是个孩子。

"几岁了?"秦王问。

"七岁了。"孩子跪下回答。

"怪聪明的,叫什么名字?"

"叫小六儿。"

秦王见他长得乖巧,话也说得乖巧,便动了心思,扭头对李斯说:

"把小六儿给我吧!"

李斯当然不会错过讨好的机会,忙对小六儿说:"还不快谢过大王。小六儿,你的福气来了。"

“谢大王。”小六儿接连给秦王叩头。随后，跟着秦王进了宫。

回宫后，秦王叫来管事太监，对他说：“把这孩子净了身送到别宫给华阳公主做个伴。”

“是，不知该叫他什么？”太监问。

“唔，他小小年纪还会下棋，就叫他小棋子吧！”

被带走的小棋子在一阵惨叫声中成了宫里年纪最小的太监。没过几天，就被送到僻宫，专门伺候华阳公主。

小孩儿最大的欢乐，抑或最大的悲哀就在于他的健忘。

当那剧烈的疼痛渐渐消失时，小棋子与小华阳已成了好朋友。

按照宫里的规矩，太监、侍女见到公主时必须下跪，可是只要不是在特别正式的场合（或有奶奶在场），小华阳总是阻止小棋子下跪：“我们是好朋友，不要下跪了。”小棋子感动得直擦眼泪。穷人家的孩子并不是没有自尊，只是生活逼使他不得不跪着求生。

小棋子好感激华阳公主，他知道华阳喜欢宫墙外那棵好高好高的树上的花朵，可她不让小棋子去摘，她说那树好高好害怕。

小棋子见华阳公主时时望着那些洁白、漂亮的花朵出神，他着急了，悄悄溜出宫墙外。只要华阳公主喜欢，小棋子不害怕，一点也不。他爬上树，摘了满满一篮子花朵，下来时不慎摔了一跤，跌得鼻青脸肿，脚被树枝划破，鲜血直流。小棋子忍着痛，扯下一角衣襟将伤口包扎好，又将裤脚放下。他不愿华阳公主看见他受伤的脚，善良的华阳公主怕血，他知道。有次她被小刀划破了手，鲜红的血把她自己吓晕了过去。

有时，小华阳兴致来了，坐在花园里的树下击着筑，唱着奶奶教的歌。悠悠歌声随风飘来飘去，美极了，小棋子总站在一旁呆听。他觉得，华阳公主是落入凡尘的仙女，那么高贵，那么善良，那么美丽……

小棋子是随华阳公主一起回宫的，但他不再留在公主身边，而是被安排伺候大王去了。

小棋子牢牢记住华阳公主的那桩心事，尽管宫中制度严密，个个守口如瓶，但小棋子还是弄清楚了公主的身世之谜。他要找个机会告诉她，虽然那太残忍，但比她被蒙在鼓里要好。

他终于有了这个机会，秦王命他给华阳公主送些外国进贡的礼物。走进了她的小院，当他看见急步小跑而来的公主时，便慌忙下跪，小华阳一把扶起他说：“免了免了，难道你忘了我们以前的约定吗？”

一股暖流涌上心头，小棋子感觉脸上有什么东西在爬，是泪。

于是，在华阳公主的小屋里，她知道了苦苦追寻几年的答案。原来，她朝思暮想的妈妈是因为生她而死。为此，她哭得死去活来。

她明白了她从小没有母亲的原因，可是她不明白，为什么平日对她很关怀的父王要去追杀慈祥可亲的奶奶。当然，她不会明白，也许她永远也不会明白。

在以后的日子里，人们常常会看见一个孤独的剪影，在黄昏中静立。夕阳，将她的身影拉得好长好长。小小的华阳，你在想些什么？

今天，华阳公主在父王的带领下去给妈妈上坟，在她的记忆中，这还是第一次；在她的记忆中，父王与她这么亲热也是第一次。他们一同坐上高大华贵的、用金银装饰得花花绿绿的马车。她坐在父王的膝上，父王坐在马车软软的虎皮垫子上，父女俩一路上讲个不停。

"父王，妈妈的坟有多远？"

"不远。出了宫门，直着走两条街，横着走三条街，出西门向东往北转西，再走几十里就到……"秦王一本正经地说。

"父王！"小华阳拉着秦王的胡子说，"您逗我……"

秦王笑了，华阳公主也笑了。她问道："我们去给妈妈上坟，她知道吗？"

"当然知道，她一定很高兴哩！"

"可是我都六岁了，才第一次去给妈妈上坟。"

秦王沉默了片刻，便道："正因为你是六岁，所以才去。"

"为什么？"小华阳眨着圆圆的眼睛，望着父亲问。

秦王对她解释道："六，是圣数，凡事要依它。你看，我们坐的这马车车厢大小是六尺，大臣们的帽子高六寸，我们坐的车用六匹马拉……所以你六岁了，我们才一起去给你妈妈上坟。"

"那圣数是谁定的呢？"

"当然是我。"

"那您重新定个'一'不好吗？"

"为什么？"

"那我们年年都可以去给妈妈上坟，让她高兴了。"

秦王大笑起来——小华阳太乖巧太聪明了。他拍着她的头问道："你现在能认多少字了？"

"数不清"，小华阳想想又说："给您说吧，我会看书了。"

"啊！？"秦王有些惊奇，"你能看什么书？"

"多着哩！什么《诗》呀，《论语》呀，《庄子》呀……"

秦王听了更是惊奇，但他不信，便说：

“你能背几段给我听吗？”

“能，父王说背什么？”

“你先背一首《采蘋》。”

“《采蘋》是首祭祀的诗，今天给妈妈上坟，正好用上。父王您听：‘于以采蘋，南涧之滨。于以采藻，于彼行潦。……’”

秦王点头说：“再背一首《无衣》。”

“这是一首大人打仗的诗，我不喜欢，可是我能背。父王您听：‘岂曰无衣？与子同袍。王于兴师，修我戈矛，与子同仇！……’”

秦王想，诗很容易记，便说道：“你背背《逍遥游》，好吗？”

“好。‘北溟有鱼，其名曰鲲。鲲之大，不知几千里也……’”

秦王欣喜地望着自己的女儿，不觉想起了甘罗，早慧！他问道：“女儿，你听说过甘罗吗？”

华阳公主摇摇头，问：“他是谁？”

“跟你一样，还是个孩子，可是他现在已是朝廷的上卿了。”

“他那么能干，请父王讲给我听听。”

秦王缓缓讲来——

“我们东面有个赵国，很可恶。我派大臣张唐去燕国，联络他们一起攻打赵国，可是张唐借口不去。我正为难时，十二岁的甘罗却说：‘我可以说服他。’我说：‘我的话他都不听，你还是个孩子，能说服他？’甘罗说：‘项橐七岁就当孔子的老师，我已经十二岁了。请大王让我去试试。’‘好，我就让你去试试。’

“甘罗见了张唐，问他：‘你的功劳与武安君白起相比，谁大？’张唐说：‘白起打败过楚国，又打败过赵国和燕国。每战必胜，每攻必克，我哪敢跟他比？’甘罗又问：‘白起的结局如何呢？’张唐当然知道，白起后来因为不听秦昭王命令被赐死。他不开腔了。甘罗点明了说：‘你不听秦王的话，白起的结局在等你了。’张唐立即打点行装，动身去燕国……”

“甘罗好会说话呀！”华阳公主说。

秦王说：“他不但会说话，还很会办事。”

“父王快讲给我听听。”小华阳急着说。

秦王接着讲道：“那甘罗等张唐走了，又来对我说，他要去赵国一趟，为秦国立个大功。他把他的计划给我讲了，我说行，你去。甘罗去了赵国，对赵王说：‘你知道燕国派太子丹到了秦国吗？’赵王说：‘知道。’甘罗说：‘燕国派太子丹到秦国，表明与秦国友好。现在秦国已派张唐去了燕国，要表明秦国与燕国友好。秦国与燕国友好不为别的，为的是要联合起来攻打你赵国……’赵王听了非常害怕，问甘罗怎么办。甘罗说了：‘秦国主要是为了扩大领土，你不如把挨着秦国的五个城池送给秦国，我回去对秦王讲，请他把张唐从燕国叫回来，把太子丹送回燕国去。然后，我们秦国与你们赵国联合，一起去攻打燕国。’赵王听了，立刻割了五个城池给秦国。而后派兵攻打燕国，占了三十座城池，把其中的十一座送给了秦国。甘罗不费一兵一卒，就给秦国增加了十六座城池。你看他能不能干？所以我任命他为上卿。”

秦王说着，脸上表露出对甘罗的佩服与欣赏。可是他发现小华阳直撇嘴，便问：“小华阳，你觉得甘罗还不够聪明？”

小华阳回答道：“聪明是聪明，只是他光会扯谎。一点儿也不好。”

秦王听了叹了口气，她太善良了，跟她大哥扶苏一个样。他不明白为什么自己生的儿女都这么善良，他要改变他们。

秦王的车翻了个山坡，到了玉姬的墓前。他和小华阳下了车，踏着铺好的毡毯，一步步走近那修得很有气势的玉姬墓。

这时，随从太监侍女忙着在墓前摆祭品，点香蜡，准备祭奠。

秦王看看陵墓，四周苍松翠柏，园内干净整齐。回过头来从坡上向下看，星星点点满是上坟的人堆。忽然，他看见坡下有支浩浩荡荡的，很是气派的上坟队伍，打着彩旗，吹奏着哀乐，几辆高大华丽的马车紧随其后。他的脸上顿时露出不悦之色：哼，我堂堂秦王出来上坟还没有这么大的阵势哩！是谁敢这么张扬？他问身边太监：“山下那浩浩荡荡的队伍是哪家的？”

知道的便回奏道：“是丞相李斯的。”

秦王忍不住说了句：“也太不像话了。”

一切都准备好了，祭礼开始。

坟前，跪着华阳公主。在她身后，跪的是原先伺候过玉姬的宫女太监。秦王则站在一旁，向着玉姬的墓默哀。

念了祭文，烧了纸钱，小公主恭恭敬敬向母亲叩了三个头。而后，喊一声“妈——”便上前抱住母亲的石碑痛哭起来。接着，太监宫女们哭成一片。

铁石心肠的秦王，见此情景也忍不住擦眼泪。

秦王怕女儿哭坏了身体，上前把她抱在怀里，哄着她不哭了。但宫女太监们的哭声不断，小华阳听了又哭起来。秦王有些生气，对太监说：“叫他们别哭了！”哭声才渐渐停了下来。

然而究竟女人的心肠太软，几个宫女想到玉姬生前的好处，又再想到自己身世的不幸，又咿咿呜呜地哭了起来。这一哭，把那些本已停下啼哭的宫女们引动起来，触发了自身的许多隐痛，便又跟着哭了起来，比先前的哭声更大了。秦王听了大怒道："谁敢再哭！"

哭声立即停止，但有一个小宫女，大概因为哭得太伤心太专注，没有听到秦王的话，仍在那里呜呜地哭。秦王听了，走将过去，不由分说，一手抓住小宫女衣领，一手攥着大腿，将她提起来，猛地向坟上的碑掼去。只听"轰"的一声闷响，那宫女顿时脑浆迸裂而死。那血，把大半块石碑染得鲜红。

见不得血的华阳公主腿一软眼一黑便晕了过去。

宫女太监们慌忙过去捏鼻子的捏鼻子，掐人中的掐人中，好半天，华阳公主才醒过来。

直到听见女儿的哭声，秦王才松了口气，但本想游玩踏青的兴致全没了。他说了一声"回宫"，立刻过来几个太监，把他扶上马车。因华阳公主已交宫女们照顾，秦王独自坐在宽敞的马车里生闷气。

无意间，他掀开窗帘，见山坡上下数不清的烟柱在空中袅袅摇摆，上坟的人一堆堆正在野餐。他注意起李斯的上坟队伍，见旗帜也收了，乐器也不吹打了，人数减了大半，只有两辆马车停在那里等待丞相祭礼完毕后回府。秦王见了，心中无名火起，脚一顿，吼道："快！"

秦王的马车以比来时快得多的速度回到宫中，下车后，秦王立即命令随从太监在殿前集中。

一会儿，已完全恢复的华阳公主来向秦王叩头："父王，女儿告退。"

"慢着，你过来，坐在我旁边看我审案，把你的胆子练练。"

宫女立刻搬过张小凳，让公主坐在秦王身边。

坐在殿上的秦王喝了一口送上的茶，清了清嗓子，对殿下站成一排的太监说道："给我报个数。"

下面依序报了数，一共十二人。

"今天随驾的太监到齐了没有？"

"禀告大王，今天随驾的一共十二人，全到了。"一太监回道。

"你们知罪吗？"秦王问道。

太监们听了，立即齐齐跪下说道："启禀大王，奴才不知。"

"那我问你们，今天上坟时你们中谁去了李丞相那里？"

下面一片沉默。

秦王慢慢走下御座，在伏地而跪的太监们面前走了两个来回说："我明白地告诉你们——今天上坟时，我见李斯上坟的车马队伍浩浩荡荡，吹吹打打，招摇而过，便说了句‘也太不像话了’，可你们中谁就去对他讲了，他那上坟队伍立刻偃旗息鼓，人马散了大半。朕随便说出的话都能马上说出去，不知平日你们透露了多少宫中机密？今天，我要把这个人找出来。快，是谁跑去讲的？”

下面仍然一片沉默，只是个个把头伏得更低了。

秦王走到第一个太监面前，问道：“是你？”

“大王，奴才一直在大王身边，没挪一步。”

“那你说是谁？”

“奴才实在不知道。”

“武士！”秦王大声吼道。

几个武士奉命上殿。

秦王命令道：“拿下去砍了！”

“是！”武士把秦王指出的那个太监绑了，押下殿去。只听几声“大王饶命！大王冤枉！”喊叫声后，便是“咔嚓”一声刀响。远远地见那人头在地上滚了两转，血，流了一地。

秦王问第二个，也是一问三不知。于是拉下去，在几声“大王饶命，大王冤枉”声中被砍下人头。

秦王再懒得一个个问，对下面抖成一团的十个太监问道：“你们都没去对李斯讲吗？”

“没有。”

“奴才不敢。”

“奴才一直没离开大王。”

“那你们知道是谁？”

“不知道。”

“实在不知道。”

“真的不知道。”

……

“全都拉下去，砍了！”

于是传来一片“大王饶命，大王冤枉”的呼喊，接着是“嚓、嚓、嚓……”一阵刀声。只见人头滚动，鲜血喷流，把殿下的大院染得一片通红。

当秦王轻松地回到御座时，华阳公主早就晕死过去不省人事了，宫女们正在紧张地抢救。

秦王并不多看一眼，只是说：“真没出息！”接着，他又补充了一句：“我一定要改变她！”

第六章

睡　美　人

接连受了两次惊吓的小华阳当晚就发起了高烧，一连几天不省人事，嘴里说胡话，不停地手舞足蹈，把个老太后心疼得直哭。幸好医治及时，半个多月后渐渐复原。

可是秦王明知道女儿得了病，病得不轻，且病因与他有关，却不去看她。

太不像我的女儿了，怕血，怕打仗，怕见死人。如果不打仗，不流血，不死人，能有我大秦国吗？孩子，究竟是个孩子，而且是个女孩子。母后总是这样袒护着她。

秦王认为：如果不从小就让她把胆子练大，长大了再练能来得及？至于说女孩子嘛，说不定有时候比男孩子还顶用。历朝历代，兴亡在女人手上的事例还少吗？像小华阳这样聪慧的女孩子还少见，就是胆子太小，要是能训练出来，将来一定是个好帮手。可是她太柔弱，不用两剂猛药不行。

听说她病好了，秦王来到华阳公主的小院。

这是为练她的胆子专为她安排的住处，离王宫中心较远，与御花园一墙之隔，地方比较偏僻。除了几个宫女陪伴外，还有个教她认字读书、学习武艺的老太监。夜晚，让她独房歇息，要她从小习惯黑暗，习惯孤独。

秦王不声不响地进了小院，悄悄进了小华阳的书房，见她正在专心练字，比照着李斯的《仓颉篇》字帖，一笔一画写得好认真。看她写完一篇，秦王在她背后赞道："写得好！"

小华阳转过身来，见是父王，吓了一跳，立即跪下叩头："给父王请安。"

秦王忙说"免了，免了"，一把将她搂在怀里。

岂知这一搂，却触发了小华阳脆弱的感情，鼻子一酸，竟抽抽搭搭地哭了起来。

她感到委屈，病了这么久，父王没来看她；她感到恐惧，父王那么凶狠地杀人，一天杀了那么多；她还感到陌生，她怀疑今天这么亲热搂抱她的父王，难道就是那天凶恶杀人的父王？……

秦王为女儿擦干了眼泪，拉着她去了御花园。

御花园很大，楼台亭阁，小桥流水，林木花草，水池假山，应有尽有。秦王领着女儿愉快地转悠着。有父王陪着玩，小华阳心里的阴影开始消散。

可是今天秦王不是专门来陪她玩的。明天，他要去狩猎，他决定带上扶苏和华阳，让他们出去练练胆子。他怕小华阳病体未好，专门来看看。见她活蹦乱跳的，一点病影也没有了，便对她说："女儿，明天随父王外出打猎好吗？"秦王的话说得很柔和。

“我，我不去。”

“好玩儿着呢，你哥哥扶苏也去。”

听说有哥哥，她心动了，但又说：“我怕。”

“还是怕血？”

小华阳不敢说。她不仅怕血，更怕看到那些动物被杀死的惨状。

“你的胆子太小，跟父王多出去几次，胆子就大了。”

小华阳想了想说：“等我长大了，胆子也大了，天天跟父王去打猎。”

“傻丫头，胆子是从小练就的，不是随着人长大的。你看有的人七八十岁了，胆子还小得很哩！”

小华阳低着头，身子扭动着，表示不同意父王的说法。

秦王的意旨是不允许违抗的，哪怕是自己的女儿，也不许。他心里决定，明天一定要带她去。

第二天一早，秦王不顾小华阳的反抗，把她抱上马，扬起一鞭，向咸阳郊外的狩猎场驰去。

小华阳从来没有骑过马，尽管有父王搂着，她还是害怕，死死抱着马鞍不放。

好容易挨到狩猎场，小华阳被抱下马。秦王叫过两个小太监陪她在山坡上玩，看看打猎的场面。秦王则在众武士簇拥下，带上扶苏，向猎场深处驰去。

小华阳从来没见过这么高的山，这么大的森林。鸟叫虫鸣，野花遍地。她又跑又跳，玩得很开心。但是两个小太监不会逮鸟，不会爬树，她便想起了小棋子。

“你们知道小棋子吗？”华阳问。

“知道。”小太监回答。

“他为什么没来？”

“他害病了，已经病了好久了。”

“啊！”小华阳想起来了，那天去给妈妈上坟，就没见到小棋子。不过幸好他有病，不然那天他也会被父王杀掉的。她为他庆幸。

“他现在好些了吗？”

“已经好多了。”

小华阳放心了。

这时，山间响起阵阵吆喝声、狗叫声、野兽咆哮声。狩猎的包围圈在缩小，随着野兽的声声惨叫，围猎进入了最紧张、最令人兴奋的时刻。

可是，生性柔弱胆小的小华阳却把耳朵捂上，她怕听到那些声音。

对野兽的围猎结束了，武士们不断向秦王报告：“大王射死了六只鹿。”

“这只野猪也是大王射死的，看，这是大王的箭。”

……

秦王威风凛凛地骑在马上，后面是抬猎物的队伍，猎物有野羊、野猪、野鹿、狍子、狼……远远地，秦王就见到小华阳了。他想：她见到打了这么多野兽，一定很高兴。

然而当他骑马走近女儿时，却见她双手捂着脸。

秦王生气了，暗暗骂了句：“朽木不可雕也！”他愤怒地下了马，不由分说，将小华阳的手从脸上掰下来。小华阳看见那些在滴血的动物，又看见父王那可怕的脸，吓得直往后退。泪水，止不住流出了眼眶。

在回程的马上，秦王突然想起个逼使女儿胆大的办法。他对华阳说：“我下去了，你一个人骑马。”

“不，父王，我害怕。”小华阳叫着。

“胆子大些，不要怕。”秦王说着，腿一抬跳下马。

“我会摔下来的。”

“那我把你拴在马上。”秦王说着，命随从取过一根绳子，也不顾小华阳哭着反抗，硬把她捆在马背上。然后，取过马鞭，使劲朝马屁股上抽了一鞭，那马放开四蹄飞奔而去。被捆在马背上的小华阳吓得又哭又叫，扶苏见了可怜，求父王放了妹妹，秦王不理。他只感到一阵畅快，一阵惬意，忍不住哈哈大笑起来。他记得小时候就是被父亲这样绑在马背上才练出胆量来的。

秦王爱骑烈马，而今天所骑的这匹马性子又是最烈的。它被重重地抽了一马鞭后很不服气，加上背上捆的孩子又哭又叫，听了心烦，便撒开蹄子乱跑狂奔。一阵抖动后绳子松了，小华阳被重重地摔在地上，立即昏死过去。那马把背上的小孩抖掉后感到轻松了，任意飞跑起来。但没跑多远就觉得自己犯了错误，赶快掉头跑了回来，并且在小华阳脸上嗅来嗅去，打了两个响鼻，顺路飞跑了回去。

一个哈哈还没打完，秦王便有些焦急了，要是出了意外呢？当见到他的坐骑从远处跑了回来，悄悄地松了口气。他想：小华阳只要经过这么一次，把胆子练出来，以后准有出息。可是，当那马跑近，马背上没了女儿，只有一截绳子从马背拖到地面时，秦王呆了，双眼直直地望着那马。那马自知闯了祸，在秦王面前“咴咴”叫了两声，又把前蹄刨着地面，表示忏悔。秦王见了，跑过去抓住马缰，腾地上了马，腿一夹，那马掉过头飞奔而去。接着，秦王的贴身随从也策马跟了去。

那马载着秦王飞快地跑到华阳公主落马的地方，只见她静静地躺在草丛中一动不动。秦王跳下马来，抱起女儿，抹去她脸上的血污和草屑。摸摸她的鼻子，一息尚存，只是软塌塌地在他手腕上，像只被打死的小鹿。

望着怀里面色死灰、手足冰冷的女儿，秦王一阵心痛。他感到后悔，不该对她那么残忍。可是，他想到自己在她这个年龄时，有次在邯郸街头被赵国那些小泼皮打得头破血流，晕死过去，直到一只饿狗来舔他脸上的血，他才惊醒。他一拳打开狗嘴，挣扎着慢慢朝自家门口爬去……那时，谁又可怜我？想到此，他无名火起。他恨，他恨赵国那些泼皮；他也恨自己手上的女儿太不争气。这种胆小懦弱的东西，留着她，将来也是被人欺侮的材料。我后宫嫔妃数以千计，要生多少有多少，就少你一个女儿？没有出息的东西！想着想着，一股恶气窜上脑门，他举起双臂，要把手中的女儿抛向山下的深谷……

"大王息怒！"

"大王手下留情！"

"大王留下小公主一命！"

策马而来的随从们团团一圈把秦王围住，齐齐跪下向他求情。

秦王的手终于软了下来，顺手把女儿抛给身边的一个随从后，纵身上马，"啪啪"几鞭，朝咸阳城飞驰而去。

小华阳被救活了，但从此下肢瘫痪，一直躺在床上不能动弹。

当秦王冷静下来时悔之已晚，四处寻求名医为她医治，却不见一点效果。

一晃，七八年过去了，小华阳已长成大姑娘了。虽然她瘫痪在床，但发育正常，除了双腿失去知觉不能动弹外，其他一如常人。她长得美如天仙，娇艳无比。夏天，盖着一层薄薄的轻纱，冰雕玉琢般躺在那里，像一座精美的塑像。宫里人见过她的都说，那是一个举世无双的睡美人。

睡美人的日子只有睡在床上艰难悲苦地数着过。

至此，秦王才自认"改变她"的计划失败，不仅仅失败，他感到自己反倒被她改变了不少。

秦王迷信，他认为小华阳所以这样定是上苍对他的惩罚。要不，她怎么那么柔弱，那么胆小？要不，她从马上摔下却未摔死，留下终身残疾。都长成大姑娘了，天天躺在床上，她的终身大事怎么办？思来想去，还是自己行事太陡，太急，一时性起，不顾后果。于是，他想起被他掼死的那个小宫女，想起被他一口气杀了的那十二个太监。其实那中间只有一个该杀，可是他却杀了十二个。要是不那么性急，那个人是一定会查出来的。

不想则罢，想到这些事秦王心中就烦。

他想到什么地方去散散心。宫中，哪个角落都走到了，他想去咸阳街上逛逛，那还是当太子时曾去过的。最近又听说因为天旱，有不少灾民逃到咸阳。作为一国之君，也该去了解了解下情，他决定微服私访。

黄昏时分，秦王打扮成富商模样，带了四个扮成随从伙计的武士，悄悄出了宫门，到咸阳城中四处游玩。

这咸阳，是秦国的都城，是个人口众多商贸繁荣的地方。全城有数十条大街，纵横交错，密如蛛网。街两旁店铺林立，各种货物齐全，买卖十分兴隆。以往，秦王也多次在马车上经过这些街道，但只是走马观花。而今，脚踏实地地走在街面上，望着两旁被各色灯光装点得红红绿绿的店铺，店铺里货架上琳琅满目的商品，还有那些川流不息的熙熙攘攘的百姓，秦王心中突然升起一种自豪感。这宽宽的街道，华丽的店铺，街上来来往往的人群，都是我大秦的，都属我秦王管辖……想着想着，他便把遮掩自己半个脸的风帽取了下来，挺胸阔步无所顾忌地在大街上走起来。

身后的卫士见了大吃一惊，忙上前半步，在秦王耳边低声说道："大王，街上冷，请把风帽带上。"

秦王冷冷一笑说："没事。"顺手把帽子交给向他进言的卫士。

这卫士无可奈何地接过帽子，紧紧跟在他身后。

秦王长相特别：隆鼻长目，虎口满须，身材高大，膀大腰粗，很容易被人认出。四个卫士见秦王取了帽子，招摇过市，都心惊胆战，生怕出事。然而劝他又不听，只有小心翼翼跟在身后，手中紧握藏在长袍里的刀剑，随时准备与歹人搏杀。

秦王先在大街闹市上转了几圈，但大街上除了店铺还是店铺，王宫里什么东西没有？他对店铺不感兴趣。

他感兴趣的地方有两个。

第一个是小吃摊。咸阳小吃是有名的，有条小街上专卖小吃，各类摊点一个接一个，南甜北咸东辣西酸，各类小吃花样繁多品类齐全：小碗荞面、大碗拉面、酸辣凉粉、羊肉泡馍、芝麻锅盔、蛋煎薄饼、大葱烧饼、烧羊尾、烤肉串、炸馓子、烙油饼、胡辣汤、八宝粥、酸辣汤……少说也有几百种。老远，秦王就被一阵诱人的香味所吸引。走近一看，好长一条街上全是卖吃的，各种刺激食欲的香味直往鼻子里钻。秦王只觉得口中的分泌物不断涌动，再也忍耐不住，便大步朝那些摊点走去。

远远地,摊主们吆喝开了——

“客官请这里坐,这里有地道的咸阳烤饼,夹的是新卤的驴肉,再加一碗胡辣汤,吃得饱饱的,暖暖的……”

“客官,请这边坐。这里卖大碗拉面,汤宽味鲜,两个小钱一碗……”

秦王见一个摊位宽敞干净,便去上前坐定,四个卫士围他而坐。

“客官,吃点什么?”摊主见一行五人,为首的像个有身份的人,便弯腰问他。

“拣你拿手的送来。”秦王把手一挥说。

听了回话,那摊主一惊。

原来秦王说话声音特别,尖利刺耳,犹如狼叫,初听使人惊奇。摊主本待再问,却被随从打断:“快去拣好的送来,少啰唆。”

摊主一弯腰,随即进到里间,只听一阵刀板响,便端出几大盘香喷喷的时鲜菜来:有卤牛肉、炸羊尾、红油金钱肉、酸辣黄凉粉,接着是一大摞才烤出来的锅盔。

摊主放下食盘后,见四个随从为主人取过锅盔,夹上肉,放好香料,又把筷子擦了又擦,给他递上。把他服侍得周全后,各自才吃。

接着,摊主端上热腾腾的酸辣汤,先给首座的主人送去。刚放上桌面竟一失手,碗里汤泼了一桌,淌下去,又滴在秦王的衣服上。

那四个随从腾地站了起来,对摊主呵斥道:“瞎了你的狗眼!”

“我看你是不要……”

“算了算了。”秦王制止了他们。

摊主则连连打躬陪话:“对不起,对不起,小人失手,该死!”说着,向里屋喊道:“快拿抹布来!把那张干净洗脸巾拿来!”

里屋随即跑出个小厮,将桌子抹干净。摊主则接过洗脸巾为主人擦衣服。

“闪开闪开,让我来擦!”一随从抢过洗脸巾,跪着一只腿为秦王擦起来。

收拾干净,摊主重新端上汤来。主人胡乱吃喝了一通,丢下一大把铜钱,扬长而去。

摊主直送到街心,不停地点头打躬道:“客官慢走,谢客官赏钱!”

秦王的第二个目标是兰池花馆。他听说花馆老板新从楚国会稽买回一批歌舞伎,个个美貌无比。虽然他后宫美女如云,但能寻找些野草闲花玩玩,定是别有一番风味。

这兰池花馆是咸阳城的有名去处,来客多是王孙公子达官显贵。秦王等一行刚刚跨进大门，便被接进宽敞的花厅。老鸨见来者不俗，笑脸迎上。坐定，献茶，客套几句后，老鸨吩咐摆宴。

秦王意不在吃喝，且又想着及早回宫，便摆了摆手道："不必了。"

老鸨才知道是个只图快活的主，便把馆内姑娘叫出来听选。

但见门帘一掀，一溜进来七八个年轻女子。秦王见她们个个长得美俏，偏都腰大臀肥，分明是北方女子，便挥手叫退下。

"听着，我们主人要新近从会稽弄来的那些。"一随从对老鸨说。

老鸨听了笑道："只是身价颇高……"

"少啰唆，只管叫来！"

老鸨又一声唤，帘子一翻，出来一排年轻小姑娘，个个娇柔妩媚，美貌绝伦。秦王看得眼花缭乱，不由心中大喜，拣选了最如意的两个，由丫鬟带领，进了后院一所幽静的房间。

老鸨转身对四个随从说："请各位任选。"

"我们是专来伺候主人的，一个也不要。"说罢秦王随从进了后院，远远守着那红烛照亮的房间。

老鸨是见过大世面的人，觉得今天来的这帮人非同一般，再不敢多话。

那红烛高悬的房间里已摆好一桌精致的酒宴，秦王被几个女子拥着坐了上席，两个江南小姑娘左右相陪，一杯杯劝酒。凡送到嘴边的，他都一饮而尽。他觉得这酒、这菜、这些女子，比起宫中的来就是不同。

其实，秦王哪里知道，他在宫中至高无上，人人都对他毕恭毕敬，连正眼都不敢看他。再美的酒，再好的菜，吃起来也寡味。特别是那些受他临幸的女子，诚惶诚恐地伺候他，小心翼翼地顺着他，毫无表情地供他玩乐，其目的几乎只有一个：希望能生下龙种。在他面前，她们不敢有丝毫或快乐、或苦楚、或主动、或勉强的表现，否则，就会受到他或鄙夷、或不悦、或恼怒、或叱责的对待。哪像这些卖笑女子这么随便，她们虽然也为了钱向客人低三下四，但不存在恐惧与敬畏，往往在客人面前还赌气撒娇要个小性子，逗得客人欢喜。就秦王自己说来，也不必去保持什么君主尊严，可以与她们无拘无束任意取乐……

门外的四个卫士，目不转睛地守望着那红烛窗户，只听里面传来阵阵笑声，笑声过后，窗上的灯光熄灭了。他们静静地守候着。好久以后，也不见亮灯，卫士们急了，但谁也不敢去惊动他。又过了很长时间，城楼上已起三更，那窗户才又亮起来。接着，门"呀"的一声开了，四个卫士护卫着秦王进入花厅，老鸨见了笑道："正好睡时怎么就起来了？"

"我家主人有事。"一卫士回着，取出一个大金锭。老鸨笑吟吟地接过来说:“多谢客官,下次再来。”

秦王等一行也不回话,抬脚出了花厅,穿过庭院,出了大门。

大门外,是一条长长的巷子,因为是专做夜间生意的花街,两旁大门上红灯高挂,把小巷照得通亮。只是因为已经夜深,没了行人。

为了安全,秦王居中,前后各两个卫士护卫着他向大街走去。如果不发生意外,只消半个时辰他们就可以回到王宫了。

可是就在这时发生了意外,使秦王差一点儿再也回不到王宫了。

早在秦王坐在小食摊上吃锅盔夹金钱肉的时候,就有人把他盯上了。那摊主是一个暗杀团伙的耳目,团伙头目向他介绍过秦王的外貌特征:“隆鼻、长目、虎口、豺声、长八尺六寸、大七围。”一一对来都不差,只是说话声音想再听一次,便故意打倒酸辣汤引他第二次说话。一听,果然是他。于是,当秦王一行吃过夜宵走上小街时,几个人就把他们跟上了。见他们进了花馆,估计玩乐一阵后今晚要赶回宫中,便布置了暗杀团成员,把小巷紧紧包围起来。

秦王一行出了大门正往前走,突然前面几个黑影挡住去路,只见明晃晃的钢刀在黑影手中闪动。掉头后看,又是几个黑影紧随其后。秦王低声下令:“冲过去!”四个卫士立即摸出短剑护着秦王朝前冲去。

顿时,响起一阵刀剑的撞击声,卫士们与刺客交上了手。秦王因未带武器,心中不免有些慌乱。正在这时,传来一声惨叫,一名卫士被刺中胸膛倒在血泊中,秦王正准备去取拾他的剑,突然被墙上跳下来的两个黑影把剑直挺挺地逼向他的前胸和后背。

“哈哈哈,嬴政,你也有今日!”前面的黑影说着,把剑用力向秦王刺来。秦王却并不躲闪,而是挺着胸向剑抵去,眼看那剑被顶弯,然后,“叭”的一声被顶断。那黑影大吃一惊,连连后退不迭。

“嬴政,今晚你死定了!”后面的黑影说着,用剑向他后背刺来。秦王仍不躲闪,背抵那剑用力后退,直把那剑抵弯,然后,“叭”的一声剑被抵断。

原来,秦王出门前为防万一穿了刀剑不入的软甲。因那时这种软甲极为稀有,两个刺客还以为秦王有什么神力,都吓出一身冷汗。但他们并不后退,举着半截剑朝秦王一阵乱砍。只是剑法已乱,一个刺客被秦王飞起一脚踢倒,再当胸一脚,踹得他口吐鲜血。当他只剩下最后一丝气力时,竟举起手中断剑向自己脸上乱划,顿时血流满面,已不成人形。

前面黑影见了,大吼一声,不顾命地举剑向秦王砍来。秦王左躲右闪,与之周旋。

秦王前面两个卫士一个战死，但另一个骁勇无比，与几个黑影对阵，毫无畏惧。

秦王身后的两名卫士武艺高强，面对四五个黑影纵跳腾挪，不露半点破绽，瞅个空儿还把对方砍翻一个。

黑影们见杀秦王不着，又自损了几个兄弟，阵脚有些不稳。此时，又一个黑影被撂倒，那黑影垂死前也将剑指向自己脸部一阵乱削，但见鲜血飞溅，面目已一片模糊。

一连伤了数人，刺客们更加慌乱，其中一头目喊道："专杀中间那个大胡子，莫要放过他！"

黑影们听了，躲开对手，一齐向秦王杀过来。

秦王虽然从小习武，有一身功夫，但手中没有武器，只有躲闪之功，没有还手之力，处于十分危险的境地。

正在此时，咸阳都尉府巡夜卫队经过巷外，听见厮杀声赶来问道："什么人？"

秦王卫士听了喊道："大王在此，快来救驾！"

巡夜军官听了，领兵杀将过来。

刺客们见有众多兵丁杀来，不敢恋战，呼啸一声，四散逃去。唯有一刺客仍拼死要杀秦王，终因势孤，被卫士击倒。临死时因剑已脱落，便将脸向小巷的砖墙上猛擦，直至面部皮开肉绽连鼻子也被磨掉为止。

另一刺客在逃跑时跌倒，被擒后由两个卫兵反剪双臂押去都尉府。半道上，竟被他挣扎着一头撞进街边赶早市炸油糕的油锅里，拉起来时脸已被炸焦。

秦王明白这是一个有背景的刺客团伙。回宫以后，把御案拍得震天响，愤怒地吼出一个字："杀！"

杀谁？

凶手活的没逮住，死了的个个毁了容，无从杀起。

文武大臣、皇亲国戚、侍从宦官，以至平民百姓，个个胆战心惊，不知所措，整个咸阳城笼罩在一片恐怖之中。

但是出人意料，直至最后，嗜杀成性的秦王都未杀一人。其原因据他的贴身太监说，是因为他去看了华阳公主回来后便改变了主意。

此说当然不足信，但有一点可以相信，秦王确实没有因此搞"扩大化"。据史料记载，秦王一生遇到四次暗杀，其中三次都查出了行刺人，唯独这次没有。对这次遇刺，《史记》中只留下"关中大索二十日"的记载而已。

华阳公主

第七章

“罪过啊，罪过！”

几乎每隔三五天，秦王都要到华阳公主住的小院看看。这时，他已有了一个儿子三个女儿，但对这个女儿却有一种特别的关怀和爱意：她从生下来就没有了母亲，作为父亲，应当对她多施一份爱；她酷爱读书弹琴，口齿伶俐，聪明异常，也实在逗人怜爱；再说，她是个身有残疾的瘫子，而这又是自己一手造成的，应当用更多的爱和关心去补偿。然而，更主要的还是她母亲的缘故，她长得太像玉姬了，看到她，秦王就想起玉姬，他那难熬的思念就会减轻许多。虽然，他也曾下决心要砍断对玉姬的思念，可是，要砍断这种感情绝不像砍掉那石狮子的脑袋那么容易。

比如今天，他又下意识地来到华阳公主的小院。

“父王，女儿听出是您的脚步声了。”秦王刚踏进大门，华阳公主就听出是谁了，她放大声亲切地喊着。

听到女儿鲜嫩的银铃般的声音，秦王心中一阵舒畅，一面打着哈哈，一面加快步伐走进女儿的卧室。

“女儿给父王请安。”华阳公主欠起身，双手向父王不停地打躬。

“躺下躺下，别起来。”秦王过来握住女儿的手，按她躺下。

“换了这个大夫，怎么样？”秦王问。

她本想如实讲，还是老样子，但没讲出来。她知道父王的脾气，如果说出来，那大夫准该倒霉了，便说：“感觉好些了。”

“那就好，让他继续给你治。他说过一年之内能让你站起来走路。”

“那就好。”华阳公主并不相信，她已听过几个大夫的这类保证了。她不想再谈这事，便把话题岔开说：“父王，听说最近又有好几个谋士来投靠秦国，我真替父王高兴。”

“不过我高兴不起来。”

“为什么？他们都是酒囊饭袋？”

“很难说”，秦王说着，火便上来了，“不说别的，就拿献的见面礼来说吧，都是一般的金银玉器、异地特产之类，没有什么名贵珍奇之物；其中有个魏国人叫尉缭的，献上的竟是一箱黄土，这不明明在戏弄我吗？”

“父王准备怎么处置他？”她偏着头问。

“撵他走！要不，把他杀了！”

“父王，这位尉先生您千万不能撵，更不能杀。”

“为什么？”

“请父王听女儿讲段故事。”华阳公主对父王娓娓讲道：“春秋时，晋文公曾流浪各地，讨饭为生。有一次，他要饭时，乡下人给他一块泥巴。他正要去打那乡下人，同行的人劝说道，这是天赐的吉祥征兆。将来，你一定会成为土地的统治者。后来，晋文公果然继承了王位，还成了霸主。”

“如此说来，他的寓意很深？”

“女儿以为是这样。”

“幸好我今天听了你讲这个故事，才避免我冤枉一个好人。看来，你知道的还真不少。”

“女儿只不过闲得无聊，爱看看闲书罢了，父王不必夸我。”

“那你还看了些什么闲书呀？快告诉我。”

“最近我看了韩非子的《孤愤》、《五蠹》等，可有意思哩。”

“我早就听说过这些书了，只是没有时间看，你看过，说几段我听听。”

华阳公主有过目不忘的好记性，便背道：“‘智术之士，必远见而明察；不明察，不能烛私。能法之士，必强毅而劲直；不劲直，不能矫奸……’”

“好，写得好！”秦王拊掌称赞道。

“‘故明主之国，无书简之文，以法为教；无先王之语，以吏为师；无私剑之捍，以斩首为勇。是境内之民，其言谈者必轨于法……’”

“说得好，跟我的想法一样，好女儿，再背。”

华阳公主又背了几段《五蠹》，秦王听了说：“哼，那种言必称先王之道的儒生，高谈阔论的空谈家，为私利不惜生命的剑客，受贿枉法的近臣，盘剥农民的高利贷者，在我秦国也有，这五种蛀虫不除，确有亡国灭朝之祸。”

父女俩越谈越起劲，不觉已到黄昏时分。秦王命就在女儿处摆饭，两人边谈边吃。

“韩非文章写得这么好，他是哪国人？现在何处？女儿你知道吗？”

“我身边有个小宫女名叫小红，原是韩国大户人家的丫头，蒙将军攻韩那年入宫的。她说她见过韩非，是韩国公子，可有学问了，但因为说话口吃，韩王不重用他。”

“能写这么一手好文章，口吃又算什么？怪不得韩国那么弱，有人才不用。他们不用我用，能与这样有学问的人朝夕相处，真死而无憾。我要得到他，明天，我就派人去韩国用重金聘他来。”

华阳公主最佩服父王说干就干雷厉风行的大政治家风度。她高兴地说：“像父王这样果断干脆，秦国的霸业一定能成功。”

第二天，秦王上朝做的第一件事是重赏尉缭，拜他为秦国尉，专门掌管军事事务；第二件事是立刻派人去韩国聘请韩非。

听说秦国用重金来聘韩非，韩王这才认识到这个结巴的价值，赶快把他请入宫中，封官许愿，赐金赏爵，不让他离开韩国。

秦王恼了，立刻发兵二十万，令大将王翦为统帅，杀奔韩都阳翟而来，声称，如果韩国放韩非入秦，便退兵。

韩王眼见大兵压境，慌忙召众大臣商议对策。大多数人都认为，因为一个结巴韩非与秦国打仗太不值；何况韩国不是秦国的对手，与其打输了才把韩非送去，不如现在就做个人情让他去吧。韩王别无选择，只有放韩非入秦。不过，他觉得就这么放韩非去了韩国也太丢脸了，便召韩非入宫说：

“秦国既然要你去，朕也不能留，但总得给你一个身份才好。这样吧，委你为韩国使臣，代表韩国出使秦国。”

王翦见韩国送出韩非，便下令退兵，带着韩非向秦王复命。

秦王见了韩非大喜，向他请教兴秦方略。韩非因在韩国不受重视，又见韩国政治腐败，无可救药，便一心倒向秦国，向秦王献出灭六国兴霸业的密计，还发誓说，如果大王采纳了他的建议而不获成功，请“大王斩臣以殉”。

秦王听了，十分高兴，便找来相国李斯商议。他说：“昨晚寡人与韩非谈了大半夜，他提出的消灭六国、统一中华的谋略切实可行，甚合朕意。今日特约相国来宫中，想进一步听听你的意见。”

“大王，韩非与臣曾经同在荀子门下求学，对他我很了解。他的学问才能非同一般，就是臣也是很佩服的……”李斯滔滔不绝地把韩非夸奖一番后，立即转弯说：“然而可惜的是，韩非虽有才能，却并不能为秦所用。”

“那为什么呢？”秦王问。

李斯说：“韩非本是韩国公子，一向忠于韩王，他多次向韩王提出联合六国、削弱强秦的建议，韩王没有采纳。但他一心向韩的初衷并未改变。至秦大兵压境，韩王是以国使的身份派他来与秦国谈判的，谁又保证他不是来继续实现他的弱秦计划的？大王现在要兼并诸侯，韩非作为韩国公子，最终还是要为韩国着想。现在，趁大王还没有用他，不如把他杀了，免得留下后患。”

秦王听了心中一惊，说道：“若不是相国提醒，险些中了他的计谋。”说罢，下令把韩非关押起来。

华阳公主这几天心情特别好，她没想到，自己只不过为了消遣打发愁闷的日子看些闲书，居然对父王有这么大的帮助。看那天父王听自己背书多么认真,还赞不绝口说韩非的文章写得好,说能跟那样有学问的人朝夕相处死而无憾。后来,竟为了他发兵攻韩,直到把他弄到手为止。看来,自己虽然瘫倒在床,对父王、对秦国还是有大的用处的。她越想越兴奋,便命宫女到处搜集书籍,她立下志向要把天下的书读完。

这天,她正在专心读书,只见小红匆匆从外面走来,喊一声“公主”便跪在榻前,抽抽搭搭地哭了起来。

“怎么,谁欺负你啦?”华阳公主问。

“呜……”小红不停地哭。

“快说,什么事?”

“救命……”

“谁要杀你?”公主被她哭糊涂了。

“不,要杀公子。”

“什么公子?怎么尽说些没头没脑的话,别哭了,从头说。”

小红略略忍住了哭声,断断续续地述说着。

公主终于听明白了。她觉得奇怪,为什么父王要杀韩非呢?他不是对他那么崇拜,那么重视吗?不知怎的,她第一个就想到相国李斯,她觉得这事一定与他有关。

“小红,别哭了,快起来。”公主望着仍在流泪的小红,产生了一个疑问,她问:“你为什么对韩公子这么关心?”

“他……他是奴婢的叔叔。”

“啊,怪不得。如此说来,你也是韩国贵族的后裔了。这几年也算委屈你了。此事你放心,我一定尽力。”

“谢公主……”

说也凑巧,这天下朝后秦王又到华阳公主小院来玩,他故意把脚步走得重重的,但却未能如往常一样听到女儿的欢笑声。院落里静得瘆人,只见一个宫女勾着头跪在道边。他感到奇怪,问道:“公主的病加重了?”

“启奏大王,公主的病未见加重,只是近日心中烦闷,不思饮食。”宫女回道。

跨进女儿的卧室,但见她神情黯然地躺在床上,见父王进来,请了声安,便不说话。

“怎么了?发烧了?”他摸摸她的头,“没有嘛。是下肢不舒服?”他又摸摸她的双腿。

华阳公主摇摇头。

“那什么事情使你不高兴呀?”秦王焦急地问。

“因为女儿杀了一个人。”

“杀了一个人也不值得你这么不高兴呀。”秦王反倒笑了起来，“你杀了谁？”

“韩非。”

他明白了，但又不甚明白地说：

“我是想杀他，可那是我呀，与你有什么关系？”

“父王，要不是我向您背他的文章，您会发兵韩国把他要来吗？当然是我杀了他。”

“我是准备杀他，但现在还没有杀呀。”

“父王，我不懂，您既然要杀他，为什么当初又那么急于得到他？”

秦王被女儿问住了，一时回答不上来，便随口说道：

“因为他是韩国公子，他的心不会向着我们秦国。”

“可是我们秦国大臣中又有多少是秦国人呢？就拿相国李斯来说，他就是楚国人……父王，也许是我多疑，我猜呀，这杀韩非的主意一定是李斯出的。”

秦王对自己的女儿只有佩服的分儿了，她瘫痪在床多年，居然对朝廷的事这么清楚。可惜呀可惜，要是她是一个男子……

华阳公主见父亲沉默不语，知道自己猜得没错，便接着说：

“父王，那李斯虽精明能干，但却嫉贤妒能，一定是他见韩非比他更有本事，便要借父王的手杀了他……”

“不过，李斯的话也有道理……”

华阳公主稍稍沉默后说道：“父王，女儿背诵一段文章给您听……”

“你又读新书了？好，背给我听听。”

“父王，您听着。”华阳公主说着，调皮地一笑，接着便背诵道：

“‘臣闻吏议逐客，窃以为过矣。昔穆公求士，西取由余于戎，东得百里奚于宛，迎蹇叔于宋，求丕豹、公孙支于晋。此五子者，不产于秦，而穆公用之……’父王，还有精彩的哩，您听：‘泰山不让土壤，故能成其大；河海不择细流，故能就其深’……”

“好了好了，你不要背了，你的意思我明白了。”秦王笑着制止道。好厉害的丫头，她背诵的就是李斯写的反对逐客的《谏逐客书》的奏章。用其之矛攻其之盾，手段高明，令人佩服。秦王便说道：“好，就听你的，不杀韩非，明天我下令把他放了，封他个官，让他为我大秦服务。”

“父王，我的好父王”，华阳公主脸上立刻绽出笑容说，“您释放韩非，也等于释放女儿。要是他被杀了，女儿的灵魂将永罩在阴影里不得解脱了。只是父王，您最好今晚就下令释放他，俗话说夜长梦多，李斯他……”

“女儿,你也别太性急了,我明天一早就下令。今晚,你就好好睡觉吧!”

可是,当秦王第二天派使者持令前去赦免韩非时,韩非恰在头天晚上一命归天了。是李斯以老同学的情谊送去的酒菜,韩非吃后七窍流血而死。

韩非死了,但韩非提出的兼并六国的计划正在被秦国实行。按韩非的计划,秦国兼并的第一个目标就是韩非的祖国韩国。就在韩非死后的第三年,秦攻下韩都,韩王当了俘虏。

秦王攻击的第二个目标是赵国。

按秦王的意思,赵国是他的第一个攻击目标,因为他与赵国的仇恨太深了。当年,随当人质的父亲子楚住在赵国,不知受了多少气。且不说赵国的官员,就是一般百姓,也用歧视的目光看他和他一家,整日在羞辱与欺凌中备受煎熬;有时,还被一些恶少打得头破血流。自己当时就立下誓言:有朝一日,一个不留地坑杀!

为了寻仇,秦王曾几次发兵攻赵,均未得手,有两次还被赵将李牧、廉颇带领的部队打得大败。

秦王憋着一肚子气,做好了准备,又计划攻赵。尉缭阻谏道:“赵有李牧、廉颇等良将,攻之不易。”

“难道罢了不成?”秦王气愤地说。

“大王如要伐赵取胜,请依臣之计……”

秦王采纳了尉缭的计策,用重金收买了赵王近臣郭开。郭开向赵王进谗言,李牧被解职。

赵王准备起用老将廉颇,命郭开先去了解一下他的健康状况。

郭开奉旨去拜见廉颇。廉颇知道他的来意,当着他的面身披铠甲骑马舞刀,英武不减当年;在宴席上,廉颇一顿饭就吃了一斗米十斤肉。言谈中表示自己老当益壮,尚能为国效力。

可是,得了秦国好处的郭开回去向赵王复命时说:“廉将军虽老,食欲仍很旺,一顿饭吃了斗米之多,而且马上功夫也甚了得。只是在与我对坐闲谈的一会儿,一连上了三次厕所。”

听了郭开这些话,赵王对廉颇失去了信心,取消了委他任统帅的打算,另外物色人选。

秦王得到消息后,便准备下令攻赵,尉缭又出面劝止。秦王说:

“现在赵国委派的将军,都是平庸无能之辈,不正好攻打吗?”

尉缭说："打仗，主帅固然重要，但士兵素质因素不能低估。想那赵国，早在武灵王时代，君主便常年身着戎装，带领兵将骑马射箭，练得兵马强悍，能征惯战。五国攻秦时，赵国为纵长，实力最强，士兵打起仗来舍生忘死。现在，虽然没有好的统帅，部队的战斗力仍很可观。因此，这时攻赵，时机尚未成熟。臣夜观天象，东北方天空一片混浊，料定赵国不久会有灾变，可以趁那时社会混乱、军心不稳时攻之，必胜无疑。"

秦王最迷信，听说赵国天空出现异常天象，将有灾变发生，深信不疑，便耐着性子等待。

果然，秦王政十六年（公元前231年），赵国发生大地震。第二年，又大旱。这时，尉缭向秦王奏道："大王，时机到了，请发兵攻赵。"

经过一番大荣辱大起落的人生波折后，赵太后归于平静。虽然，她恢复了太后的尊贵，过着锦衣玉食仆从如云的生活，秦王定时请安，王公大臣不时来叩头，但她感到厌倦。她剩下的爱好只有两个：一是漫步花径听赵国来的人讲故乡邯郸；一是半躺在椅子上听华阳公主击筑唱歌。她剩下的希望更少，只有一个，那就是晚上能做一个快乐的梦。

可是，几乎所有的梦都与她的希望相反。比如昨晚，她竟梦见她母亲出嫁。母亲凤冠霞帔地坐在花轿里直朝她笑……醒来后她觉得这个梦太荒唐，母亲结婚时她还不知在哪儿，怎么就能见到？再说，梦是相反的，梦见办喜事就可能是办丧事……她越想越不对劲，还没起床，便对窗外喊道："来人。"

"奴婢在。"一个宫女应着走近太后床边。

"早饭后去把华阳公主接过来，我要见她。"

"是。"宫女退下后便去安排。

赵太后叫人去接华阳公主是因为她会圆梦，好几次她圆的梦都说得很准。再说，好久没见着她了，她想她。

这段时间华阳公主被笼罩在痛苦的阴影里难以解脱。

这当然与韩非之死有关，但还远不止于此。

她还清楚地记得那晚上发生的一切。

已经是上灯时分了，小红走到自己榻边，"扑通"一声便跪下了，接着，便是不停地哭泣。

"难道，你叔叔韩非他……"华阳公主猜一定是韩非出了事。

"韩公子，他，死了……"

"什么？"公主惊诧地问。

“大王赦令到时,他已被李斯派的人毒杀了。”

“消息可靠?”

小红哭着点点头。

“你是从哪儿知道的?”

“公主,恕奴婢不能相告……”

小红抽泣着,再没多说一句话。

华阳公主躺在床上,她想的很多,但似乎又什么都没想,任泪水顺着脸颊流淌。

当她从恍惚中醒来,才发觉床前的小红早已不见。突然,她有一种不祥的预感,连叫几声小红,无人答应,便叫来宫女问道:“小红呢?”

“刚才见她匆匆地走出院子,我们还以为公主有事差遣呢。”

“快,快去把她找回来。”

过了半天,找的人回来说,她可能去的地方都找了,不见人。

华阳公主叫宫女通知太监总管,扩大范围,在宫中各处寻找。闹腾了大半夜,直至天快亮时一个太监去井里打水,才发现已淹死了的小红。

众人七手八脚把她打捞上来,检查一遍,未见有伤痕,断定是自杀身亡。入殓前替她换衣服,见她手中紧紧攥着一物,掰开来看,是块小巧精致的玉佩。宫女将玉佩呈给公主,公主细细观看,正面精工巧刻一对凫水鸳鸯,背面刻了些花草图案,在花草中隐隐藏着一个字,细看是个“非”字。分明,这是个定情之物。公主心中不由一颤,一个完整的故事便出现在她的脑际——

小红乃韩国贵族小姐,在一次偶然的机会中与韩非邂逅,私订终身,并赠信物。由于战乱,小红被俘,成了秦国宫女。当她得知韩非到了秦国,顿时升起一缕希望。而当韩非被捕,她焦急万分,求我相救;乃至得知韩非被害,希望破灭,不再独自苟活下去……

华阳公主使劲捶自己的胸口。她后悔当初向父王推荐韩非的文章,要不,怎会把他从韩国弄到秦国,然后把他毒杀?他不死,小红何以殉情自尽?

“罪过啊,罪过!就我这个瘫子,竟一次杀了两个人,而且是多么好的两个人啊!”华阳公主悲叹着,自责着。她恨李斯,恨父王,更恨自己。她不停地捶着自己的胸口,直至宫女们上来把她紧紧抱住。

当晚,在准备把小红的尸体抬出去安葬时,华阳公主叫来太监,拿出那块玉佩对他说:“将这块玉佩仍放在小红手中,随她一起去吧!”

一连多日,华阳公主寝食难安,明显瘦了一圈。

秦王也来看过女儿几次,但父女相对无言。公主眼里虽有埋怨,但韩非已死，说也无益。至于小红与韩非的故事，她守口如瓶，让那美丽随小红一起埋葬掉吧！秦王未能救出韩非，自觉有些尴尬，但也无从解释。于是坐一坐，问几句，便默不作声地离开。

但是在最后一次离开女儿卧室前，秦王认真地对华阳公主说道："你要是我的女儿，就要习惯死亡。"

华阳公主听了一愣，问道："难道包括无辜的死亡？"

"是！"秦王回答得很坚定。

"不！"华阳公主的口气也很坚定。

又过了好久，父女才勉强恢复了以前的和睦。

华阳公主

第八章

魂断落魂桥

高渐离自函谷关告别嬴政母子后，独自一人背着筑和包袱回头往北，直奔燕都蓟城。

这日，临近赵都邯郸，高渐离原打算绕道而过。但他想到因走得匆忙，邯郸城中还有几个朋友未去告辞，这次错过机会，去了燕国，路远迢迢，不知何时再能相见，便决定穿城而过，去朋友处告别。他去的第一个朋友处是燕国太子丹府上。

那时，燕太子丹作为人质住在邯郸，与作为人质的秦太子子楚同命运，二人交往密切。又因与嬴政年纪相当，意气相投，关系更非一般。高渐离是他们的好友，三人曾歃血为盟，结为兄弟。

高渐离来到燕太子丹的住处，两人相见，畅叙别情。

“贤弟，你不是跟韩大姑去了燕国吗？这么快就回来了？”太子丹问。

“太子有所不知……”高渐离把救嬴政的经过讲了一遍。

太子丹听罢，感动地说：“没想到贤弟年纪轻轻却有如此大智大勇，舍命救出嬴政兄弟，可敬可佩。秦军围邯郸那几日，赵兵将我住处围得水泄不通，秦军退后方才解围。只听说跑了子楚一家，还不知道其中有这么多曲折哩。”

听说高渐离马上要去燕国，太子丹便说：“贤弟不必慌着走，再过几天，父王将派人下诏，召我回燕另有任用，不如等几日我们兄弟同行，路上也好叙话。”

架不住燕太子丹一再挽留，加上耽误时间不长，高渐离便应允下来。住在太子丹府上，每日陪他饮酒弹唱，不觉过了月余。

一天，高渐离陪太子丹去酒楼应酬，笙歌曼舞中开怀畅饮。这时，从女乐队中走出一个十四五岁的妙龄女子，手抱一张锃亮的筑走向高渐离，先是深深地一揖，然后轻启朱唇莺声燕语地说：“奴婢这厢有礼了。早就听说高公子敲得一手好筑，又歌声绝妙，令人倾倒。奴婢击筑也有一两年了，却无甚长进，故今晚冒昧请高公子击筑高歌，一则为大家助兴，再则也让我等长长见识。”说罢，便将筑捧了过来。

高渐离虽说是个走南闯北的男儿，但从未与青年女子接触过，今日突然面前出现这么个美貌的妙龄姑娘，又捧着筑请他演唱，一时间心跳加快，手足无措，面对那张筑不知该怎么办。正在为难之时，太子丹说道：“贤弟，今日兄弟相聚，不必拘礼。既然这位姑娘盛情相邀，你就为大家表演一曲吧！”

高渐离平日最听太子丹的，听他一说，不好推诿，便大胆接过筑，置于案上，又敲又唱起来。起初，他还有些顾忌，唱了几句后，胆子就大了，手臂也舒展了，手指也灵活了，歌声也自然了。一曲下来，只听叫好声、鼓掌声不绝于耳。自己感到从未有过的满足。

那小姑娘又过来了，连连向他打躬道谢，又抬起头来，飞快地看了他一眼，然后，抱过筑，碎步走了回去。

今晚高渐离特别兴奋，特别舒畅。他回忆自己以往所有的表演，从来没有今天这么成功。无论是击筑和唱歌，都那么轻松，那么投入，那么一泻无余。他感到奇怪，这种良好的心情到底从何而来？想着想着，他感到脸上发烫，心中发热。啊，原来来自她那轻盈的步履、轻启的朱唇、轻声的祈求；来自她那捧筑的纤纤玉手、走路时翻飞的裙带、初识时深情的一瞥、举手投足那迷人的风度……

以后，他们又有过几次短时间的、然而却不能用时间来衡量的接触。就在短短的接触中，他们相互倾诉，相互融化，达到难解难分的程度。

两个月后，燕王的诏书到了，高渐离将与太子丹一道去燕。

“眉娘”，在邯郸北门外的长亭上，高渐离握着姑娘的手说：“记住，三年后的今天，我一定来邯郸接你……”

“至死，我都等着你。”眉娘扑在高渐离的肩上，不停地抽泣着。

太子丹也忍不住红了眼圈，说道：“贤弟，改变主意吧，把她带上。”说着，从行囊里摸出一大锭金子：“给，拿去做赎金。”

“不，谢兄长美意。愚弟尚未弱冠，身在江湖，一事无成，待侍奉了韩师父，再随公子干番事业后不迟。”说罢，他轻轻推开眉娘，用衣袖替她擦干了眼泪，然后，翻身上马，猛抽一鞭。那马叉开四蹄，扬起一阵泥沙，绝尘而去。

从燕国都城蓟城出南门，顺大路走四五里向右，拐上一条小路，再走约莫里把路，便是一条小河。河上有一座石桥，人们叫它落魂桥。桥下那条河冬天上冻，人们踏冰而过；一到开春，冰化了，人们便走桥上；到了夏天发大水、水漫过桥面，便没人敢走了，只有等水退了再走。

桥两岸，是平缓的坡地，坡上长满了野草野树。野草丛中，野兔野狐嬉戏追逐，野树上成群乌鸦哇哇乱叫。桥上行人稀少，偶尔有两个过客，也匆匆来去，不愿在这荒僻的地方多作停留。

可是，就在这人烟稀少的桥头荒坡上，却有人修了一溜三间草房，四周又围上栅栏。一个三十八九岁的中年女人正在栅栏里收拾柴草，平整地面，准备搭一个瓜架，让瓜蔓有个栖身之所。

过往人有认得的，都驻足喊道：“韩大姑，您好，房子都拾掇好了？”

“差不多了，来，快来坐坐，歇歇脚。”

“不了，我还有点要紧事办，下次再来拜望。”

也有那没急事的，便走进大门，在石凳上坐下问道：“韩大姑，您老怎么在这个地方修房子，怪荒凉的。”

“这儿嘛，嗯，风水好……”

其实，哪里是因为什么风水好，只是因为她要在这里还一个夙愿，要在这里终了一生。

战国时期，连年的战祸不知留下多少失去父母的孤儿，韩娥也是其中一个。因为从小就是孤儿，她不知道自己是哪国人，也不知道自己姓什么。当她懂事的时候就在韩国南阳一家歌伎馆里学艺，从小受尽折磨。幸好她天资聪慧，歌喉又好，十三四岁时就唱出了名。十五岁那年，她用自己的积蓄赎了身，从此周游各地卖唱，因色艺俱佳，很快就成了闻名各国的名角。

十六岁那年，韩娥唱到楚国，一张筑敲得整个郢都如痴如醉；一副甜美的嗓子，唱得楚国上下心荡神摇。一时间，追逐她的公子哥儿踏断门槛，她注意地挑选着。

柳郎，一个家道中落的贵族子弟，有风度有才气，对她紧追不舍。她动心了，很快，便坠入如火如荼的初恋中。她鼓励他求学上进，挣个前程，自己将来也有个结局。

柳郎果然听话，从此再不去拈花惹草，白天习武，晚上攻读，甚是勤奋。韩娥看他不负所望，心中暗喜，便倾心相向，将自己积攒的钱财也交给他保存。

谁知，有次演出归来，见屋门大开，喊几声柳郎不见。细看箱笼，翻得乱糟糟的，里面的二百铢钱财及金银细软被席卷一空。

韩娥气得一头晕倒在床上。而床上，新添置的被褥也不翼而飞。

她真想一头扎进滚滚长江了结一切。但她挺了过来，只怪自己轻信。

十八岁那年，她唱到邯郸，红火了大半个赵国。在众多追逐者中，她看上了一个长胡子的学究，人们喊他周先生，也有称他美髯公的。其实他才三十挂零，只因有一把飘然的胡子，就显得有把年纪了。他在邯郸城中开馆教学，讲的是孔孟之道。他追逐韩娥的方式与一般年轻公子哥儿不同，他专为她写海报，惯会用吹捧的词儿，韩娥看了心中受用。当他向她表白爱慕之情时，她见他是讲孔孟之道的儒生，又见他圆嘟嘟胖乎乎的脸上配上副可信赖的胡须，这样的人坏也坏不到哪儿去，便答应下来。

“我虽然读孔孟学说，但却淡泊功名利禄，只靠教几个学生糊口。若能在乡下有几垄薄田、几间草屋，再能得到如韩妹妹这样的红颜知己陪伴，下半辈子在耕读中安度岁月，足矣！”

韩娥听了他的表白，觉得很合自己的胃口，庆幸自己终于找到个志趣相投可以终身相依的意中人。于是，在一个迷人之夜，一番山盟海誓后，她向他献出了所有的积蓄，让他去濮阳乡下去购置田产房屋。情浓之时，对他说：“奴的一切都属于你，连我自己，今天都一并给你吧……”

送走了去乡下置业的郎君，韩娥一面辛苦演出，一面甜蜜守望。当约定的归期已超过，仍不见郎君的踪影时，她担心他出了什么意外，便派人去打听。可回来的人说，濮阳并未见到周先生的踪迹，倒是听说有人在大梁看见过他，也在那里开馆授徒，而且正和一个歌伎打得火热。

这次，韩娥没有气晕过去，甚至没有哭，她反倒觉得好笑。柳郎，一个破落户子弟，穷疯子，见利忘义，见利忘情，倒可谅解；可怎么熟读孔孟的饱学之士周先生，也居然只看得见钱呢？她无论如何也难以把这两个人联系起来。但当想到自己失去的钱财时，她才发现他们原来是一路货。不同的是，饱学之士要比破落户子弟值钱，他骗走的是一千铢。

两次惨痛爱情教训之后，韩娥才感到这世界绝不像她所想象得那么灿烂。她不怨天尤人，也不悲观绝望，只默默地投入她的音乐事业，从中寻找乐趣和寄托。对慕名追逐者，一概谢绝。这一时期，她创作了许多美好的乐曲，对筑和击筑的技艺作了改进，在各地的演出都取得了更大的轰动。

在她二十三岁这年，她卖艺到了燕国都城蓟城。

地处北方的燕国，人们对音乐不如中原及南方各国那么痴迷和疯狂，但当地民风淳朴，豪侠仗义。韩娥觉得这里更适合自己，便长期在蓟城卖艺，收入是少些，心情却好得多。

冬去春来，不觉过了大半年。

这天，店老板娘来韩娥房中闲坐，谈话间她问道：“姑娘只知漂泊江湖，走南闯北，倒是自由自在，不知今后有何打算？”

韩娥未作回答，只是一笑。

“啊，我明白了”，老板娘笑道：“依姑娘这般人才，这般技艺，当然要千里挑一地选。不过，也不要太苛刻，家财、功名、脾气、年龄、相貌，样样全的实在难找……”

“大娘，谢谢您对小女子的关心。不过，您说的那些我看都不难找，难的是心地好……”

“啊，我懂了，我懂了。你是要找人品好，没坏心眼，能忠忠实实守你一辈子的那种。哪个女人都这样想，可就这最难。你看我那个死鬼，跟我几十年夫妻了，成天不回家，在花街柳巷鬼混。我就恨透了这种男人。”

“唉。”韩娥为她也为自己叹息了一声。

听了一声同情的叹息，老板娘觉得遇上了知音：“当初呀，花言巧语，天上飞的鸟都能哄下来。什么今后永不变心，要变心天打雷劈。什么咒厉害他咒什么。可以后呀，自从我成了俩孩子的妈……”

“孩子他妈，又死到哪儿去了？”

一听那“死鬼”喊，老板娘飞快地答应着出去了。

老板娘倒是个热心肠人，没过几天，就引来一个名叫程寿的公子。

此人二十七八岁，头戴一顶学子方帽，身着一领皂色长衫，面皮白里透红，双目默默含羞。见了韩娥，他一揖到地，说：“久闻小姐芳名，今日有幸相会，实乃三生有幸……”

见那书呆子模样，韩娥暗暗好笑。在交谈中，看他言谈文雅，举止有度，心中便有几分欢喜。当问到如何这般年纪尚未成家时，他说道：“小生早年父母双亡，家中贫寒，无有依靠。现暂住一远房亲戚家，帮他看管田庄……”

啊，又是一个落魄书生。满脑袋装着落难公子与多情小姐唱本的韩娥，对他又多了一份同情。而那书生看似斯文，却会风流，韩娥死灰般的心意被滋润得热烈起来。二人便互赠信物，订下终身。韩娥藏在身上的那白玉镯，便是她的程郎赠予她的定情之物。

韩娥怀揣那块心爱的玉镯，住在已盖好的落魂桥头的草屋里，过着清淡枯寂的日子。

白天，去桥上走走，望着时清时浊的水发呆；晚上，坐在如豆的灯前，在鹤鸣狐叫声中遐想。她在枯寂中守候着，期待着。她还要了却一桩心愿：要去找他的尸骨，挨着草房给他造座坟，立块碑。生，不能相聚；死，也要陪伴他，一同度过最后的岁月。

发生在那晚上的事她记得很清楚。

她正要睡时，忽听程公子紧急的敲门、喊门声。门一开，满脸血迹的他扑通跪在她的脚前：“韩娥，快逃，有人要杀我，要杀我们。”

韩娥听了大惊，忙扶起书生，给他擦去脸上的血迹。

“公子别急，说清楚。”

“我已故父亲的仇人寻仇来了，刚才幸好我躲得快，才躲过来了。他们打听到我与你定了亲，要连你一起杀。”

“那给他们钱。”

“他们不要，声称要杀尽我全家。”

“那去找官府。”

“官府早被他们买通……韩娥，我连累了你。但事已至此，只有咱们一起跑，否则性命不保。”程寿万分焦急地说。

韩娥没了主意，只有慌忙收拾钱财衣物，打成两个包袱，与他各背一个，开了店家后门，悄悄逃出城去。

二人出了南门，在夜色中相扶而行。赶不到两三里路，只见后面出现火光，又隐隐听到“逮住他们”的喊声。眼看越来越近，二人便岔上右边的小道上。后面的火把顺大路撵了过去，二人稍稍松了口气。但不一会儿，火把又折回，直奔小路而来。

韩娥实在跑不动了，便说：“程郎，你快跑，别管我了……”

“那哪成，是我连累了你，我岂能一人跑。要死，也死在一起。”说着，取过她身上的包袱背上，架着她朝前跑。

二人跑上一座石桥时，追的人也撵到。火光下，见有三四个手执兵器的大汉，呐喊着上了石桥。只听为首那个大汉大喊：“姓程的哪里走？”举刀便向他砍去，但听“嚓”的一声响，接着“哎哟”一声惨叫，程寿便跌下桥去，落入汹涌的河水中。

韩娥回头不见了公子，大叫一声“程郎，我随你来了”，也纵身跳下桥去。追上来的大汉伸手一把，没拉住……

每天，韩娥都到这座石桥上走走，去找回那天的回忆。程郎在哪里落水的，自己是在哪里跳水的，她都找得很准确。她又朝下游的远处望去，大概就在那片沙石滩上她被人救起。那天，她不敢在这凶险之地久留，没等伤愈，便告辞救命恩人远走他邦了。但她永远不会忘记那桥，那水、那人。“说不定他还活在世上。”“不可能，那一声落水前的惨叫……”“可是他的尸骨呢？”她常常对自己这样发问。

事隔多年，她回到落魂桥。她的信念是：活要见人，死要见尸；如果见不到人，找不到尸，那就在这与他最后生死离别的地方，守候他到终老。

日子是孤独的，但却分外安宁，听不见吵架斗嘴，看不见相互倾轧。偶尔去城里打听打听消息，采购些日用品。其余时间种菜养鸡，纺线绩麻。滚滚红尘中混久了，过腻了，能过上这种清悠悠松散散的日子，她感到无比的惬意与舒畅。

夜晚是属于音乐家的。

每当皎月高悬或繁星点点的夜晚，落魂桥边的茅屋里便传出一曲曲

动人心弦的歌声,随着夜色,向四周漫开去。最常听到的是那首《牵牛星》:

迢迢牵牛星,
皎皎河汉女。
两星遥相对,
两情紧相依。
银河横天宇,
七夕有桥渡。
人间无天河,
何日能相逢?
……

唱得蝉不鸣蛙不叫,山风不再呼啸……

近一段时间,韩娥心中甚是烦躁不安,原因不仅是因为丝毫没有关于他的消息,也没有徒儿高渐离的消息。她算了算时间,早已超过了。她早就给蓟城的朋友打过招呼,高渐离来时到落魂桥找她。那孩子忠诚实在,是不会不来的。可是,他为什么还没来呢?

她天天在门口守望着。

这天下午,远远看见桥那边有个人影,她眼睛一亮。但细看,原来是个拄着棍子的老太婆。只见她步履艰难地走到河边,弯身下去,双手捧着河水猛喝。

看那可怜模样,韩娥便想到自己,再过一二十年不也那样?看她一定是饿了,等她走过桥来,让她到屋里坐坐,舀碗稀饭给她喝。可怎么她就在河边躺下了?一定是有病。

韩娥快步走过桥去。但见她骨瘦如柴,衣衫褴褛,双目紧闭晕倒在地。韩娥把她扶起来背上,慢慢走过桥来,放在屋里的床上。

一看便知道是饿的,韩娥忙舀上碗稀饭,给她一口口喂下。

果然,几口饭下肚,便有了活气。喂完一碗,她睁开了眼睛说还要。

一连喝了三碗,老太婆便坐了起来,脸上也有了表情,点着头说:“谢谢大姐……”

韩娥又打了盆热水,替她擦洗。当洗净了她脸上的尘垢,与她四目相对时,都惊呼道:“是你!”两人都认出了对方。

那老太婆竟是当年的店老板娘。她望着韩娥,不禁垂泪道:“唉,韩大姐,我命好苦。两个儿子打仗死在外头,那死鬼把家产糟蹋干净后也就走了,丢下我一个在阳世受罪……”

“大娘别难过。这人一辈子谁又能说得清?”

“你”,老板娘奇怪地问:“你不是跳水死了吗?怎么在这儿?”

韩娥便把她的经历说了一遍。

“真是吉人天相。你,你没见到他?”

“谁?你是说程公子?”韩娥急切地问。

“是他。”

“快说,他在哪儿,我要见到他……”韩娥的眼里放着异样的光,口中不住地念:“谢上苍保佑,谢上苍保佑……”

“保佑谁?”老板娘问。

“程公子呀,他大难不死……”

“呸!什么程公子,他是个忘恩负义的无赖,天打雷劈的坏蛋……”

“您说什么?”

“韩大姐,你听了别伤心……”

“罪过呀,罪过!”老板娘的讲述在连声叹息中开始。

“那无赖说起来还是我的一个远房侄儿,从小上过几天学。后因父母早逝,无人管教,便在世面上鬼混,学得油头滑脑,专门结交狐朋狗友,干些不见天日的勾当。他见你卖艺挣了些钱,便许我厚礼请我说媒。哪知道这小子心怀鬼胎,串通几个泼皮把你骗到落魂桥劫了你的钱财,然后准备把你卖到胡地。那天晚上把你骗到落魂桥,谁知强盗遇上贼,那几个泼皮早已通谋,把姓程的那小子砍于桥下。正要抓你,你却投了水。他们下河捞起那小子,打开包袱分了钱财,便一哄而散。”

“真叫祸害千万年。没想到那小子被砍一刀并未丧命,被人救起后养了几个月伤便好了,只是左臂没了。但他并不改邪归正,整日甩着一只空袖子在街面上逞强,谁见了谁躲。就连我家也被他讹去不少钱财,要不,我们怎么会败得这么快?……”

“不”,韩娥听了,尖声喊道:“不!我不相信!你说的是假话。他,他绝不会那么坏!”

“你应该相信!她没说假话!我比她说的更坏!”

冷峻的、无情的,好像是从空中掉下来的话音,把韩娥和老板娘吓愣住了。

随着话音走进来三个人。为首那个飘着只空袖子,韩娥一眼便认出了他。他冷笑着,一步步走近韩娥,说:“韩姑娘,没想到,我们还挺有缘分的，都大难不死，现在又见面了。”

韩娥望着那张变得凶恶冷酷的脸，变得凶恶冷酷的话音，她不知道该说什么，只是用愤怒的目光望着他。

“韩姑娘，你不要生气，我早就想来拜望你了，只是没得闲。今天到府上不为别的，我们几个兄弟要借你这几间草屋住几天。”

韩娥死死盯着他，不说话。

“还有，我们兄弟这几天手头有些紧，把你的钱借些给我们使使。”

韩娥还是不说话。一边的老板娘却说了：“姑娘，别借给这帮畜生……”

“住口！刚才你多嘴饶舌我还没找你算账哩！”

“算账，我倒要跟你算算账，你骗去了我多少钱？”

“兄弟”，程寿对身后的两个人说，“让她老实点！”

两人各自从裤腿上抽出尖刀恶狠狠地对着老板娘，她便不再开腔。

韩娥也不作声，只把手慢慢伸进怀里，摸了一阵，摸出那玉镯来。

“啊，原来是当初我送给你的那玉镯，可它，又价值几何？”说着，程寿准备去接。

“滚！”韩娥使劲将那玉镯朝他脸上掼去，嘴里不住地喊：“滚！滚！滚！”

程寿被那玉镯打痛了，脸更难看了。他摸了摸痛处，然后把手指张开，伸向韩娥的颈项……

只听传来“哎呀”一声惨叫。

第九章

“人为至灵，何以自咬？”

燕太子丹与高渐离等一行离开赵国都城邯郸，晓行夜宿，直奔燕都蓟城。

这天中午，他们来到一片柳荫树下，见有酒招儿在风中飘动，便下马走进这家酒店，准备吃喝点什么再走。

这是一家只有两张桌子的小酒店，太子丹一行七人围坐两桌却缺两只板凳。原来刚才两个客人酒饭后一人拖了一只去柳荫下睡觉去了。店家走近一看，二人跷着腿睡得正香。

他走到一个大胡子面前，正准备喊醒他，但见他膀大腰粗，长一身起疙瘩的肉，不敢惊动，便转而去叫一位面皮白净的客人。他推了推他说："客官，请醒醒，我取板凳一用。"

喊了几声，那客官打着哈欠醒来，听说要凳子，极不情愿地站起来相让。

店家取过长凳，安顿了太子丹等人坐定。他无意间一转身，竟呆在那里了。他听见那面皮白净客人走到大胡子身边唤道："兄长醒醒，今天起得太早，实在困得慌，你朝那边挪挪，让半边凳子我睡。"

大胡子被喊醒，哼哼唧唧应着，极不情愿地把身子侧过去，让出半边凳子来。面皮白净客人侧身一倒睡了下去，还说了一句："挤着你哪，兄长。"

大胡子客气地说："没事，朝我这边睡睡，小心别摔下去了。"

二人客套几句后，便都睡去。

店家想不明白，那长凳宽不过五六寸，怎么两个大汉睡在上面就摔不下来？他走近瞧瞧，见两人脚不沾地背靠背睡着，中间还透风，一点不见挤。

店家看呆了，竟忘了端酒菜。

太子丹等见店家在屋檐下发傻，好奇地走过来看，只见两人平平稳稳地睡在一只长凳上不停地打呼噜。大家惊奇不已，太子丹摆手示意不要惊醒了他们。

这时，店家已摆好酒菜。席间，他们纷纷议论起这两个人的奇异功夫，都说大开了眼界。燕太子丹专好结交江湖奇人，便说："能与这种人交个朋友，也是一大幸事。"

随从听了，说道："这还不容易，把他们叫醒就是。"

"不"，太子丹制止道，"打扰别人好梦为无礼之举，待他们醒来后再去相请不迟。"

酒饭毕，大家坐等了大半个时辰。至太阳偏西时，二人才醒来。这时，太子丹方走上前双手一拱说："二位壮士好睡。"

那大胡子见一仪表不凡的公子拱手相问，也拱手回礼说："我两人因贪赶路程，走得疲乏，竟在路边树下睡到这般时候，相公休得见笑。"

太子丹见他身长八尺有余，虎背熊腰，满脸豪气，说话声如洪钟却不粗鲁，心中便有七八分喜欢，问道："不知二位尊姓大名，仙乡何处？"

"在下卫人荆轲……"

"啊！"太子丹惊道："原来是与盖聂论剑的荆壮士，久仰大名，今日见面，幸甚幸甚。这位是？"太子丹向面皮白净者拱手问。

"他是我的同乡，结义兄弟田仇。"

"久仰久仰。不知二位意欲何往？"

"准备去燕都蓟城，投奔燕太子丹。"

"啊，在下便是太子丹……"

二人听说，慌忙下拜道："我兄弟慕公子盛名，不远千里而来，不想在这里与公子相遇，实乃缘分……"

"快请起，快请起……"太子丹扶起二人，又把高渐离等向他们做了介绍，接着喊道：

"店家，快摆上酒宴，先给二位壮士接风洗尘。"说罢，太子丹让荆轲、田仇坐了上座，自己与高渐离相陪。

荆轲有惊人的酒量，又因与燕太子丹路上巧遇，酒逢知己，话又投机，便开怀畅饮起来。四人在觥筹交错中纵论古今，无话不谈，尽醉方休。当晚，就在酒店搭铺住了一夜。

次日清晨，太子丹与荆轲、高渐离、田仇等一行人马，一路谈笑风生，向蓟城进发。在马上，当谈到榆次与盖聂论剑的情形时，荆轲手舞足蹈，跳下马来，抽出随身带的宝剑，当场舞弄一番。阳光下剑光闪耀，令人目眩。太子丹等看了，果然好剑术，不断拊掌称赞。荆轲又谈到当初曾向卫元君进言治国之道，不为所用，果然不久便亡于秦。说着，不禁摇头跌足，长声叹息。

太子丹见荆轲心胸坦荡，豪爽大度，且博学多智，又有一身好武艺，便越发尊敬他；高渐离十分羡慕他的才能武艺，二人很是投机，就在路上结拜为兄弟，立志共扶燕太子丹干一番事业。

不两日，到了蓟城，太子丹向燕王复命后每日忙于公务。高渐离、荆轲被留住府上，每日酒宴相待，列为上宾。

这天，高渐离打听得师父韩娥住处，约了荆轲和田仇一同去落魂桥。

走出蓟城南门，他们发现几个鬼鬼祟祟的影子在前面晃荡。三人都是江湖中人，一眼看出几个家伙绝非善类，便远远地跟着他们，一直跟到落魂桥。见他们闯入韩娥的茅屋。三人相互示意了一下，悄悄向那座茅屋围去。

三人躲在窗外，把一切看得清楚，听得明白。当程寿伸出鹰爪般的右手向韩娥颈项伸去时，荆轲顺手从土墙上抠下块泥团向他手掌打去，但听“哎哟”一声，程寿便缩回被打中的手痛得直甩。他见窗外有人，放过韩娥，跳向门外喊道：“哪里来的小人，敢对大爷我施放暗器？有种的快出来。”

话音未落，只见一个手执长剑满脸胡须的彪形大汉站在面前。

程寿也不再问，抽剑便向他砍去。那大汉只是躲闪，并不还手。程寿砍了十几剑，剑剑落空，自觉心虚，想趁机逃走。荆轲这时才使出手段，一个箭步闪到他身后，出手一掌，又出脚一钩，将他钩翻在地。这时，程寿的两个伙计早被高渐离和田仇制伏，蹲在墙角不敢动弹。

这时高渐离已拜见了师父，并请她上坐，然后一把捉过程寿，向他说：“快向韩师父请罪。”

荆轲过来说道：“对这种忘恩负义的畜生，何必与他多说，一剑结果了就是。”说着，举剑向程寿刺去。

“韩，韩姑姑救命……”程寿不住地向韩娥叩头求情。

“壮士且慢动手。”韩娥向荆轲说。

“韩大姐，您千万别放过这个坏种……”老板娘忙说。

“我要问他几句”。韩娥说，“要他亲口说出他谋害我的经过……”

“那好，叫他说。”荆轲用剑指着程寿。

但他低头不语。

荆轲顺手割去他一只耳朵。

程寿号叫一声，把耳朵处捂上，血，从指缝间流出。

“你再不说，我就割掉你另一只，然后鼻子，嘴……一块块地割。”荆轲把剑指在程寿的鼻尖上说。

“我说，我说……”程寿如实招认了谋害韩娥的经过。

韩娥听了，不停地叹息，最后，竟忍不住放声大哭起来。

“韩大姐不用哭，您要想开些，世上男人哪个不是这路货？”老板娘插嘴道。

“不对”。荆轲说，“这种畜生只是男人中少数败类，恰巧让韩师父碰上了。”

高渐离指着程寿说：“师父，您看，对他怎么处置？”

“饶命，韩，韩大姑，看在我们以前的情分上，饶了我一命。以后，我一定洗心革面，重新做人……”

韩娥以手掩面，背过脸去，默不作声。

荆轲见了，不再犹豫，一剑直刺过去。只听“嘡啷”一声，剑被程寿左臂挡开。原来，程寿在被砍断的左臂上，安了一截可以伸缩的三角铁锥，常趁人不注意时用来伤人。

程寿挡过荆轲刺过来的剑，顺势将铁锥伸出，直刺荆轲心窝。荆轲急忙一闪，用剑拨开铁锥，一剑向程寿颈项刺去。只听那厮呻吟一声，便直挺挺躺下了。

荆轲说了声“好险”。他在程寿衣服上擦了剑，命令两个在墙角哆嗦的程寿同伙说：“过来！”

“大爷饶命，小人是他花钱雇来的……”两人跪在地上不住地磕头。

“今日权且寄下你们的脑袋，以后再干坏事，必取你等的狗命。快过来把这畜生拖得远远的埋了。”

二人叩谢了不杀之恩，抬着程寿的尸体急慌慌地出去了。

当晚，高渐离、荆轲、田仇等在韩娥茅屋留宿。韩娥与高渐离畅叙师徒别情。第二天，荆轲、田仇要回太子府，高渐离请他们转告太子，因侍奉师父之事为大，不再回府，请太子见谅。

高渐离每日悉心侍奉师父，如儿女尽孝；韩娥对高渐离关怀备至，如慈母爱子。师徒相依为命，胜似亲情。高渐离又向韩娥学习琴、筝、筑、萧等乐器及相关技艺，在短短时间内，吹奏弹唱学得精熟。

这期间，燕太子丹曾数次派人前来邀请他们师徒去太子府做宾客。韩娥决心决绝尘世，不再出山；高渐离信守侍奉师父终身的诺言，回绝了太子丹的邀请。

韩娥见了心中着急，把高渐离叫到身边说道：“徒儿，你尚年轻，理应出去干番事业，不应为我这个老婆子而误了你的青春。”

高渐离说道：“徒儿一向视师父为亲生父母。圣人云，父母在，不远游。何况，我早有誓言在先，服侍师父终老。再说，当今乱世，徒儿也无心去争什么功名，只求在师父点拨下，悉心钻研音乐。要是在这上面有所成就，也就心满意足了。”

韩娥听了，不便再劝。

此时的韩娥，因程寿的背叛被揭露，心情大变。她感到人世间许多事情太不可理喻，怎么一腔热血、一片忠诚，却换来如此令人痛心的虚假与恶毒？她曾经产生过一个非常奇怪的想法：假如程寿真的死了，假如他的阴谋不被拆穿，哪怕她沉入的只是一个虚假的梦，也觉得好受些。可是现在，一切都赤裸裸地暴露在面前，连最后一点遮掩也都退去。唉，在这么一个满是虚伪的世界活着有什么意思？

当然，如高渐离、荆轲这样的义士世上也有，但谁又能把他们看透呢？谁又能说他们没有个人打算呢？比如高渐离，他要是学完我的技艺便弃我而去呢？她不敢再想下去。

不觉又过了几天。这天，燕太子丹带了随从亲自到落魂桥，一则拜访韩娥，再则请高渐离去太子府掌管乐队。虽然太子丹一再相邀，韩娥又一再相劝，可高渐离坚持不去。后来，还是荆轲提了个折中办法：暂去太子府几日，待把乐队组建好后便回。高渐离不便推辞，告辞了师父，随太子去了蓟城。

不到十天，高渐离便将太子府乐队的事办好，回到落魂桥，与师父相伴，过起闲散日子来。

又过几日，太子丹再次亲临落魂桥，说他将去秦国做人质，秦王带信说希望高渐离同去。高渐离听了说："我与师父亲如母子，她现已年老，我离她而远去秦国，实为不孝。此事实难从命。"

太子丹只得怏怏而回。

燕太子丹起程去秦那天，高渐离特去送行，送了一程又一程，数日后方回。

谁知，当高渐离回到落魂桥时，远远看见师父的茅屋只剩下烟熏火燎的断壁颓垣了。怎么，才走几天就发生一场大火？他想到仇杀，想到抢劫，及至走近一看，韩娥师父端坐在堂屋的石凳上，早已烧焦了。他在外面菜园里，找到几块压在石头下的竹简，上面写道：

> 日月昭昭，明星遥遥。
> 人为至灵，何以自咬？
>
> 鱼游在水，鸟飞在天。
> 草木沙沙，可知人世之艰？
>
> 至亲至情，肝胆可鉴，
> 一日得手，瞬间即变。
>
> 叹人生之险，悲尘世之相煎。
> 不如且去寻觅，另一世间。

高渐离读罢师父的绝命诗，跪在师父的座前哭得死去活来。他心里明白，师父之死固有看透人生的原因，然而也更有不愿成为自己的拖累，影响自己前程的因素。想到此，他悲恸欲绝。

韩娥既死，高渐离以孝子身份为她办理丧事，修墓立碑。守孝七七四十九天之后，便到太子丹府上调教乐队去了。

高渐离与荆轲交情深厚，二人朝夕相处，习文论武。闲时便去街市上玩耍，喝得醉醺醺之后，高渐离击筑，荆轲唱歌。唱到高兴时哈哈狂笑，唱到悲哀时相对而泣。路人见了皆驻足围观，他们全不在意，好像日子过得还从来没有这么舒畅痛快过。

从燕国的蓟城到秦国的咸阳有数千里之遥，其间跋山涉水，过关走隘，还要越过荒凉的沙漠和人迹罕至的草地，旅途的艰辛可想而知。可是太子丹对这趟去秦国做人质的差事毫无怨言，相反，他满怀信心地主动请缨，一路之上心情也特别好。因为当今秦国的君王是他的好友嬴政，他们同在赵国邯郸作人质，又结拜为兄弟。虽然分别已有七八年了，但小时候在一起打打闹闹、捉迷藏、恶作剧的事都记忆犹新。他去秦国做人质一定会受到热情的接待，对两国关系将大有好处。唯一觉得不足的是高渐离没来，这不仅仅是路上少个伴，更主要的是嬴政指名叫他来。他没来，嬴政一定会不高兴。

路上走了两个多月才到咸阳，先去有关衙门打点，递了名帖，只待秦王接见了。

十天过去了，二十天过去了，一个月也很快过去了，还未听到秦王接见的消息，太子丹等得不耐烦了。但在别国的土地上，不耐烦又怎样。“也许他实在太忙。”太子丹只有这样想了。

一直等到光秃秃的树枝上长满绿叶，接见的时间才通知下来。又等了十来天，才是接见的日子。

清晨，太子丹换上整齐的衣帽，步行到长乐宫外排班等候。

日近中天了，才听到从远远的大殿上传出一声：“宣燕太子丹上殿。”

太子丹慌忙再整衣冠，随来人快步向前。及至走到殿前，已是气喘吁吁，上气不接下气了。

步入殿上，行了拜叩之礼。太子丹本想借机看看昔日小伙伴的尊容，刚要抬头，就听到左右卫士警告的吼声，赶快把头埋得更低。

太子丹双手向传事太监递上公文，半晌，才听秦王说道：“怎么，高渐离没来？”

“启奏大王，高渐离因侍奉师父，未能……”

还没等太子丹说完，秦王就厉声说：“什么侍奉师父，明明是藐视本大王嘛，哼！”

太子丹还想解释,忽听秦王冷冷地说一声:"退下!"

在回去的路上,太子丹气得浑身发抖。这小子,一坐上王位,说话声音也变了,连从小至交的朋友也不认了。他的气还未平,门外传话进来:"秦王有诏,太子丹快跪接。"

太子丹只得快步走下台阶,跪于院中。

传旨太监念道:"燕国公子丹既来大秦为质,要严守本大王以下之规定:一不得擅离咸阳;二不得交朋结友;三不得私藏兵器;四不得诋毁王朝;五不得议论朝政;六不得……如有违,定当重治不贷!"

太子丹只觉得脑袋嗡嗡直响,下旨太监什么时候走的他都不知道。

"到底我在哪方面开罪了他呢?"太子丹百思不得其解。想来想去,只归结到他没有见到高渐离的缘故。于是连夜修书,派人回燕国,把高渐离招来。

高渐离接到太子丹的书信,即刻起程,但赶到咸阳时,已是初冬天气了。

果然,高渐离一到咸阳便受到秦王接见。

接见是在秦王的寝宫中进行的。

见了秦王,高渐离欲行大礼,秦王忙把他扶起,说道:"这是我的寝宫,并非殿堂之上,那套繁文缛节就免了吧!"说着,叫太监搬过椅子,让高渐离坐下。

"大王召见在下,不知有何吩咐?"高渐离欠身说。

"没有什么大不了的事。"秦王笑道,"只因你我兄弟多年未见,十分想念。当然,另外嘛,也有些事。你是知道的,我秦国历来以击木为音,敲罐为乐。朝堂之上,甚是不雅。我要组建一个宫廷乐队,找你来任教练。"

高渐离不敢拒绝,答应道:"谨遵王命。只是在下才能有限,恐负陛下所望。"

"你就不要客气了。从今天起,你就住在宫中专办此事,需要什么乐器设备,你开出来,立即派人去采购。至于乐伎,宫中有宫女数千,任你挑选……"

秦王虽然要到了高渐离,但对太子丹的态度却无丝毫改变。这天,高渐离来看太子丹,谈及此事,高渐离放低声对他说:"对嬴政,我们再不能用以前的眼光去看他了。他而今坐了王位,一心想的是权,只要对他的王权有利,哪怕低三下四也可以。尉缭原来不过是魏国的一个平常读书人,因为他建议用三十万金收买各国权贵,使各国不攻自破,受到嬴政器重,对他恭维备至,连衣食车马等待遇都与他当大王的一样,又封他为太尉。尉缭私下对人说：‘秦王相貌，鼻如黄蜂，眉眼细长，鹰胸豺声。这种人无情无义，虎狼之心。有难处时对人卑躬屈膝，一旦得势则翻脸不认人，甚至轻易把人杀掉。我只不过是一个平头百姓，他居然曲意奉承，将来秦国如称霸天下，大家都要遭殃。对这种只能共患难不能共富贵的人，不能与他久处。’所以，尉缭几次想跑，都未能跑掉。”

“啊！”太子丹听了，不由发出一声惊叹。

高渐离接着说：“尉缭说得很在理。想起来，你我与他从小在一起，就那么个德行，需要时亲热你，不需要时，一脚把你踢开。现在，他需要我，对我十分谦卑；他不需要你，所以对你这么刻薄。说不定他对你还有另外的盘算，你是燕国太子，有能力有威信，将来继承王位，对他称霸诸侯威胁最大。所以，请公子要分外小心，另图良谋才是。”

“听了贤弟这番话，我似大梦初醒。当初我来秦国做人质，只想到与嬴政有朋友之谊，没想到有利害冲突，更没想到他有这么大的变化。事已至此，只有想办法早日离开，才是上策。”

“我也是这个想法。”

于是二人商量离开秦国的办法。

过几天，太子丹便向秦王递上一个报告，说母后有病，作为儿子的，要回去伺奉汤药。

很快，秦王便有批示下来：“不准！太子丹要回燕国，除非乌鸦白头马长角。”

太子丹看了，又把高渐离找来商量对策。

不久，市面上传出流言，说某地出现白头乌鸦，某地马头上长了角。流言传入宫中，秦王召地方官询问，回奏果有其事，并即刻献上白头乌鸦和长了角的马。群臣都恭维说这是上天降下的祥瑞，是大王的福分，是秦国的吉兆。秦王本来迷信，听了非常高兴。

恰在这时，秦王收到燕太子丹的报告。报告上说，大王曾说，乌鸦白头马长角时让太子丹回去尽孝，而今果然出现了这样的奇迹，这预示上天将降大喜于秦，也是上天对太子丹的怜悯，望大王开恩放太子丹回国。

君王口中无戏言，又逢心情舒畅之际，秦王便在报告上批了“准予放行”四个字。

拿了批示，太子丹找来高渐离说：“有了秦王的批示，你我一同走吧！”

“不行。”高渐离说，“在下本应随公子一道回燕，但现在是秦王正需要我的时候，我要走，他必不同意，弄不好连你也走不成。嬴政是个反复无常之人，公子应立即起程，迟了恐怕生变。至于我，请公子放心，等你安全回到燕国后，我会追随而来的。”

太子丹觉得高渐离的话有理，便连夜收拾行装，出了咸阳，一路快马加鞭回燕国去了。

高渐离奉命组建宫廷乐队的工作进展很顺利。后宫打扫出一个大院落，专供教练演习之用，里面摆满了各种各样的乐器，整日鼓锣笙歌之声不断。顿时，冷清清死沉沉的宫墙内便有了许多活气。全宫上下，包括太后、王后、嫔妃、太子、公主，乃至只知低头伺候人的小太监、小宫女，一概都活跃起来。就连整日板着面孔的秦王，脸上也露出了笑意。

不过宫中最快乐的人还要算华阳公主。

那天清晨她还在梦中，一阵鼓乐之声随风徐徐吹来，随着乐声，她走进了一座云雾缭绕的大殿里。但见殿上灯火辉煌，一队舞女正在和着乐翩翩起舞。她原来坐在大殿上方，忽听一女子说：“请公主领舞。”她便起身走进舞女队中，随着音乐飘飘然旋转起来。

明明是个梦，怎么醒来音乐声还在响？难道是从天上飘下来的仙乐？仔细听，却来自不远处的宫墙之内。她很奇怪，便叫来宫女打听。宫女告诉她，是才成立的宫廷乐队在演练。

从此，她的日子不再寂寞，她沉浸在激动与欢乐之中。

但是，更使她激动与欢乐的还是夜里传过来的琴声与歌声。白天，那演练的乐声歌声虽然欢快热烈，但杂乱无章，听不出头绪。晚上的音乐就不同了，那是一个人独自演奏的，有时弹琴，有时击筑，有时还伴以或欢乐、或忧伤、或舒缓、或激越的歌声。听着，真叫人心荡神摇，每根神经每个细胞都感到无比舒畅。

听，那乐声传过来了，如丝如缕，如烟似雾，好像微风吹过面颊，好像绸缎拂过肌体，浑身上下痒酥酥、麻沙沙。那乐声传过来，又像天上飘下一阵毛毛细雨，落在心头。那乐曲她从未听过，却觉得很熟悉。拂在脸上湿润润，沾在唇边甜丝丝。听那节奏，舒缓而又明快；那音律，柔和而又鲜丽。她轻声地哼着，手指不断轻轻地叩击着床沿。

那是一个月明星稀的晚上，为了更清楚地听那音乐，华阳公主让宫女把她抬到廊沿下。月光，穿过稀疏的树枝树叶洒下来，把她的圆脸照得更白更亮了，恰如一轮小小的月亮。脸上，还闪着红白色的光，好似要与天上那轮明月争美斗艳。

琴声，从墙头传过来了。先是一阵飒飒风声。接着，是一片沙沙雨声。微风细雨过后有片刻的宁静，然后，是咻咻的欢笑声，窃窃的细语声。笑的什么，说的什么，听不见，但华阳公主觉得都能懂。

随着琴声，歌声唱起来了。虽然因离得较远，时断时续听不清，但那浑圆的男中音，那带着气声的哀叹与倾吐，她听得明明白白。她被震动了，被融化了。随着歌声哼唱着，身体摇晃着，手指叩击着……

“猫！”身边的小宫女指着盖有一层薄锦被的公主的腿说。

“什么猫，大惊小怪的。”公主的兴致被打断了，她有些生气。

“公主，你脚边在动，不是小猫钻进去了？”

华阳公主自大腿以下早就失去知觉，脚边有没有猫，她不知道。

“一定是小猫，我看见它在公主的脚边动弹。”小宫女又说。

公主说了：“那就翻开看看。”

小宫女立刻翻开盖在公主脚上的锦被，没发现小猫。

“一定是你眼看花了。”公主说。

“咪、咪、咪……”小宫女唤了几声，没见猫的影子。

“公主，奴婢刚才看的实在……”小宫女委屈地哭了。

“你看你，这点小事也值得哭，快过来我给你擦擦。”

小宫女真的走到公主身边，任公主给她擦眼泪。

第一曲终了，第二曲又开始了。

一阵激越的筑声，如狂风骤雨，如沙场鏖战；像瀑布直泻而下，像临阵拼命搏杀。而后，是高亢昂扬的歌声从天而降。她激动，她亢奋，她感到血液在沸腾，心跳在加快。她屏住呼吸，紧握的双拳一下下在空中挥动着。

小宫女又看见那“猫”在公主脚边动了，这次她没有惊叫，她只指着公主的脚，用目光向公主示意。

公主便把目光移向自己的脚，果然在动。那绝不是“猫”，分明是自己的脚随着歌声的节拍在一下一下地摆动。她惊喜了，没等一曲听完，便拉过小宫女搂着欢叫起来：“我的脚能动了！”

突然，她又感到脚有些冷，叫小宫女快拿被子盖上。

“我的脚有知觉了！”她不停地欢叫着。

公主的小院沸腾了。

第二天，“公主的脚能动了！”“公主的脚知道冷暖了！”……好消息传遍了整个王宫，整个朝廷，整个咸阳城。

华阳公主

第十章

残　月

听说女儿的脚能活动知冷暖了，秦王顾不上吃饭，顾不上早朝，匆匆赶到华阳公主的小院。

“女儿，父亲看你来了。”刚跨进小院，他就亲切地大声叫喊起来。

但是里面没有反应，只有几个宫女低头跪接王驾。

秦王收起了笑容，向她们问道：“怎么，公主的腿不是大有好转吗？”

宫女们都低着头，没人回答。

秦王甩了一下袖子，急步走进女儿的卧室。只见女儿睁大了一双哭红了的呆滞的眼睛发愣。

“怎么了，女儿？”秦王过去，握着女儿冰冷的手问道。

只听女儿叫声“父王”，便“哇”的一声哭倒在秦王怀里。

秦王伸手摸摸女儿的脚，干瘪瘪的，冷冰冰的，与往常一样。他问：“女儿，不是说好多了吗？”

公主摇摇头。

他看着女儿这副可怜相，心中格外难受。没想到，那一马鞭会给她造成这么严重的后果。他常常被这事折磨得寝食难安。今天，当听到女儿的脚有了好转，便兴致勃勃地赶来。可是一看，还是老样子，就怒气冲冲地说：“杀了他，我一定要杀了他！”

华阳公主知道父王说的这个“他”是指大夫。为了自己这双腿，父王已杀了不止一个大夫了，怎么又要杀？她连忙揩了眼泪说道：“父王陛下，这不关大夫的事。昨晚，我在廊下看月亮，突然，我的脚能动弹了，也有些知觉了。当时我好高兴，以为从此就会慢慢好起来。但半个时辰后，又是老样子。我把腿捶呀掐呀，一点用也没有。刚出现的一点希望又没了，怎么不叫人伤心？”

华阳公主是个绝顶聪明又有才学知识的女子，她知道自己的腿跟那音乐有关，但她不便明说。那抚琴唱歌的明明是个男子，说出来岂不惹人笑话？

“如此说来，莫非与月亮有关？今晚不妨再去赏月，看看又是怎样？”秦王说。

“女儿也说不清。女儿谨遵父王之命，晚上陪父王一同赏月。”

“好女儿，你等着，我一定来。”

是夜，月华如水。秦王早早来到华阳公主住的小院里，与女儿坐在廊下闲谈。一轮明月正翻过墙头，躲在树影后面向小院窥望。

时光，静静地流淌着，围绕着公主的人们都静悄悄地注视着她的脚，可那被锦被盖着的一双脚却一点动静也没有。

“昨晚，大概就在这个时候……”公主又把当时的经过和自己的感觉向父王细细说了一遍。

说着，公主焦急等待的那乐声缓缓传过来了。先是一阵沙沙沙的筑声，接着便是颤悠悠的歌声。那曲调是欢乐的，歌声是欢乐的。细听起来，像牧童在草地上翻滚打闹，像村姑在溪水边洗衣嬉戏，又像一群青年男女在暮色中追逐欢笑。

乐声刚起，秦王就听出是高渐离在练指法吊嗓子，他边听，边向女儿讲高渐离，讲与他那段不平凡的友谊。公主听得很入神，但她并没有忘记听音乐，那欢乐的音乐把她带到天真活泼的童年，带到玩跳绳、荡秋千、捉迷藏的游戏里。记得有一次捉迷藏，在逃跑中一脚踩进水沟里，已是冬天，那脚冻得好痛好痛……怎么，她突然真的感到脚冷得发痛了，她高兴地叫了起来：“父王，我的脚感到冷，冷得发痛……”

秦王听了立即兴奋起来，伸手去摸女儿的脚，说道：“不，不是冷，是热。平日，我摸到你的脚都是冰冷冰冷的，怎么今天就热起来了？好，一定是血脉通畅了。快！”秦王对身边的宫女说，“愣着干什么，还不快去拿毯子来给公主盖脚。”

“公主的脚又知冷暖了。”

“恰恰又是昨天这个时候，你说怪不怪？”

“那一定是月亮神的保佑。”

……

宫女太监们悄声交谈着，议论着。

真正的原因除了公主外秦王也知道，他早就听说音乐往往会有治病的效果，没想到高渐离居然有了这么高深的造诣。看来，我的女儿有救了。

“女儿，明天，我给你找个不用吃药不用扎针的好大夫来，准保把你的病治好。”

“谢父王。”公主听懂了父王的话，含笑回答道。

秦王转脸看着女儿胖乎乎的圆脸在月色的映衬下越发红润了。

高渐离本来对秦王留他在宫中当乐队教练就不情愿，今天又传诏叫他到华阳公主住处去为她“治病”。他早就听说秦王有个女儿小时从马上摔下来跌坏了腿，瘫在床上已十年有余，换了几茬大夫都没医好，嬴政为此还杀了人。现在，叫我这个操琴唱歌的去岂不是有意为难我？但王命难违，只得带上几件乐器，随太监去见公主。

公主从昨晚父王的话里已听出他将派来为自己治病的“大夫”是谁

了。长这么大了，她还没跟父王以外真正的男人接触过。太监，她天天都能见到，但他们不算男人。只有扶苏，但他早已被父王派去戍边了，一年也难得见上一面。何况他是自己的兄长，不能算她所界定的那种男人。可是今天，她要见到一个真正的男人了。她从父王的介绍中，从听到的他那委婉的琴声和浑厚的歌声中，她在为他画像，想象他的言谈举止风度……

在她的心里，他的模样还没有画好，就听门外太监禀报："禀告公主，乐师高渐离奉诏前来拜见公主。"

"快请他进来。"华阳公主对身边的宫女说。

透过窗棂，公主见一个留着三绺胡须的男子迈着敦实的步子走进庭院，踏上台阶，在廊前停了下来，远远地对着她的卧室拱手说："高渐离奉命见过公主。"

公主听清了，正是那浑厚的男中音歌者的声音，不觉心中一阵慌乱，忙说："高先生请屋里坐。"

高渐离低头进屋，在宫女搬过来的椅子上坐下。

走得近了，公主才把他看清楚：大额头，尖鼻梁，一双浓眉下闪动着神采奕奕的眼睛。两颊丰满，英气勃勃。身材虽不高大，但魁伟坚实。微低着头坐在那里，如一棵枝繁叶茂的银杏树。

公主首先打破沉默说道："连日来，听到先生的琴音和歌声，悦耳动听，且能调剂心境，使我受益匪浅。今日得见，当面致谢。"

高渐离欠身道："在下为排遣寂寞，每晚弹唱几曲，打扰了公主的清静，还望公主恕罪。"

"哪里哪里，奇怪的是，近两日听了先生的音乐，我这多年麻痹的脚居然知冷暖能动弹了……"

高渐离听了也觉奇怪，自己本来是无心的弹唱，居然能起到意想不到的效果，便说："这恐怕是太医的药功吧，在下只是随便弹唱，哪有这等效力。"

"我也想过，但两次都是在听到您的音乐后见效，这就不得不让人感到奇怪了。其实，古书中也有过音乐能治病的记载……"

"可那是奇人才有的手段，在下只不过是个平常的乐工。"

"先生不必过谦。我已卧床多年，经过不少名家高手诊治，皆不见效。而自从听了先生的音乐就有如此明显的反应，看来绝非偶然。"

听了这些话，高渐离心头掠过一阵惊喜。师父生前曾教过他许多奇异功夫，但对音乐治疗，她说这是一种长期修炼才能达到的最高境界，要有天赋和领悟，还要有对方的默契与配合，难道自己已在不知不觉中掌握了这种方法？他还不敢相信，便说：“如果公主确实因为听了在下的音乐，使您的疾病有好转，那也只能说是上天赐给您的福分，是您内心的感应所致。在下尚无这种功力，不敢贪天之功……”

听了这些话，公主对高渐离的好感更加深了一层。他好谦逊，好会说话。莫说听他抚琴唱歌，就是能天天和他在一起说说话，自己的病也会好一大半。想到这里，她自觉脸上有些发烧，便含笑道：“先生真会说话，不过，就依先生所说，那也是我听了先生的音乐，才触动我的内心而产生感觉的。《乐记》中说，‘凡音之起，由人心生也’。如果不是先生发自内心的演唱，是不会对他人产生这么大影响的。今天，请先生再给我一次这样的机会吧……”

早听说嬴政有个瘫痪的公主，心地善良，聪慧机敏，且美貌无比。听她说话，以理服人，没有半点公主的骄横与霸道，那声音又如此柔和鲜嫩，十分迷人动听。只是她的美貌，虽近在咫尺，但他不敢抬头直视，这除了礼仪上的原因外，更主要的是他心中已经有了那个她……他自从与她相遇、相知到相爱，一直恪守自己暗下的誓言，哪怕再美的女子，他也不愿去多看一眼。即便是无意中看的一眼，他都会感到内疚，认为是对她的背叛与亵渎。他打算把宫中乐队的事办好后，便向秦王告辞，到邯郸与她相会，然后一同去燕国。想到这里，他的头又向下低了许多。

公主见他低头不语，又说：“高先生，刚才请您再给我一个机会，难道先生有什么困难吗？”

“啊，不，不。”高渐离立刻从遐想中醒悟过来，说道，“公主吩咐，在下岂敢不从。不知公主喜欢听什么曲子？”

“随先生的便。这一向我晚晚都听您的演唱，曲曲我都喜欢。”

高渐离说一声：“遵命。”便站了起来，从怀中取出一支长尺余的箫来，把它放在嘴上吹起来。只见他手指翻动着，或快或慢或轻或重地按着那些小圆孔，美妙无比的音响从那些小孔中钻出来，在公主宽敞的卧室里回荡着，如洒下一片艳丽的阳光，如吹过一阵暖和的春风。顿时，卧室里春意融融，明媚灿烂，一派生机。

华阳公主见高渐离侧着身子站在那里，全神贯注地吹奏着，随着音乐的变化，身体有节奏地摇晃着，宛如在风中摆动着的银杏树。

公主听着听着，感到有一股热气扑面而来，然后那热气从胸部渐渐向下传导，在腰部作了几次回旋后向下移动，如蚂蚁在爬动，从腿部一直爬到脚尖。她感到从未有过的舒服，她似乎晕了过去，但又实在清醒着。她知道，这是因为音乐就在她面前演奏，听得清清楚楚，其效果当然更明显；另外，她又似乎觉得与今天跟他的愉快见面和交谈有关。总之，她感到自己的心情从来没有这么好过，她全身的每一根神经、每一个毛孔都能领略到音乐的快感。

一曲奏完，公主无比高兴地说："这等美妙的音乐只有在天上才能听到，今日听了，真是三生有幸。高先生，如果我没猜错，您演奏的一定是那宋玉所说的'曲高和寡'的《阳春》。"

高渐离听了不觉一惊。都说华阳公主学识非凡，果然不错，连这种很少有人能听懂的高雅乐曲她居然都了解，心中不觉便产生了几分佩服。他说道："公主说得不错，正是那首《阳春》。"

休息片刻后，高渐离又为华阳公主击筑唱了一曲轻松活泼的《采菱》，直唱得华阳公主心花怒放，喜上眉梢。

日近中午，高渐离告退。

根据秦王的安排，高渐离每天上午来华阳公主处为她演奏音乐。高渐离跟韩娥游历各国卖艺，熟悉各地音乐，他又会多种乐器，演奏一两个月，不见重复。华阳公主的双腿便在音乐声中渐渐恢复了知觉。

但是华阳公主感到自己更大的收获还不在于此，而在与高渐离交往中所受到的感染与鼓舞。她发现他身上有一种巨大的、她一时还说不清的精神力量，她试着用伟岸、用高大来形容，但并不准确，她把它归结为一种性格魅力。她发现，就连父王也主要是为他的这种气质所吸引，而不是过去的友谊和救命之恩。

她还发现他读过很多书，凡是她读过的书他都读过，不仅能大段大段地背下来，而且还能做出很独到的评价。比如，有次谈到音乐，她问道："这音乐有悦耳动心传情的许多好处，可是为什么先贤老子和墨子都反对呢？他们提出'非乐'理论，说什么'五音令人耳聋'，对人没有益处。我实在不懂，请先生赐教。"

"依在下看来，"高渐离说，"墨子与老子虽然对音乐都持批评反对态度，但出发点并不一样。墨子讲兼爱，他认为在百姓中普遍存在饥不得食、寒不得衣的情况下，去撞钟、击鼓、弹琴、吹竽，有什么意义？如果老百姓沉溺在音乐中，会影响耕织劳作；当政者沉溺其中，便不能听狱断政。这样会造成国家乱和社稷危的严重后果，由此可以看出墨子的一片苦心。然而老子就不同了，他的'大音稀声'，提倡无声的音乐，听起来很玄妙。但音乐无声，岂不是取消了音乐？愚下斗胆说一句，老子是个无所作为的老朽，他不懂音乐，所以反对音乐。"

"真是从未听说过的妙论，佩服之至。"公主说罢又问："先生对音乐有什么见解，请说出来让我见识见识。"

"在下谈不出什么自己的见解，公主读过的那本公孙尼子的《乐记》

我也读过,里面的许多说法我很赞同。比如书中说‘凡音者,生人心者也。情动于中,故形于声。声在文,谓之音’。音乐既生于人心,动于情中,必对听者的心灵产生感染。如果音乐表现的是善心和真情,会对人生产生积极影响,能唤醒和鼓励人;如果音乐表现的是丑恶和虚伪,便会使人消沉绝望,对生活失去信心……”

公主笑道:“如此说来,先生给我弹唱的都是表达善心和真情的音乐了,不然,怎么会对我的病产生如此神奇的效果?”

高渐离说:“在下为公主演唱的都是从许多歌曲中选出来的高雅音乐,不过这些音乐能对公主的病痛起作用,主要还靠公主自己。如果公主没有这方面的修养,不投入,不专注,便不能产生共鸣,也就很难产生治疗效果……”

华阳公主听入了迷。

她觉得他实在是一个了不起的人,在他身上找不出一丝缺点,但她不相信世上有这种完人。

她努力寻找着,很快就被她找着了一个很大的缺点:这么久了,他竟不敢正面看自己一眼,一个堂堂汉子竟如此拘束,如此胆小。看他,无论是演唱或讲话,不是侧着脸就是勾着头。是礼法对他的约束,还是别有原因?不管怎样,她都认为这是他最大的不可饶恕的缺点。她多希望一个男人,一个她崇敬的真正的男人能认认真真地看她一眼啊!

她终于等到了他改正缺点的那一天,他无比真诚无比深沉地看了她一眼,她把那当作决定她一生的瞬间。

那是在一个月以后。

秦王眼见女儿的病体好转,两腿有了热气,皮肤开始红润起来,脚趾也能活动了。只是整个大腿尚不能弯曲,不能下地站立和走路,不过看来也是不久的事了。

真没想到音乐还有这么大的用处,女儿的那双腿不知换了多少大夫也没医出点儿名堂来,为此他杀过人,惩办过人。现在,居然让高渐离弹弹唱唱就见了效果。可恨宫中那些御医,一个个酒囊饭袋,连对伤风感冒头疼脑热的小毛病都如临大敌,手足无措。再过几天,一个个把他们撵出去。有病,找高渐离就行了。

说起病,秦王突然想到自己似乎也有什么病,比如常常闹头晕,换了几个大夫都没能治好。还找过巫师,跳跳闹闹一阵不但不见效,反倒把头吵得更晕了,不如找高渐离来给我治治。

想到这里,立即下诏,召高渐离来寝宫。

高渐离应诏进宫,拜见毕,秦王说:“吾女华阳公主蒙先生治疗,病情大有好转。又不吃药又不扎针,真神仙手段也。没想到,十年未见,你竟学得这么一手好本领。你知道,我从小就怕扎针吃药,我这头晕的病,怕只有你才能治好了。”

高渐离说道:“启奏大王,公主的病,吉人天相,我的音乐只不过起了点辅助作用。至于大王的头晕病,在下听说陛下每天要阅读一百二十斤的公文,定是操劳过度所致。”

“我想大概与政务繁忙有关,不过,要是有你每天下午来为我弹琴奏乐,一定会使我轻松许多……”

高渐离听了,心中十分不悦,这不是把我当乐伎了吗?便说:“音乐乃消遣的勾当,大王在处理政务时听音乐恐怕会分心,影响决策。再说,大王与臣僚商议军国大事,有在下在,也不便……”

“你这是不必要的担心,听音乐与处理朝政完全是两码事,不会有影响。至于有你在嘛,更不是什么问题。对你,无论什么事也无须回避。”

高渐离实在不愿为他操琴解闷,便不得不抬出自己并不感兴趣的墨子,说道:“墨子有云,为政者不宜听乐。听了音乐不能‘蚤朝晏退,听狱治政’。否则,会造成‘国家乱而社稷反’的严重后果……”

还未等高渐离说完,秦王便打断他:

“别听那墨翟老儿危言耸听,要是音乐真有这么大的能量,对付齐、楚、燕、赵诸国,我只消派些音乐家就马到成功了,何必兴师动众去征讨……哈哈哈,高渐离呀高渐离,你的书也读得太多了。”

高渐离本想用墨子的话去吓唬吓唬他,没想到反被他奚落了一番,一时间竟不知如何回答。

“就这样吧,每天下午我在寝宫恭候你。”

没有回旋余地,高渐离只有喏喏退下。

于是,高渐离便在秦王寝宫、公主小院和宫廷小乐队间转圈。在乐队,调教那些天真活泼的小宫女,虽琐屑,也还轻松;在公主小院,能与公主平等对话,更是惬意。唯有在秦王寝宫,隔着一层帷帐为他弹琴奏曲,隐隐约约见他有时伏案批阅文书,有时召大臣商讨政事。这倒罢了,有几次,他竟招来嫔妃宫女调笑玩耍,阵阵浪声狎语传来,气得高渐离操琴的手直打战。他有意加大弹琴击筑的速度与力度,以提醒秦王,可是他全然不顾。

每次从秦王寝宫回来,他都窝着一肚子气。原先痴迷于音乐,是因为它能给人间带来欢乐,可是现在,却去为他制造享乐的气氛与效果。一种不可抗拒的耻辱感鼓动着他,他决定跑。可是,高高的宫墙戒备森严,如何跑得出去?即使跑出宫墙,又怎能跑得出咸阳?他在等待,在寻找机会……

一个机会来了。王翦领兵打败了赵国，秦王要以胜利者的身份去赵国巡游。要是他离开皇宫，必然带走许多贴身侍卫，皇宫的管理自然会松懈，那时就好跑多了。但是，他不希望这个机会马上到来，因为眼看公主即将重新站起来，他不愿在这至关紧要的时刻离开她。他多么希望能亲眼看到她站立起来，一如常人那样走路啊！要是能出现这样的奇迹，也不负韩娥师父对自己的一片苦心。

可是就在这天下午为秦王演奏后，秦王对高渐离说："这段时间来听了你的音乐，我的头晕病似觉好了许多。后天，我将去赵国巡游，你随我同行。公主那里和乐队那里，你去安排一下，待回来后再去。"

没想到嬴政会做出这样的决定，他明明知道公主的康复指日可待，却要偏偏把我叫走。你嬴政只不过是点头晕的小毛病，而公主的腿却关系到她一生，错过这个时机将前功尽弃。嬴政呀嬴政，你也太自私了。

然而转念一想：叫自己去赵国也好。眉娘在邯郸，把她找到一起投奔燕国岂不更好。不过他觉得这时离开公主，对她的病太不利，便向秦王说："大王，华阳公主的病情已有根本转机，估计再有十天半月，她就可以重新站起来了，不如把我留下等她的病体完全康复……"

秦王听得有些不耐烦，说道："她的病我知道，回来再治不迟。"

完全是不容更改的口气，高渐离不敢再说。

第二天上午去公主的小院，高渐离明白这是最后一次为公主演奏了。他表演得很卖劲，很投入，但他未能掩盖住自己的凄伤。

公主的耳朵是再灵敏不过的了，哪怕是很欢快很壮烈的曲调，她也从中听出了些许悲凉的不谐之音。她在他的脸上，似乎看出了难言的忧伤。

不觉间，空气便变得沉闷起来。

为了压制自己的情绪，他一曲接一曲不停地演奏，专拣公主最喜欢的乐曲弹着、唱着，直至精疲力竭。

早在今天踏入公主小院时，高渐离就决定冒一次险，他要一睹公主的芳容。都说公主生得娇艳无比，可惜近在眼前都未敢一观。而今天，在最后一次机会面前，他难以自持了，决心要正面看看她，然后毫无遗憾地离开。

虽然，在整个演奏过程中他的这个决心曾几次动摇，但当奏完最后一个音符时，他还是情不自禁地抬起头来，向公主半躺着的那张床望去……

他搜罗所有的语言也无法形容华阳公主的美,他只觉得像看到一轮初升的圆月,放射着鲜亮柔和的光,从地平线上冉冉升起。他已完全陶醉在那白蒙蒙暖融融的月光里了。

直到告辞,他都不敢看第二眼,再看,他自己也无法想象会发生什么样的后果……

华阳公主

第十二章

鹬蚌相争，渔人未必得利

秦王政十六年(公元前227)发生在赵国的那场大地震,赵都邯郸房屋一半倒塌,死伤不计其数。第二年又是大旱,一连七八个月不下雨,粮食颗粒无收,饥民易子而食的惨剧屡有发生。青壮年忍不住饥饿四处逃荒,老弱妇幼跑不动,只有在家中等死。可是他们又不甘心等死,唯一的办法只有祈求上苍。

每天,从清晨到深夜,那祈雨的祭坛周围都跪满了求雨的百姓,不停地作揖磕头一阵后,便仰望苍天,虔诚地祈祷着:"老天爷,您就开开恩下几滴雨吧!"

"老天爷,可怜可怜我们苍生百姓吧!"

可是天空一片晴朗,连一点云丝也没有。

人们并没有失望,仍然日复一日地跪拜祈祷着。他们相信心诚则灵,老天越不下雨,他们越是要请求,直求得老天爷不好意思为止。

然而另一些人的想法不一样,他们憎恨上苍太冷酷无情,太顽固不化,便把水神菩萨的像从庙里抬出来,放在太阳下曝晒,"让它也尝尝晒太阳的滋味"。有人还居然看到那泥塑木雕的菩萨晒得额头上渗出汗珠。据说,菩萨被晒出了汗,离下雨就不远了。

"看,天边有朵乌云。"一个孩子指着远方的天空说。

"哪儿? 哪儿?"人们纷纷顺着小孩指着的远方望去。

"我看见了,是有一块云,菩萨显灵了。"

"我也看见了,究竟孩子的眼更尖。"

远处,果然飘过来一团乌云。人们欢呼着跳跃着,好像马上就要下雨了。

眼看,那片乌云越来越大,还伴着呼呼风声,铺天盖地地压过来了。

但当那团乌云快飞到头顶时,人们都惊呆了。一个老人首先恐怖地喊道:"坏了,大难临头了,蝗虫来了……"

果然,如雨点般的蝗虫从天而降。顷刻,大地便铺满了黄黄的一层。那蝗虫见东西就咬,就啃,只听"嚓嚓嚓"一阵嘈杂声,田里的杂草麦茬、稻秆、树叶、树皮、房子上的枯草,很快被啃食一空,甚至连人们头上戴的草帽,身上穿的麻布衣,也被啃得洞洞眼眼的,残破不堪。

饿急了的人见从天上掉下来这么多蝗虫,随手抓来就往嘴里塞,于是满口便发出"嘁嘁喳喳"的声音,一起汇入那蝗虫啃食大地的可怕声音中;有那讲究的,拾些干柴点燃,把蝗虫烧烤了吃。"好香!"他们边吃,边啧啧不停地夸奖着。

那几天夜晚,天空中还出现了彗星,像一把大扫帚横扫过天际。

赵国上下,人心惶惶,一片混乱。

“老天爷要收我们了。”

“老天要灭我们赵国了。”

地震、旱灾、饥荒、彗星、谣言……

秦国选择了这样的时机攻打赵国，王翦率领的大军于秦王政十八年（公元前229）攻下邯郸。捷报传到咸阳，秦王大喜，即刻命祝官看了吉日，起程去赵国巡游。

秦王早就盼望着这一天了。

他从生下地到离开赵国的十多年中，在他的记忆里可以说没有一件事不带着屈辱的印迹。父亲说起来是个王子，但是，在秦赵两国关系一直十分紧张的年代当人质，时刻有性命之忧。每当两国间发生战争，一家人就不敢出门，弄不好就会被仇视秦国的人杀掉。就是平日，也经常受到赵国君臣官兵和平民百姓的奚落侮辱甚至打骂。他把这些一一记在心上，总有一天他要向他们算账。

秦王坐在宽大舒适的马车里，脚下，有两个宫女在给他轻轻捶腿。他微闭着眼睛，计划着到邯郸后要做的那几桩事情。

首先是寻仇。他把仇家名字一一排在心头，排一个，他的嘴角轻微地抽搐一次，那是他在笑，他觉得世界上最惬意的事莫过于眼见仇人跪在自己面前求饶了。他已经有了这种体验，这次去赵国，要细细地、多多地体验。他要让那些过去迫害过他的、欺侮过他的，甚至嘲笑过他、轻视过他以及背后嘲笑轻视过他的那些人尝尝他的厉害。

记得离开咸阳前向母后告辞时，母后还向他提出了一个长长的仇家名单。他要一个不漏地把他们抓起来，然后……

大概是车轮被一块石子或硬土坷垃挡了一下，车子轻微一颠，秦王从朦胧中被颠醒。睁眼瞧瞧，前面是望不到头的彩旗、马队和步卒。左右看看，无边无际的大平原的尽头，是蜿蜒起伏的山的轮廓。好大一片土地啊，现在都划在我秦国的版图之内了。

眼前的一切都使他着迷，不足的是空气有些沉闷，除了士兵铠甲的撞击声和偶尔的马嘶声外，没有一点声响。他感到愤怒：“快去叫高渐离把乐奏起来。”

高渐离就在秦王身后的一架小马车上，接到王命，只得拿出一管竽，咿咿呀呀地吹将起来。

于是，秦王便又在乐声中编织着另一个计划。

其实，高渐离心不在焉吹得一塌糊涂。他一心想着他的眉娘，还有他对秦王一路上的颐指气使、骄横、不可一世的态度非常恶心。他巴不得马上就到邯郸,找着她以后便立刻逃之夭夭。

邯郸被攻陷后,赵王投降。公子嘉领一部分宗族士兵逃出城去,在代地自立为王,依靠燕国以图再起。

眉娘所在的酒楼虽然历经灾难却未倒闭,只是生意十分清淡。里面的歌伎、佣工十走七八,眉娘因无家可归,只有暂在那里栖身。

王翦带的秦军攻入邯郸后,酒店老板立即挂出欢迎秦军的标语,又买来鞭炮一阵猛放,招到了不少秦军官兵前来饮酒作乐,生意做得红火。

这日,一个军官带着随从来酒楼饮酒,见乐女眉娘长得美貌,便叫她陪酒,眉娘不从。

"老子是大秦军校尉,打了胜仗,尔等亡国臣民理应前来慰劳,不想竟推三阻四,好不识抬举。弟兄们,不管那么多,把那小妞给我带回兵营去,让大家都玩玩。"说罢,几个随从士兵就把眉娘拖出店门,架在马上。尽管眉娘抵死呼叫反抗,老板作揖求告,那军官也不理,挥着马鞭就走。

"停下!"一声炸雷似的吼叫突然在人们头上响起,那军官一惊,抬头一看,见一位骑在高头大马上的将军正指着自己呵斥,他正要对他骂去,定眼一看,立刻像晒蔫了的庄稼似的耷拉着脑袋滚下马来,跪倒在地。

原来,骑在那高头大马上的正是大将军王翦。他是伐赵大军的主帅,攻下邯郸后,在邯郸设下帅府,指挥秦军追击赵国残军。今日,他在街上巡游,便碰上这件事。

"光天化日之下,竟敢强抢妇女,败坏我秦军声誉。左右,给我拿下,押回帅府治罪!"

左右应了一声,拿出绳索将那校尉及随从一起捆了。

酒店老板见状,立刻匍匐在王翦马前叩头道:"果然秦军乃仁义之师,名不虚传,小人向大将军叩谢。小店备有上等酒菜,请将军光临小酌,以谢相救之恩。"

"不必了。"王翦说着,手挥马鞭正准备离开,忽见挨着酒店老板跪着的姑娘果然姿色不凡,又听她莺声燕语地说:"谢大将军为小女子做主,小女子永记大将军恩德。"

王翦扬起的马鞭停下了,说道:"姑娘,你受委屈了。我秦军号令严明,秋毫不犯,对有违纪者,严惩不贷。今天,对这个敢于为非作歹的校尉一定要绳之以法。只是要对他治罪,必有证人证据,故请姑娘随往帅府一趟,好与这厮当堂对质……"

眉娘听了忙说:"那位军爷对小女子失礼,但幸亏大将军及时相救,未造成后果，就请大将军饶了他这一次吧，小女子就不必去帅府做证了。”

“那哪行？这是军法，就烦你走一遭。左右，快扶这位小姐上马。”

到了帅府，立即升堂。王翦亲自审问，那校尉对抢掠民女等事供认不讳，录了供状，签字画押；眉娘作为受害者，作了证词。王翦当即判打校尉一百军棍，在十字街头戴枷示众后，充军千里以外。其随从士兵也给了处罚。眉娘见这位王将军如此公正，一再叩谢后便要回酒楼。

王翦却说道：“小姐且慢。虽然是部下犯罪，实在也是我治军不严所致。今日已晚，后堂已备有薄宴，有本府内眷相陪，为你压惊，并示慰问。”说罢一挥手，从屏风后走出两个妇女，扶起眉娘往后堂去了。

秦王一路摆着威风，走走停停，一个多月后才走到邯郸。

王翦设计了最隆重、最庄严、最能讨秦王喜欢的入城仪式：城楼装饰一新，城墙插满彩旗；街道两边是跪接的百姓；在路线安排上特别让秦王的马车从他以前住过的那几条街上经过，然后直抵原赵王的王宫。

入城那天，秦王高坐在他的豪华马车上，命车马缓缓而行。鞭炮声、锣鼓声和“秦王万岁”的欢呼声震耳欲聋。所经过的街道还是老样子，他所住过的房屋也都还在。他曾在哪条街上挨过打，在哪个十字街头挨过骂，他都记忆犹新。

进了王宫，众文武官员参拜奏事毕，宣布散朝。秦王特把王翦留下，命太监抬过一个木箱交给他说：“打开木箱你就知道该怎么办了！”

王翦领命回府，打开木箱，里面装的全是竹简，上面密密麻麻写着人的姓名。王翦沉思片刻，叫来几个心腹将校，对他们说：“按竹简上写的名单，一个不漏地抓起来。要快，连夜行动。”

立刻，邯郸城便陷入一片恐怖之中。

一到邯郸，高渐离便去寻他的眉娘。然而他兴高采烈而去，却满怀狐疑和失望而归。

在那座酒楼他见到了老板，老板对他说，一个多月前眉娘进了王翦将军的帅府再未回来，帅府传信说眉娘已在那里当了歌伎，不再回酒楼了。

他绝对不相信，他觉得这中间一定有什么隐情，但他到处打听都一无所获。他也曾想过亲自登门帅府问个明白，但与王翦素无交往。帅府门卫森严，岂不自讨没趣？

他想到秦王，这事只有求助于他了，尽管心里很不情愿。

这天，他利用为秦王奏琴之机，说道："大王，在下有一事相求。"

秦王听了感到稀奇，高渐离进宫这么久了，从未向自己提过什么要求，今天怎么突然有事相求了？莫非看我国势日雄，想要个一官半职？听他对我讲话总自称"在下"不称"臣下"，怕也是有意思的。其实，高渐离呀高渐离，我早就给你准备好位置了，可是你竟如此清高，从来不透露点意思。难道还要我来央求你？好，今天你终于开口了，我一定会让你满意的。

想到此，秦王笑道："有什么事情就讲，你我就不要这么客气了。"

"三年前，我在邯郸一酒楼认识一个名叫眉娘的歌伎，与她一见倾心，订下终身，约定三年后接她完婚。这次随王驾到了邯郸，昨日我去酒楼寻她，老板说眉娘于一月前被王翦将军接入府中做歌伎去了。在下与王将军素无交往，故请大王对他讲讲，放眉娘出来，以了却在下一桩心事。"

秦王听了，原来求的是这个。看他高渐离平时很是庄重，还以为他淡于男女之事呢，没想到也是个多情种子，三年前一个歌女的一句话如今还死记在心，难得难得，便说："此事好办，我把王翦叫来，叫他把眉娘还你。趁这几日大家高兴，把你们的婚事办了。喜上加喜，岂不更好？"

没想到秦王答应得这么干脆，高渐离便上前深深一礼说："谢大王。"

须臾，传来了王翦。秦王问道："听说月前你府上收了个名叫眉娘的歌女，不知可有此事？"

王翦听了一惊，但很快平静下来，奏道："大王，有个名叫眉娘的歌女……"

没等王翦往下说，秦王便说："那就好。那眉娘原与高渐离先生订有终身之约，你把她放出来成全了他们吧！"

王翦听了忙说："禀大王，此事有些难办了。那眉娘入府不久我便纳她为妾了……"

"你……"高渐离忍不住怒气，对王翦恨恨地说。

"我，怎么了？"王翦也对高渐离怒目而视地反问道。

"王将军身为秦军统帅，这样做怕有损秦朝天威吧！"

"胡说！那眉娘身为青楼歌女，是专供人玩乐的下等女子。我纳她为妾实为善举，又完全是她自愿，并无半点强迫，怎么有损大秦天威了？"

高渐离听王翦出言不恭，话中带刺，也就回道："将军所言不实，是真正的胡说。想那眉娘虽为歌女，却是个有志气的女子，三年前与我订了终身。据我所知，将军采取了欺哄手段将她骗入府中……"

“姓高的,我王翦堂堂大秦统帅,岂容你胡言乱语,血口喷人……”

“好了好了,你们两个都不要讲了。”秦王见二人为一个女人闹起来,甚是不雅。但王翦是刚刚攻下邯郸的大将,高渐离是自己小时的朋友,都不便斥责。他想了想,想出了个办法,便说道:

“你们一个说已订终身,一个说自愿为妾。这样,马上把眉娘接来,让她自己决定,她说跟谁就跟谁。”说罢,也不等二人开口,便命太监去帅府把眉娘叫来。

不一会,眉娘被接到,叩拜了王驾后就远远地低头跪在那里。

眉娘听说要进宫见驾,不知何事,及至跨进宫殿第一眼便看到她日夜牵挂的高渐离,心头一酸,止不住泪水要往下掉。高渐离呀高渐离,你为何不早两个月来啊! 又斜眼一看,王翦也站在那里,心头说不出是恨还是怨,只是泪如泉涌。

她还记得那天发生的一切……

走进帅府后堂,果然摆好了酒宴,几个妇女陪她喝酒,一再说是王将军安排为她压惊,向她致歉。不知不觉中就喝醉了,几个妇人便把她安置在一张宽大的床上睡下。

不一会,她见高渐离走了进来。“我好想你呀!”他喊了一声便把她紧紧抱住。“我听说你在秦王宫中当乐师,我想,秦军攻占了邯郸,秦王又要来巡游,你一定会跟来。果然,你真的来了。我的好人,你叫我等得好苦。”高渐离不等她说完,便解开了她的衣裙。“反正,我是属于你的。”她只稍稍忸怩了几下,一切,全都任随他了。

醒来,她感到从未有过的轻松,轻轻飘飘的,如树叶在风中摇来摇去。想到昨晚发生的一切,她又有些兴奋,缓缓地睁开双眼,发现她的高郎站在床前向她微笑。怎么,三年没见,他就成一个大胡子了? 她揉了揉眼睛,仔细一看,顿时吓得惊叫起来。

“怎么? 是你!”

王翦捋着胡须笑道:“是我,昨天替你惩办那个坏蛋的将军,你不记得了?”

眉娘只感到眼前一黑,晕了过去。

从此后,她被留在帅府,天天为王翦将军伴寝……

“朕问你,眉娘。”她听见了,是秦王尖厉的声音,“朕遇到一个难题要你才能解决。你看,你左边站的是宫廷乐师高渐离,他说三年前与你订下婚约;你右边站的是大将军王翦,他说你是自愿嫁他做妾的。此事你最清楚,今天叫你来,让你自己决定,你说跟谁,朕就把你断给谁。”

高渐离注意到眉娘刚刚踏上殿时向自己投来的那一瞥,虽然只是一瞬间,但那目光中却包含了无尽的哀怨、责问、委屈和苦楚。眉娘啊眉娘,你只要把我的名字说一遍,我们几年的梦就可以圆了。我将带你远走高飞,去过自由自在的日子。不管你与王翦有什么关系,我都可以原谅,毕竟,你是个弱女子啊!眉娘,你快开口吧!

王翦不愧是个久经沙场的老将,他自信地站在那里,一副胜券在握的姿态,专听她说一声:“我跟定王将军了。”立马就把她带回去。说实话,他王翦不仅在战场,就是在情场,也是能征惯战百战百胜的将军。女人都是这样,开始时很勉强,还很委屈,一旦上手,发现那个男人的好处,再叫她分开,比要她的命还难受。再说,他王翦已许诺她,只要她生个儿子,就一定立她为正室。至于出身下贱,那又有什么?出身下贱的女人生的儿子都大富大贵……想到这里,王翦不觉朝秦王的宝座上斜着看了一眼……

秦王坐在龙椅上,很得意自己的这个哪方都不得罪的极有趣味的处理办法。眼睁睁地看着两个大男人,一个是百战沙场的老将,一个是才艺双全的饱学之士,怎么就被一个小女子迷得这么厉害?堂堂大男子汉,实在太没出息啦。

看那王翦,对高渐离怒目圆睁,咬牙切齿;而那高渐离则冷眼相对,一副不共戴天的架势。看着真叫人不解,这眉娘到底长成怎样的美貌,竟让他们如此倾倒?想到这里,秦王才想起还没来得及看看惹起这一场风波的主角眉娘。他忙叫太监传话,叫低头跪在远处的眉娘走近些,大王好问话。

眉娘起得身来,缓步走向御座。但见她酥胸颤颤,腰肢款款,那姿态轻盈得如风摇嫩柳;她面如桃花,口似樱桃,目若流星,美丽天成,恰似仙女下凡。

秦王看得怦然心动,不觉惊叹道:“好一个绝色女子!”

他竟看得呆了,好久,才想起问她的话:“你就是眉娘吗?”

眉娘点点头。

“刚才朕问你的话,你听见了吗?”

她又点点头。

“那好,你是跟高渐离,还是跟王翦,快对朕说来。”

眉娘不开口,只把头低下,两颗亮晶晶的泪珠“滴答”一声落在她的脚前方砖上。

她感到两难。

她原来决定说跟高渐离，但想到自己已失身于王翦，且已有身孕，这样太对不起他；转而想说跟王翦，而那高渐离哪知内情，认定我只不过是个忘情背盟、高攀富贵的残花败柳女子。这做人，怎么这么难啊！她真想一头向那阶前的石头柱撞去，但肚里似乎已开始蠕动的小生命制止了她。

她只有低头不语，任泪水不停地往下滴，直至打湿她的鞋面。

"你怎么不说话呀?"秦王焦急地问。

连问几声，眉娘才开口，她说:"任凭大王裁定。"

高渐离、王翦听了，都大吃一惊，但很快把目光转向秦王。

这时的秦王，主意已定，果断地说:"看来，这眉娘一时还难决定。为了让她多些时间细想，今天就留在宫中，三天后再让她做出决定。"说罢，示意了一下身边的太监。

那太监便大声喊道:"退朝。"

当晚，秦王便让眉娘侍寝，尽管她极不愿意。

第二天，宫里太监向高渐离、王翦传话:

"眉娘说你们两个她都不跟，要留在宫中侍候大王。"

然而没过几天又从宫中传出眉娘自尽的消息。

原因只有秦王一个人知道，因为他发现她已有身孕，那是王翦遗下的种。

秦王有些不寒而栗，岂能让自己的故事重演?

他交给眉娘一段白绫，对她说:"你自己去吧!"

眉娘哭了，跪地求道:"大王，饶我一命吧，我要让他生出来，放我出宫吧!"

"自古就是这个规矩，凡君王临幸过的女人是不准出宫的；而你，只有死!"

因为眉娘的事，王翦窝了一肚子火，但他仍然忠实地执行秦王的复仇计划。连续几次大搜捕，邯郸监狱已关押了上万人。

秦王一一与他们见面，欣赏他们跪在自己面前求饶的种种姿态与哀告。

监狱人满为患，王翦向秦王请示处理办法。

"一律坑杀!"秦王毫不犹豫地说。

王翦吃了一惊，但王命难违，只是说:"这挖坑的工程也不小。"

"有什么难的? 白起坑杀赵国降卒四十万，谁挖的坑?"

一句话提醒了王翦。当晚，王翦命部下把囚犯一千人一队赶出城外,使他们各不相闻,发给工具命他们刨坑,并对他们说:“这些坑是为那些罪大恶极的人准备的,你们挖了坑,把那些重犯埋了,明天就放你们回家。”

于是囚犯们都努力挖坑,盼望早些回家。

坑挖好后,果然押来许多被捆了手脚、堵上嘴巴的犯人,一一把他们推入坑中,迅速填上土。

待坑填平后,囚犯们正待走,忽然上来一批兵丁,将他们一一捆了,也堵上嘴,拥去另一处坑边,推下去,那边的囚犯便迅速地挥锨填土,把坑填平夯实。

如此循环,两个晚上,就把监狱腾空了。

秦王在邯郸住了不到一个月,报了仇,雪了耻,光了宗,耀了祖。临走,将赵王宫中的美女和金银财宝搜刮一空,悉数带回咸阳去了。只是,邯郸城已空了一大半。

秦王满载而归,然而遗憾的是高渐离不辞而别了。

因为成天忙于寻仇,忙于寻找美女、美玉、金银珠宝,头晕病也忘了犯,把高渐离忘在一边了。他到底是什么时候跑的,没有一个人能说清楚。秦王大怒,拍着御案吼道:“给我把他抓回来!”

华阳公主

第十二章

燕赵悲歌

“快，快把我抬出去！”华阳公主声音很严厉，脸色是从未有过的凶恶。

“公主，外面实在冷，今晚，就不出去了吧！”宫女们都这样劝她。

“不，我不怕冷。少啰唆，快抬！”华阳公主喊着。

宫女们面面相觑，不知该怎么好。

已经是秋末冬初了，庭院里树木上的叶子都快落尽了，只有少数几片在树枝上孤零零地挂着，悲凉地俯视着零落的小院。月亮，透过稀疏的树枝间隙漏下来，把廊檐照得雪亮。并没有刮风，但却有阵阵冷气从门窗缝里钻进来，屋里每个宫女的手都冷得藏进了衣袖里。

可公主还要去赏月！那廊檐下，四面通风，莫说病人，就是好好的人，也不能久待。谁都知道，公主并不是去赏月，她是想去听那个高渐离乐师的音乐，但是高渐离早就随大王去了赵国，她不是不知道呀。

自从高渐离随秦王去了邯郸，华阳公主的心情就暗淡了下来，双腿又慢慢变得不能动弹没有知觉了。原因大家都知道，但都不敢讲。

敢讲的只有老太后，她摸着孙女冷冰的双腿道：“他只顾自己……”

“奶奶！”公主坚持对太后用小时的称呼：“父王那边更重要……”

“唉！”太后叹口气，说道：“不用急，一两个月就会回来的。”

可现在，已经快三个月了，公主心里怎么不急？她急着等他回来给她治那双本已快康复而现在又变得麻木的腿，她更急着想见到他，听他弹琴唱歌，讲历史，讲人生……从前，他天天来的时候，似乎还不觉得什么，这一离开，她就感到六神无主，日子这么难熬？

“快抬我出去！”她大声命令道，但宫女们低着头，一动不动。

这时，一个太监来传太后懿旨说：“太后要公主安心静养，少安毋躁。眼下已过白露，医书上说：‘白露身不露。’公主赏月，易受风寒，故不宜外出。请公主在屋内静养，心气平和下来，腿疾才会慢慢地好。”

惊动了太后，华阳公主不便再闹，只有坐在床上生闷气。气消了，叫宫女取过高渐离留下的琴弹起来，又学着高渐离唱过的歌曲唱起来。她记性好，悟性高，弹得悠扬和谐，唱得宛转动听。宫女们听得入神，她自己也觉得心情好了许多。

过了几日，传说秦王要回来了，宫里便有一阵紧张和骚动：打扫庭院，修葺房屋，高墙内外，焕然一新。又说大王从赵国带回许多美貌女子和奇珍异宝，阖宫上下都怀着不同的心情期待着，盼望着。

盼望得最殷切最焦急的莫过于华阳公主了。她盼望的不是什么珍宝，更不是美女，她盼望的是随父王一起回来的他。

她说不出来为什么，只觉得宫里有他和没有他大不一样：有他，再空荡她都感到充实；没他，再热闹她都感到空荡。

父王终于回来了。

那天，她无法去迎接。但她听到了欢迎的隆隆炮声、锣鼓声和欢呼声，她只觉得心头阵阵发热，忧戚的脸上居然出现了笑容。她思忖着，头天嘛，父王是没有空的，第二天他一定会来看她，把他还给她。

她陷入了新的一轮焦急之中。第二天，第三天……五六天都过去了，父王居然没来。至于他的消息，她更无法捕捉。她心急火燎地巴望着，猜测着，等待着。

这天午后，她终于盼到父王那熟悉的脚步声了。

先是一声“大王驾到”把她从哀怨中唤醒。

接着一声“女儿，我来看你了”，把她带进一阵惊喜之中。

再接着，是父王走进庭院，匆匆上廊沿台阶的沉重有力的脚步声。然后，门帘一掀，父王的高大身影便出现在眼前。

“父王在上，女儿接驾。”华阳公主满脸笑容，欠身行礼。

“不必了，不必了。”秦王摆着手，快步走到女儿床前。

“父王一路辛苦。”公主说着，抬头看看父王，胖了，晒黑了。

“女儿病体如何？”秦王冲口问了后便有些后悔，有些不自在地盯着女儿。见她比原先消瘦了许多，脸色更苍白了，心中的内疚更深了。

在回咸阳的路上，随着车驾的靠近，他越发感到不是滋味，他不知道该如何向女儿解释。说高渐离因为眉娘的事赌气走了那当然不行，说他莫名其妙地失踪了，更说不过去。他等着去追寻高渐离的人回报消息。消息却说，他跑到燕国去了。

又是燕国。看来，这个燕国的太子丹要跟自己作对到底了：樊於期叛逃，他敢接纳；败兵之将赵公子嘉自立为代王，他支持；高渐离逃走，他又收留。眼里还有大秦国吗？于是秦王令王翦在燕国边境集结军队，要消灭掉燕国，活捉高渐离，把他押回秦国来。

可是现在还没有押回来呀，如何向女儿解释？

“父王，自从您去赵国以后，女儿的双腿又不行了，您看……”公主哭丧着脸向秦王述说着。

“啊！”秦王不知道如何回答女儿，他摸着她冰冷的腿，支支吾吾地说：“这样，我再找高……高明的大夫。”

公主惊道：“高渐离不是很好吗，叫他接着医，女儿的腿一定会好的。”

“他么？”秦王犹豫片刻，接着说，“别提他了。”

“为什么?”

“他,他跑了。”

“为什么?”

“他与燕太子丹关系密切,投奔他去了。”

“那女儿的腿……”公主几乎哭出来。

“我已派人找他去了,大概过几天就会回来的。”

公主真的哭起来了。

秦王转身对宫女们吩咐一声:“好好服侍公主。”便踱出门去。

他再不敢到女儿的小院去,而小院传出来的消息不是“公主更消瘦了”,就是“公主的腿更干瘪了”。秦王听了很恼火,下令加紧攻燕。

秦军大兵压境,燕国君臣忙作一团,没了主张。太子丹却胸有成竹地献上一计,燕王觉得事已至此,不妨一试,命太子丹快办。

高渐离回到燕国后,在太子丹府上做宾客,每日除了乐队的事务外,便与荆轲、樊於期等去街市上饮酒作乐,消遣日子。喝得醉了,便在茶楼酒肆里纵论天下,是非古今,豪侠之气,直冲上天。

这天,燕太子丹专请荆轲游东宫池,一路嬉笑玩耍,甚是欢乐。这时池中有一千年老龟浮出水面,昂首张望,甚是可爱。荆轲见了,顺手拾过一块瓦片朝它投去,那龟头一偏,竟躲过了。众人都惊异老龟的灵巧。

“给,再打,没有打不着的。”说着,太子丹顺手递过两颗圆圆的弹子,荆轲接过后也没细看,就瞧准那老龟的头打去,两颗都打个正着。那老龟被打痛,忙缩了头,潜入水中去了,众人见了开怀大笑。这时,荆轲才发现太子丹颈项上的那两颗纯金弹子不见了,甚为感动地说:“太子,您……”

“只要讨得兄弟高兴,这算什么?”太子丹并不在意地说。

中午,太子丹设宴与荆轲饮酒叙话,当谈到最好的下酒菜时,荆轲说:“马肝佐酒最佳,而千里马之马肝为最上乘。”

太子丹听了便指着他拴在树下的坐骑说:“此马乃经伯乐亲自相过的,已随我多年,荆兄言千里马之肝下酒最美,杀了它,为荆兄佐酒。”

荆轲制止不及,那马已被太子丹一剑结果了性命。顷刻间,厨子便端上一盘爆炒马肝,食之果然鲜嫩无比。

傍晚,移宴乐阳殿,太子丹命歌伎奏乐助兴,丝竹笙歌中,开怀畅饮。一阵悦耳动听的琴声掠过耳际,荆轲兴奋起来,趁着酒兴,拔剑起舞,但见寒光闪闪,上下翻飞,如雄鹰展翅,如蛟龙出海,看得大家不停地鼓掌。舞毕,他在抚琴歌伎面前站定,看她那纤纤十指,洁白如玉,不停地在琴弦上翻滚，忍不住叫道："好一双美丽灵巧的小手。"叹罢入座。

一巡酒后，侍者向他恭恭敬敬献了一个盘子，盘内，并列摆着一双白玉般女人的小手。侍者把盘子放在他的案前说："太子听荆先生说那抚琴女子手美，特献上。"

荆轲见了，说不出内心的滋味，只是朝燕太子丹投去感激的目光，太子丹则以淡淡的一笑作答。

当晚，荆轲躺在床上辗转反侧，难以入睡，也不顾已是深夜，来到太子丹居室，进门便一揖到地，说："公子待我恩重如山，有什么需要我的，尽管吩咐，在下万死不辞。"说罢跪地不起。

太子丹忙拉他起来坐下，说："秦军大兵压境，我燕国危在旦夕，朝廷上下，人心惶惶，不知如何是好。依我看来，也许是天意让秦国当兴，燕国气数当尽，故请兄弟饮宴。一醉方休，也不亏你我兄弟一场……"

"太子此言差矣！"荆轲正色道，"太子待我亲如手足，而今燕国有难，焉有不顾之理。太子如此悲观，甚为不当。想秦国灭了韩、赵之后，派大军欲进攻我燕国，来势凶猛。但秦嬴政暴虐成性，国内并不稳定。其他诸侯国也不会坐等他一个个消灭，势必作出反应。太子宽厚待人，广纳天下士，并非无能之辈，绝不能采取坐以待毙的消极办法。"

"唉！"太子丹叹口气说，"我也知道消极等待是下下之策，但国人怯弱成性，视强秦为猛虎，奈何？"

荆轲听了，拍案而起，说道："燕国虽小国，但自古多有豪侠仗义之士。从目前情况看，不是百姓贪生怕死，而是朝廷苟且懦弱。如果朝廷有抗秦的决心与意志，拿出办法，我等抛头颅洒热血在所不辞。公子乃朝廷栋梁，当振作起来，筹划救亡之策，切勿得过且过，冷了我等心肠。"

太子丹听了，正中下怀，便说："难得有先生这等豪侠仗义之士，我已想好一计，此事非先生莫属。"

"那就请公子直说，即使赴汤蹈火，我也不会眨一眨眼。"

太子丹精神大振。他关好门窗，俯在荆轲耳边说："刺杀嬴政！"

"哈哈哈！"荆轲朗声道，"英雄所见略同，公子与我想到一块儿了。那嬴政野心勃勃，残杀成性，天下皆受其苦。"压低声音说，"如果能杀了他，秦国必乱，而天下太平矣。只是那嬴政生性狡诈，秦宫警卫森严，如果想不出周全的办法，是很难接近他的。"

"办法嘛，我倒想好一个。嬴政性贪，只要诱之以重利，他必动心。我这里准备好了燕督亢地图一卷，图中所绘五百里肥美土地，献给嬴政，他一定高兴……"

"督亢五百里土地固然有吸引力，但仍嫌太轻，嬴政未必动心。"荆轲叩着额头说:“依在下看,嬴政是个复仇欲极强的人,要想打动他,还得从这方面考虑。”

“愿闻先生高见。”太子丹凑过身子道。

“秦嬴政对我燕国最痛恨的是收留了樊於期。樊於期乃秦国将军,与长安君谋反失败后投靠燕国,嬴政用重金收买他的人头。如果能有樊於期的首级,再加上督亢地图,一齐献给嬴政,他才会高兴地接见我。否则,连他的面都见不到,怎么刺杀?”

太子丹听了,摇头道:“那樊将军在穷途末路时来投靠我,我实在不忍心伤害他。”

荆轲听了说:“公子所虑者,仁义也。窃以为自古成大事者,若拘泥于小仁小义,定难成功。今燕国处于危亡关头,能救燕于死难者,乃大仁大义也。樊於期是个有见识的仁人君子,如公子将此事暗示于他,他是不会吝惜自己生命的……”

太子丹摇头回道:“虽然如此,吾亦不愿为。请荆兄另图良策。”

荆轲见公子如此固执于仁义,对他越发钦佩了。他决定将一切罪名都由自己背上,以报公子。

告辞了公子,荆轲立刻去找樊於期。

荆轲深夜来访,樊於期料定必有要事,急披衣起床问道:“荆兄深夜来敝处有何见教?”

“眼看秦兵压境,一旦破了燕国,你我何处安身?实在睡不着,想与将军聊聊。”

“荆兄,您与秦无仇,倒还罢了。我鼓动长安君反秦,失败后逃到这里,嬴政恨我入骨,杀了我全家,又出重金收买我的人头。幸遇燕太子丹收留我,才得以活命,苟且至今。嬴政以取我的人头为名伐燕。我只感到很对不起太子,时刻都在想如何报答他……”

荆轲说道:“樊将军,我虽与嬴政无私仇,但他暴虐天下,肆虐华夏,今天攻楚,明天伐魏,后天又要灭燕,弄得天下都不太平。我乃堂堂一条汉子,深受太子恩惠,一心想为燕国做点儿事,只是没有机会。今夜想了个谋杀嬴政的办法,但又苦于没有重礼去见秦王……”

樊於期听了,沉吟良久后说道:“荆兄既然敢于冒生命危险刺杀秦王,实在是燕国大幸,天下大幸,也是我樊於期的大幸。你去见秦王的礼物我已准备好了,明天清晨你来取。”

荆轲听了,也没问什么礼物,告辞而去。

第二天清早,荆轲去樊於期住处,但见门户大开,樊於期已自刎于榻下。书案上留有血书一封,写道:

荆轲兄：

樊於期苟生于世，愧对父母，连累亲友，不孝不义也。

每思念之，痛于骨髓。今兄以身赴仇，弟无以为助，愿以头颅为兄入秦晋见礼，以赎对父母宗族之罪，报太子丹公子之情于万一。望兄速行，马到成功。

弟樊於期顿首

太子丹听说樊於期自刎，急急赶来，伏尸痛哭，悲哀至极。无奈人死不能复生，只得用木匣将他的首级装了。又以重金购得一锋利无比的匕首，用见血封喉的毒药煮了，藏于督亢地图中。又为荆轲物色了一个名叫秦舞阳的随从。这秦舞阳虽然才十三岁，却是一个杀人不眨眼的小伙子。一切准备好后，专等荆轲起程。

一连等了好几天，未见荆轲动静。太子丹心想：难道他后悔了不成？便问道："不知先生何时起程！如果先生有什么事还要等待一下，我就先派秦舞阳去，您意下如何？"

荆轲听了，心中很不是滋味，便说："我之所以迟迟未行，是等好友田仇与我同行，可他回家未归。既然公子等不及了，那现在就走。"说罢，立即上马。秦舞阳背了装有樊於期首级的木匣和地图，紧随其后。

太子丹知道荆轲的脾气，也不阻拦，马上换了白衣白帽，与高渐离等几个知情好友一路送到易水河边。

已是秋末冬初的天气，阵阵冷风吹来，平添了几分悲凉。太子丹一再举酒为荆轲壮行。高渐离平日与荆轲相处最好，他取下随身带来的筑，且击且歌。歌曰：

风萧萧兮易水寒，
壮士一去兮不复还。

歌声筑声，伴着哗哗水声、飒飒风声，把这次历史上有名的送别烘托得无比悲壮与凄楚，在场的每个人都忍不住流下了热泪。

荆轲满满饮了三大杯酒后，双手抱拳："永别了，太子。永别了，朋友！"而后翻身上马，啪啪几鞭，便和秦舞阳消失在滚滚黄尘之中了。

荆轲与秦舞阳一路快马加鞭，晓行夜宿，到了咸阳。为了能见到秦王，用重金贿赂秦王宠臣蒙嘉。

这天早朝，蒙嘉出班奏道："燕王惧大王神威，虽秦军压境，不敢举兵反抗,愿向大王称臣。今差遣使臣向大王献上樊於期首级及督亢地图,望大王验收。从此以后,年年进贡,岁岁来朝,唯大王之命是从。”

秦王听了大喜,说道:“快宣燕使臣上殿见我。”

听了宣召,荆轲捧着装有樊於期首级的匣子在前,秦舞阳捧着藏有匕首的督亢地图在后,依次上殿。

那秦舞阳究竟年少,在接近秦王御座时,心跳加剧,神色慌张,殿上大臣见了感到奇怪。荆轲回过头来,对秦舞阳笑道:“真是没见过大世面的乡巴佬,见了大国天子竟吓成这个样子。没出息!”说着,又朝秦王躬身道:“请大王宽恕这孩子。”

荆轲献上樊於期的首级。秦王看了不错,笑道:“樊於期,没想到我们又见面了,可惜你是这个样子来见我。”说罢,命左右:“快把它挂到殿外的旗杆上,让那些对朕有二心的人看看。”

左右取过樊於期的头走后,秦王对荆轲说:“快把那小子手上的地图拿上来给我看。”

荆轲听了,转身从秦舞阳手中取过地图,放在秦王案头。荆轲又殷勤地解开捆地图的丝绳……当那图徐徐展开至最后时,“图穷匕见”,一把明晃晃的尖刀霍地展现在秦王面前。

说时迟,那时快,荆轲右手一把握过匕首,左手紧抓住秦王的衣袖,把刀尖指向秦王的鼻尖说:“别动,有毒的!见血封喉,无药可解……”

秦王吓得直退,说:“好汉有话请讲……”

“你自恃武力,贪得无厌,蹂躏天下,暴虐百姓。我今命你对天起誓,从此收敛野心,多施仁政,与各诸侯国和睦相处……”

“可以可以……”秦王连声答应。

“口说无凭,要立下誓词,永不反悔……”

“可以可以……”

荆轲忙对王座下的秦舞阳说:“快把写好的誓词拿上来。”

秦舞阳应了一声,从怀中取出一块白绸,走向王座。慌乱中,上台阶时滑了一跤。荆轲听身后响动,以为有变,急回头一望,秦王趁机闪身,躲过刀尖,抽身就跑,衣袖竟断在荆轲手上。

秦王躲过了荆轲的挟持,便去抽剑,无奈剑太长,抽几次竟没有抽出来。

荆轲丢下手中的空衣袖,越过书案蹿过去,秦王则向大殿上的柱子后面躲闪,荆轲围着柱子紧紧追赶。两人在圆柱间转圈,有几次荆轲已抓住秦王的衣襟,都被他挣脱。

殿上大臣,个个吓得目瞪口呆——秦律规定:文武大臣上殿不得带兵器,殿下带兵器的卫士没有大王命令不能擅自上殿。秦王被撵得晕头转向,一时竟想不起召殿下武士上殿除凶。

正在危急之时,在殿上的御医夏无且把手中的药袋朝荆轲扔去,击中他的头部。趁荆轲回头之时,夏无且喊道:“大王快拔剑!”

这一喊,提醒了秦王,这才抽出长剑,恶狠狠地向荆轲刺去。荆轲被刺中左腿,血流如注,倒在地上。秦王上前欲刺第二剑,荆轲将匕首向他投去。秦王见白晃晃的匕首向自己飞来,一闪身,“呼”的一声从耳际飞过,又“嚓”的一声刺进殿上的木柱中,足有寸余。秦王说一声“好险”,提剑上前,连向荆轲刺了七八剑。荆轲倚柱不倒,哈哈笑了几声,叹道:“今天之所以没有杀死你,是想通过签订不去攻打燕国的誓约,以报太子。不料竟让你逃脱一死。如果你仍然如此暴虐和贪得无厌,终有一日会得报应……”说罢,荆轲闭目含笑而死。

这时,秦舞阳早已被秦卫士擒获,砍成肉酱。

荆轲行刺失败,更加激怒了秦王,他命令王翦大军全线进攻燕国。第二年,攻下了燕都蓟城。燕王喜带领余部与赵国代王残兵会合,逃往辽东,但王翦紧追不舍。

代王对燕王喜说:“秦军如此紧逼,皆因太子丹之故,如果你把他杀了,向秦王献上他的头,秦王一定会退兵。只有这样,才能保存燕国的宗庙社稷。”

燕王喜听了,觉得有理,便召太子丹,赐他白绫自尽。

太子丹欣然接过白绫说:“秦乃虎狼之邦,用我的头绝不会换来嬴政的怜悯与仁慈。儿臣死不足惜,只可惜我燕国再无复国的希望了!”说罢自缢而死。

燕王派使臣快马送上太子丹首级以求退兵,秦王见了,对来使说:“你回去告诉燕王,只有太子丹的头还不行。想当初我秦兵伐赵,赵残部拥代王继续与我作对,而你们燕王还庇护支持他。今天要想我罢兵,再把代王的头送来。”

使臣回到辽东,对燕王如实讲了。燕王立即找来代王,对他说:“因你兵败投靠我,秦王怪罪,要我取了你的首级去谢罪。我看在过去友谊的分上,不忍杀你,给你一段白绫,请自便吧!”

代王听了哭道:“燕王明鉴,此乃秦王使我自相残杀之计。吾死不足惜,可惜燕王你的势力更加单薄,不堪秦兵一击了。请燕王三思。只要饶我一死,我将听命于麾下,合兵共抗强秦,与他拼个鱼死网破……”

燕王冷冷地说:“你我燕赵两国当初那么多兵马,都未能阻止秦兵进攻,而今败落至此,还有什么力量反抗?请勿延误时间,影响我向秦王请罪。”

代王道:“杀了我,你会后悔的。”

“为了我燕国的香火,也顾不得许多了。快请上路吧。”

“唉!”代王想到太子丹的死,叹了口气,自缢而死。

燕王遣使臣快马去秦,将代王的首级献上。

秦王看了后,笑道:“像燕王喜这等愚蠢的人,哪里配当王?”

立即下令,向燕国的最后据点辽东发起进攻。

秦王政二十五年(公元前222)燕亡国,燕王喜成了秦兵的俘虏。

当燕王喜被押到咸阳叩拜秦王时,还有一段精彩的对话——

燕王喜说:“大王,请念及亡国之君燕喜杀太子丹以赎荆轲冒犯天颜之罪,念及杀代王赎我支持包庇他抗秦之罪,请开恩饶我不死。”

秦王道:“对我大秦,你是有功之臣;然而对你的儿子太子丹,对你的盟友代王,你是有罪的。不杀你,不仅他二人的亡灵不服,天下人也不服。然而,念及你对我秦朝有功,我不忍杀你,赐你白绫一段,你自便吧!”

这时,燕王才约略觉得有些清醒,他捶胸顿足地恨透了自己。他想起太子丹和代王悔恨不已,把自己那颗榆木疙瘩似的头颅狠狠地投入那白绫的圆环中……

第十三章

大地洒下斑斑血迹

“大王，华阳公主已经三天没吃没喝了。”太监向秦王跪奏道。

“嗯。”秦王答应得很随便，像没事似的，可是他心里却很不平静。起初，他觉得女儿太不自量，竟要跟老子较量，不吃不喝，以死相挟。那好，看你能饿几顿？于是，父女俩就较上劲了。

他知道女儿的意思，要他兑现他的诺言：攻下燕国就把高渐离找来。可是现在燕国已灭，高渐离却不知所终，他实在无法向她交代。他想先拖一拖，也许拖到把高渐离找到，也许拖到她把高渐离忘掉，可是……

他也想过干脆不理，你要死就死，宫中死个把人算什么。可是他放不下这个心，这不仅仅因为她是他的女儿，更主要的还是那个怎么也拂不去的玉姬的影子。说来也怪，玉姬死去已十七八年了，怎么还缠着他？夜里，常常入梦；白天，冷不丁竟冒出一两声她甜甜的话语。他知道，她是太爱他了。可是他呢，堂堂一国之君，身边美女无数，特别是攻下韩、赵诸国之后，掠来大量绝色女子充实后宫，但不知怎的却难以忘记她。因为死去多年的她，他不止一次失态，只要一想起，他都觉得自己太可笑。

那次楚国使臣送来楚王的妹妹，真是一个少见的美女，一见到，他就难以自持，在御花园散步时，忍不住搂着她的腰狠狠地亲了她一口，还说：“玉姬，你真美。”

楚王的妹妹愣住了，慌忙跪下纠正说：“陛下，妾名楚云云，您叫我云儿就是。”

“啊！”秦王也愣了一下，忙纠正说：“对，云儿你真美。”

楚云云才进宫不知道玉姬的事，也就不在意。

可是王后那里就不行了。那次，他正在她身上捧着她的脸亲，口中却不停地喊：“玉姬，玉姬，我的好人儿……”

正在亢奋与甜蜜中的王后听他喊着另一个女人的名字，她不干了，身子一扭，竟把他颠了下去。他真想抽剑杀了这个破坏自己美好兴致的女人，但一想到她身后占据朝中重要位置的父亲和几个兄弟，他忍下了，但从此再不去她的寝宫。

这类笑话他还闹过许多次。

要是真的把她的女儿饿死了，玉姬会饶过我？迷信鬼神的秦王不敢再想下去，赶快吩咐：“摆驾后宫。”

走进华阳公主的小院，他发现母后早就来了。见过母后，然后握着女儿枯瘦如柴的小手问道：“女儿，你怎么了？”

“你看看，把她给饿成什么样子了？”女儿闭着眼睛没开口，母后先说了，而且口气有些埋怨，他只有听着。

“我知道你忙，可是再忙，也不能不管自己的女儿呀？听说，两三个月了，都没过来看看……”母后念叨着。

他怕母亲没完没了地说下去，趁她稍停的当口，转向公主身边的宫女：“公主今天吃了些什么没有？”

“大王，公主已三天三夜什么也没吃了。今天送来的银耳羹汤、莲子稀饭、鸡肉粉丝，都热过几次了，公主不吃。”

“快去热了端来。”秦王命令道。

“是。”宫女们应声退下。

“我的好孙女，人是铁，饭是钢，一顿不吃饿得慌，可一连几天不吃，能撑下去吗？你也睁眼看看，你父王也来看你来了……”赵太后流着泪说道。

秦王俯下身来，轻轻叫了声：“女儿。”

女儿只微微动了动嘴唇，表示听见了。但并未睁眼，只是从眼角边流出两滴亮晶晶的泪水。

秦王见了，忙用他那粗大的手为她揩掉。

莲子稀饭端来了。

“公主，请用膳。”小宫女舀了半汤匙，慢慢向公主唇边喂去。

但公主不开口。

“孙女，你就张嘴吃点吧！”太后着急地说。

秦王见了，从小宫女手中接过汤匙，重新在碗里舀了稀饭，用嘴尝尝，有些烫，又吹了几口，再尝尝，才送向公主唇边：“女儿，父亲给你喂饭了，你就尝尝吧！”

母后感到惊奇，她从来没见嬴政有这么温柔体贴过。

周围的宫女太监更是惊奇，他们平日见到的秦王总是板着面孔，动辄杀人，可是今天，居然这么慈爱。

华阳公主是个绝顶聪明的女子，她跟父亲赌气，是要他兑现把高渐离找回来的诺言。一时找不到也该给自己一个回话，可他两个月不回话，连人影也见不到，所以只有用绝食来抗议了。今天，父王来了，又是慰问，又是亲自喂饭的。俗话说见好就收，适可而止。想到此，她微微张开嘴，把父王送来的稀饭慢慢喝了下去。

一连喝了三汤匙后她才微微睁开眼睛，向父王深情地望望，用微弱的声音吐出一句话：“谢父王。”

太后这才长长吁了一口气，从秦王手中接过汤匙说：“孙女儿，你父王成天够累的了，我来喂。”

公主开始进食了，所有的人都松了口气。

临走，秦王对公主说："我要张榜各地，用重金悬赏，用不了多久，一定会把他找到的。"

秦王走了后，太后对着孙女的耳朵问道："你父王说的那个'他'，是不是就是那个姓高的乐师？"

吃了大半碗莲子稀饭的华阳公主，已渐渐有了精神，她望着奶奶微微点了一下头，苍白的脸上浮起一团红晕。

"这就神了，那么多医生都没看好的病，他弹弹唱唱就能见效。"太后似在自言自语，又似在问公主："换个人来弹唱，不一样吗？"

公主微微睁开的眼睛又闭上了。

看着孙女瘦削憔悴的脸，太后心里一阵心疼，没娘的孩子实在可怜，连个说知心话的人都没有。她看出她有心思。都十七八岁了，怎么会没有心思？自己在她这个年纪，早已开怀，春风几度了。不过，她觉得一个公主跟一个乐工，实在相差太远了，尽管他很不错，还对我们有救命之恩……她忽然想起有个外孙，年轻英俊，知书识文，吹拉弹唱也内行，不妨叫他来陪陪公主，将来亲上加亲，让那小子也有个发达的机会。

想到这，太后便试探着问道："我的小公主成天这样，真叫人心疼。过两天，我让你父王把你表哥叫进宫来，给你弹琴唱歌，让你的病体早日康复，你看好吗？"

公主听了，也不回答，只把脸朝里一歪。

一看那样，就知道她不愿意。太后也就不好往下说。

她是过来人，她懂。一个女人只要把心许给了一个男人，就别想轻易动摇她。就拿自己来说吧，如果死后到了阴司，异人、吕不韦、嫪毐，如果让她只选一个，她选谁？她会毫不犹豫地说：吕不韦。她怎么也忘不了与他度过的那些美妙的好时光。

太后见公主歪过头去，双眼闭着，以为她真的睡着了，便把被子给她掖紧，悄悄地退出去了。

太后刚刚出门，公主就睁大了眼睛叫侍候她的宫女削水果，拿点心。她实在饿了，刚才，有父王和太后在，她不好放开吃。现在没人了，她可以肆无忌惮地吃了。

她吃得很香，不仅因为饿，更因为心情好。顽固的父王终于让步了，父王临走时的话给了她新的希望，她相信高渐离不久就会回到她身边来，而且，不仅仅以"大夫"的身份。

是另外什么身份？她说不清，但她有根据认为那是一种超过一般朋友的关系。根据就是他临走时最后的那个眼神。

他到她卧室为她演奏那么长时间，从来没有与她正面相望过。只有那次，他们四目相对，时间那么短，短到只有一眨眼的工夫，而那目光中却留下了一串长长的回忆与思念，仅那目光就足以值得她等待一生。她细细分辨，那目光里有睿智、有英武、有深邃、有愤懑；还有惊异、有崇拜、有爱意、有依恋。千百种情绪都在那一闪之间传导到她身上。她觉得在这一瞬间竟发现一个可以信赖、可以托付，可以终身相许相依的人。

可是他现在在哪里呢？

如果华阳公主知道她日夜思念、苦苦等待的人眼下的处境，她一定会难过得昏死过去。

燕太子丹死后，众门客群龙无首，便都纷纷散去。高渐离改名换姓，装扮成一个流离失所的农民，投在一家大庄主门下做佣工。

这是一个略具规模的庄园，每天有百十个农奴上工。因连年战争，男人多当兵打仗去了，农奴中大半是妇女，还有一些老人和孩子。工头见高渐离是个壮实的中年汉子，便安排他挑粪。

正是下种季节，地里农活单调而紧张：翻地、打窝、丢种、浇粪、盖窝。分工明确，环环相扣。

高渐离虽是个精壮的汉子，但对农活不熟。挑粪看似简单，却也讲究技巧，会挑的人平平稳稳，粪桶里的水不簸不荡。高渐离挑起来就不一样了，桶里的粪水直晃荡，洒了一路。

“怎么，你桶里有鱼在跳？”

他知道是跟他开玩笑，并不计较。不过半天工夫，他便摸到窍门，桶里的粪水再也不跳了。

但有种本事他却未能学到。

看那几个老庄稼把式，赤着脚，挑起粪在地里往来穿梭，如履平地。而自己还穿着鞋，挑大半天下来，鞋底穿了，脚上划了无数道口子。

他痛恨自己的脚太娇嫩。难道他们的脚不是肉做的？想到这里，他咬咬牙，把鞋子一撂，赤脚上阵，若无其事似的向那些土块踩去。开始时，脚板一阵痛，痛过发热，热后发麻，发麻后就再也没有什么感觉了，他心头一阵高兴。

农奴的劳动又苦又累，但他们也善于苦中作乐，特别是有女人在，脚踩毛毛虫的尖叫，粪水溅在裤脚上的咒骂，相互揭露隐私的哄笑，为枯燥单调的劳动平添了许多欢乐。她们多半是成年女子，有的已当了妈妈，说起话来无所顾忌，玩笑也开得放肆，还专会捉弄人。听，那大喉咙又在那边惊叫起来了：“喂，是哪个婆娘今天好不晓事，不干不净就出门，也不怕污秽了土地菩萨？”

七八个妇女顿时向她围过去，但见她们对地上指指点点，接着，就像一群麻雀似的叽叽喳喳闹了起来——

“就是，红兮兮的。”

“新新鲜鲜的，不知是谁。”

“我没有。”

“不是我。”

“我刚过。”

“我还早。”

……

男人们好奇，也围了上去，原来是土地上的几块血迹。大家轰然一笑，便散开了。有那迷信的，还扭头吐了泡口水。

高渐离有些明白了，他虽然从未碰过女人，但活了这么大，这点事也是听说过的。女人，每月都有经期，有血流出，只是从未见过。今天头次见到，也算长了见识。他感到有几分神秘，忍不住多看了一眼，到底是哪个地方流出来的，分外鲜红。

“哈哈哈，”大喉咙女人发出一阵震耳的笑声后宣布，“我知道哪个了。”

“谁？”女人们都望着她问。

“他！”大喉咙指着高渐离说：“你们看他脚底下……”女人们顺着大喉咙的手指看去，果然，凡是高渐离走过的脚印里，都有一团鲜红的血迹。

“哈哈……”女人们爆发出笑声，但只笑出一半就噎回去了。

男人们一个也没笑，都同情地望着高渐离。

高渐离羞得脸通红，但却毫不在乎地又把桶挑上，向粪池走去。

直到天黑工头叫收工，整个工地再没有一点笑声。

晚上，高渐离在他住的草棚里的油灯下，轻轻地擦洗伤口，再用布包扎了。明天，他绝不退缩。

第二天清早，他打开篱笆门，惊喜地发现门口放了一地鞋子，有布鞋，有草鞋，有麻鞋，不下十双。尽管，他已是个快四十岁的汉子了，也忍不住热泪夺眶而出……

挑粪固然又苦又累，但挖地也并不轻松。两手紧握锄把，挖一天下来，腰酸臂痛不说，那手指已变得僵硬，要张开，得用另一只手去掰。而且，手指竟变成了方形，麻得失去了知觉。手掌处，便是几个大血泡，多天以后，血泡没了，慢慢结成老茧。这时，才不觉痛了。

高渐离看着自己的一双手变得结实有力了，他欣喜不已：从此，我可以靠自己的双手找饭吃了。不觉中，他竟幻想起那种有薄田几亩，老牛一头，自耕自食，与世无争的清静无为的生活来了。

有了这样的想法，他感到一阵轻松，好像在清泉中洗了一个痛快的澡，把满身的附属物和污秽洗了个干净。

想当初，雄心勃勃，妄想仗三尺剑，行义天下。稍懂事后，才发觉自己实在可笑。群雄争霸，弱肉强食，区区一个高渐离，能有何为？转而学音乐，虽也得到不少乐趣，没想到竟成了嬴政专有的工具，想想实在窝囊。燕太子丹算是个顶天立地的汉子，重义轻利，铮铮铁骨，而最后竟死在自家人手里。平生大事难成，倒也罢了，连个人娶妻生子的小小意愿也被粉碎。由此想到眉娘，胸中不免又升起一阵愤怒。

眼下，怎么就落得这般田地，无家可归，无国可投，衣不蔽体，食难果腹，终日劳累，还不时受到工头的呵斥和鞭打。昔年立下普救天下壮志的英雄，而今却等待英雄的搭救。是这世界太滑稽，还是自己太滑稽？高渐离一时还弄不明白。

这日下工回来，喝了稀粥倒头便睡。一觉醒来，听有乐声传来，嘈嘈切切，如歌如泣。好久没有听到音乐了，他感到分外亲切。披衣起床，循声找去，原来庄主客堂上有人击筑。显然，那筑声并不高明，但高渐离却听得心里发慌，手上发痒，怎么也忍不住了，便转身回到自己的草棚，解开包袱，取出收藏的筑来，忘了从此不再拨弄琴弦的誓言，将那筑弦调好音，就娴熟流畅地敲起来。敲得兴起，竟忘乎所以引吭高歌唱道：

筑声呛呛，
歌声扬扬。
时光易逝，
两鬓飞霜。

筑声切切，
歌声凄凄。
人不我知，
昔情依依。

哀人世苍茫，
叹世事无常。
转瞬华衮服。
却成田中郎。

田中亦有乐，
荣辱两相忘。
皎皎一轮月，
匀匀照四方。

歌声筑声，悠悠传了开去，夜色中的山庄活跃了起来，人们纷纷朝高渐离的草棚聚集。客堂的筑声停下了，击筑的客人在庄主陪同下也来到草棚前。大家都静悄悄地听着，听到动情处，无不唏嘘流涕，赞叹不已。

一曲唱罢，庄主即入棚内，向高渐离施礼，请他进客堂叙话。灯光下，庄主见高渐离相貌堂堂，仪表不凡。与之交谈，博闻多识，且彬彬有礼，举止有度，知非等闲之辈，忙取出上好衣帽请他换了，重新入座细谈。高渐离只说自己是一乐师，因战祸家破人亡，孤身一人，流离失所，在此栖身。庄主听了不疑，待为上宾，不离左右。从此，庄上歌声不绝于耳，一派平和安宁景象。

庄主有一妹，因战乱误了青春，已二十好几仍待字闺中。她见高渐离气宇轩昂，人品端正，又精通音乐，便有意托付终身。她把这个意思告之兄长，兄长亦觉得甚是般配，有意成全此事。

一日，趁弹唱间隙，庄主用言语试探道："乐师孤身一人，日子甚是清苦，弟有心为乐师做媒，娶一良家女子为妻，不知乐师意下如何？"

高渐离听了，长长叹口气，未作回答，只是抚琴叹道：

暮秋之木，
其叶焦焦。
伶仃孤雁，
其声啕啕。

身如槁木兮，
心如死灰。
愿来世之重铸兮，
叹今生之飘摇。

庄主听了，明白了他的心迹，也叹了一口气，不再往下讲。

平静的日子并没有过多久，因秦王用相国李斯建议，在全国清查人口，建立户籍，高渐离隐匿不住了。很快，发现一个会击筑唱歌乐师的信息传到秦王耳朵里，他立即下令：把他押到咸阳来。

这时的高渐离反倒胆大了，他觉得一切都是天意。周朝分封诸侯，初时尚稳定，然不久便各自为政。为了称霸，兵革不休，天下大乱，百姓遭殃。现在看来，秦国力量强盛，各诸侯国渐被征服。一旦天下一统，嬴政为图长久之计，当会改弦更张，不再滥杀无辜，虐害百姓，也是天下苍生之大幸。自己做个无所作为的小百姓也很不错。只是荆轲、太子丹，还有眉娘，你们死得也太冤。不是我不义，实在是天意难违哟……

押送高渐离的车离咸阳越近，他想得越多。当他远远看到咸阳那高大宏伟的王宫殿宇时，一个女人的影子突然出现在他的眼前。

他实在好久没想到她了，但并未遗忘，他记得与她相处的那些愉快的每一个日子，那是他一生中最有趣味、最有价值、最难忘怀的时刻……

公主实在是个奇女子，奇就奇在她根本不像个公主，说话那么平易，那么谦和；性情那么温顺，那么灵巧。在她面前心情特别舒畅，为她演奏，没有丝毫奉命行事的感觉，而是全身心地投入。拨动每根琴弦，就像拨动她腿部的每根神经；敲击筑丝，恰如敲击她的经络穴位。他唱的每支歌，就像阵阵鼓声，震动着她的心扉。眼看她的腿能动弹，能弯曲了，他们都沉入到成功的喜悦之中。

然而，他在咀嚼那些回忆时，又品尝出另一些难以言说的滋味，那是一种难以用语言说清的而又确实存在的滋味。他在回忆中搜寻着每一个细枝末节，每一个细枝末节都足以使他怦然心动，尤其是他在离别时最后与她四目相对的那一瞬，就是现在想起都觉得好像一道闪电在眼前划过。那圆圆的脸恰如一轮初升的满月，那一头秀发恰如烘托圆月的云彩。两弯黑黑的眉毛下，如星星般闪耀着的一双亮晶晶的眼睛，清澈透明，又深不见底；热情天真，却略带羞涩……

想到这里，高渐离只感到自己心跳加剧，但他压制着自己，斥责着自己，甚至用拳头重重地捶击着自己，他要让自己清醒过来。

清醒过来的高渐离在殿上叩见了秦王。秦王捋着自己的胡须，哈哈大笑道："高渐离，久违了。你不辞而别去了燕国，而且据说荆轲来行刺寡人时你还击筑唱歌为他壮行。仅凭这些，就是死罪。不过，念你我是从小至交，且于我有救命之功，饶你不死，仍然留在宫中把华阳公主的腿病治好，把宫中的乐队训练好。另外，寡人头晕病虽已痊愈，但心痛病不时要犯，你要为我精心医治。你虽是死罪之人，寡人念及以往，也不苛刻于你，望你小心自重，戴罪立功……"

跪在阶下的高渐离说了声"谢大王"，便被太监带到他原先的宫廷乐队的住处去了。

第十四章

撞　　击

自从秦王去华阳公主小院探视她的病体并亲自为她喂了三汤匙莲子粥后，小院就热闹起来了。今天西垂宫王后来，明天栎阳宫王后来，至于贵妃、夫人等等，来的就更多了。她们带上各式各样的珍贵礼物来讨好公主；有的，还学着秦王给公主喂饭，并以此为荣。那一向，宫中嫔妃见面第一句话便问："你去给华阳公主喂饭了吗？"

公主对自己小院川流不息的人群总是冷眼相看，她明白，她们来看望的不是她，而是她的父王。才几天以前，这小院还冷冷清清。那时，因为自己与父王"较量"，父王在气头上曾说："让她死吧！"这话无异于宣判了自己的死刑。顿时，小院便笼罩在一片死寂之中，莫说没人来看望，就连常来的几个传话送物的太监也来得稀疏了，说话也变了声调。幸好，与自己相依为命的太后还常来，她这才觉得人间还有些热气。

现在变了，一下子小院人来人往好不热闹。轻快的脚步、殷勤的笑脸，让公主应接不暇。

虽然，公主对她们心里是冷冷的，但面子上仍然很热情，她觉得做女人的难处太大，特别是在王宫里做女人，生死荣辱全在一瞬之间，不学会察言观色、见风使舵行吗？她们也实在太可怜。

宫中最善于察言观色见风使舵的莫过于太监们了，特别是那些大小太监头目们，他们时刻在揣摩，在猜度，在窥测。他们能从秦王的一声咳嗽、一个手势、一个眼神中听出和看出宫廷内外的升降变迁、兴衰荣辱。只要马屁拍在点子上，大王一高兴，一个不起眼的太监小头目便马上发达，个人升官发财不说，还福及亲族，那是再荣耀不过的事了。

仅仅因为秦王喂过几口饭，华阳公主在宫中的地位暴涨。就在当天，宫中太监总管带了四个小宫女来到公主小院，恭恭敬敬给公主请了安后说："公主殿下，小人早就给公主物色了四个机灵乖巧的宫女，今天带来献上。"说罢，转身对站在门外的四个宫女说："还不快进来给公主殿下叩头请安。"

华阳公主听了心想：我身边的宫女已够用了，何必又增加四个？她正想说不要，把她们领回去，但抬头一看四个整整齐齐站成一排向自己行礼的小宫女，她立刻高兴起来。四个小宫女长得一般高矮，十三四岁年纪，一个个眉清目秀，伶俐可爱。便改口说道："谢公公关照，就把他们留下吧！"

总管听见公主说话这么客气，心里高兴，转脸对四个宫女说："公主留下你们，是你们的福气。今后，要小心伺候，若有什么差错，我定不轻饶。"

说罢，向公主行礼告退。

"来来来，你们四个都走过来，让我好好看看。"四个小宫女走到公主跟前，公主看了越发满意，便问她们的名字。一个个报来，不是什么娇，就是什么美，听了好俗。公主问了她们出生年月后，便取名为春雨、夏风、秋月、冬雪，都留她们在身边伺候。

这四个小宫女都是新近从赵王宫中带回来的，自幼受到宫廷调教，知礼仪，懂规矩，细心体贴，忠诚老实，很讨公主喜爱。公主性格善良，宽柔温和，从不摆架子。小宫女们也都庆幸自己遇上好主子，心情格外欢欣，公主小院里整日笑声不断。

"春儿，天都快亮了，起床吧！"公主对睡在门边的小宫女轻声喊道。

春儿被叫醒后，伸个懒腰，穿衣起床，走到屋外廊檐下看看天色，又点灯看看沙漏，回屋对公主说："公主，还早着哩，刚刚才寅时。"

"怎么天就那么亮了呢？"

"那是月亮。"

"啊！"公主自觉好笑，忙对春儿说："再睡再睡。"

春儿和衣上床，但再也睡不着。

她知道今天公主这么早就叫她起床的原因。前天，她就听说了，今天那个高乐师要来。也是，一个乐师算什么，又不是什么尊贵客人，可公主却要洒扫庭院，洗擦门窗，连窗帘、帷帐、床单、被褥，都要换洗。屋里的几盆花，说太艳了，要换淡雅点的。从来不甚讲究衣着装扮的公主，这几天又抹胭脂又画眉。其实，公主就是不打扮，也够美的了，这一打扮，就更美得没法说了。可惜的是她只能半躺在那儿，要是能起来走走，配上那身材，一定更美。这老天爷怎么就不长眼，这么好的一个公主，竟让她不能动弹……想着想着，就睡着了。迷糊中，听见有人讲话："太阳都三丈高了，春儿这丫头还睡，我把她打起来。"是秋儿的声音。

"算了，昨晚我把时间弄错了，早早就把她叫醒，耽误了她的瞌睡，就让她再睡睡。"分明是公主在说话。

春儿一惊便醒了，一看，果然太阳已老高了。她慌忙起身，收拾被褥，整理床铺。这时公主已洗罢脸，夏儿、冬儿正端着铜镜伺候她梳头化妆。

今天，公主特别挑剔。头上的髻本已绾好，她看了，说有点歪，叫打散重挽。脸上的胭脂已抹好，她说浓了，叫洗了重抹。几个宫女都觉得奇怪：今天公主怎么了？原因嘛，只有春儿知道，当然，她不能说。

早饭后，一向安静的公主却变得情绪焦躁起来，当宫女们把她扶起来坐好后，一会儿叫拿书来，一会儿叫拿笔来。书换了几种，没找到一本好看的；字没写几个，就搁下不写了；又叫把琴摆在面前，可没弹上几下，就叫拿开。

就连公主自己都觉得有些失态。她定定神，拾过那卷刚丢在一旁的《庄子·逍遥游》大声读道："北冥有鱼，其名曰鲲，鲲之大，不知几千里也，化而为鸟……冬儿，你去看看，院子里谁来了？"

冬儿应声跑出去看了看回来说："是花匠送花。"

"……化而为鸟，其名曰鹏，鹏之背不知几千里也……"公主强迫自己读下去……

她听到那熟悉的脚步了，就是他……她立即放下竹简，然后用手拢拢头发。正在这时，门外来报："高乐师参见公主。"

她听见他那稳健的脚步声了。他已走进庭院，走上台阶，走过廊沿。现在，已在自己门前停下。

"快请高先生进来。"公主吩咐宫女们。

两个宫女掀开门帘，说道："请进。"

他终于出现在她的面前了，还是往常那副打扮，可是脸明显地黑了，瘦了。脸上的那三绺胡须不见了，减了许多儒雅的风度，但却显得年轻精神了。他仍然低着头，欠了欠身："给公主请安。"

"快，快请坐。"公主忙不迭地说。

宫女搬来椅子，请他坐下。

"先生旅途劳顿，尚未休息过来，又劳您来给我看病，实在过意不去。"公主首先打破沉默说。

"公主殿下不必客气，为公主效力是我分内之事。不知公主这一向玉体如何？"

"唉！"公主长长叹了口气说："先生走之前我的腿眼看就要好了，然而这一耽误，就又还原了。现在，又是老样子了……"

高渐离不好再问，便说："那就从头开始吧！"

"只是有劳先生了。"

自从上次为公主演奏取得医疗效果后，高渐离便潜心钻研，看了不少医理药理的书籍，又搜集了一些相关病例，思路一下宽了许多。从医理上说，声音能治病，恰如针灸能治病一样，都是刺激经络穴位。不同的是，针灸对穴位是从外部刺激，而声音是通过耳朵传导于心，是从内部刺激，只要找准穴位，就能收到效果。但这要求病人的默契与配合，如果病人没有音乐修养，甚至毫无乐感，那就等于"对牛弹琴"了。他总结上次为公主治疗的经验，针对她懂音乐、悟性高的特点，设计出一套快捷稳妥的方案；又接受上次医疗效果未能及时巩固的教训，采取有节奏、有步骤、循序渐进的方式，在乐曲、乐器，歌曲风格、内容上，做组合搭配；在演唱上，避免上次那种被动勉强、奉命行事的拘束，要充满信心和力量，洋溢着激情与欢乐。

对华阳公主来说，她把听高渐离的音乐演奏既当作一种高尚的娱乐享受，更当作一种治疗过程。如果上次的治疗带有偶然巧合的因素，那这次则是一种完全自觉的精神投入。

仅仅半个多月的时间，公主的病情就明显好转了，大腿恢复了知觉，也能动弹了。王宫上下自然是一片欢喜。

最欢喜的当然是华阳公主，她对高渐离说："我觉得，这次比起上次来，见效要快得多，想来高先生又使了什么高招吧？"

高渐离说道："在下没有什么高招可使，我想大概是因为有了上次的基础，血脉经络已大都畅通，所以便更快些。"

"先生所言固然有理，但从我的感觉看，您在乐曲安排组合上是花了一番心思的，就像大夫开方搭配各味药物的比例分量一样，既对症下药，又恰到好处。"

高渐离听她说在点子上了，笑而不答。

"难道我说的不对吗？"公主问。

"既然已被公主听出来，在下就不好再说了。"

"高先生，您怎么老是在下在下的，不能换个说法吗？"公主因为已纠正过他两次，见他不改，佯装发怒道。

"是，在……"高渐离说。

"在下。"公主说。

"哈哈哈……"公主大笑，他也抽动了一下嘴角。

"还有。"笑了一阵后，公主开口说，"我注意到，您在演奏中对断连、顿挫、轻重、徐疾的处理非常有趣，使我感到似乎有个小人儿用他柔软的小手在我腿部捶击，或重或轻，或快或慢；又像有一股热流自上而下、自下而上在我周身流淌循环，使我非常轻松和舒畅。"

高渐离听了分外高兴，他觉得他预期的效果即将达到了。公主把感觉说得这么生动，比喻得这么贴切，要是换个人，把病给他治好了，他也说不出所以然。他说道："公主所说的感觉，正是我想要达到的。公主的病是腿部经络受到损伤而麻痹所致，要使其恢复，必须刺激神经经络，内外夹攻，贯通经脉，方能收效。"

"不过，除此之外，我还从您的音乐中听出一些令人心神飘逸、热情激荡的内容来，我感到这对医治我的病起了很大作用。"

听了公主的话，高渐离不觉脸上有些发热。

公主实在太聪明了，她居然听出他隐藏得很深很深的意图，要不是她提出来,他是不会说出来的。即使她听出来了,他也不便直说。

他确实有意识地安排了一些具有挑逗性的乐章。公主虽长年卧于病榻,但她处于青春年华,春情萌动在所难免,但因病体限制,不能舒展和宣泄,难免会影响她身体机制的正常运转。如果用音乐把她的这根情之弦拨动起来,使她青春热血燃烧,于她的病体将会大有好处。果然,一切如他的想象那样。

他有些得意,但他却说得比较含蓄:“公主的病虽然在腿上,但却与心绪有关。心情好,则气脉通;气脉通,则筋骨活。好心情需要好的音乐去激发,去诱导。人们常说,感人心者,莫始乎言,先乎情,切乎声……”

公主听了,笑着抢过话头说:“我见先生整日不苟言笑,目不斜视,还以为是个迂夫子哩。今天看来,先生琴音中含情,谈话中也言情。话都说到这份上了,我就冒昧请先生再奏两曲抒情之曲,以饱耳福,好吗?”

听到这里,高渐离便豁了出去,说一声“遵命”,立即调弄琴弦,先奏了一曲屈原的《山鬼》。

因为这是一首较为流行的写神仙恋情的歌曲,高渐离只弹曲,并不唱。他想让公主唱,然而公主只和着琴音在鼻子里哼,实在也不好唱出声。

歌曲弹奏着女神的美丽丰润、婀娜多姿,把公子迷得神魂颠倒。公主只在心里默默地唱着,然而最后,弹奏到女神等待情人的急切与凄迷时,公主竟忘乎所以地随琴声唱了起来:

雷填填兮雨冥冥。
风飒飒兮木萧萧,
思公子兮徒离忧。

琴音与歌声停了下来,高渐离抬起头来,正好对着公主那哀怨迷人的眼光,不觉心摇神荡起来;而公主,却分明从他眸子里看出了期盼和凄苦。

接着,是长时间的沉默。

沉默,是恋人间一种最神奇的情感交流,是默默守望中的一种心灵沟通,一种情感的触摸,一种无声的对话,一种从相知到相爱的彼此认同。他们互相都感到对方在自己心中的存在和位置,却一语不发,静悄悄等候着那粒种子在心田中萌发。

公主究竟是主人,她笑着先开口说:“好美妙的音乐啊,怎么就忍不住唱了起来。既然唱了,那就尽兴唱吧。高先生,请您弹一曲宋玉的《招魂》,我来唱。不过,我唱得不好,别见笑。”

此时的高渐离已无法自持,服服帖帖地听从公主的安排,弹起《招魂》曲来。

这是一首写宫廷生活的抒情歌曲,幻想十分奇特,韵律十分优美。公主和着琴声深情地唱着,当唱到“湛湛江水兮上有枫,目极千里兮伤春心”时,公主不禁黯然神伤,眼圈竟红了起来。高渐离也感动得低垂着头,把最后几个音符反复地拨弄。

稍稍休息后,公主又说了:“今天难得有这么好的兴致,我毛遂自荐不怕献丑。想来高先生也会乘兴拣您最喜欢的高歌一曲的……”

音乐家是听不得别人唱歌的,高渐离哪里忍耐得住,何况公主相邀。话音刚落,他就拨动着琴弦唱了起来:

昔我往矣,杨柳依依。
今我来思,雨雪霏霏。
行道迟迟,载渴载饥。
我心伤悲,莫知我哀。

高渐离唱的是《诗》中的《采薇》。这诗本是写征人在返乡路上的一段哀情,但高渐离却赋予它以自身的感觉与经历,唱得凄凄惨惨、哀哀怨怨,唱到最后竟悲哀得呜呜咽咽,难以卒章。而这时的华阳公主已被感动得像个泪人儿了。

高渐离唱完后,慢慢冷静下来,自觉有失体统,低头告辞而去。

高渐离走后,华阳公主心里久久难以平静。她细细品味他唱的那首《采薇》,那依依不舍的是谁?那用霏霏雨雪滋润他饥渴的又是谁?她好像有所悟,但又很难说清。还有那句“莫知我哀”,实在叫人猜不透。你,高渐离,到底有些什么难言的悲哀呢?告诉我吧,我会为你抚平的。

高渐离走在回住处的路上,头脑晕乎乎的,他觉得今天的太阳特别鲜亮,照在身上特别暖和。一想到刚才发生的那一切,他好不兴奋,简直欣喜若狂。他感到胸口热乎乎的,身上暖洋洋的,因为有颗心在向他靠拢,有个异性的身体在向他贴近。从此,他不再孤独,不再迷茫,再也没有孤苦伶仃的感觉了。

然而当他刚刚走进自己的卧室,坐定下来细想时,他突然感到一阵莫名的恐怖,他好像在玩一场死亡的游戏。她是谁?我是谁?这种非分之想最终会导致什么样的结局?他简直不敢想下去。

几乎一夜失眠。第二天，他怀着黯淡的心情走进公主的小院。但当他一跨进她那华丽的卧室，看到她那光彩照人笑容满面的圆脸，听她一声银铃似的呼喊时，心头的乌云立刻消散得无影无踪，恰如浓密的晨雾在阳光中顷刻间便化去一样。

“高先生，您猜我昨晚做了个什么梦。”

高渐离望着她，摇摇头。

“我梦见我能站起来了，能走路了。”

“那是个好兆头，我们不妨今天就试试。”高渐离说罢，取过他的筑，嘁嘁喳喳铮铮锵锵地击打了起来。

华阳公主感到与以前不一样，她从他的乐声中好像听见一股清泉从山间流出，那晶莹清澈的水流从陡峭的山岩上急冲直下，噼噼啪啪砸在万丈悬岩下的深潭里，恰如重重地砸在自己的双腿上。她感到一阵麻木，一阵胀痛。而后，则是一阵轻松，一阵跃跃欲试的冲动。

“春儿，你们快过来。”公主大声喊着守候在门外的宫女们，“你们快过来扶我下床……”

宫女们进屋来把公主愣愣地看着，以为听错了。

“叫你们过来，我要下床！”公主再说一遍。

几个宫女忙过来搀扶公主。

公主慢慢移动双脚，让宫女们穿上鞋袜，双脚向床下伸去。

当她的脚踩上坚实的土地时，宫女们都高兴得雀跃欢呼起来。而公主，兴奋得流下热泪。

这时，高渐离的筑声如雨点般沙沙沙地响着，像风吹起的沙粒，轻轻向公主的腿上撒去，好像在鼓励她，催促她。她于是抬起脚，跨步向前，一步、两步……像孩子蹒跚学步似的走了起来。

高渐离全神贯注地敲击着筑，随着乐声，公主的步伐慢慢变得沉稳了，坚实了。她完全摆脱宫女们的扶持，开始一步步地走起来。

“公主能走路了！”

“公主好了！”

惊人的好消息很快传遍了王宫，传到秦王的耳朵里。

当秦王目睹自己的女儿站了起来，一如常人那样走路时，他高兴得拉起女儿的手开心地大笑起来。

但是不到两天，华阳公主小院就传出不幸的消息：“公主的腿又不能动弹了。”

立刻，王宫又笼罩在乌云之中。

秦王见女儿苦着脸一动不动地躺在床上，皱着眉头问道：“怎么了，女儿？”

“不知怎的，腿又还原了，只是还有知觉。”

秦王摇头，顿足，对随从的太监说：“传我的话，叫高渐离赶快治好，否则……”

秦王是个极敏感的人，他以为这是高渐离故意干的，在捉弄他。要真的是这样，他绝不轻饶。

高渐离更是心急如焚，秦王那里还是次要的，公主的病眼看好了怎么又返了过去，他很难过。他恨自己的功夫太浅薄。于是他起劲地对着公主吹竽、弹琴、击筑、鼓瑟……

“公主，你感到腿好些了吗？”他焦急地问。

公主摇摇头。

他觉得唱歌的效果更好，便拣平日公主喜欢的歌唱了一曲又一曲……

“公主，你再试试你的腿，有好转吗？”

“嘻嘻嘻。”公主掩口笑了起来。

“公主，你……”高渐离迷惑不解地望着她。

只见公主向宫女们使了个眼色，她们便纷纷退出门外。

“高先生，谢谢您今天给我唱这么多歌。”公主说着，对高渐离神秘地一笑，而后，从被褥里慢慢抽出双腿说：“这是一个不得已的办法，我怕父王见我好了又要把您叫走……”

“啊！”高渐离明白了。

“这事只有我的几个宫女知道，她们是不会讲的。现在，您也知道了，想来，您也是不会讲的。”

高渐离佩服她的胆大和机智，觉得有她在，什么难处也不怕。

这时，公主渐渐走近了他，深情地看着他，一双小手紧紧盖住他抚琴的手。他轻轻抽出一只手，把她的手压住，更紧地压在自己的双手之间。接着，公主两片鲜红的嘴唇便藏进高渐离那浓密的胡髭里了。

爱情，不仅能使人胆大，更使人聪明。

一切，都在华阳公主的天衣无缝的安排下进行着。

又是一个风和日丽的日子。太阳，像懂得高渐离的心情一样，欢快地跳跃着从东方升起。宫廷乐队的小乐伎们早已起床，有的在树荫间咿咿呀呀地吊嗓子，有的在廊檐下吹竽弹琴。上午，就这样热热闹闹地开始了。

由于高渐离的细心教导，这群乐伎的基本功进步很快。现在，已进入第二步排练，开始和乐了。好在这群孩子个个聪明伶俐，一点就通，没多久，就能合奏出好几个大型乐章了。高渐离信心十足地望着那些孩子，他要让他们个个都成为乐坛高手，成为演奏家和歌唱家。

午饭以后，稍事休息，高渐离便向华阳公主的小院走去。

其实，按直线距离，从乐队住处到公主小院并不远，但因为要穿过几道宫墙，绕来拐去，虽然一路多是花径和林荫道，花香扑鼻，芳草萋萋，但仍觉太远，特别是对今天的高渐离来说。

路上，他几次把手伸进袖子里。那里藏有一扎竹简，上面写的是他专为公主献的诗，还谱好了曲。他要在今天唱给她听。

刚跨进小院，就传来一阵欢笑声，宫女们个个笑脸相迎，齐声说："高先生请进。"

她们把他带进公主宽大的卧室后，便纷纷退出门外。

梳妆打扮整齐的华阳公主笑吟吟地迎上来，双手拉着高渐离，一头拱进他的怀抱。接着，一阵低低的嬉笑声和窃窃私语声便飘散开去。再过一会儿，伴着乐声，歌声唱了起来。今天是新曲新歌，高渐离唱得很投入，守候在门外的宫女们个个听得入神：

长夜遥遥，
莺啼哓哓。
斯人憔悴，
无依无告。

明月皎皎，
三星高照。
秋水伊人，
相依相靠。

抚琴为乐，
鼓琴以和。
琴瑟相依，
日月不息。

高渐离刚刚唱完，华阳公主便一头靠在他胸上，而后，便整个地融化在他的怀里了。

正在此时，外面嚷道："太后驾到。"

公主慌忙从高渐离的怀里挣脱出来，翻身上床，把腿伸进被窝里。

她一边用手理着散乱的头发,一面对高渐离扮个意味深长的鬼脸。

太后进屋后,见高渐离向她跪着请安,扶起他说:“快起来,快起来,坐下弹你的琴,不必如此拘礼。”

“老太后,孙女给您老人家请安。”华阳公主娇滴滴一声,喊得太后心里好不舒服,赶快走到公主床前,握着公主的手问这问那,喋喋不休地说起来:“你父王外地巡游去了,让我来看看你。说你的腿又不听使唤了,他很着急,叫我问问高乐师到底是怎么搞的。一会儿好,一会儿歹。你要是好了,他回来倒好说;要是没好……他的脾气,你可是知道的……”太后说着,还朝高渐离看了一眼。

“奶奶,我的腿在高先生治疗下,已好多了。您看,这不,能伸能屈,知冷知热。大概再过几天,就能下地走路了。”

“那就好,也免得连累高乐师。”

“高乐师,”公主转脸对高渐离说,“老太后最喜欢听您的演奏,快给她老人家奏几曲。”

高渐离应了一声,立刻弹奏起来。

听了演奏,老太后心旷神怡,满心欢喜地回寝宫去了。

“怎么,不高兴?”公主见高渐离面带忧戚之色,问道。

“高兴。”高渐离说,“与你相处的这段时间,是我一生中从未有过的最高兴的日子。我从小不知父母,流浪江湖,行踪不定,飘若浮云。虽然也曾遇上好心的韩娥师父和侠义的燕太子丹,但他们却都早早离我而去。本想隐身山野,了却一生,不想能与公主有缘相逢,又蒙公主垂爱,愿以终身相托,这也是天意的安排。我本一草泽小民,能得到公主如此大的恩泽与爱意,哪怕就是现在死去,也无怨无悔。只是你我一段情缘了无结局,我深感歉疚,又给公主带来伤害,故而感到悲哀。”

“先生不必悲哀,我这里早想好一个长远之计,只要你依计而行,加上我的配合,我们的事一定会有个圆满的结局……”

连高渐离自己都不明白,一向很有主见的他为什么那么听她的话,他好像守候在妈妈面前的孩子那样听她讲她的计划。她想的那么周密,那么大胆,又那么精细。他佩服她,甚至崇拜她。他认定她不是一个平凡女子,她是一个精灵,一个上天专为他而派来人间的女神。

他望着她那微微凸起的胸口,那里一定藏有数不清的智慧与聪明,他俯身而下,把耳朵紧紧贴在她的胸口上,似乎要从中听出些什么秘密。

他听到了……

那里跳动着的是一颗多么热烈欢快的心啊!

华阳公主

第十五章

爱情玩笑再开一次

秦王许久都没有去后宫看女儿华阳公主了，其中固然有忙的因素，不过最主要的是他心情不好。他亲自点将任命的年轻有为的将军李信去伐楚，结果打了败仗，所率领的二十万大军伤亡过半。

“唉！真丢人，攻赵伐魏灭齐克燕……就没有打过一次败仗，这下，面子叫李信给我丢尽了。早知如此，不如派老家伙王翦。这个李信，口出狂言，说二十万人包能攻下郢都，活捉楚王。现在，看他怎么说？”秦王越想越气，忍不住大喊道：“左右，快去把李信叫来见朕！”

尉缭见秦王一脸杀气，快上前一步奏道：“大王息怒，伐楚失利，李信轻敌固是原因之一，但……”

秦王知道尉缭下面要说什么，不等他说完，就打断他说：“又是你那老一套，什么楚国有春申君啊，要有长远灭楚计划啊……眼看两年过去了，究竟如何？”

尉缭语塞，一时间不知该怎样回答。但他并不服气……

记得两年前秦王下令攻楚，尉缭劝阻道：“楚王以春申君为令尹，治国二十年，国富民强，兵多将广。要攻楚，必先杀了春申君，使其内乱；否则，难以取胜。”

秦王说：“那楚国城坚兵利，一时间如何能杀得了他。”

尉缭说：“小臣早有一计在此，只是实行起来恐怕大王误解，故迟迟未能奏报。”

秦王说：“只要能除掉春申君，不管你用什么计谋，朕也不在乎。”

尉缭听了，走近秦王座前，低声向他如此这般说了一气。秦王连连点头，说道：“秦国的统一重于泰山，爱卿不必多虑，就按你的计划去办，只是时间要抓紧。眼看楚国这么张狂，朕实在等不得了。”

尉缭领命，立即去安排。

楚国原来是战国时代的强国，只因王室内部争权夺利，国势日衰。到楚考烈王时，任命春申君为令尹，几年时间，国力大增。又因占据长江一带富庶之地，经济实力甚为可观，诸侯各国不敢小视它。秦国虽然强大，也曾派兵攻讨几次，但多是各有胜负，秦国没能捞到多大好处。

楚春申君，是战国时期与齐孟尝君、赵平原君、魏信陵君齐名的贤相，他广招天下奇才贤士，多达数千之众。他对宾客礼遇有加，待遇优厚，各用所长，大家对他也十分敬佩，愿为他出谋划策尽力效命。就连荀卿这样的著名人物都投在他门下为其服务。春申君把楚国治理得井井有条，全国上下乃至诸侯各国对他都称赞不已。

一晃，春申君为楚国令尹已二十余年。

这天，春申君去参加一个宴会后回府，他的马车在郢都街上缓缓地前行。车中的春申君还沉浸在胜利的喜悦之中，他又想到宴会上与大将项燕碰杯的情景。"项将军，这次反击秦军入侵，杀得李信和蒙恬抱头鼠窜而去，全靠将军的神勇，我代表国人向将军敬一杯。"说罢，春申君高举酒觞与项燕猛地一碰，然后一饮而尽。

项燕取过酒壶，亲自为春申君斟满一觞，也把自己觞中斟满，然后高高举起，对着大厅中的客人大声说道："末将项燕此次取得抗秦胜利，一靠楚大王洪福，二靠相国运筹。末将按相国指令，避秦军锋芒，迂回攻打秦国南郡，使秦军首尾不能相顾，故能取得胜利。末将代表全军将士，向相国敬一杯！"

摇摇晃晃中，春申君似觉耳边还有赞美词的余音，唇边还留有美酒的余香。

车子突然停了下来。

"怎么，就到家了？"春申君问。

车夫回道："禀告相国大人，有一老者跪地拦车。"

"啊！问他什么事。"

"他说有要事亲见大人。"

春申君撩开车帘一看，果见一白发老者跪在车前，便说："老先生请起，有何事求救于我，不妨道来。"

老者抬起头来说道："相国大人，小民无事求救，倒是为了救大人，才冒昧求见。"

对这种危言耸听的话他听多了，春申君并不在意。不过他觉得这老者谈吐举止不俗，非乡野无赖，便吩咐左右牵过马来让他骑了，一同回府细谈。

到了相府，分宾主坐下。献茶毕，老者说道："小人乃越国人氏，名李园。今见相国有难，特来相救。"

春申君听了笑道："不知难从何来，请李先生直言。"

李园看看左右，欲言又止。

春申君说："左右皆我之心腹，但说无妨。"

李园这才说："算来，相国居相位已二十余年了，然而楚王无子，百年之后，只能立兄弟为王，那时恐怕就没有相国的位置了……"

春申君听了，心中一惊。这李园果然目光犀利，一语中的。其实，对此事他自己何尝不忧。自被楚考烈王任命为相国后，一心为巩固他的权位，不知得罪了多少人。要是他死后，任何一个他的兄弟继位都没有我的好果子吃。考烈王啊考烈王，你也太不中用，后宫那么多女人，怎么就没本事给她们布下种？我还在民间为你物色了好几个身体健壮有生育能力的年轻女子，也都个个落空，真叫人空着急。眼看他身体一日不如一日，如果不抓紧时间想办法，怕就来不及了。这位李园千里迢迢从齐国专为此事而来，说不定会有什么高招，不妨先听听他的。但这等大事，岂能让第三者知道？想到此，便屏退左右，把李园让进另一间会客室，好让他大胆地讲。

宾主重新坐定后，春申君说："这里只有你我二人，请先生放胆讲。"

李园说："相国二十多年为楚王尽心竭力，然楚王无子。百年后另立新王，相国必失宠，说不定还有杀身之祸。我有一义女，名叫小桃，年方十五，天姿国色，且琴棋书画，样样精通，本想把她献给楚王，但他无生育能力，故在下心生一计，将她献给相国，待有了身孕，再将她献给楚王……"

春申君初听觉得好笑，细细想来却也觉得有些道理，但他说："李先生，吕不韦的结局，你恐怕不会不知道吧？"

李园说："吕不韦与赵姬之事的败露，主要是他们原先在邯郸的关系已早为人知，后来又未能严守机密。而今此事，除相国、在下和小女外，再无人知。"说罢，李园跪在地上，指天发誓。

世上男子谁又不贪爱女色？春申君亦不例外，何况，此事又关系到他的政治前途，岂有不动心的，于是说道："难得李先生一片好心，那就不妨一试，如事成，定当厚报。"

当晚，一乘小轿把小桃从相府后门送入，春申君见了，果然美貌无双，妩媚无比。要她弹唱一曲，琴音软软，歌声甜甜。春申君听了，更是销魂，忍不住一把将她揽入怀中，拥进红罗帐里……

那春申君虽然有了些年纪，但体力健壮，小桃很快受孕。

而这时，春申君却犹豫了，他实在太舍不得她了。

小桃虽是个初度春风的女孩子，但因从小受教坊调弄，学得风流无比，十分讨人怜爱。两人正在如鱼得水情意浓烈时分手，实在难以割舍。

李园得知后，向春申君说："相国大人，请听在下进言：自古有女人是祸水之说，却也不假。但依我看，那只是对那些意志薄弱的男人而言的；如果意志坚定，处理得当，女人不但不会是祸，反会带来享用不尽的福。目前，相国如果能断了这份儿女之情，那便是终身之福；如果贪图一时之欢，误了大事，必祸及一生，后悔莫及。请相国三思，切勿功亏一篑。"

这时的小桃，在义父的指示下对春申君说："妾本一风尘女子，与君相遇，实为一生中之大幸；然妾命薄，不能侍奉君终生。今去了王宫，时时不忘君之旧情。如有来生，定与君做夫妻，白头到老，相守一生。”

春申君无奈，咬咬牙，把小桃送进宫里，献给楚王。

那楚王虽说没有生育儿子的本事，但对玩耍生儿子的游戏却很热衷，当夜便与小桃共寻鱼水之欢。那小桃把讨好男子的本事全都用上，把个楚王侍候得如坠入云雾之中，竟然乐不思政，一连数日都忘了上朝。

转眼过了一两个月，当楚王得知小桃有了身孕，更是乐得不知所以。七八个月后，小桃生了个白胖小子。楚王见了，喜不自胜，立刻封了太子，将小桃立为王后，李园自然也就成了国丈。

一切，都在尉缭的意料之中。但结局，却是他万万没有想到的。

“看来，你还不服气，”秦王不满地望着尉缭说：“你派去的李园现在都当了国丈了，可是春申君还在当他的相国，一根头发也未动，莫说他的人头了。”

面对秦王严厉的目光和咄咄逼人的话语，尉缭不服也得服，只有回道：“小臣知罪。”

这天，李园正在国丈府内闲坐，门下来报说：“有自称是国丈大人的家乡人求见。”

一听是“家乡人”，李园就知道是谁来了，说一声“有请”，忙起身相迎。来人是同在尉缭府上做门客的张一，李园把他让进内厅。

坐定后，李园问道：“张兄远道而来，一路辛苦。想必是尉大人有什么要紧事吩咐。”

“李兄说对了。尉大人本欲修书让我带来，只怕一路关卡隘口盘查，便命小弟口头传达他的指示。他对李兄有如此成绩很是满意。只是因为秦军吃了败仗，大王甚是恼怒，下旨尽快除掉春申君，早日灭楚，故尉大人叫我来传达大王旨意。望李兄及早回话。”

李园听了说：“其实，春申君离死期已不远矣。”

张一不解，问道：“春申君虽说已进入老年，但身体尚好，何以说死期已近？”

“张兄有所不知，楚王近日病重，不久于人世。他一旦驾崩，王位必传位于不满一岁之小太子，而楚王的众多兄弟都已知道小太子是春申君的种，一场争位斗争在所难免。春申君虽为令尹，但兵权掌握在楚王兄弟手上，他岂不是死期已至？”

张一听了说：“李兄所言极是，只是秦王严令及早杀了春申君，时间拖久了,王命难复。”

李园说:“既然大王要快,我立刻操办,请张兄回秦后回复尉大人,多则两月,少则一月,定将春申君人头献于秦庭。”

张一听了,说道:“有了李兄这句话,我便回去复命去了。”说罢,起身告辞,李园也不挽留。

从表面上看,不挽留张一是因为他的身份特殊,不能久留,然而实质上,李园怕张一待久了看出什么破绽。因为此时的李园已是楚国国丈,再不是尉缭门下的一个宾客。他心里盘算了一下,回到秦国,最多封个御史、郡守之类,比起高高在上富贵无比的国丈来差远了。再说,还有更好的机遇等着他,他绝不放过这个千载难逢的机会。楚国的宝座正在向他招手,他要坐上去试一试。

话分两头。

且说春申君有个门客叫朱英的,侠肝义胆,忠诚刚直,这天拜见春申君,开门见山就说:“大人,在下蒙大人厚爱,招为宾客,委以郎中,锦衣玉食,已多年矣。今见大人脸色灰暗,百日之内必有灾祸临头,特来相告,以报衣食之恩。”

春申君听了问道:“不知我将有什么样的灾祸,请先生赐教。”

朱英说道:“当今之世,由于长时间的战乱和社会动荡,世界变得复杂纷繁捉摸不定,往往有出乎意料的祸和出乎意料的福。今相国就处于这样一个出乎意料的时代,侍奉一个随时可能出意外的楚王,难道,您不想有个出乎意料的人来帮助您对付意料外的事吗?”

春申君被一连串的“出乎意料”弄糊涂了,便说:“先生的话,我听得似懂非懂,请讲清楚点好吗?首先这出乎意料的福,何指?”

朱英说道:“大人当了二十多年令尹,由于楚王羸弱,朝政都交给您,您名为相国,实为楚王。而今,楚王病重,危在旦夕,百年之后,令尹又辅佐年幼的小王,大权更是集中在您的手上,与楚王何异?这不是您出乎意料的福吗?”

春申君听了点头,又问道:“那出乎意料的‘祸’呢?”

“国丈李园实际是相国大人一手提携起来的。他向大人献小桃,有孕后又转献给楚王,主意全是他出的。可是他背地里却散布许多对相国不利的话,而且他府上养了不少勇士,其用心叵测。看来,一旦楚王驾崩,他必有所动作,要灭大人口,篡夺楚国王权。”

“啊!”春申君听了心中一惊,难道李园会这样做?我对他不薄呀?看他那忠厚老实的样子,该不至于吧。何况,这些事抖出来对他有什么好处？难道朱英……他看了一眼朱英，又问道："还有，先生说'出乎意外的人'，又是何指？"

朱英从座位上站起来，向春申君一揖到地，说："大人对小臣义重恩厚，大人有难小臣不能坐视不管。现在，楚王病危，一旦归天，李园必对大人下手，小臣愿为大人除掉李园，做一个在您心目中出乎意料的人。"

春申君思虑片刻后说："朱先生怕是多虑了，从我与李园的交往看，他不像是有野心的人，而且我对他恩重如山，他怕不至于忘恩负义对我下毒手吧。郎中的一片好意，我心领了。"

听了春申君的话，朱英一阵心冷，悔不该把一腔热血卖给不识货的人；也怪自己太痴，刚才明明从他的眼光里看出了对自己的不信任，可我还是不自觉。罢罢罢……可是，当您春申君再一次想起我朱某人时，就来不及了。

沉默了片刻，朱英再一次向春申君深深一揖，转身退去。

当晚，朱英收拾了简单的衣物，竟不辞而别，从此不知所踪。

哪怕是再精明的人也有失误的时候。

春申君做梦也没想到他恰恰就死在他最信任的、与他有着非同一般关系的李园手上。

后来谈到这段历史的人都为春申君扼腕叹息，如果他听了朱英的话，那楚国的历史将是个什么样的状貌呢？秦国的历史又将会是怎样呢？可是，历史没有"如果"，只有"遗憾"……

事情发生在朱英不辞而别的第三天。

那天下午，春申君守候在楚王病榻旁，但见楚王脸色蜡黄，气息奄奄，无力地睁着一双混浊的眼睛望着春申君说："爱卿在位二十余年，操劳国务，竭忠尽智，又与寡人结下生死之交。现在，我将去矣，遗诏传位于小太子，我就把他交付与你，请教导他成人，以保楚国江山之永固……"

"谨遵大王旨意，臣将誓死效忠王室，竭力辅佐幼主，请大王放心。"春申君说着，又偷眼望了望怀抱小王子在一旁哭泣的小桃。恰恰这时小桃也在偷眼看他，四目相对，默默无语。谁也猜不透此时他们心中有些什么想法。

眼看楚王已昏昏睡去，他忍不住想过去紧紧搂抱着她亲上一口，他很久没有尝到她那令人销魂的口中的香味了……但他终于忍住，他觉得现在正处在一个紧要关头，历来老王将逝、新王未立时，最容易出事。他要抓紧时间去布置。主意已定，他便匆匆走出楚王寝宫，在两个随从的搀扶下，向宫门走去。正走之间，忽听后面喊道："请大人留步。"

春申君转过身去，见国丈李园紧追上来，口中不停地叫"相国留步。"

春申君停下问道："国丈唤我何事？"

"大王已驾崩。"撵上来的李园气喘吁吁地说。

"什么？刚才我还见到大王，还聆听了他的旨意哩！"

"可是现在已经归天了，请相国快去看看。"

春申君听了，一阵难受，忙随着李园往回走。刚跨进楚王寝宫外的棘门，只听身后李园大喝一声："还不快出来！"

话音刚落，两边蹿出四五条大汉，提剑向春申君杀去。

瞬间，春申君脑际闪过一道朱英的影子，只是悔之不及，转过身来望着李园，说一声："你……"

话音刚落，一剑便刺中他的咽喉，那剑一弯，春申君的人头就被旋了下来。他的两个随从，也被乱剑杀死在棘门之下。

随即，李园命卫士包围了令尹府，把春申君的家人门客悉数杀绝。

第二天，楚王驾崩，在李园一手操办下，立小太子为王，是为楚幽王。李园自封为令尹，总揽楚国朝政。

尉缭探得消息后，觉着事情可能有变。那李园既当了令尹，执掌楚国军政大权，哪里还想回秦国？想想别无他法，只有先派人去试探试探，晓之以大义，说之以利害，让他一心向秦。于是马上修书，任命张一去楚国会见李园。

张一行前辞别尉缭时说道："小臣此去凶多吉少，如有意外，望大人对我的老母及妻儿多多照顾。"说着，已泣不成声。

尉缭听了，心中一惊，这张一居然也看穿了李园。但事已至此，这一步棋又不能不走。也许李园不至于此吧？心里这样想，口中却说："张先生不必多虑，想那李园现在已执掌楚国大权，你的安全岂不是更有保证了？"

张一听了笑道："但愿如大人所言。只是依小臣看，李园这人野心勃勃，深藏不露，如今既已达到目的，岂肯轻易放弃相位。他久居秦国，了解秦国军事实力，一时还奈何楚国不得，说不定还想与秦国决一雌雄，争夺霸主地位哩。故而小臣此去恐难完成大人交给的任务。最后，只有以死报效大人了。"

"先生不必悲观，凭先生的口才与智慧，是能说动他的。我这里等候先生将春申君的人头带回，以便向秦王交差。"

“托秦王的福，借大人的吉言，但愿一切顺利。”张一说罢，拱手告辞而去。

到了楚国郢都，见到新上台的令尹李园，张一送上尉缭的书信。

李园看罢，冷笑一声说：“这尉缭只不过是秦国的一个大臣，怎么对我楚国堂堂令尹如此说话？什么‘足下、先生’，什么‘以义为先’，还是上司对待下级的口气，真岂有此理。你回去告诉他，春申君是我楚国人，他犯了我楚国的法，被处死后首级留在楚国示众，与秦国无关。”

张一听了怒道：“李园，你眼下虽为楚国令尹，实乃秦臣，你应当忠贞不贰地为秦国效力。请你按尉大人的指令，将春申君的人头交出来，让我带回向秦王复命。”

李园也怒道：“张一，你未免太迂，当今世道，以武力强者为霸，尉缭想得到春申君的人头，请他派兵来取。”

“如此说来，你是抗命不给了？”

“你说对了。”

“那好。”张一说，“你既然这么说，我只有以死报效秦国了。只是，这样一来，你李园的名声就更不好了，谁都要骂你一声逆贼！”

“放肆！”李园气极，命左右道：“快将这个秦国的奸细押下去，打入死牢！”

“哈哈哈……”张一一阵狂笑，说：“谁是秦国的奸细你李园最清楚！”

一句话触动李园痛处，忍不住去墙上取剑，张一见了说：“那就请你快快把我杀了，我用我的人头去复命。”

“既然如此，我成全你！”说罢，李园一剑向张一胸口刺去。

以上这些细节，秦王尚不知道，他只听说李园杀了春申君，当了楚国令尹，心里很是高兴，便传尉缭进宫问话。他说：“尉卿果不负朕的期望，用李园杀了春申君，所立新王又是一个吃奶的孩子，朝政定然皆在李园的掌握中，叫他赶快写了降表，押上新王来降，免去我许多兴师动众之劳。尉爱卿立下如此大功，朕当重赏。”

可是尉缭听了却立即跪下，伏地不起，口称：“死罪，死罪。”

秦王感到奇怪，问道：“爱卿何罪之有？”

尉缭只得将派张一去楚国的经过，以及李园背主杀友的情节一一奏报。

秦王听了拍案而起，怒道：“这李园竟背叛秦廷，杀我使者，罪该万死。朕命即日起兵伐楚，取了李园狗头，方消我心头之恨。”

盛怒之下的秦王，胡须眉毛，根根倒立了起来，吓得群臣面面相觑，大气不敢出。

这时尉缭又站出班列，向秦王奏道："臣以为此时不宜兴兵伐楚。"

秦王一看，又是他，心中无名火起，反问道："难道李园的事就此罢了，任他飞扬跋扈，藐视我大秦？"

"大王息怒，臣说此时不宜伐楚，不是说就任李园嚣张，而是说此时出兵伐楚杀李园，已来不及了。"

"此话怎讲？"秦王问。

尉缭解释道："想那李园一时得逞，利令智昏，全不想他所辅佐的幽王并非考烈王亲子，且尚在襁褓，无所作为。楚诸公子都对王位虎视眈眈。李园其人虽野心不小，但才智平平，其地位岌岌可危。如等大王发兵杀到郢都时，他怕早就被诸公子亲王剁成肉泥了。"

秦王听了，觉得有理。加之秦国连年用兵，人乏马困，急待休整。近年又闹灾害，粮饷也困难，便打消了攻楚的主意。

果不出尉缭所料，不到半年，李园就在宫廷争斗中被杀。在短短时间内，楚国国君由幽王而哀王，再荆王，走马灯似的换了好几茬。

到这时，尉缭才向秦王建议伐楚。

这两天秦王心中有些烦躁，伐楚的准备工作已大体就绪，但任命谁为主帅呢？他在李信与王翦之间举棋不定。李信上次打了败仗，等着雪耻，委他当元帅，他会拼死效命。但他究竟年轻了些，加上复仇心切，难免会产生急躁冒进情绪；王翦年纪虽大了些，但他经验丰富，稳扎稳打，胸有成竹，任务交给他，稳操胜券。只是上次伐楚，他一定要六十万大军，方同意出任主帅，自己一气之下选择了只要二十万兵马的李信，那老头儿倔脾气发作了，打报告告老还乡了。要想他出山，恐怕还得费一番周折……秦王没了主意，忽然，他想到尉缭，不如找他来问问，看他主意如何。想到这里便喊道："小棋子，过来。"

正在外面侍立的小棋子应声走近秦王的御案前听命。这小棋子害了一场大病，病好以后仍被派在秦王身边听差。

"快去传我的话，马上把尉缭给我召进宫来。"秦王说。

"是。"小棋子答应一声，飞快地出去了。

不一会儿，尉缭来到秦王面前，叩拜毕，秦王问道："朕召爱卿有一事相商，这伐楚主帅，你看谁最合适？"

尉缭回道："李信勇气可嘉，但急躁了些，又因上次伐楚失败，更易莽撞。故依臣下看，还是王翦更合适。"

秦王听与自己看法一致，心中甚喜，便说："可是这个倔老头因上次没听他的，赌气告老还乡了，现在隐居在频阳乡下。朕想，还是你去请他出山。爱卿意下如何？"

尉缭忙说："大王之命，小臣本该依从。只是那王翦是几代老将，脾气又有些古怪，小臣位卑言轻，怕请不动他。依臣之见，如能由大王亲自出面去请，他是不会推辞的。"

秦王听了暗笑，这尉缭一向为人忠厚，怎么竟要起滑头来了？我要他去，他反倒要我去……不过，他的话也在理，上次，是我没听王翦的意见，他才赌气告老的。这次我秦王亲自登门，给他一个面子，看他怎好驳回我？

"那好，就听你的，朕亲自登门去请。"秦王无可奈何地说。

"只要大王御驾亲临频阳，他王翦一定会出山。"

尉缭说罢，起身告退。

此时天已黄昏，秦王忙了一天，十分疲倦，信步走出庭院，见一轮皎月从东方升起，这才想起今天是十五，又想起今晚有宫廷晚会。前几天高渐离来奏报，说专为秦王准备好了一台精彩的歌舞晚会，请他去欣赏。

这高渐离也是，当初何必那么孤高？大概这一年多野性有所收敛，言谈举止顺从多了。识时务者为俊杰嘛。眼下，诸国大都扫平，大势所趋，他不能不考虑自己的前途。只要他真心向着我，我是不会亏待他的。

"哼，人啊，也真贱！"

不知怎的，他忽然冒出这么一句话。说罢左右看看，没人听见，只有小棋子远远跟在后面，他向他喊道："小棋子，快去叫他们准备车辇，朕要去颐阳宫看晚会。"

"是。"小棋子答应着，飞快地跑出去了。

第十六章

“陛下，我只有一个请求。”

这是秦国有史以来举行的最盛大最精彩的宫廷宴乐晚会。

晚会,在颐阳宫宽大的正殿上举行。

这纯粹是王宫的家庭聚会,除了上首主宾席上的秦王和老太后外,依次是各宫的王后和有地位的嫔妃,还有太子、公主及他们的亲属等。

一道道酒菜端了上来,把桌子堆得满满的。

佐酒助餐的轻音乐奏起来了。宴会开始,众人先给老太后和秦王祝酒,祝老太后万寿无疆,齐呼秦王万岁万万岁。然后,各宫王后、嫔妃、太子、公主等,排着队向老太后、秦王祝酒,重复的话再说一遍,歌功颂德之声盈耳。

“多年来,每次这样的聚会都缺华阳公主,不知她什么时候才能来参加啊!”秦王看了看,儿女中就连远征在外的扶苏王子、已出嫁的鸾和公主都来了,只缺华阳公主,他不由叹息起来。

这话被老太后听见,接过来说:“我看快了,前两天我去看她,都能下地了。”

“唉,总是好好坏坏,反反复复。这个高渐离……”秦王话里明显有对高渐离的不满。

老太后听出来了,忙说:“高渐离嘛,倒是尽心尽力为公主治病,大概因为小华阳病得太久,短时间难以治好。她呀,还真亏了他……”

酒过三巡,表演开始了,母子俩专心看节目,谈话暂时停止。

序曲是大型的《钟鼓之乐》。编钟、编磬、建鼓、枪鼓、琴、筝、笙、箫、瑟、筑等等,几乎所有的乐器都用上了,组成一个气势恢宏的大合奏。

六十五枚编钟分三层排列在后,四十一枚编磬分两层挂在右,十余名乐工手执木槌木棒,叮叮当当、呛呛锵锵,或轻或重,或低或高地敲了起来。顿时,欢乐安详的气氛便漫过整个大殿。

奏过序曲,是以吹奏乐器为主的各种乐器的合奏,接着转为以弦乐为主的多重奏。几个反复后,各种乐器的声音转低,若隐若现,若断若续,如一层薄雾罩在宴会大殿上,把烤猪烧羊、陈年佳酿的气味渲染得更加鲜美、更加醇香了。

乐声低了,欢笑声、碰杯声、刀叉碗筷的碰撞声便高扬了起来。而这时,一阵高昂鲜亮的笛声很快把它们压了下去,那笛声如一阵凉风刮过大殿,使每个人都为之一惊。

随着笛声,排成两行的十六个年轻女子唱着跳着慢慢进了大殿,她们轻盈的舞姿,加上悠扬的歌声,把晚会引向第一个高潮。只听她们唱道:

酒菜一道道捧上，
女乐一队队入场。
敲钟击鼓，
琴瑟宫商，
专拣新歌唱。

酒后的美人花朵一样，
秋波斜送，两眼水汪汪。
身着飘飘扬扬的绫罗衣，
梳的是最新式的发样，
八人一队，排成两行。

乐曲由舒缓而欢快，
舞步在旋转中变换花样。
裙袖翻飞，目眩心跳，
歌声乐声，宫宇震摇，
唱得人人心花怒放。

跳舞、唱歌、各种乐器的独奏与合奏，一个节目接着一个节目，一个节目比一个节目更精彩，看得秦王一会儿哈哈大笑，一会儿鼓掌叫好。

他从来没有看到过这么丰富多彩的表演，他知道，这一切都离不开高渐离，是他一手策划导演的。没想到，这小子还真有一套。他正在酝酿一个比宫廷乐队更大的计划，而这个计划的执行者非高渐离莫属。

秦王还未来得及细想，随着一阵清脆的音乐声，《仙女下凡舞》开始了。一队身着白衣手执白绸的舞女欢快地舞着从大殿深处走来，恰如一朵白云降在大殿中央。她们不断变换着队形，变换着舞姿，好像白云在飘动在翻滚。

“白云”顺着大殿飘游了两圈，又向大殿深处飘去。紧接着，一阵轻柔的仙乐响起，那朵“白云”又从大殿深处飘了出来。当飘到大殿中央时，“白云”突然散开，从中捧出四个小仙女。转瞬间，又从四个小仙女中捧出个仙女来。那四个小仙女个个纤腰酥胸美貌无比，而那个仙女更是袅袅娜娜美艳绝伦。把个秦王看呆了，没想到这宫廷乐队里还有如此漂亮的女孩。他忙用衣袖擦了擦眼睛，伸长了脖子，目不转睛地看着她们。

仙女们一色的紫色衣裙，脚踏白色绣花长筒靴，腰系宽宽的白绸带。四个小仙女头戴红花冠，把张张美丽的小脸衬得鲜亮。唯有仙女戴的是一顶由黑宝石缀成的凤冠，颗颗宝石闪闪发光，把她圆圆的脸映得雪白鲜嫩。她们在歌声、乐声中如燕子般飞来飞去地欢跳着。

四周宴席上的王后、王妃、公主、太子们都被她们精湛优美的舞姿迷住了，不时发出阵阵赞叹和掌声。

当舞蹈快结束时，仙女在小仙女的包围中不停地打旋，边旋边向秦王的座席靠拢，当旋到秦王座前时，突然停止，向秦王欢呼万岁。而后仙女喊一声“父王”，便一头扑向秦王座前。

看得走神入迷、异想天开的秦王恍然如梦中醒来：怎么，这不是我的华阳公主吗？又仔细看看，果然不错，这才慌忙走下御座，扶起女儿，亲亲热热叫了一声：“我的乖女儿，真的是你！”他没想到，在床上瘫了十几年，前几天还不能下地的华阳公主一下子就能跳舞了。他有说不出的高兴。

华阳公主见父王亲自来扶自己，连连口呼：“父王万岁！”又说：“请父王饶恕女儿的欺君之罪。”

秦王哈哈大笑道：“爱女何罪之有？你不过要让我惊喜一场，有什么罪？不但没罪，因逗得朕高兴，还有功哩，快起快起。”

见过父王，华阳公主又拜见老太后：“奶奶，小华阳给您老人家叩头请安，祝老太后万寿无疆！”

“快起快起。”老太后乐得颤颤巍巍地弯腰去扶孙女，公主便顺势倒在老太后怀里。祖孙俩激动得泪流满面，接着又一阵开怀欢笑。

然后，华阳公主又一一拜见各宫王后、贵妃，给她们行礼；又与各兄弟姐妹相见，一阵又一阵欢笑声、祝福声随公主的身影撒满了整个大殿。

秦王命在他和老太后之间特为华阳公主安个座位，秦王和老太后一左一右抚慰着她，拣最好吃的菜夹给她吃；她则忽左忽右为父王和老奶奶斟酒，和他们干杯，把他们逗得乐不可支。

晚会的最后一个压台节目是高渐离击筑唱歌。当高渐离的身影一出现，嘈杂的大殿顿时鸦雀无声，从秦王到每一个嫔妃乃至宫中的每一个太监，都知道这位艺技精绝的乐师，因为他的音乐治好了华阳公主多年的瘫痪，而且还传说他的音乐能提神醒脑、排闷解忧、清心润肺、消除百病，引得大殿上的每个人都想一睹他的风采，听到他的演唱，有的还暗自巴望在听了他的音乐后把自己的陈年老疾医治好。

参加晚会的人还知道，高渐离是这场宴乐晚会的总策划总导演，因为有了他，大家才能看到这些从未看到过的精彩表演，才使古板枯索、紧张沉闷的宫廷生活有了笑声。

人们怀着神秘的、崇敬的心情看着高渐离迈着方步缓缓上场。他抱着他的那张心爱的筑走向大殿中心的那张琴桌。灯光下，但见他峨冠长袍，粉底云靴，白净面皮，浓眉凤眼，端直的鼻梁下是一张宽阔的嘴。三绺胡须从两颊和唇边飘下来，更烘托出他那副超凡脱俗的神态来。

秦王恰恰就见不得他的那副神态，但当他发现身旁的华阳公主用极其专注和欣赏的异样目光望着高渐离时，立即收回了脸上的不快，让眉头舒展开，把酒觞高举到嘴边，长长地咂了一口。

见到高渐离，华阳公主不由得心跳加快。其实，这一向她天天都见到他，帮他出点子，共同筹划设计晚会的每个节目。那轰动整个大殿的《仙女下凡舞》完全出自她的构想，她把她和他的命运全寄托在这个节目上，每天都在她的小院里紧张地排练。从今晚的表演效果看，她已经取得成功，胜券在握了。为此，她感到从未有过的高兴。

她见他从容自如地走近琴桌，把筑轻轻放下。然后，稍稍活动下指关节，立刻，清脆悦耳的音响便在大厅里回荡起来。

这是一首具有多种情感色彩的乐曲。起始，它是柔和迷离的，如春日和风，暖暖地拂过面颊，把人们脸上的酒意吹得更浓了；接着，曲调变得幽深香甜，如夏日飘洒下的甘露，滋润着人们的心肝肺脾；而后，乐曲转为轻松欢快，像飞飞扬扬的一场初雪，雪花打在脸上，钻进颈脖里，引诱你、刺激你去笑、去跳、去闹……

大殿沸腾起来了，男女老少随着乐曲着了魔似的笑呀、唱呀、跳呀，竟忘乎所以。歌姬出身的老太后竟不能自持，好像陡然年轻了几十岁，甩开拐杖，走下御座，也在大厅上扭了起来。连那一向板着脸孔的秦王，也和着乐曲笑着哼着，两只脚随着音乐的节拍不停地敲着御椅下的地板。

筑声，渐渐停了下来。着了魔的人们也随之渐渐平静了下来，犹如一锅翻滚的开水从灶下抽去了柴薪。平静下来的人们纷纷寻找自己的座位，继续饮酒作乐。

而这时，乐声又起，只见高渐离走出琴桌随乐声唱了起来：

高高山上林木葱葱，
深深峡谷流水淙淙，
君王臣民喜相逢，
歌舞弹唱乐融融。
大好年华不行乐，
转眼变成白头翁。

高高山上松柏葱茏，
广袤平原鲜花丛丛，
君王臣民喜相逢，
歌舞弹唱乐融融。
大好年华不行乐，
黄河东去转头空。

歌词是根据《诗经·秦风》中的那首著名的《车辚》改写的，既保持了原诗的风韵，又突出了君王与民同乐的思想，加上高渐离用沉宏的男中音，唱得爽朗深沉，婉转悠扬，动人心扉。

秦王竟听得入了迷，要不是身边华阳公主使劲摇他的手臂，他一直还在歌声中未醒。

“女儿，你刚才说什么？”秦王还记得刚才华阳公主对他说什么，因为一心听歌竟未听清，他再问她。

“父王，”华阳公主有几分撒娇地说，“高先生治好了女儿的瘫痪病，又给父王培训了这么好的歌舞乐队，您该……”

秦王已明白女儿说话的意思了，没等她说完，便抚摸着她的头说：“我早就想到这点了，女儿放心，今晚我就宣布，等一会儿你就坐在这儿听。”

这时，宴乐晚会已近尾声，秦王对身边太监说道：“宣布散场，把高渐离找来见朕。”

太监传话后，各宫王后、嫔妃、太子、公主等依次退出大殿。老太后今天精神特别好，她又是个爱管闲事的人，见召高渐离问话，她也想听听，便说：“我再陪你们坐坐。”

高渐离应召向御座走来，向秦王行了叩拜礼后，秦王命赐座。

待坐定，秦王说了：“高渐离，你还真有出息，学得一身绝技，用音乐医好了华阳公主的病，又在朕的宫中建成了乐队。过去有人笑话我秦国以敲缶击罐为乐，现在让他们来看看，我这个乐队谁能比得上？你为我大秦争光不少。我秦国不仅武力强大，就是音乐，也独占天下。高渐离，你为秦国立了大功，朕要重重奖赏你。”

高渐离低头未语，在一边的华阳公主急了，插话说：“高先生，父王要奖赏你，还不快谢恩。”

“谢大王。”高渐离仍低着头说。

秦王接着说道：“朕计划成立一个乐府机构，专管全国音乐舞蹈事宜，任命你为统管乐府的太乐令，你意如何？”

高渐离听了，离座拱手说："在下本有罪之人，蒙大王赦免，今又蒙赐官爵，在下不敢不从。只是陛下，我只有一个请求……"

高渐离爽快地答应了，很出乎秦王的意料。他摸着胡子高兴地说，"只要你愿意接受这个职务，有什么条件你尽管说来，朕会尽量满足你。"

"大王，在下的条件是……"

"不必吞吞吐吐，你大胆照直说来。"

高渐离仍未说。

华阳公主急得在一旁又挤眼又跺脚。她当然知道他该说什么，本来都是她教的，可是他……

老太后却急得开口说了："高先生，平日你挺干脆的，今天怎么扭捏起来，有什么但说无妨，大王会恕你无罪的。"

"好，那就恕你无罪，你说吧。"秦王说。

高渐离这才鼓足勇气说道："请大王将华阳公主赐给在下为妻。"

"什么？"秦王简直不敢相信自己的耳朵。当他再一次听到高渐离重复的回答时，一时间竟气得说不出话来。过了一会儿，他回过神来，冷笑一声，问身旁的华阳公主说："华阳，你听清他的话了吗？"

"听清了。"

"你说，你愿意做一个乐工的妻子吗？"

"愿意！"她回答得很干脆，接着还补充一句道："父王，他现在已经不是普通乐工了，而是大秦国首任太乐令。"

"你？！"没想到女儿竟会这样回答。"你你你……"秦王气得不知该说什么，指着华阳公主的鼻子尖发抖说。

"父王息怒。"华阳公主说着，赶快跪到御案前，拉着高渐离一齐向秦王跪下，说道："请父王恕罪。"

"好呀，原来你们早就串通一气，哼！"秦王把御案一拍，咆哮道。

"父王，请听小女一言。"华阳公主悲戚地说："小女十余年来瘫痪在床，多亏高先生救治，才有今日。此等大恩大德不报，女儿于心难安。"

"胡说！高渐离作为乐工，弹琴唱歌是他分内之事。他于你有恩，朕自知赏赐他，何须你操心，但是，要以你公主的身份为代价……"

"父王，"华阳公主用几乎哭泣的声音说，"想女儿多年躺在床上，眼看死期不远，高先生用尽心力为我治疗，有再生之恩。再说他的人品学识也令人钦佩，与他长期相处，两情依依，已难割舍，望父王成全。"

"如此说来，你一定要嫁给他？"秦王怒目望着自己的女儿，厉声问道。

“请父王开恩。”

“那要是我不同意呢？”

“可是……”华阳公主欲言又止。

“可是什么？”秦王紧紧追问。

“可是女儿已经是他的人了。”她终于鼓足勇气大声说了出来。

“好啊！高渐离，你干的好事！我非宰了你不可！”秦王说着，从御座后抽出长剑，指着高渐离，并一步步向他走近。

正危急时，华阳公主挺身而出，走过去用身体遮住高渐离说：“父王，您要杀他就先杀我！”

秦王犹豫了片刻，咬了咬牙，竟不顾一切地把剑朝华阳公主刺去。

“住手！”坐在一旁的老太后眼看秦王已失去理智，真的要杀自己的孙女，忍不住大叫一声，从御座上趺趺撞撞走下来，用身子护卫着华阳公主，厉声说：“嬴政，你疯啦？要杀，先杀我！”

秦王的手发抖了，剑，又一次从指向母亲的胸前落下来，“哐”的一声掉在地上。他气得一阵头晕，立足不稳，小棋子忙上前把他扶回御座。

这边，老太后拉着华阳公主的手说：“别哭了，快起来。父王是跟你闹着玩的。”

“不，奶奶，父王不答应，我情愿死在他剑下。”

老太后叹了叹气，转身望着伏在御案上生气的秦王，一向性情急躁做事果断的秦王这时却了无主张，他望着母亲，问道：“太后，您看这该怎么办？”

“依我看，木已成舟，只有成全他们算了，要是闹大了，于我王室也不光彩。”

“唉！”秦王长长叹口气说：“那就依母后的主意，成全了他们。”

太后听了，忙转过身来对华阳公主和高渐离说：“听见没有？大王开恩成全你们，还不快叩头谢恩。”

华阳公主立刻破涕为笑，拉着高渐离双双给秦王叩了头，口中又说：“谢父王。”

高渐离却说的是“谢大王”。

“不对，要改口。”华阳公主纠正他。

“谢……”情急中，高渐离又忘了“改口”，含含糊糊不知说的什么。

“算了算了，别谢了。”秦王无可奈何地说，“朕虽准了你们的婚事，但也有个条件：未完婚前你们不得私下往来，如有违犯，我绝不轻饶。另外，高渐离你应该及早将乐府的工作计划拿出来，然后择址修造房舍，选配人员，年底前乐府开衙办公。”

“遵旨。”高渐离答应着。

华阳公主几乎是跳着唱着回到她的小院的。虽然也虚惊一场，但一切都如她事先设想的那样，天衣无缝顺利地进行。她对平时有些迂、今天有些憨的高渐离又好气又好笑，不过从全部过程看也算配合默契。她喜爱他遇到疑难就向她求助的目光，而她为他解惑的每一个暗示，他都能心领神会，顺从地照她的意思去做。她想，这也许是男人们的一种通病，在其他任何事情上男人们多是有条不紊坚毅果断的，恰恰在男女私情上粗枝大叶缺乏主见和勇气，往往因临阵慌乱而坏了大事，这个缺点又正好被女人去补上。

她对老太后特别感激，虽然她并没有把计划事先透露给她，但她有把握，关键时刻奶奶总是站在她一边。就是对高渐离，老太后也有特殊的好感。老太后从小看着高渐离长大，当年高渐离又把她和秦王从赵国救出来，一直送护到秦国边境。她常常把这段经历向人们念叨。现在，高渐离又正为她培训一支专用乐队。高渐离成了嗜乐如命的老奶奶须臾不可缺少的人。

华阳公主觉得今晚唯一的缺陷是父王不允许他们在成婚前再相见，这当然出自礼法，她能理解，不过这日子依她估计最快也得半年。一想到那漫长的没有他的日子她就感到不是滋味，不过她想她能想出办法见到他，甚至她觉得这种机会很多。因此，聚在心头的愁云立即消散得无影无踪。

与华阳公主的心情相反，高渐离在回他住所的路上一点也高兴不起来，他觉得今天的一切都来得太容易，而容易得来的东西也最容易丧失。今晚他从秦王的整个表现中已经看出某种征兆，秦王那不停抽搐的嘴角表明他在隐忍，是在不得已情况下的妥协，一旦找到借口，他定会反悔。他原本就是个反复无常的人。只是，这就太苦了华阳公主了……

一想到华阳公主，他就从心底里升起一股对她的崇拜，这不是因为她是公主，而是对她的气质、风度、聪明、机智和她对自己无所顾忌的爱的由衷的感恩。看华阳公主对那场晚会的筹划有多么精细周密，他自己，其实只是一个傀儡。但他一点也不觉得委屈，反而觉得能顺从地照华阳公主的意志去做是一种幸福。高渐离觉得很奇怪，自己一向是个有主见的人，怎么竟在华阳公主的面前变得那么温顺、那么听话，有时很像一个孩子。他从小失去父母，母亲的滋味从没领略过，现在他想就与这差不多吧。她在他心中很高大很温暖，但这绝不因为她是公主。

一想到华阳公主,他就不由自主地心荡神摇起来。与她相处的每一个细节他都记得清楚:她那圆圆的小脸不停地在他胡须上磨蹭,她那玉琢般的小手在他胸前轻轻抚摸,她那纤细的腰肢在他手臂间来回扭动,她那红红的小口不停地在他脸颊上一下下碰撞——为了这,哪怕是仅仅为了这,他也要与她一起去试探一下命运之河的深浅。她,堂堂公主都豁出去了;我,只不过是个流浪江湖的乐人,又何足惜?现在,算是顺利地走过了最重要的一步,再走下去,他相信,终将走出个圆满的结局来。

秦王是怀着愤怒的心情离开颐阳宫大殿的。不过刚刚走到月光下,冷风一吹,他的气就消了大半。他觉得刚才自己的表现有失君王风度,不该动辄就拔剑杀人,特别是要杀自己的亲人。莫说女儿还没有嫁给高渐离,就是真的嫁给了他,也没有什么不好,反倒说明我秦王能大度容人,传了出去,岂不是起了天下归心的作用?我统一天下的伟业眼看即将完成,眼下,正是用人之际,用一个女儿去换取天下士子之心,那是再划算不过的事了。何况,高渐离也实在是个人才,对我很有用……但是,这个弯子他很难转过来,于是他又从另一个方面去想:我是君王,一言九鼎,这桩事结局如何,最终还是我说了算。虽然说什么君王口中无戏言,到时候,借口是不难找的。想到这里,他嘴角边不觉露出一丝冷笑。

这小小的不愉快很快在秦王的心中消失了,但没过多久,另一种小小的不愉快却在他心头涌动。

想起这件事他就脸上发烧,做梦也没想到那仙女竟是自己的女儿华阳公主。她不是明明还在床上瘫着吗,怎么会一下就跳起舞来?自己当时那么胡思乱想目不转睛,贪恋地看着她,看得那么专心、那么痴迷,幸好是夜晚灯光下,没人注意,要不,有多难堪!不过,那四个小仙女也确实太逗人爱……

他甩了甩头,要把那些不愉快甩掉。

他终于甩掉了,但刚进寝宫,又有一件不愉快的事正等着他。丞相李斯正在候驾,向他报告明天去频阳的准备工作已经做好。

想到此事他就感到有几分尴尬,而且有失君王体面。可是,若不亲往,王翦那老家伙是请不动的。但转而一想,我亲自登门,不正证明我的诚意,说明我礼贤下士求贤若渴吗?伐楚可不是件小事,担子重着哩,说不定还要冒战死沙场的危险。我去走一趟,把那老儿哄出来,让他领兵扫平楚国,完成我的统一霸业,怎么说也值。想到这里,秦王只觉得月光下的景色分外迷人,心中的不悦全都消融在朦胧的月色中了。

第十七章

"陛下，我还有一个请示。"

频阳东乡的洛水河边,有一座依山傍水而建的庄园。从外面看,庄园有些古旧,加之又隐藏在一片林木之中,并不见有什么特别,但走近细瞧,高大结实的石砌围墙把庄园围得严严实实。围墙上还有几处岗楼,就是白天,也有人影在岗楼上晃动。顺着城墙,又有一条宽宽的护城河。白天,一道吊桥从大门门楼上放下来,傍晚时一收上去,便断了与外界的往来。外面的人想进去比登天还难。

这庄园的主人不是别人,他就是举世闻名的秦国大将军王翦。因为他带兵打仗几十年,从来没有睡过一个囫囵觉,而今告退在家,便把庄院修得严严实实水泄不通,晚上好睡个安稳觉。他曾率兵灭掉赵、燕、魏诸国,这些国家的遗民对他恨之入骨,不断派人来暗杀他。才几天前,又一个刺客被逮住,他直言不讳地承认是为燕国复仇来杀王翦的,临死前还高喊要变成厉鬼找王翦算账。王翦听了暗地里吓出一身冷汗。这,又怎么叫他睡得着?

还有一个使他不能安稳入睡的原因是他爱想心事,他想得最多的是白起之死。

白起,乃秦大将,因战功显赫封为武安君。但秦王几次下令派他攻赵他都托病不去,便把他撵出咸阳,在他离开东门,刚走到邮亭时,被秦王派来的使者追上,送上秦王赐的短剑一把,命他自杀。白起接剑叹道:“我原本该死,长平之战,我一次下令坑杀赵降兵四十万,只留下二百四十个小卒回去报信。不说别的,就凭这就该死。”说罢,自刎而亡。

王翦心想:我带兵打仗几十年,杀的人还少吗?那些鬼魂会饶过我吗?再有,我托病告老在家,秦王会不会像对待白起那样对待我?可是,我如果不托病告老还乡,再去打仗杀人,岂不罪孽更大!

越想,他越睡不安稳。

但是后来他还是安稳地睡去了,因为他换了个角度想心事,便又觉得一切都是自己多虑,简直是庸人自扰。比如,这次告老还乡,他就思虑得再周密不过了。第一个理由是年纪大,人到七十古来稀,我都六十八岁了;第二个理由是有病,风湿加心脏衰竭;第三个理由是胆小,李信攻楚只要二十万兵,我却漫天要价六十万,还说不一定能保证成功。果然,秦王见我真的老了、病了、糊涂了,批准了我告老还乡。不像白起,他不想干就硬顶,抗命不从,当然活该他死。

他觉得选择这时告老是再恰当不过的了,眼看诸国逐渐扫平,只剩下楚国还有些实力,但也经不住打。一旦武力征服了各国,天下太平了,就没仗打了。没仗打对老百姓是好事,可对军人就不是好事了。与其那时被找个借口削去兵权叫你滚蛋,不如及早退休归隐。人要活得知趣,不要让人家觉得你碍手碍脚时才让道，要趁别人认为你还有用处时及早抽身。这样，人家对你还有几分留恋，几分敬佩；而自己，也会觉得平静得多。

至于刺客，从几个被逮住的看，都是一些口出狂言的无能之辈，我有又宽又深的护城河，有又高又厚的城墙，有严密得如同军营的各种制度，几个乳臭未干的毛头小伙子能奈我何？

想得通通顺顺，王翦也就安安稳稳地睡了。

但是王翦没睡上几天安稳觉，又开始睡不安稳了，原因是他听说秦王要他再度出山，带兵去攻打楚国。好不容易把笼头卸下来，又要给我戴上？再让我去跋山涉水冲锋陷阵，再让我去天天上朝三拜九叩山呼万岁，去那旋涡中打滚？他实在不愿，怎样才能推掉这个差事呢？他天天想，把头都想痛了，终于想出些对策来。于是，他蛮有把握地等待秦王的召见。

秦王骑在马上一肚子不舒服，还有那马鞍也不平，屁股硌得生疼，连换上几副鞍子都一样。一气之下他改坐车。坐车倒是舒服多了，但太慢，频阳离咸阳二百里地，骑马一天能到，可坐车就不行了，路又不好，车赶快了，也抖得心慌。

“慢就慢些吧。”秦王无可奈何地说。

于是太阳快偏西才到洛水边。但洛河才发了大水，过不了河。

秦王一肚子怒气终于爆发了。

“怎么早不发水晚不发水，偏偏朕要过河了就发水。这洛河神是哪路神仙，敢跟朕作对？”

丞相李斯说：“据考，洛神乃伏羲之女。”

“不过是个公主，快把她从庙里拉出来重责一百大板。”

臣下不敢违抗，便把洛神神像从庙里抬出来，一阵乱打。那神像是用木头雕刻而成，顿时被打得木屑乱飞。但是河水并未见退。

“把她抛入河中！”秦王命令道。

于是那半截木头被抛进滚滚流水之中，几个浪头一打，不见了。河水仍未见消。

“烧庙！”秦王狠狠地说。

一把火，洛神庙化为灰烬。

水还是一点没消。

“那就拦腰把它斩断！”秦王怒气冲冲地下令。

当然这很难办到，随从臣下面面相觑，不知如何去办。

李斯想了想，叫来频阳县令，命他召集数万民夫，连夜从上游挖开堤坝，把水引开。这当然要淹没许多农田村舍，但王命难违，只有照办。

第二天一早，面前的洛水河就不见了，露出平坦的河底，正好让秦王的马车通过。

到这时，秦王心中才有几分得意。

秦王的车驾快到王翦的庄园了，王翦率家人远远跪接，然后一同进入庄园大厅。秦王正中坐定，众人朝拜后，他给王翦设了座，与他亲切交谈。寒暄几句后，秦王自我批评道："寡人因不用将军的计谋，李信兵败，使我大秦受辱。如今听说楚兵磨刀霍霍，准备西进，犯我大秦。将军虽告老在家，恐怕也不会眼看我秦国受难、寡人受困而不管吧？"

王翦说道："只是老臣体弱多病，年岁又大，心有余而力不足。请大王另择良将。"

秦王说："寡人从咸阳来到府上，一路鞭洛神，烧神庙，断洛水，不惜开罪天神，将军若要推辞，岂不有负朕的一片诚意？"

李斯也从旁劝道："大王亲临将军庄园相请，这在秦国历史上也少见，将军不应推卸才对。"

王翦抓了抓雪白的头发，很勉强地说："大王一定要用臣，非给六十万大兵不可。"

秦王说："依将军意见。"

王翦又说："臣还有些要求。"

"你只管讲来。"

"臣老父老母健在，需要供养；又有四房妻子八个小妾几十个贴身歌舞姬；还有十七个儿子，十八个女儿，四五十个孙儿孙女……那么多张嘴都望着我吃饭，望大王多赐些良田屋宅金银财帛，我好养家活口……"

秦王笑道："将军既答应出兵，何必忧愁贫穷呢？"

王翦说："当大王的将军，即使功劳再大，也不能封侯，故趁大王亲近臣时，臣要及时求赐田园房屋以作为子孙的产业，以保证他们在我死之后不至于要饭。"

秦王说："此乃小事，你把所需数目开来，朕将如数赐予。"

王翦停了一会，故作犹犹豫豫地说："陛下，我还有一个请示。"

秦王听了感到有趣，这老儿平日不是个贪得无厌的人，怎么今天……他来不及细想，问道："你还要什么，请讲。"

"请大王恕臣无罪，臣才敢讲。"

"恕你无罪，你说。"

“求大王把华阳公主赐给臣下……”王翦终于说了出来。

秦王听了，半晌不语，脸上虽无表情，只是心中的气在不断地涌。

在一旁的李斯听了，不由心里一惊：这个王翦老儿，难道你疯了？他转过脸去认真看了王翦一眼，不像。

秦王把牙咬得咯咯响，压住自己的怒火。他在想：这个王翦敢于如此放肆的原因何在？对了，他的目的在于激怒我，让我在一气之下不再要他出山。我如果真的这样做了岂不正中他的下怀？我堂堂一国之君，有宽阔的胸怀，不能跟他一般见识，让他牵着鼻子走。

但是秦王细想王翦此举的目的还绝不止于此，一定还另有原因。哦，他想起来了：为了眉娘。当初，我夺了他的眉娘，现在，要我用女儿去偿还；还有，他明知华阳公主已许配给了高渐离，他要从他手中夺过去，当然也是为了那个眉娘。一石三鸟。好个王翦，看不出你这个一勇之夫还藏有这么多计谋。好，现在我就依了你，先把你哄去伐楚的战场再说……

于是秦王说道：“你提的这个条件嘛，可以。不过，朕也有一个条件，待你攻克楚国都城郢都，班师回朝以后，方可与华阳公主成婚。在此之前，此事秘而不宣，除今天在场的几个人外，绝不许外人知道。”说罢，秦王用目光一一扫视了李斯、王翦和身旁的小太监小棋子。

恰如秦王猜想的那样，王翦的本意是想提个激怒秦王的条件，让他生气，取消任命自己为伐楚主帅，没想到他还当真答应了。他再也无话可说，只得向秦王叩了个头说：“臣将誓死效命，灭掉楚国以谢大王。”

秦王怀着极其复杂的心情踏上回咸阳的归途，他把这几天发生的事从头梳理了一遍才发现，许多事都和华阳公主有关。她也确实太聪明太美丽了，成了满朝文武注目的焦点，就连王翦这样的老将军也对她异想天开。他不知道该用什么样的比喻才能说明自己的女儿。突然，他的车子被石子儿硌着抖了一下，系在腰间的长剑碰了他，使他产生了一个奇妙的联想：剑，他的华阳公主像把宝剑，一把锋利无比的剑，削铁如泥，所向披靡，他要好好利用这把剑。

秦王高兴无比，因为他手上有了两把剑。

王翦接了伐楚的帅印，急忙忙赶到咸阳点校兵马，择吉日起程。秦王亲自送到百里之外的灞上，分手时对王翦说：“王将军，朕将举国兵马交付与你，愿你马到成功，一举灭了楚国，朕在咸阳摆好酒宴等着为你庆功。”

王翦则说:“托大王的福,此去一定扫平楚国,大王您就等着好消息吧。只是,大王答应的条件不要忘了。”

秦王说:“你放心去,我绝不食言。”

而后,君臣挥手而别,王翦领着他的六十万大军浩浩荡荡杀奔楚国而去。

楚王听说秦军来犯,立即命令大将军项燕调集全国兵马迎敌。

项燕曾多次打败过侵犯楚国的秦军,这次见王翦率兵来犯,虽号称六十万之众,但他也不在意。刚刚扎稳营盘,他便连连向秦军发动攻击,无奈王翦坚守壁垒,并不应战,任楚军辱骂挑逗也不理。

不觉间双方对峙已月余之久,王翦部下耐不住了,请求出战。王翦不准,只问:“士兵们这一向在干什么?”

部下回道:“没事干,天天包饺子吃。”

王翦说道:“好,让他们包。明天我到各营走走,看哪家饺子包得更好吃。”

果然,王翦天天到各营去吃饺子,还对他们包饺子的手艺加以评论,从不谈打仗的事。

秦王听报急了,连连派使者三番五次催问为何不出战。王翦每次给秦王的回信都说战机尚未成熟,而且每次信中都忘不了提醒秦王兑现他答应的那些条件。

王翦的儿子王贲在帐下任参军,见父亲每次给秦王信中都要提醒他不要忘了答应的那些条件,便说:“父帅,您这样不停地请求,是否太过分了些?”

王翦说:“一点不过分。吾儿有所不知,那秦王性情粗暴,对人疑心极重,如今把全国的军队都交我指挥,我如果不一而再、再而三地向他提出兑现封赏,表示我对他的依赖崇敬和没有二心,他岂不怀疑我吗?”

王贲听了,再无话说。

王翦部下又待不及了,纷纷请战。

王翦问他们:“这些天,兵士们在做什么游戏?”

“闲得无聊,整天跳高、跳远、摔跤、掷石头,比试输赢。”部下回道。

“好,现在可以出战了。”王翦说。

秦兵久不出战,项燕等得焦急却又奈何不得,便下令退兵。

王翦则抓住项燕退兵之际发动攻击,六十万大军铺天盖地掩杀过去,杀得楚军措手不及,丢盔弃甲,乱成一团,自相践踏,死伤无数。王翦乘胜追击，连夺十余城。项燕带领残兵逃回郢都，固守城池，拒不出战。

楚国本是战国时的强国，虽一次惨败，尚未动摇根基。项燕在郢都城中常常派出轻骑冲出包围，与各地联系，很快组织了兵力与王翦较量。然而王翦兵多将广，除派重兵死死围困郢都外，又分兵各处与楚军交战，只是战事进行得并不顺利。

王翦明白，这主要是楚国都城郢都未破的缘故。一国的首脑机关尚存，能对全国发号施令，其能量是不可低估的，于是下令加紧攻郢都。但郢都壁坚城固，城内粮草充足，久攻不下。一直拖到夏天下暴雨，河水猛涨，因郢都地势低洼，河水淹了城墙大半。王翦命士兵砍伐竹木，扎成大木筏。攻城士兵乘上与城墙齐平的木筏，越墙杀了过去，活捉了楚王，杀死了项燕，楚国才算平定。而这时，已是来年的七月了。

杀伐了一年多已经精疲力竭的王翦准备班师回朝了。

直到这时，他才长长舒了口气，自己这把老骨头大概不会抛在异地他乡了。只是，他一想到当初向秦王提的那些条件就好笑。他决定回到咸阳后，把兵权一交，那些条件一概不再提了，已赏赐的田园房舍，悉数归还。只是，只是这华阳公主的事如何了结呢？没想到，当初为赖掉再次出山领兵伐楚，竟突发奇想，想出的却是个荒唐的馊主意。莫说我已妻妾成群，就是没有老婆，也不想娶公主为妻。帝王的女儿哪个没有些小性子，整天供着她都会找你一堆不是，要是遇上那耍泼放赖的，我这把老骨头怕要散架。不想则已，越想越怕，连晚上做梦都梦见一只母老虎张牙舞爪向他扑来。他赶快写了一篇《罪己书》把自己痛骂一顿，最后请秦王恩准退婚，准备回到咸阳时亲自呈给秦王。

然而一切都不过是王翦的一厢情愿。

华阳公主没想到父王竟把她的婚事拖了一年多都不办：难道认为我年纪还小？可姐姐鸾和公主在我这个年纪孩子都两岁了；难道他要悔婚？从到如今他没有正式任命高渐离为太乐令这点看是有可能的，但他从未表示过呀？她像蒙在鼓里，感到非常痛苦。

但一年间还发生了几件更令她痛苦的事。

首先是老太后的死，使她一下子失去了依傍，失去了呵护，她曾为此哭晕过几次。从此在宫中她再无人可以倾诉，可以依偎了。

老奶奶的死已够使她伤心了，可是老奶奶临死又带走了她的知心宫女春儿，这叫她怎么也忍不住揪心的痛苦。

也是春儿太聪明，在高渐离来演奏音乐时她竟跟着学会了好几种乐器，特别是吹埙她最在行。那圆圆的像个茶壶似的陶罐，上面有几个小孔,吹起来咿咿呜呜,声音真好听。要是让春儿吹起来,那就更非一般了。那乐器最适宜吹悲哀的曲调,一听就使人回忆起自己以往的不幸,泪水也就一串串往下掉,直至随着那呜呜咽咽的音乐哭得泣不成声。

大概也是命中注定,那天老奶奶来正碰上春儿吹埙,竟把她老人家听得痛哭不止,临走一定要把春儿借几天去给她吹埙。可是就那几天老奶奶竟一病不起,病中天天要她吹埙听。她是在埙声中离开人世的。弥留时老奶奶坚决要春儿为她殉葬,让她在天国里也能听到春儿的埙声。华阳公主知道后,尽力奔走想去保住她的生命,但老太后在宫中至高无上,谁也无权改变她的主意,华阳公主只有暗自悲哀。

华阳公主还清楚记得老太后入葬那天,春儿和她所在的送葬乐队奏着哀乐随太后的棺木徐徐进入早就修好的地下宫陵。春儿和那些年轻的女乐工们都不知道她们从此进去了再也出不来,一个个演奏得很认真很悲哀。而最后,当送葬的人陆续从地下宫陵里出来后,她们都被强迫留下了。只听“轰”的一声巨响,一块石头封住了那唯一的门,春儿和几十个年轻生命就被活活地埋在了里面……

直到现在,大半年过去了,眼前总拂不去春儿的影子,她更不敢想象春儿和那群女孩子在那密不通风的陵墓里垂死挣扎的痛苦情形。春儿,我可怜的春儿啊!

可是命运对华阳公主的捉弄并未停止,不久又发生了一件使她揪心的事。

那是一个阳光明媚的下午,华阳公主想出去走走,便带了冬儿秋儿出门,家中留下夏儿守着那窝才孵出的小鸽子。

等华阳公主走后,夏儿把公主的卧室打扫整理一遍完,就去看那窝小鸽子。看那肉嘟嘟毛茸茸的几个鸽子真乖,伸手便想去摸,可那老鸽不同意,咕咕咕地叫个不停,还差点被它啄了手,于是她顺手扯过一根小树枝撩拨起它来。

正逗得有趣,忽听门口一声叫:“大王驾到。”

夏儿慌忙丢下鸽子,到廊下跪接王驾。

秦王上了廊台,到处看看,便问:“公主哪儿去了?”

“禀告大王,公主去园子里散心去了。”夏儿回道。

秦王又转了一圈,走近夏儿说:“你抬起头来。”

夏儿慢慢抬起头,但不敢正视秦王,然而她却感到一股灼人的目光在自己身上脸上扫来扫去。不知为什么,她感到害怕。

“你站起来。”秦王的声音似乎很柔和。

夏儿慢慢站起来，眼睛望着地下。

“你叫什么名字？”

“奴婢叫夏儿。”

“那天晚上扮演小仙女的肯定有你。”

“是。”

“真好相貌，好身段。”秦王忍不住在她脸上摸了摸。

夏儿不敢拒绝，只是脸羞得通红，如抹了一层胭脂。

跟随秦王的太监小棋子见到这样，便低着头退到院中去了。

“夏儿，你今年多大了？”秦王问。

“十六。”夏儿回答后又忙说：“奴婢给大王端茶去。”

“不必了。”秦王说着，走得更近了，夏儿已感到他的鼻息正吹着自己的额头，他的胡须已快扫到自己脸上了。她从来没有像这样挨近过男人，何况，他又是大王。她觉得很紧张，紧张得快站不稳了。

“不要怕。我要出恭，快带我去厕房。”说着，秦王的一只手已紧紧握住了她的手臂。

她想求助于小棋子，一向大王如厕都是他伺候的，可是此刻他却不见了。

“快，朕快忍不住了。”

夏儿只好让秦王拉着，带他到后院的厕房。

王宫里的厕房也不同于一般，它有两间，里间摆的坐式马桶，外间除洗漱设备外，还有张供休息的小床。比起君王和王后来，公主的厕所要简单得多，但里面也布置得齐齐整整，打扫得干干净净，还有一股清香之气在屋里飘荡。

掀开厚厚的门帘，走进厕房，里面一片暗淡。

可是夏儿这时却一下明亮起来，她知道秦王要干什么了。本来，这种事在宫中很平常，大王看上谁，随时可以占有。而对许多宫女来说，还巴望着这种机会，她们明白，要在宫中有出头之日，只有得到大王的临幸布下龙种，替他生了王子。那时，地位立刻大变，说不定还有当上王后贵妃的希望，尽管这种机会很少很少。特别是秦始皇时代，后宫列女有万余之众，这种机会更难碰上。何况，即使碰上了，也不一定就能怀上身孕，许多女子被临幸一次后就被忘到九霄云外。更可悲的是，凡君王临幸过的女子再无出宫的可能，不是老死宫中，便是等君王死时陪葬，与他一起被活活埋进陵墓。

也许是夏儿从小在王宫中听了许多这类故事，也许是因为受到华阳公主平淡朴实的人生态度的感染，她对宫廷富贵没有丝毫兴趣，她愿意陪伴公主终身，或者以后出宫去过平常日子。因此，当秦王把她抱上小床，巨大的身躯向她压来时她却说道："大王，奴婢这两天身子不干净……"

秦王本是迷信不过的人，但不知为什么今天见了夏儿娇小纤柔的身体他竟按捺不住，只说了句"我不忌讳这个"，便毫无顾忌地动作起来。但是，当他发现她是在欺骗他时，他狠狠地骂道："哼！不识抬举的东西！"更是对她毫不体恤，如头饿狼似的对她撕咬挤压，任意践踏，直到她被摧残得昏死过去。

半个时辰后，华阳公主带着秋儿、冬儿回来，遍寻夏儿不见。找到厕房，见她躺在小床上，斑斑血迹，片片伤痕，散乱的头发，撕破的衣裙，一片狼藉。幸好她还活着，只是睁着一双悲恸欲绝的眼睛望着她们。

她们为她擦洗了伤口，换了衣服。当华阳公主从她断断续续的叙述中了解到事情的真相后，愣了片刻，立即吩咐冬儿、秋儿快为她收拾衣物用具，替她扑粉化妆，穿上艳色衣裙。处于昏昏沉沉状态的夏儿如块木头似的任她们摆布，除了不停地流泪，脸上没有任何表情。

她们互相都知道，她要永远离开她们了。

按秦宫惯例，凡被秦王临幸过的女子都被集中在一个大宫院里，在等待中慢慢消耗着自己的青春，直至成了皱巴巴的老太婆也别想离开那里一步，除非有幸得到下一次的临幸。当然，也有因讨得君王喜欢而迁出宫院的，但为数极少。

夏儿将离开华阳公主，离开她的冬儿、秋儿姐妹，去那个令她毛骨悚然的地方。虽然她极不情愿去，但这不由她，谁也救不了她，哪怕是公主。

傍晚时分管事太监领了一乘小轿来接她了，经过一场生离死别的悲哀，夏儿终于被接走了。

华阳公主把她送至小院门外。当那乘小轿在一点灯光的引导下渐渐远去时，她紧紧搂抱着身边的冬儿、秋儿，生怕她们再被谁抢走了。

华阳公主

第十八章

爱情使人聪明

这一阵子，高渐离的情绪坏极了，引起他烦恼、悲哀、愤怒的事一件跟一件袭来。

他开始明白秦王为什么迟迟不正式任命他为太乐令的原因了，因为秦王根本就不想改变一个俘虏乐工的身份，只是让他听命做事。乐府机构成立了，负责音乐改编和创作的"协律都尉"、管理乐工的"仆射"以及专门选读民歌的"夜读员"，专做测音工作的"听工"，制作与维修乐器的"柱工员"、"弦工员"，专门进行表演的"郊祭乐员"、"骑吹乐员"，还有"鼓员"、"竽员"、"琴员"、"筑员"等，都经过他一一考核正式录用；搜集整理改编民间音乐歌谣的工作已经开始，而且乐府的乐队已经在郊祀、宴会、庆典等场合演出，反响很好。可是他这个创建乐府而现在又在承担实际负责工作的人仍是个乐工。他本不在乎名分，但这名分联系着他日夜思念的华阳公主，他不能不在乎。

他感到后悔，后悔不该与华阳公主有那么一段浪漫。如果没有，他现在可以平平静静自由自在地当他的乐工。甚至，他可以想干就干，不想干屁股一拍就溜之大吉。可是现在不行，他要想到她，不，不只是想到，而是全身心地为了她。他已经很了解华阳公主，她很温柔，但又很倔强。他简直不敢想她如果没有了自己，会发生什么事。毕竟她是女人啊！

但自己又一点也不后悔，在与华阳公主相处的日子里，她给予自己的异性特有的关怀、体贴、温情和爱意足够享受一辈子，如果这一生没遇上华阳公主那他才后悔哩！他多想快一点续上那段生活啊！他不敢想象今后的日子里没有华阳公主，要是真的那样，他一定会像窗外那株枯死的树，孤零零地在冷风中发抖。

可是，他现在似乎感觉到已经是那株枯树了，对前景，一点也不乐观。他觉着一阵气紧，胸口上像压着石头，便抱上他的筑独自走到乐府后院的月色下，悠悠唱起他新近写的那首歌：

不幸相逢暮色中，
鲜花晚霞相映红。
前缘注定是神话，
眩目光华一场空。

一场情缘只因歌，
无尽悠思难诉说。
再唱一曲卿细听，

若有来生莫错过。

唱得凄凄惨惨，悲悲凉凉，秋虫不再欢叫，树叶落满一地，一弯月牙躲进云里暗自流泪。

唱罢，他还是觉得心头堵得慌，又从记忆中翻出与华阳公主互相赠送酬唱的那些歌，一一唱过一遍。直唱到月儿西坠，三星高照，他才觉得稍稍舒服些，便抱了筑回到卧室，躺在冷冷的、硬邦邦的床上。

可是梦中他更不清静，一张张熟悉而稚嫩的小脸望着他，有愤怒的、有哀怜的、有痛苦的、有责骂的……他不敢正视她们；但不管他躲到哪里，张张脸都在他眼前，死死地盯着他。他向她们作揖赔罪，可她们不依，一句句责问与控诉向他抛来："为什么要选中我？""为什么要教我学弹琴？""为什么教我学吹竽？""你知道被慢慢闷死的味道是多么难受吗？""高先生，我才十四岁啊！"……他向她们跪下，不停地解释："我有罪！""我实在不知道啊！"她们仍不依，不停地责打他，撕咬他……一直把他折腾到天亮。

天亮后，高渐离怀着赎罪的心情去街上买了许多香蜡纸钱，为她们烧化，安慰她们的亡灵，求她们宽恕。可是过不了几天，她们又来找他。

没完没了的精神折磨已使高渐离苦恼万分了，乐府中又出现了麻烦事。

这天，负责管理乐工的仆射来报，有两名乐工失踪。

这一向咸阳城常有人失踪，多是青壮年汉子，都说被拉去修阿房宫了。失踪的两个乐工正值中年，八成也是被拉去修阿房宫了。

高渐离虽然尚未被正式任命官职，但在咸阳城无人不知，人缘又好，加之都晓得他是秦王未来的女婿，许多衙门里都有朋友。很快，他就打听到准确消息，那两个乐工果然是被抓去修阿房宫了。

得知这个消息，高渐离又气又急。不是明明下令说调集天下服刑的罪人去修阿房宫吗？怎么倒处乱抓起老百姓来？现在，又抓到乐府衙门的乐工身上来了。这样下去，这乐府还有安静日子吗？

乐府上下人心惶惶，都眼巴巴地看着他，希望他想出办法。

两个失踪乐工的家属也找来了，跪在地上哭哭啼啼，口口声声说请高大人做主。

高渐离赶快扶起乐工家属，问道："你们知道是谁抓的吗？"

"我们已打听实在，是咸阳令阎大人手下的人抓去的。"乐工家属回道。

一听"阎大人"，高渐离头皮都麻了。

这咸阳令阎大人，单名一个乐字，是当朝太监总管赵高的女婿。他身为京城父母官，却并不为民着想，想的是搜刮民财，贪赃枉法，残害百姓，讨好皇上。他按岳父赵高授意，极力支持修建阿房宫，甚得始皇欢心，被任命兼领阿房宫总监之职。阿房宫工程浩大，需要大量民工，监狱中囚犯已全数调集工地，仍不敷用。阎乐便下令四处抓人，冠以各种罪名，送去充数。后因时间紧迫，连送官府的程序也免了。抓住人，无须审问定罪，直接押送去工地干活。被抓的人中有钱的，可以买通关节花钱赎出来；没钱的，家人到处奔走央告，也无济于事。也有那胆大的写状子上告，却都石沉大海。过不久，这告状的人竟也失踪，被抓进了阿房宫工地。

莫要说高渐离，就连朝廷上的一些公卿将军，听到阎乐的名字头皮都发麻。

高渐离是个血性汉子，尽管头皮发麻，对发生在自己眼皮底下的事也不能不管。他安慰了一番两个乐工的家属，让他们回家等候。他表示，一定要把两个乐工救出来。

说来也怪，这赵高本是太监，怎么会有女婿呢？原来，赵高因犯罪受了宫刑，其妻送往官府为奴婢，因与人野合，生有子女。其后，赵高发迹，成了秦始皇的宠信。他为了培植个人势力，便把阎乐任命为咸阳令，成了他的得力帮凶。阎乐有这样的后台，他还怕什么？

“一定要把他们救出来！”话倒是说了，但如何去救，高渐离心里一点没底。面对这样一个凶狠恶毒的狗官，软的，登门求情，他实在不愿；硬的，上门索要，说不定会更糟；花钱去赎，这可不是笔小数目，自己没有，乐府有也不能出……最后，他终于想出一个办法：亲自去阿房宫，找里面的朋友相助，把他们两个救出来。

计谋已定，高渐离在朋友帮助之下，果然去了趟阿房宫。

可是，在进阿房宫的数天里，几经曲折和危险，闯过重重难关，总算救出了两个乐工，但却差点连自己也被搭了进去。

回到乐府，高渐离回忆起这段经历，心中实在难以平静下来。没想到，世界上还有这么可怕的去处……他尚未从他的乐队殉葬的悲惨中挣脱出来，而今，又陷入了另一场更大的悲惨之中。他想逃跑，想杀人，想……最后，他只有抱着那株与他厮守的银杏树一阵猛摇，一群停在树上的小鸟不知发生了什么事，发出一阵惊叫后“轰”的一声飞散开去。

正当高渐离心中极度苦闷不知该怎么办时，门房呈上一张由丞相府送来的帖子。打开一看，原来是丞相李斯召见，说是要对乐府送审的民歌篇目再作商议。

高渐离看了帖子，心中似乎闪过一道光亮。这是一个绝好的机会，他要把乐府的两个乐工被抓去修阿房宫的经过向李丞相讲述，将自己在阿房宫所见、所闻、所经历的事详细禀告，还把咸阳令兼阿房宫总监阎乐的罪行一一揭发。这样，说不定李相国会奏知秦始皇改变修阿房宫的主意，并免去阎乐的官职。也算为民做了好事。朝廷上下都知道李、赵二人不和，李斯对赵高谄媚皇上、干预朝政、目中无人、自大专横等表现十分不满，只是苦于没有机会扳倒他。而今，自己向他提供这样的机会……

越想，高渐离越兴奋，心里顿时感到敞亮了许多。他巴不得明天就能见到丞相，向他细细陈述。他想，丞相一定会认真倾听。他还想借机向丞相谈些其他问题，他一向崇拜李斯，李斯的许多政治观点和主张他都赞同。

他再去翻看那帖子，看上面写的召见时间是后天，心中不免有些着急。再看下去，才注意到上面还写有“商议民歌篇目”。他赶快取出钥匙，打开抽屉，取出里面的“民歌篇目”底稿。那是他根据夜读员交上来的民歌反复修改整理而成的，他准备再细细阅读一遍，以备丞相召见时答问。

早在乐府成立之初，高渐离就建议派人到各地民间去搜集民歌。那些民歌多是底层百姓“感于哀乐，缘事而发”创作的歌谣，其中有不少发泄怨愤、谴责暴虐、抒发不平的内容，不适于公开，故只有利用夜深人静时诵读，经过挑选加工，符合要求后，方可作为饮宴庆典或娱乐游戏时演唱的曲目。

这是一份艰巨细致还带有几分危险性的工作，如果选择不慎，涉及对时政有所批评的内容又未剔除，或剔除得不干净彻底，甚至根本不涉及什么，只是从中联想、猜想、臆想出些什么“犯上作乱”、“蓄意中伤”的内容，创作者、搜集者、夜读员自然难辞其咎；而负责最后整理审定的高渐离，更是吃不了兜着走。因此，他对此十分小心谨慎，每篇每句每个字都细细审读，从各个方面各种角度反复推敲，直至用最挑剔的目光也找不出一丝破绽为止。虽然，他为此常常嘲笑自己，责骂自己，但他还是不停地做。只要做，就能多少保留一些。再说，民歌中那些充满智慧和有趣的语言，那鲜活质朴的风韵以及优美的音律，对他也有不可抗拒的吸引力。他认真去做这份工作，最后将这些民歌抄录成册，连同从《诗》中选出的一些名篇，一起呈送丞相李斯审查。

俗话说，智者千虑必有一失。高渐离呈送审查的民歌中属于乐府搜集整理的部分，由于他小心打磨筛选，李斯尚未读出什么，而恰恰从

《诗》中选出的那些在李斯看来几乎每篇都有问题。他立即命人通知高渐离去相府一趟，把自己的意见相告，叫他纠正。

听说李斯相召，高渐离心中很是高兴，因为他一向对李斯的印象颇好。他读过李斯的《谏逐客书》，真是说理透辟、见解精到、文笔流畅的好文章。他还读过李斯的其他一些文章，篇篇都有新意，又不故作高深，往往举浅显的例子说明深刻的道理。比如，那篇谈人的聪明愚蠢与环境关系的文章，开头从老鼠的习性谈起，说厕所里的老鼠，吃的是粪便，人或狗走近时，提心吊胆，扭头就逃；在粮仓里生活的老鼠，终日饱食米粮，舒舒服服在里面过日子，见到人或狗也不怎么害怕。这主要是环境造成的。人的性格资质的形成同于此理。

高渐离还从李斯的文章中读到反对用活人殉葬的残酷行为，对秦王祖先秦穆公死时把一百七十七名家臣，其中包括国家优秀人才车氏三兄弟强迫做人殉的做法提出批评，还举出《诗》中的《交交黄鸟》那篇歌谣，说明人们对秦穆公"歼我良人"的不满。引经据典，侃侃而谈，无所顾忌，读了大快人心。

不过，他也听到过对李斯的非议，说他妒忌韩非的才能，竟不顾同学之谊把他暗害了。还说他虽为相国，但对秦王的缺点不敢直谏等。但高渐离认为，李斯不是圣人，何况，即使是圣人，也难免有缺点。

到了召见的那天，高渐离早早来到相府。他高兴能有机会见到李斯。

李斯身为相国，去见他的人很多，大家都在客厅外耐心等候。

来见李斯的人多是各部门、各地方的官员，平时也多认识，大家利用等候召见的时间相互问候、闲谈起来。高渐离也认识其中的一些，与他们打过招呼后坐在一旁听他们谈李斯，听到的都是一片赞扬之声："丞相真有远见，现在就在考虑削平六国后统一文字、统一度量衡、统一车道的事了，真了不起。"

"李相国了不起的地方还很多，上个月我来为他祝寿，他见到门前车水马龙，却露出不悦之色，说道：'我李斯不过上蔡一布衣，一个普通百姓而已，大王看错了人把我提拔到如此高位，算是位极人臣富贵到顶了。可是，物极必反，月盈则亏，我将来的结局是福是祸还难料定哩！'"

"真精辟！"

"洞悉人生，洞悉世事，真伟大呀！"

人们点头附和着，颂扬之声不绝于耳。

高渐离注意地听着，其中虽然也有拍马溜须的过誉之词，但事实倒是不假。没想到李斯的思想境界还这么高，他对他的敬佩又增加了几分。

正在此时，只见客厅门一开，有人喊："有请高渐离先生。"

高渐离听了，整理了一下衣冠，几步跨进客厅。

高坐在太师椅上的李斯见高渐离进来，欠了欠身，摆了摆手，示意他坐下。高渐离恭恭敬敬对他行了礼，而后在客位上坐下。

对李斯，高渐离曾远远见过，相貌不甚清楚，今天与他对面而坐，原来是个随和善良的老头。见他头戴流行的便帽，身着蓝花长袍，脚踏云靴，并无特别之处。这时，他手拿那卷抄呈他的诗卷，边看边对高渐离说道："久仰高先生大名，今日幸会，难得，难得。"

高渐离答道："在下乃一平常乐工，丞相大人过奖了。今蒙大人召见，不知有何教诲？"

"乐府送来的诗稿我看了，想找你谈谈我的意见。"

"请大人明示。"

"我看，把《诗》列为乐府演出节目，甚为不当。"

高渐离听了，不觉一惊。他还从未听到过这种说法，今天竟从丞相口中说出，实在不敢相信，便说："请丞相指教。"

李斯慢慢说道："想那《诗》中的歌谣，多是庶民百姓感于哀乐、缘事而发编唱出来的，有不少抱怨犯上的内容。你看，你选上来的这首《硕鼠》。"李斯说着，翻动着竹片，指指点点地说："大老鼠呀大老鼠，不要吃我辛辛苦苦种出的粮食吧，从小我把你养大，如今对我一点也不照顾。我要离你而去，找一个没有大老鼠的地方居住。这样的诗不是公开辱骂达官显贵吗？还有那首《将仲子》：将仲子啊，你不要爬到树上看我，不是我不爱你，是父母见了要说。你虽然很可爱，但父母之言也可怕。这，这不是公然反对父母之命吗？有伤风化，有伤风化……"

听着听着，高渐离就忍不住了，大声问道："依大人之言，这《诗》一无可取了？"

李斯听了，也大声回答道：

"不仅一无可取，简直是贻害无穷！《诗》本就是读书人编写出来议论诽谤时政、煽动不满、教人学坏的书……"

高渐离反驳道："可是，它是经过孔夫子审定的，孔子还评价说'不学《诗》，无以言'……"

没等高渐离说完，李斯便打断他："孔丘，一个迂老头，在小小的鲁国当个司寇，一辈子不得志；要是得志，他也不会去编什么《诗》。"

高渐离听得目瞪口呆，妙论、真妙论。但他不服，又说："不仅孔子，还有许多大家对《诗》也很称赞……”

“你是说诸子百家？他们，他们的那些言论只不过是为了炫耀自己的学识，显示自己的高明以博求虚名，捞个一官半职而已，依我看他们的书也该禁止。”

高渐离简直不敢相信自己的耳朵。怎么李斯竟是这样一个人？难道那些大块文章不是他写的？高渐离一贯对那些能写大块文章的人很崇拜，可是这位李相国与他的文章怎么相距那么远？啊！他突然想起他那篇议论老鼠习性与环境关系的文章了，他岂不就是那老鼠？想到这里，高渐离一改恭敬的口气说：“丞相大人，您的见解虽然独到，但在下不敢苟同。”

一听高渐离公然反对他的意见，李斯的脸便沉了下来：很久了，还没人敢在自己面前这么说话。本想训斥他几句，但一想到他是秦王的未来女婿，便忍住了。然而他又想起秦王后来又把华阳公主许给王翦，看来这小子前途并不美妙。不过，李斯又转而一想，世事变化一言难尽，说不定他也还有发达的可能，秦王答应王翦婚事时，一再叫保密，怕不是为了安抚王翦？……翻来覆去想了一阵，李斯终于想出一句敷衍的话：“那好，待我请示了大王再定。”

高渐离立刻起身告辞，不想再说一句话。

高渐离走出相府再进入太阳光下时，有一种恍如隔世的感觉。他发现人这个东西太不可思议了，怎么说变就变？半个时辰前自己印象中的李斯和现在的相比，以及当年的嬴政与今天的相比，简直就是完全不同的两个人。以前，他总认为韩娥师父有些傻，受了几次骗就看破世事，用死来求得解脱。可是这时的自己，也突然有受骗的感觉，也突然产生以死来回避这捉摸不定的世界的想法。如果当时有一堆火，他会毫不犹豫地跳进去，让火把自己烤焦，烧成一股青烟消散掉。

他感到疲惫，脚沉得很。从相府到乐府并不远，他走了好久好久才走到。

当他走进乐府快跨进自己居住的小院时，远远地便听到“咕咕咕”的鸽子叫，他的精神一下就上来了，三步并作两步走进小院，果然见到一只白鸽在他卧室的窗台上来回走着。见他来了，扇扇翅膀，不停地咕咕咕欢叫着。

世界上唯有热恋中的男女最聪明，而其时女人的智慧又远远超过男人。

华阳公主在与高渐离的相爱中无师自通地想出许多巧计，将她的智慧和机灵发挥得淋漓尽致，乃至一想到那些天衣无缝的计谋和恰到好处的表演华阳公主自己就得意。那腿病，可以随着需要说好就好、说坏就坏，就连精细的秦王也没有看出破绽——就是有所怀疑他也无从查考；还有那次精心策划的晚会，最后逼使秦王不得不认可她与高渐离的婚事。

只是秦王对他们在完婚前不准相见的规定未免太残忍了些；当时，还以为不过是气头上说说就算了，没想到还认起真来了，把各种渠道都堵死了，莫说见面，就连互通消息也办不到。但是华阳公主还是想出了办法。

她喂了一窝鸽子，经过训练，它们便成了她的信使，什么信息都能准确迅速地传到。他们利用那些自由自在通行无阻地在天上飞来飞去的鸽子，来来往往不知传递了多少书信和表达思念之情的诗歌。

今天，高渐离一踏进小院，一眼就看到那只如雪团似的在窗台上跳跃的白鸽，他忍不住双手把它抱住搂在怀里亲抚一阵，然后解下绕在它腿上的那白绸条，展开看了。又把早已写好的白绸条取出，再写上一行小字，照样捆在它腿上，最后双手捧着它，对它说一阵祝福的话，把它抛向高高的蓝天。

这时，高渐离再一次展开那条白色的绸子，细细阅读那上面写得细小娟秀的字。

开头，只是几句平常的问候话，尽管平常，但出自心爱之人的手，便有了许多难以言说的滋味。高渐离认真地阅读着，反复地品味着。

这一次，她抄写了一首《诗》中的《子衿》：

青青子衿，
悠悠我心。
纵我不往，
子宁不嗣音？

青青子佩，
悠悠我思。
纵我不往，
子宁不来？

挑兮达兮，

在城阙兮。

一日不见，

如三月兮！

这是一首他们以前在一起时爱唱的歌，他们悄悄地唱，轻声地唱，每一句歌词后面都隐藏着一段他们之间的感情秘密，每唱一次都有一个爱的故事发生。只要唱起这支歌，他们就会产生一种融化在一起的感觉。高渐离看着，读着，回忆着，他忍不住唱了起来，让每一个音符激起的甜丝丝的回忆在他的小屋里回荡。于是，他便在甜丝丝的空气中慢慢睡去了。

华阳公主

第十九章

啊！阿房宫

秦始皇在讨伐六国的过程中，掠来大量美女和珍宝古玩，咸阳城里的宫殿已显得拥挤，他便下令在咸阳附近修阿房宫。

这是一个十分浩大的工程，参加修建的工役有七十万人之多。

阿房宫早在秦始皇曾祖父惠文王时就开始修建了，原名阿城。阿的意思是高大的丘陵，言其宫殿很高。惠文王死，工程就停下了。直至几十年后的秦始皇，才又接着修。因为在高大的丘陵上修房，故名阿房宫。

而这时的秦国，由于兼并诸国得手，国力大增。秦王又好大喜功，专讲享受，他要把阿房宫修成一个展示秦国强大，能充分满足自己享受需要的宏大建筑群落。因为他的计划太大，修了三十年，直至他死都未能完工。

根据历史记载，阿房宫东西宽三里，南北长五里，可容纳十五万人居住。里面道路纵横交错，宫殿屋宇林立。其前殿东西长五百步，南北宽五十丈，高达十数丈，可以容纳万人。而这，只是阿房宫的主体建筑。以此为中心与咸阳相连接，周围三百里内星罗棋布修建了二百七十余座离宫、别馆、祠堂、庙宇。各个建筑之间有宽阔平整的道路或阁道相连接，直通到终南山下。

修阿房宫用的全是珍贵木料和质地优良的石料，这些材料从千里之外的蜀地和荆地远道运来。那时交通落后，全靠人拉马驮，其艰巨非同一般。当时有运石工人编的歌唱道：

千男呼哟万男喊，
巨石大如山。
渭水河啊甘泉口，
石落水断流。

仅此，可见工程的艰难和浩大。

浩大的工程少不了一支浩大的管理队伍。因为工地分散，修筑的工人又大都是囚犯，便调集了大批军队去监管和看押。

话说有位姓范名勒的都尉，家住咸阳，与乐府衙门相距不远。范勒之父因病瘫痪在床，久治不愈，听闻高渐离用音乐治好了华阳公主的多年瘫痪，便托人相求。高渐离慨然应允，为其父治疗，数月后便奇迹般地痊愈了，范都尉对高渐离感激不尽。

这天，高渐离登门造访，谈到乐府有两个乐工被抓去修阿房宫去了，他准备去阿房宫寻找，特请范都尉相助。

范都尉是个爽快人，听罢笑道："家父老疾，蒙先生相救，得以痊愈，正不知怎样感谢哩。今高先生所言，小事一桩。明日，请先生随我去阿房宫工地。有范某在，想到哪里去哪里，尽管去找就是。"

第二天清晨，高渐离如约与范都尉一道策马去阿房宫。一路之上，范都尉把阿房宫中许多秘闻奇趣娓娓道来，听得高渐离惊叹不已。马背上，二人谈到如何去寻找两个乐工时，范都尉说，办法有两个，一是查花名册。不过因为从各地抓来的人太多，有的乱报姓名有的冒名顶替，多不真实。最好的办法是去找。只是，这么大的工地，去找两个人，无异于大海捞针。高渐离听了甚是焦急，范都尉劝慰道，不必着急，先去几处打听打听再说。

近午时分，二人来到阿房宫，远远就见到高耸入云的城楼，巍峨雄伟的城墙。城墙上旌旗飘扬，刀光剑影，好一派威严景象。城楼下，手执兵戈的士兵整齐排列在城门两旁。要进城门，必须经过几道哨卡。好在有范都尉引路，二人通通畅畅地进了大门。

走不远，便是范都尉的营房。士兵见都尉回营，迅速列队相迎。入得营房，小坐片刻，便有伙夫送上饭菜。食毕，范都尉带上高渐离顺着一条汉白玉石铺成的大道向南直走。道两旁，隔不多远便是一座高冠长袍手握朝笏的石像，整整齐齐一溜排过去，看不到头。石像身后，各有数行参天松柏。相传，这些树都是秦惠文王亲手栽种的，距今已百余年之久了。

二人边说边走，走尽大道，便是石梯。抬头望去，那宽宽石梯的顶端，矗立着一座庞大无比的宫殿。范都尉指着那宫殿说："这是阿房宫的前殿，是将来秦王坐朝的地方，现在已快完工。你来得正是时候，要是迟两个月，秦王迁了进来，想来看看可就不容易了。现在虽说也可以随便看，但要小心，那宫殿里有许多机关……"

高渐离本为寻找两个乐工而来，无心参观阿房宫中的奇异景致。但一路上，范都尉把阿房宫吹得神乎其神，入宫一看，果然不同凡响。高渐离走南闯北，进出过许多王宫，没有一座像这样有气派。现在，又听说宫中还有机关，在好奇心驱使下，他也想见识见识，便两梯一步三梯一跨地向上爬去，把引路的范都尉远远抛在后边。

爬完高高的石梯，抬头看去，好一座高大华丽的建筑。两人合抱的立柱和上面的房梁皆雕龙画凤，贴金饰银；再朝上看，朱甍碧瓦，飞檐高耸，气势宏伟……

正看得有劲，忽听有人大声呵斥："什么人？敢在这里东张西望！"

高渐离听了一惊，望去，殿门口站着个威风凛凛的卫士，正恶狠狠地望着自己。

“我的客人。”从后面赶上来的范都尉连忙说。

“啊,是范大人的客人,失敬失敬,小人有眼无珠,请大人恕罪,也请这位先生包涵。”那卫士立刻换了副面孔赔笑道。

高渐离并不计较,也报之一笑,然后径自朝殿厅走去。当他的一只脚刚跨进大门,就像被谁拉了一把,身子一歪,便倒在门槛上,想爬起来,却被门槛紧紧拉住,怎么也爬不起来了。

“范兄快来拉我一把!”高渐离对紧跟其后的范都尉说。

范都尉笑了,一边伸手来拉,一边说道:“高先生不必惊慌,此门系用磁石镶成,你身上一定有铁器类物件,所以被吸住动弹不得。快对我说出你身藏的兵刃在何处,我替你取了,你自会站起来。”

高渐离身上并未带兵刃,但想想,原来是那条腰带。那腰带用软铁做成,平时多捆在腰上用来防身,没想到它让自己出了丑,惭愧。他向范都尉指指自己的腰。

范都尉为高渐离解下腰带,笑道:“这磁石门本是为防刺客而设的,不想竟让你给碰上了。”

高渐离听了,也自觉好笑。

解了腰带,高渐离轻松了。不过这时他再不敢独自乱走,每步都跟在范都尉身后,生怕再碰上什么机关。

跨过一道殿门,还有两道殿门。但见门上挂着一副珠宝串成的门帘,门帘上还饰以锦绸华缎,与珠宝交相辉映,闪闪发光,照得人眼花缭乱。

范都尉领高渐离走到门帘下,轻轻一顿足,那门帘就自己卷上去了。高渐离四处看看,并没有人拉扯,甚是奇怪。范都尉说道:

“这门帘叫‘自然之帘’,只要踩动脚下机关,就自然而上;脚一松,就自然而下。也不需要挂钩,故又称‘无钩’。”

果然,待二人进门后,那门帘便徐徐下降,把门挡住。

大殿十分宽敞,又十分明亮。抬头望去,大殿正中挂了盏大灯,灯中心盘着一条金龙,龙口大张,口含吊灯,整个大殿的光亮都是从那盏灯射出来的;那条金龙还不停地盘旋,身上的鳞甲一片片翻动着,也发出耀眼的光亮,把个高渐离看呆了。

范都尉解释说:“这灯名‘青玉五枝灯’,高七尺五寸,大有数围,系外国进贡珍品,整个大殿只消一盏灯,地上掉根头发也能看见。”

顺着亮光,高渐离走近一面一人高的方镜,站住一看,自己的影子头朝下脚朝上倒立着,他吃了一惊。

范都尉又说:“此镜乃上古传下来的宝镜,它宽四尺,高五尺九寸,两面都可以照,但影子是倒立的。其妙处是能照穿人的肠胃五脏,如有病变,可以清清楚楚看到。高兄不妨仔细照照,看有什么病没有?”

高渐离听了便认真照起来,见自己倒立在镜子里,肠肠肚肚透亮,没有黑点和斑雾,只看到中午才吃进去的羊肉泡馍和大葱。

范都尉又说了:“这方镜还有一个妙用,能分辨人是否忠贞不贰。如有邪念,镜子里一照,就看到他的心无规则地乱跳。秦王已用它照过一些宫人,发现异常的便杀掉……”

高渐离听了,忙把身子闪在旁边,他怕那镜子真的会照出些什么来……

为了掩饰,高渐离拉着范都尉,请他带着去看其他玩意儿。

从后门出了大殿,右拐走进规模小些的偏殿,里面摆满了各种新奇玩具,专供秦王及其后妃游乐之用。其中除了可以自己走动的木马、自己摇荡的秋千外,更有许多见所未见闻所未闻的玩具。

如有一组铜人,共十二个,每个高三尺,身着华丽的衣服,手执琴、筑、笙、竽等乐器,围坐在桌边,如真人一模一样。只要按动机关,他们便各自操动乐器,奏出优美的音乐,与真人奏乐毫无区别。

又如一种叫“昭华之琯”的玩具,是一只玉石雕琢成的笛子,长二尺三寸,共有二十六个孔。一旦吹响,眼前立刻出现各种山川景物车马行人的画面,活灵活现,栩栩如生。不吹了,那些画面便都隐去。

在范都尉带领下,高渐离看了许多稀奇古怪玩具的精彩有趣的表演,使他大饱眼福。

走出宫殿,他们又去动物园参观。

跨进动物园大门,便是一个由无数根木柱支撑起来的大厅。大厅建筑并不特别,只是走进以后才发现它在微微地摇晃,抬头望去,又听见细微的嚓嚓声从屋梁间传来,好像大厅立刻就要倒塌。

范都尉见高渐离面有疑惧之色,笑道:“高先生不要怕,这大厅是不会倒塌的。它之所以有些晃动,那是因为它的基脚,请你往每根柱子底下看……”

高渐离顺着范都尉的手指往下看,见到每根柱子下面都趴着一只大乌龟。那些乌龟把大厅驮在背上被固定在石臼里,但它们并没有死。有人天天给它们喂食换水,让它们不死不活地挣扎。随着它们的挣扎,大厅便轻微地摇晃起来。

高渐离惊奇得呆了。不知是谁想出的这种点子,新奇倒新奇,只是那些乌龟被活活压在那里,那该有多难受?

他突然感到心中发闷,已经离开大厅很远了,眼前总挥不去那些乌龟被压在柱子下的种种痛苦的情状:有的在不停地使劲挣扎;有的耷拉着头绝望得再也不动弹;有的仰起小脑袋东瞧西望好像在向人们乞求怜悯救助……

见高渐离脸色黯淡,范都尉问道:"高先生太累了吧?"

"不,我是在想那些被压在柱子下面的乌龟……"

"哈哈,高先生想得实在多……"

说话间,进了一道门,一股腥臊之气扑鼻而来,原来他们来到了虎圈。管理虎圈的饲虎员见是范都尉,起身恭迎,又立刻搬来两张椅子,请他们坐下,观看老虎扑食。

虎圈是个深丈余、长宽有数十丈的大坑,里面有山有水,七八只威武狰狞的老虎在游戏玩耍。见有生人进来,一个个张牙咧嘴,呜呜吼叫,似要扑上来吃人。饲虎员一声叱斥,那老虎才低头退去。

这时,饲虎员提过一笼鸡,打开笼盖,将鸡一只只捉出来向坑里抛去。顿时,一阵凄厉的尖叫,伴着飞舞的鸡毛,把宁静的空气搅得稀烂。

"再投,再投,哈哈……"范都尉看得高兴,孩子似的拍手大笑,不停地叫饲虎员把鸡抛向老虎。

一笼鸡已投完,但老虎尚未吃饱,一个个龇着牙望着饲虎员。

"投羊下去。"范都尉说。

饲虎员转身便赶来两只羊,连连把它们推向虎坑。那羊被摔在坑底还没爬起来,就被扑过来的老虎按住一阵撕咬,但听羊的惨叫和虎们争食发出的吼叫掺和在一起,乱成一片。

范都尉看得很过瘾,不停地拍手喝彩。

高渐离还未从对那些可怜乌龟的悲悯中走出来,接连又目睹那些鸡和羊等弱小动物在老虎口中挣扎和惨叫,心里实在堵得慌,怎么也提不起兴致去拍手欢叫。

见高渐离木然地望着老虎争食,范都尉以为这些节目还不够刺激,便叫过饲虎员问道:"送来的逃犯还有吗?"

"还有。"

"那快去选个有点活气的押来,放他下去跟老虎对对阵,好让我们高先生看了高兴。"

"是。"饲虎员应声而下,一会便牵来一个被捆住双臂的中年汉子,只见他满脸血污,衣衫褴褛,两眼发直,如痴呆了一般。然而当他被拉近虎坑边时,他却恐怖地大叫起来:"我不,我不,饶命,饶命……"

听到那惊恐的吼叫,高渐离才明白将要发生什么事情,他似乎也惊恐起来，声音颤抖地问道："范，范兄，你们要把他……"

"把他喂老虎呀"，范都尉望着高渐离脸上奇异的表情不解地说，"这有什么奇怪的？"

"为什么？"

"因为他逃跑。上面有命令，凡逃跑的一律处死，只是把其中的一些让老虎、狮子、鳄鱼去执行罢了。要他们去跟野兽拼拼，也让我们乐一乐。"

"都尉大人"，高渐离对他的话很反感，语气变了说："在下怕见杀生，我就不看了。"说罢站起来要走。

范都尉有些扫兴，勉强说道："既然高先生不想看，那就饶他一死。"他转脸对饲虎员说："把他拉回去吧！"

饲虎员拉着那逃犯下去后，范都尉问道："高先生，我听说你曾单骑千里送秦王母子归秦，又在易水边击筑唱歌为荆轲壮行，是天不怕地不怕的好汉，怎么现在却变得胆怯了？"

"过去年轻张狂，而今上了些年纪，胆子就变小了。范大人见笑。"高渐离说完，把话题一转说："今天玩了大半天，把寻找两个乐工的事都忘了，麻烦范兄带在下去工地走一走吧。"

范都尉忙说："那好，咱们就近先去砖场看看，那里新来的人多。"

到了砖场，先翻花名册，没有；向有关人打听，也无线索，便只有抱着侥幸的心理到各个劳动工地去寻找。

这是一个很大的砖场，有挖泥、夯坯、装窑、烧窑、出窑、运输等工序。只见那些苦工个个蓬头垢面，衣不蔽体，在监工的皮鞭和呵斥声中吃力地干活。有那老弱累倒在路边的，也无人过问，任其呻吟。遇有监工走过，还甩去几鞭，看看他劳累过度是真是假。还有那因疾病饥饿只剩下最后一口气的苦工，命运更为悲惨，在尚未断气时就被拖到荒山野沟，任狼拖狗叼，其情状惨不忍睹。

他们在砖场转到天黑，逢人便问，可是两个乐工的消息却一点也没打听到。

第二天，范都尉又陪高渐离去木工场、石工场和几个建筑工地查找打听，也一无所获。

高渐离要去更远的地方去看看。范都尉说，凡是咸阳抓来的民工都在这些地方，不会押往别处；再说，别处工地属他人管辖，进出也不方便。于是两人又在这些工场间来回转悠。他们有时乘车，有时骑马，但更多的时候是步行。几天下来，累得疲惫不堪。范都尉已失去耐心，但高渐离却不死心，他认定只要不停地去各个工地，那两个乐工准会认出自己。

可是范都尉说,即使那两个乐工从远处认出了你,有监工在,他们也不敢相认,这是这里的规矩。

高渐离的信心也开始动摇了,但他听说后山峡谷里集中了许多病号,他要去那里看看,也许两个乐工刚来这里饮食不服,因病被送到那峡谷里去了。范都尉劝道,那峡谷里集中的全是得了瘟疫的传染病人,去不得。可高渐离坚持要去,范都尉不愿奉陪,派个兵弁为高渐离领路。

那集中病号的峡谷实则是一座与外界隔绝的监狱。峡谷两边是陡峭的悬岩,两头皆用石条砌死,只有一道窄窄的小门留着送进病人。

这里的规矩是只进不出,哪怕病好了也只能在里面活动。每日饮食由岩上用吊篮送下,因阿房宫工地太大,民工太多,粮食供应不足;加之送饭的差役怕传染上瘟疫,常常数日也不送一次饭,病员们经不住疾病和饥饿的折磨,多死于其中,能活下去者寥寥无几。

在兵弁带领下,高渐离沿峡谷和石墙转了一圈。只见下面白骨累累,恶臭冲天。病员们或坐或卧,呻吟之声不绝于耳。明知这是个危险去处,但高渐离仍然坚持看了一遍,算是尽了心意。明日回到咸阳,也好向乐府同仁及失踪的乐工家属交代。

峡谷一趟虽无收获,但高渐离从兵弁口中得知还有个地方没去,下午见到范都尉便说:"听说还有一处地宫正在施工,其中多有咸阳囚徒,我想再去找找,要是再找不到,我也就死了这份心了。"

听说去地宫,范都尉便有些犹豫,因为那里名义上属自己管辖,实际上却管不了。地宫是用来专门存放从六国掠来的金银珍宝古玩器的仓库,咸阳令阎乐委派他的心腹陈校尉任监督。校尉官职比自己小,但来头大,常不把自己放在眼里。去找他,弄不好会碰钉子。范都尉正想婉言回绝,多嘴的兵弁却插嘴说:"高先生要去地宫看看那还不容易,那里的头儿陈校尉是咱范都尉的手下,说一声不就成了……"

范都尉听了冒火道:"这是什么地方,有你多嘴的?本官自会安排。还不快滚!"

轰走了兵弁,范都尉掉头对高渐离说:"明日一早,我陪你去地宫。不过那里警戒森严,高先生要小心才是。"

"谨遵范兄吩咐。"

第二天,二人骑上马,翻过几道山梁,走到地宫工地。

地宫建筑在大山之中,前门并不显眼,只是平平常常的几座房舍。不同之处是沿路三步一岗,五步一哨。兵丁个个盔甲在身,刀枪在手,如临大敌一般。幸有范都尉带领,换了别人,谁也不敢带生人进出。

快近地宫入口,早有士兵报知陈校尉。听说是范都尉,他心中就有几分别扭，但人家是上司，不能不出门相迎。

寒暄中，范都尉把高渐离作了介绍：

“闻今日地宫里层工程竣工，我特来看看。这位是乐府令高大人，因寻找两个失踪的乐工，特来查找，望陈校尉相助一臂。”

陈校尉听了心中一惊：好大胆的范勒，竟敢带生人进地宫找人，此事若是报知阎大人，定叫你吃官司。到那时，你那都尉就是我的了。想到这里，脸一沉，便要发作。但他又立刻忍住：倘若变脸告发了他，他岂不把我克扣军粮的事捅出来？还是先看一看再说。于是立刻变回笑脸，谦恭地说：“欢迎范大人到敝处视察。至于高大人要找人，请把名字说出来，我叫文案去查。”

高渐离说了姓名。不一会，文案禀告说并无此二人。

高渐离提出要去地宫工地上看看，陈校尉则吞吞吐吐，不作回答。

范都尉是个急性人，见陈校尉碍难，便站起来说：“这样，我陪高大人进去一趟，你看放心不？”

“有范大人在，好办，好办，请，请……”

于是范都尉、高渐离在前，陈校尉从旁相陪，后面还跟了两个随从，一并进入地宫。

这时，陈校尉肚里正酝酿着一个恶毒的计划。

说是地宫，只不过是在大山里挖的洞，只是那洞又高又大，一进又一进，一层接一层，每进每层又有若干间，都有道路相连。范都尉一行走进最里一层时，只见里面灯火明亮，四壁生辉，有无数工人在里面劳作，进行最后的装饰和打磨。

高渐离专拣人多的地方去，一一对他们仔细辨认，却未见有乐工的影子。

这时，陪同他们走进地宫的陈校尉叫过身边一个随从低声吩咐说：“你先给二位大人带路，我去这边有点事要办。”说罢便拐进另一个门里去了。

这范都尉是个粗中有细的人，转眼见没了陈校尉，便觉不妙，连忙上前拉住还在里厅找乐工的高渐离，说一声：“快随我来！”便飞快顺着进来的通道向外跑。

这时，前面那两扇门正在慢慢合拢。当他们刚刚从门缝中挤出去时，两扇门重重地碰了一声便无丝严隙地合拢了，吓得二人惊叹道：“好险！”直到这时，高渐离才明白是怎么回事。

慌慌张张走出地宫的陈校尉这时正坐在太师椅上喘气，他感到自己心跳太紧，尤其是他那按动关闭石门机关的手老是不住地发抖。说实在话，他不在乎里面那几百囚徒，他是怕那个范都尉，他厉害着哩！万一让他跑出来了，那就糟了。但是不可能，他跑不掉，因为他并不知道今天要封门。这个秘密只有我一个人知道，而且是昨天晚上才从阎大人那里领到的命令。不过，不过也怕万一。其实，万一也不怕，我可以假装不知道。或者，以“你擅自带生人入宫该当何罪”来堵他的嘴……想到这里，陈校尉的心跳逐渐恢复正常。可是，当他猛抬头看见范都尉和高渐离双双站在门口笑眯眯地望着他时，他的心跳立刻加剧，只觉得眼前一阵发黑……

“怎么，陈校尉倒提前出来了，也不通知一声。”范都尉大步上前，愤怒地对陈校尉说。

“这，这……卑职因为有事，提前走了一步……”

“那，门是谁封的？”范都尉眼里闪着火光。

“什么，什么门？”

“你别装蒜了！你可知道，谋害上司、暗算朝廷命官，应是何罪？”范都尉进一步问。

“还有，活埋几百号罪犯，其罪也不轻。”高渐离也忍不住说。

陈校尉自知掩盖不住，便冷笑一声说：“封闭宫门是上司的命令，我奉命行事；至于二位嘛，擅自闯入地宫禁区，恐怕也是一桩不大不小的罪吧？”

“哼，你想要挟？那是徒劳！”范都尉步步紧逼地说：“你意在谋害本官和朝廷命官，不想却活埋了几百名囚犯。而今，又想嫁祸于上司，岂不罪上加罪？”

陈校尉听了辩解道：“我是奉咸阳令阎大……”刚说到这里，自知失言，又改口说：“说不定是大王的意思……”

“好，你既然说是阎大人的命令，还说是大王的意思，那我倒要去问个明白……”范都尉说罢，扭头就走，高渐离也一同走了出去。

陈校尉心想：坏了，这种活埋囚犯的缺德事莫说阎乐不认账，就是大王也不会认账，到头来不全落在我头上？想着，便出了一身冷汗。他赶快蹿了出去，对着二人的背影喊道：“二位大人请留步，有话好说，有话好说嘛……”

二人被请回后，安排上座，献上香茗，陈校尉恭恭敬敬走到二人面前拱手谢罪道：“小人罪该万死，冒犯了二位大人，万望二位大人高抬贵手，饶小人这一次。以后，小人在范大人面前虚心求教，俯首听命，从此做犬马，供大人驱使。您就是小人的再生父母，再造爹娘；至于高大人这里，高大人要找的两个乐工,我倒知道些消息,说是阿房宫乐队新近添了两个鼓瑟吹竽的高手,想必就是高大人寻找的那两个人。请大人去看了便知……”

高渐离一听,顿时兴奋起来,忙问道:“你听谁说的?”

“是前日与乐队管事太监喝酒时听他讲的,他叫我别对外人说。”

高渐离一听“鼓瑟吹竽”,就知道一定是那两个失踪的乐工。一时高兴,竟忘了刚才的惊险,说道:“你提供了这个消息,也算是赔罪之举,且饶恕你这一次……”

“谢大人宽恩。”陈校尉忙向高渐离打躬作揖。

“且慢!”范都尉抢过话来,指着陈校尉的鼻子说:“你这个小人,平日仗势作威作福,目中无人。今日行事,心肠歹毒,竟要借机谋杀本官,还祸及高大人。幸好上天有眼,未让你毒计得逞,但却闷死无数囚徒。事后,你还狡赖,嫁祸于阎大人,乃至秦王,真是罪大恶极。今日暂且记下这笔账,以后你若不悔改,再碰到我手上,定叫你死无葬身之地……”

“谢大人教诲,谢大人宽恕,小人从此再不敢作恶……”陈校尉连连躬身作揖,卑谦之至。

从地宫出来后,二人直奔阿房宫乐队,果然在那里找到那两个乐工。只是找到时,二人已被折磨得不成人形。而且,两人都被强迫受了宫刑,成了太监。

一次可怕的阿房宫之行,把高渐离的情绪降到最低点,他觉着自己好像成了那被压在柱头底下的乌龟、那即将被推入虎圈的绵羊、那被活埋在地宫城的囚犯。可是他不甘就范,不甘沉默,他要挣扎,要倾吐,要长长出口气。他曾满怀希望地要把自己的所见所闻向丞相李斯倾诉,可他竟然是那样一个人。可惜了自己那么多年对他的崇拜,对他的期望。

现在,他想到的唯有她,他的华阳。他要向她哭泣,向她吐露,让她用她那柔软的小手把他的伤口抚平。

华阳公主

第二十章

生命的圆圈

王翦大军攻下楚国郢都后，将俘获的楚王负刍，连同从宫中选出的上千美女和缴获的大量金银珠宝珍贵古玩，派得力部下押送去咸阳献给秦王。他自己则暂留郢都，等秦王的诏书一到，他就可班师回朝了。

在王翦几十年的军旅生涯中，还从来没有像现在过得这么舒坦快活、有滋有味。他把楚王宫作为自己的帅府，从宫里选了百名美女专门伺候自己。白天，有赴不完的宴会；夜晚，有江南美女相伴。一概军机要务通通交给儿子王贲代为处理，只有重大事情才向他请示。

可是他晚上仍睡不好觉，因为楚国残余势力活动猖獗，郢都敌情复杂，治安状况不佳，盗匪横行，民心浮动。"楚虽三户，亡秦必楚"的谣言到处流传。

王翦巴望早些离开这里，回到他家乡频阳东乡的军事堡垒中去，只有在那里他才感到踏实。

"王贲，回咸阳的准备工作做好了吗？"王翦叫来儿子问。

这话最近他已问过不知多少次了，但王贲还是很认真地回答：

"父帅，准备工作早已做好了，班师回朝的行军路线，各路兵马前后次序，一路上的车船骡马交通工具，以及粮食辎重补给等，全部准备就绪。只待父帅一声令下，就立即出发……"

"我专用的那二十部车子，你也准备好了吗？"

王贲恰恰没有把那二十部车子准备好，不是他找不到，而是他故意怠慢。他知道父亲是想把那些美女全带回去，可是，临行前母亲有过交代，叫他看着点父亲……他实在为难，便含含糊糊地回答道："正在准备哩。"

"要抓紧，不要误了我的事。"

"是。"

这天，王翦正在后花园与美女们下棋，忽听门上来报："大王特使到，请大人接诏。"

王翦心中一喜，对身边的美女们说："你们快做准备，明天跟我回咸阳。"说罢，快步走到前厅会见特使。那特使展出秦王的诏书逐字逐句念着。

开头，照例是一摞高帽子，王翦听了还舒服。但他最关心的那关键几句却是："……任命王翦为伐齐主帅，率军即日起程北上，攻下临淄，完成统一，朕在阿房宫设宴候将军班师回朝……"

好个嬴政，原来说得好好的，拿下郢都就回朝，现在又叫去伐齐。王翦越想越气，连后面对他表扬，对他奖励，对他保证兑现所许的那些话他都没心思听。都是屁话，专拣好听的说，无外乎再叫他去拼命，难道不知道他已七十岁？把老命拼掉了，什么金钱、地位、美女，又有何用？

草草应付了特使几句，王翦便回到内厅，在一群女人的陪同下生气去了。

一连生了半个月的气，王贲觉得父亲太过分，便问道：“父帅，秦王派来的特使还等您的回信哩，问出师伐齐选在哪一天？”

“现在已是秋末，去北方伐齐，越走越冷，等来年春暖花开再说。”

王贲不敢再问。

又隔了几日，秦王特使登门，晓之以理，动之以情，加上其他将领劝说，王翦才勉强答应就近选个日子起程挥师北上。

齐国本是战国时的大国，占地数千里，拥兵几十万，听说王翦灭了楚国，又领大军来伐齐，全国上下一片惊慌。齐王田建忙召集朝廷文武大臣开会讨论对策。

齐王坐在御椅上，对济济一堂的官员们说道：“据报，秦王命王翦率军前来攻我大齐，形势十分严峻。望各位大臣发表意见，献出良策，保我大齐能渡过这次危难。”

齐王讲完，殿下一片沉默，不见有人出列对话。

齐王有些生气。平日，一个个口若悬河，定国安邦之策一套又一套说个没完，怎么到紧要时候了，反倒不开腔了？他又接着说：“现在是国家生死存亡关头，各位都是朝廷要员，关键时刻还要靠大家拿出办法帮寡人分忧哩，怎么不讲话了？”

仍然是一片沉默，连殿外旗杆上那面大旗被吹得哗哗响都能听见。

正在殿上君臣感到难堪与尴尬时，忽见班列中站出一位相貌堂堂、脸色油亮的中年人。

顿时人们的目光都向他集中，“即墨大夫！”大家不约而同地叫出声来。满朝文武都知道他是一个敢说敢干、有头脑的人，可是并不被重用，至今挂一个空官衔，领一份薄薪水，很不得志。

“启奏陛下，卑职斗胆进言。”即墨大夫向齐王施礼后说。

“好，你讲。”

“听说秦兵即将犯境，全国上下一片惊慌，军官畏敌，士兵惧战，尚未遇敌，已慌作一团。为什么会出现这种局面？究其原因，主要是齐国几十年来和平安宁的生活把人们娇惯坏了……”

听得百官一片愕然，纷纷议论道：“奇谈怪论！”

“和平安宁有什么不好？”

“这位即墨先生总要发表些与众不同的高论。”

“不妨听他讲下去……”也有人这样说。

齐王见下面有些混乱，挥挥手说：“不要打岔，不要打岔，听他讲下去。”

即墨大夫继续讲道：“其实，这个和平安宁是花了大代价才换来的。请大家回忆，秦王灭赵、燕、魏、韩、楚诸国的过程中，哪一个国家没有向我国求救过？可是我号称兵强将广的堂堂大齐国，一概坐视不救；还听信秦国的鬼话，说什么只要齐国不与诸国结盟就保证不进攻齐国，让你们齐国安享太平。这明明是他们在搞远交近攻各个击破的战略，而我们朝中有的大臣因为得到秦国的好处，也帮他们鼓吹，长期不搞军备，不对百姓进行危机教育，上上下下都沉醉在歌舞升平之中。现在好了，秦国把其他五国一个个消灭了，齐国的屏障没有了，我们成了‘近攻’的对象了。秦王一变脸，立刻把矛头指向我们，国家危在旦夕。大家想想，这个代价大不大？”

众人听了，觉得说得有理，都不住点头称是。

齐王听后急了，忙说：“如此说来，我大齐国就没救了？”

“不！”即墨大夫果断地说：“只要我们从过去的教训中得到启示，转变策略，齐国是有救的。不仅有救，而且还可以再扬国威，与秦国决一雌雄。我的根据有三：第一，我齐国现有国土数千里，兵员数十万，实力十分雄厚，只要调度得当，打败秦国的进攻是完全有可能的；第二，五国虽灭，但他们的潜在势力还在活动。不少有才之士纷纷逃到我国避难，他们对秦国有切齿之恨，把他们组织起来至少有数万之众，是一支不可小觑的力量；第三，我国多年未打仗，国家有积蓄，百姓尚富足，有应战的能力，但要消除苟且偷安对秦国抱有幻想的思想。全国上下一心，同仇敌忾，秦国有何所惧？”

对即墨大夫的一番议论，不少大臣都觉得说得在理，可是相国后胜听了却大不以为然。

当即墨大夫刚从班列中站出来，后胜就用轻蔑的目光看着他。哼！一个官卑职小见识浅薄的家伙，也敢在这样的场合发言？当他听到“朝中有的大臣因为得到秦国的好处”一句时，心中又一惊，这家伙，敢含沙射影攻击自己？及至后来又听说什么“苟且偷安”之类的言语，心中早已忍耐不住……

即墨大夫刚刚说完，他便站出班列向齐王奏道：“大王，刚才这位即墨大夫的言论，臣以为不过是哗众取宠目光短浅的大话而已。我齐国物产丰茂，地域广博，雄踞东海之滨，有商贸鱼盐之利，国力强盛，人民富足，乃诸侯国中之大国也，多年来秦国东征西讨，从不敢侵犯我国。而且，我大王与秦王早已结为兄弟，一向和睦相处，不像韩赵等国与秦国交恶，触怒了秦国，所以招致灭国之灾，那实是自食其果。如今，仅仅听说秦军要来攻齐，即墨大夫就建议发兵，岂不是更激怒秦王？依臣之见，不如派出使臣，带上厚礼，前去祝贺秦国攻下楚国郢都的胜利。这样，秦王一定会收回成命，放弃攻打我国的打算。千万不能把齐秦两国间几十年的兄弟之谊当儿戏，否则，惹怒了秦国，齐国真的就大祸临头了。请大王不要为狂放书生的胡言乱语所动。"

即墨大夫听了，怒火万丈，他要把这个祸国殃民的奸相长期与秦国勾结的罪行揭露于朝堂之上。

但他还没说出来，齐王就说了："相国所言极是。秦国与我齐国间修好几十年，不能轻易发兵与之对抗，把两国的交谊毁了。想十年前我去秦国，受到他们的热情接待，秦王嬴政还与我结为异姓兄弟，他自称'西帝'，尊我为'东帝'。他对我那么尊重那么仁义，哪会兵戎相加？朕依丞相之言，立即派使者去秦国，祝贺他们的胜利，加深与他们的友谊……"

"大王"，即墨大夫大声说："秦乃虎狼之国，信不得……"

"住口！"齐王不等即墨大夫说下去，便打断说："朕自有主见，不许你再胡言乱语！"说罢宣布散朝。

即墨大夫见了，仰天长叹一声，说道："齐国不亡，天理不容。"说完，回到住处，收拾包袱出城而去，从此不知所终。

当天晚上，后胜招来心腹、御史大夫陈彭，对他说："大王委派一个使臣去秦，我推荐你去。这次非同一般，你要见机行事。这里，有两份礼物，两封书信。一份礼物和齐王的信献给秦王，祝贺他伐楚的胜利，转达齐王对他的兄弟情谊，恳请他撤销征讨齐国的命令；如果秦王拒绝请求，一意出兵攻打齐国，你就拿上另一份礼物和我写的信，献给秦相国李斯，他看了便知……你跟我几十年，过的是平安富贵的日子，在这动荡的年月，要保住富贵，一定要多长个心眼才行……"

陈彭长有一个安了轱辘的脑袋，这话他一听就明白了，但他却装着不甚明了地说："小臣愚鲁，请相国明示。"

"好，我就给你明说吧。"后胜说，"秦军扫荡各国，锐不可当，不久大军压境，定要灭齐。我等为秦效力多年，秦王不会亏待我们。灭齐以后，我等照样做官。我的两套方案，第一套不过是试探试探秦王，哄骗哄骗齐王而已；重要的是第二套，我请李斯转告秦王，我这里保证说服齐王投降，秦王不费一兵一卒就可以得到齐国几千里河山。不过，我也提了个条件……”

陈彭问道：“大人所提条件是什么？”

后胜说：“秦灭齐以后，改制设郡，我提出委我为郡守……”

“那就相当于齐国的国君了。”陈彭又把话一转说：“不知相国那时委下官一个什么差事？”

“委你当长史，掌管兵马，可好？”

“谢相国。”

两人又商议了一阵。第二天，陈彭起程赴秦。

陈彭到了咸阳，向秦王献上礼品和书信，秦王看了后笑道：“这田建枉为一国之君，当初不过为了实现远交近攻各个击破的战略，与他拜一次兄弟，没想他却当真了，到现在还死死记住。那好，我再认他一次兄弟，不过他得无条件投降，我还可以封赏他五百里土地做栖身之地；否则，我将踏平临淄，割了他的脑袋示众。陈爱卿，你回去把朕的话告诉你们齐王！”

陈彭唯唯诺诺退下大殿。当天，他又去秦相李斯府上，呈上礼品和书信。李斯看了书信，觉得事关重大，不敢擅自做主，便去宫中请示秦王。

秦王说：“兵法有云：‘用兵之法，全国为上，破国次之。’不劳师糜饷能使齐国投降，自是上上之策。后胜几十年为我秦国效力，如能劝得齐王投降，再立新功，封他个郡守就是。只是齐国国内有一股反秦势力，又聚有不少韩、赵、燕、魏等国的逃亡分子，他们联合起来，其势力不可低估。依朕看来，一面通过后胜威逼齐王投降，一面催促王翦快快发兵，直捣临淄。”

李斯回到丞相府，立即向陈彭传达了秦王的旨意，陈彭拜谢而去。同时，李斯又按秦王指示，拟了催促王翦发兵的诏书，派快马日夜兼程送去。

王翦接了诏书，不敢怠慢，命其子王贲为先锋，领十万大军杀向临淄。

那齐王田建自陈彭走后，天天祝祷上苍，盼望佳音，岂料陈彭从秦国回来后竟带回令其无条件投降的可怕消息。焦急中，找来相国后胜商议。

得到秦王委以郡守保证的后胜说道：“依臣下看来，秦国连连灭了五国，锐不可当，我孤零零的齐国焉是对手？一旦迎战，定当大败；与其打败当了俘虏再投降，不如现在依了他的条件，还可以得到五百里地盘的安身之地……”

齐王听了，半晌不语。

这时的齐王似乎有所醒悟，围着他的御椅转着圈子想道：我齐国为战国七雄之一，与秦国东西对峙，称霸一方。我田建虽比不了祖上那些雄才大略的君主，也不应该是亡国之君，岂能不战而降？何况，我手上还有几十万人马，秦军来犯，也能与它过上几阵。想到这里，不觉信心陡增。故当王贲大军杀到国门时，齐王匆匆调集军队在边境上迎敌。

无奈齐国几十年不修兵备，军官士兵养得懒惰骄横。平日在老百姓面前个个英雄无比，一旦到了前线，见到队列整齐、威武强大的秦军，便都畏缩不前，开差溜号的不计其数。尚未交战，已溃不成军。

齐王慌了手脚，只得招来后胜问道：“丞相你看，这部队怎么成了这样，爱卿有何良策？”

后胜这回拉长声音说了：“陛下，早知如此，何必当初。当初，我早就劝你投降，也落得做个人情，你偏要调动军队做个样子。现在，是顾性命不是顾面子的时候了。依臣之见嘛，只有出城请降，其他再无良策。”

齐王很伤心。没想到，平日对自己毕恭毕敬的后胜今天说话竟这么难听，还连带奚落挖苦，他心中实在不是滋味。但事已至此，只有依他的话，立即叫尚书写了降表，自己脱下龙袍，换上布衣，带领百官步行到郊外王贲军中请降……

过了十数日，秦军主帅王翦领大军进了临淄，仍以齐王宫为帅府，照进入郢都那样又做了一遍。不过这次因是齐王主动请降，更有后胜等降官主动配合，一切办起来顺手得多。

这后胜自恃有功，天天盼着秦王兑现他的诺言。但两个月过去了，两个半月也过去了，还没有一丝消息，他焦急得在廊檐下不停地走来走去。

“齐王万岁！”

谁这么胆大，还在叫齐王万岁？难道不知道已经改朝换代了吗？循声望去，原来是那只挂着的鹦鹉。后胜走过去指着鹦鹉说：“你真不识时务。你听着，我教你：‘秦王万岁。’”

“齐王万岁。”鹦鹉改不过口来。

“真笨，听好了，秦——”

“齐——”那鹦鹉确实有点笨。

“秦——”

“齐——”它始终绕不过那个弯。

这鹦鹉也太顽固,后胜很生气,不由得骂它一句:“你该死!”

“你该死!”这次鹦鹉倒学得很快。

后胜气极,叫过随从:“把这东西提去喂狗。”

“喂狗,喂狗。”鹦鹉被提走时,还在不停地说。

这天,后胜终于盼到王翦的召唤。

走进还是往日的那座宫殿,去拜见的人还是坐在往日的那个大殿上,后胜轻车熟路,步伐轻快,心情也特别好:我几十年默默耕耘,现在也该收获了。他望着那高大的王宫,总觉得比往日更亲切。齐国已不存在了,存在的是临淄郡,而我,就是郡守。这宫殿王翦不过是临时用用,他一走,我就将它改为郡守府,那时,那大殿上坐的不就是我了? 想着想着,几步走上大殿,竟对座位上的王翦跪了下去。

“下面可是后胜吗?”王翦明知故问。

“降臣后胜,奉召特来拜见将军。”

王翦没有喊“赐座”,连“站起来”都没喊。后胜只有跪在那里。

“你知道我传你来所为何事吗?”

后胜本想说不知道,但转而一想:自己与秦王有约在先,该给我兑现的,说不知道岂不掉价? 便改口说:“臣下想,一定是秦王下诏,委臣为临淄郡守……”

“哈哈哈。”王翦大笑几声后说,“你猜得不错,秦王有诏在此。不过,不是任命,而是要命,要你的命!”

“什么?! 什么?! 你……将军你弄错了吧?”后胜吓得魂不附体,大声喊道。

“我没弄错,你听,这是秦王的亲笔诏书,上面写道:‘后胜者,乃卖主求荣狗彘不如之小人也,如留其性命,封其官爵,必引起后人效法,贻害无穷。朕下令着予斩首,抄没家财,为后者戒!’后胜,你听清了吗?”

后胜泪流满面无可奈何地站起来,对着苍天大喊道:“我瞎了眼!”

王翦纠正道:“错了,不是你瞎了眼,是你的齐王田建瞎了眼!”说罢,命卫士绑了后胜,押去市曹,当众斩首。

看着后胜远去的背影,王翦心头升起一股说不清的滋味,是憎恶? 是同情? 是可怜? 好像样样都有一点。他觉得后胜该杀,但不该由秦王杀……

亡国之君田建虽没有被杀头,但并不比杀头好多少。

王翦拿着秦王诏书，把齐王召来说：“田建听着，秦王令：‘着田建去共村思过。’明天就起程。”

“王将军，你……你弄错了吧，秦王曾许诺封我五百里土地以度晚年的。”齐王哭丧着脸说。

“本将军奉命行事，你要五百里土地，去咸阳找秦王要去！”

不由田建分说，王翦命令手下兵丁把田建一家及宫人押去太行山深处的一个小村落里。一路上，宫人跑掉大半，到了共村时，只剩下他、王后和一个小儿子及两三个宫人了。他们共同住在几间茅草屋里，日子过得很艰苦，一家人整日以泪洗面。

不过后来，田建看到同村百姓都与自己一样住草房，吃稀饭，却常有笑声，他才发觉这日子之所以过得特别苦，是因为自己以前是帝王的缘故。他想，如果没有那几十年，该多好。

王翦住在过去的王宫而今的帅府里，日子过得当然很舒坦，不过他老想家，想回到洛水边他的田庄里去。现在，六国已经平定，天下已经太平，赶快回咸阳把兵权交了。他觉得兵权这玩意儿就像一把剑，打仗时，握的是剑把；不打仗时，握的便是剑刃，稍不小心就会刺伤自己。秦王又生性多疑，薄情寡恩，不讲信义。用得着时好话说尽，用不着时一脚踢开。看他对待齐王，对待后胜，讲好的条件可以不认，脸一变叫你死无葬身之地。

提到条件，王翦就想起自己出征前向秦王提过的条件，他赶快把那份《罪己书》翻出来，认真读了一遍，觉得自己做得不错，华阳公主还给高渐离吧！虽然因眉娘的事对他耿耿于怀，但事隔多年也就罢了。至于其他请求赏赐的条件，也一概不提，只要能平平安安回到频阳家乡就好……

不久，秦王下诏，命王翦班师回朝。王翦心中顿时轻松了许多，他急命部下收拾打点即日起程。

当初，从咸阳出发，南下灭楚，而后又北上攻齐，如今班师而归，再回咸阳，整整转了一个大圈。王翦坐在宽大舒适的马车上，微微眯着眼睛，陷入对人生深深的思考之中。人生嘛就像身下的车轮，不停地转呀转呀，从哪里来，最后还转到哪里去……

他觉得这一圈转得很有收获，这还不在于一连灭了楚、齐两国，为秦王完成了统一大业，而在于经过这一圈，他几次产生对人生的顿悟，好像自己陡然间长高了许多似的。他记得那次乘船渡长江，那浩渺的江水滚滚滔滔，天水一色，无边无际。站在船头，自己好渺小啊！他想起一句古语："滔滔长江吾只取一瓢饮，漫漫大地吾只需六尺息。"忽然间，他产生一种轻飘飘的感觉。于是，他决定这次回咸阳，金银珠宝一概不带，身边的美女通通打发掉。

得知父亲的转变，王贲如释重负，这下回家就不担心挨母亲的骂了。

身下的车轮不知转了多少圈，从光秃秃的树枝转到满树绿荫，终于转进了函谷关。还有不足百里，就到咸阳了。

王翦好像一只从冬眠中醒来的野兽，他走下马车，抖抖一路的尘土，换了一身崭新的战袍，准备在入城式中接受欢呼与鲜花。

正在此时，只见远处飞快跑来数骑，到了王翦面前大声喊道："王翦接诏。"

王翦吓了一跳，他眼前立刻显现出白起、田建、后胜等一长串人影……

华阳公主

第二十一章

爱情也使人糊涂

一向贪睡的华阳公主今天晚上失眠了，原因就在于高渐离写来的那首诗，太凄婉，太悲哀，太绝望，对她的刺激太大了。她读一遍哭一遍，泪水把枕头打湿了一大半。什么“一场空”，什么“难诉说”，什么“莫错过”，好像这场婚事注定要失败似的。

哭够以后，华阳公主冷静下来细想，他为什么会写这样绝望的诗，依据是什么呢？难道父王要悔婚？没有听说呀！当初尽管他很勉强，但毕竟是同意了的呀！如今已这么长时间了，朝廷上下谁不知道？父王绝不会出尔反尔，把女儿的婚事当儿戏！

但是，高渐离是个精明的人，绝不会毫无根据地自寻烦恼，而且，还把这烦恼带给另一个人。

大概，他等得太久了吧？不过只要想想老太后归天还不到一年，这个疑问便会消失，他还应该想到现在已是统一六国的重要时刻。记得父王有次说过，待六国平定天下一统后，就为我们办……当然，他还会想，为什么迟迟不委任他为太乐令？自己也曾这样想过，不过父王说他正在命李斯重新制定朝廷百官职司制度，待天下一统后宣布实行，看来时间也不长了，也许到那时一并委任。华阳公主相信父王不会食言。父王乃一国之君，会让自己的女儿嫁给一个普通百姓？

一切疑虑都在华阳公主的脑子里过滤了一遍，她得不出悲观的结论。她认定那诗是高渐离在孤寂中胡思乱想时写出来的，一个人在寂寞孤独四顾无援时，什么想法都会钻出来，满腔的悲苦无处倾诉，自然就流露到诗行里。

高渐离也太悲苦了，从小孤苦伶仃，长大后也有过追求和寻觅，但随着燕太子丹和韩娥的死，希望一一落空。志不得伸已使他变得颓唐，加上又遇上眉娘事件的打击，更是悲痛莫名。当与自己相遇时，已是他人生的暮秋时节。想想大好年华的匆匆逝去，他的悲哀当然更深一层。自己把他胸中的那堆死灰重新点燃，在他惶惑茫然时伸给他一只手，把他领进一片新的天地：从他那闪着异样光彩的目光里，从他真诚到幼稚烂漫的笑声里，从他那热情似火的话语里，她发现他已找到一个生命的支点；可是，当他敏感地觉得这个支点在动摇、可能坍塌时，他又怎能平静下来？

华阳公主感到自己的责任重大，她应该去温暖他，鼓励他，让他坚强起来，稳稳地站立在那里，像庭院里那株壮实的银杏树。

她构思好一首诗，展开一块白绸，用纤细的笔认真地写在上面。

诗写好后，她捉来那只白鸽，把那方白绸缠在它的腿上，用细丝线拴好，然后对着它的耳朵说几句悄悄话，再双手高举，把它送入天空。那白鸽很通人性，在华阳公主的头上转了两圈，咕咕叫了几声，才冲向天空飞出宫去。

做完这一切，华阳公主准备回房，外出办事的冬儿笑吟吟地碎步跑到公主身边，左右看看除了秋儿没有外人，便双膝一跪说：“公主大喜！”

“快起来快起来，什么大喜？”

“奴婢听说大王要给公主完婚了。”

“啊！你听谁说的？”公主听了，忍不住喜上眉梢，想到刚才给高渐离写的诗，觉得自己的估计不错。

“在膳房听兴乐宫王后的小宫女叶儿悄悄告诉我的。”

听说是从兴乐宫来的消息，华阳公主相信不会有假。因为兴乐宫的吴王后是父王最宠爱的。可惜这消息来迟了半步，要不，她会写在诗行里，让他也早些知道这个喜讯。

高渐离几乎同时知道这个“喜讯”。

那天他奉诏进宫，出宫门时，一个老朋友向他迎面一揖，说道：“恭喜恭喜。”

高渐离有些摸不着头脑，说：“喜从何来？”

“乐令大人，对我，您就不必相瞒了。”

“不要乱叫，我不是什么乐令大人。”高渐离赶快声明。

“听说大王要给华阳公主办喜事了，你这位驸马爷的太乐令还不很快任命下来？刚才进宫一定是宣布对你的任命。看，又是结亲，又是当官，双喜临门，还不该恭喜？这喜酒无论如何是赖不掉的了，哈哈哈。”

听到朋友的笑声，高渐离也哈哈大笑起来，他觉得很畅快，很自然，很真诚。笑后，点点头，拱拱手，大步走去。

“喂，当了官别忘了提携提携老朋友啊！”那朋友紧跟几步撵上来说。

高渐离确实感到从未有过的畅快，长久窝在心里的秽气今天吐了个干净。他终于向秦王说出郁积胸中、哽在喉头的那些话：“大王，在下以为在乐曲中保留一些哀怨的内容是有益的，只要哀而不伤、怨而不怒便好。公孙尼子曰：‘乐不可以为伪。’如果全部是安乐的曲调，既单调，也不真实，有虚假和造作之嫌……”

他是针对李斯坚持选乐以颂歌为标准而发的，可是秦王却赞同李斯的意见。

“朕以为，我大秦已统一神州，天下归心，万民拥戴，此乃天意。如果乐中有哀怨的不谐之音，上天是会发怒的。”

高渐离听了，也不示弱，说道：“启奏大王，自春秋以来，诸侯间战乱不止，人民苦不堪言。今大王统一天下，终止战祸，实乃造福万民之伟业也。但为了警惕后世，留下些写征战苦难、饥寒悲苦的篇章，是有必要的。何况，眼下人民尚未摆脱困苦，享受到太平幸福……”

“什么？你讲什么？”秦王听了心中不悦，马上追问。

“陛下，在下是说，如今六国虽灭，天下太平了，但百姓还没有得到实惠；相反，由于连年征战，加上大兴土木，修建宫殿庙宇，人民苦于劳役，生活还很悲惨哩……”

李斯虽然与高渐离在音乐观点上意见相左，但他不愿看到这个有才华的音乐家因言罹祸。上次因韩非的死，不少詈骂传到他的耳中，使他感到愧疚；何况，高渐离是搞音乐的，对自己构不成威胁。于是，在眼看秦王就要爆发时马上岔开话题说：“高先生，今天是讨论音乐问题，请不要把话扯远了。请你回答大王关于《诗》是否可以作为演奏节目的问题……”

秦王知道高渐离是匹难驯服的烈马，早就想让他尝尝厉害了，无奈乐府一摊事还真少不了他。听了李斯转圜的话，便按下怒气顺势说道：“李丞相禁止将《诗》列为乐府目录的意见，朕很赞同，太平盛世不允许去唱那些讽刺时政、发泄怨怒、诲淫诲盗的歌曲……”

“大王，《诗》乃先圣普搜天下诗歌精粹之作，其作者中有不少是公卿、大夫、太尉、太师，其用意在于教化，虽有讽寓，也多在规劝。《诗》中的‘颂’乐乃宗庙之乐，‘雅’乐乃朝廷之乐，又称‘天子之乐’。这些乐曲历代演唱，从未间断，一旦取消，不仅甚为可惜，且一时间也找不到替代的篇章……”

秦王尖声笑道：“我大秦统一天下后，文人学士会潮涌般来归，还怕没有人来写颂赞的歌？”

听了这话，高渐离感到无话可说了，便叹道：“这样一来，连小孩启蒙读的‘关关雎鸠’也得改了？”

“当然要改，那本来就是一首教人学坏的诗。”秦王说。

“可是，孔子却说它‘乐而不淫，哀而不伤’，是一首‘发乎情，止乎礼义’的好诗哩！”高渐离毫不退缩地反驳说。

秦王还没遇到过敢在他面前如此放肆说话的人，厉声说：“朕乃大秦国之君王，孔子只不过是小小鲁国的一个臣子，谁说了算？”

“当然大王说了算。”高渐离话中不无反唇相讥之意，“只是，《诗》是自周以来的诗歌总汇，几百年来一直传唱，许多篇章早就深入人心，比如……”高渐离望着高高在上的秦王，不由想起当年救他母子逃出邯郸时唱的《诗》里的那首歌，他想用它来打动他，说服他。“比如那首《青青子衿》，闾巷之间谁不会唱？”

秦王立刻明白了他的意思，冷笑一声说：“可就那首唱男女私情的歌，却被用来作为联络信号，去救出一个敌对国家的太子，后来这位太子当了君王，记住那段仇恨，发兵把那个国家踏平消灭了。你看《诗》厉害不厉害？如果保留它，谁能说不会被人利用来做什么信号呢？”

高渐离听了，又惊又气，没想到嬴政会说出这样的话来，但他装着若无其事地说：“大王说的信号，只不过是一种声音而已。如果连声音都要禁，那在小太子逃出邯郸的晚上，他母亲从墙上跳下时发出‘妈呀’一声惊叫，竟把敌国的巡逻士兵招来，险些送掉小太子的性命。按大王所言，小太子母亲那声惊叫岂不是给敌人传递了什么信号？”

秦王与高渐离一问一答，针锋相对，把在一旁的李斯听糊涂了。他不知道他们在辩论些什么，想打个圆场都无从插嘴，只有愣愣地看着他们。

秦王气得几乎要爆炸，但他终于忍住了。他统一六国的大业已经完成，庆祝盛典即将举行，庆典中少不了的乐曲歌舞都是高渐离在指挥，缺了他还不行。这是一些非同寻常的庆典，办得不好有失大秦帝国的体面。对他，这个狂傲的高渐离，还得再让他几天……想到此，秦王收了怒气，把语气压得十分平和地说：“既然你一定要保留《诗》，朕也不便强行禁止，此事以后再议。只是这次庆祝灭六国庆统一大典上的音乐舞蹈节目，宫廷、庙堂上的乐曲演奏，你一定要准备好。过几天朕要与李丞相前来检查。”

等着秦王大发雷霆，准备接受一切后果的高渐离，见秦王今天如此宽宏大量，感到很是意外，回答了一声“是”，便退下殿去。

畅快，从来没有过的畅快，高渐离真正地感到做人、做一个铁骨铮铮的男人的畅快。他挺胸昂首走过咸阳最繁华的西大街，行人中有认识的向他热情地打着招呼，他也热情地回礼。走过去后，还听到脑后抛过来一句：“看他，人逢喜事精神爽。”他听了，果然精神又爽快了许多。

当他以轻快的脚步走进乐府，走进他居住的后院，见到他卧室窗台上有只白鸽时，陡然间脚步变得沉重起来。

那白鸽与高渐离已是老朋友了，见了面便展翅扑向他的胸前。高渐离忙用双手把它接住，它就不停地咕咕叫着点头表示问候。高渐离从它腿上解下那方白绸，上面是她用娟秀的字写的一首诗。他读着读着，心情愈加沉重起来。

其实,那是一首本应该让他快乐的诗。诗中写道:

春花遍山红,
秋霜色更浓。
人生本七色,
何言空不空?

残枝病中卧,
岁月苦消磨。
听君唱一曲,
枝头花万朵。

他知道,她是针对他那首凄苦悲凉的诗而写的,她指点他要看到花开万朵的七彩人生。然而他一点也看不到,特别是今天见过秦王之后,他已完全绝望。可是我的公主啊,她还被蒙在鼓里。

他的畅快这时一丝一毫都没有了,他的男子汉大丈夫的畅快在儿女私情面前被碰得粉碎。他只想到她,而一想到她,他的每一根神经都好像泡在痛苦里。

嬴政究竟长大了,成熟了,在政治权谋中变得深藏不露狡诈阴险了。看他今天的神态自若宽容大度,俨然大国之君的风度,可是他心眼里装的什么自己一眼就看了出来。要是以往,若有人这样触犯他,他会立刻暴跳如雷,让其死无葬身之地。可今天,他一概忍住了,就连在一旁的李斯都感到奇怪。

高渐离感到一张网的存在,而且这网口已在收紧。他发现有人跟踪,今天,那嘻嘻哈哈和自己打招呼的人中就有一个是郎中令府中的暗探。那家伙一直跟着他,直到他进了乐府大门。

他已经揣度出嬴政对他的整套办法和步骤了。

"咕咕,咕咕……"那只白鸽飞进了他的卧室,在他脚前兜着圈子叫。啊,它还等着完成使命哩。也许还等着犒赏,他忙抓了把小米撒给它。

他无法把他知道的一切写给她,也不能写给她。何必让她去痛苦呢?她之前的人生已经痛苦够了。于是他翻出诗稿,选一首快乐甜蜜的抄给她。

送走了鸽子,他把那些诗稿一一翻出来诵读。那一百多首诗全是写的她，从第一眼看到她，到与她相交、相知、相爱，每一环每一扣，每一次欢乐与苦恼，每一个销魂的时刻，都没有漏掉。他本来准备在他们以后的日子里在一起细细诵读的，可是现在它们已成绝唱。他把那些竹简翻过一遍，牢牢记在心头后，便找来火种把它们点燃。顿时，一段美丽便化作青烟消散在空中了。

第二天，高渐离一如既往地去排练节目，这是秦王交给他的使命，要他在一统海内的庆祝大典上安排规划音乐歌舞的演出。他把它当作一项神圣的工作，与嬴政的个人恩怨可以不计，一定要把这亘古以来从未有过的盛大典礼的乐章创作好，演奏好。至于以后秦王将对他怎样，他听天由命。

秦王对高渐离的命运早作了安排，但他深藏不露。不到时候，他是不会说出的——即使到了时候，他也不会和盘托出，只是按心中的安排，一步步去做。

现在，他已成功地做了第一步：让高渐离稳下心来全力把乐府的事办好，特别是把这个庆典的事办好，不让他怠慢，更不能让他逃跑了——尽管有华阳公主把他紧紧拴住，但也不能不防。

对华阳公主，秦王的办法是让她在梦里呆看，直到最后时刻都不叫醒她。不过，她太聪明又太有个性，防范是必要的……

秦王的计划深深藏在脑中，哄过许多人，却没哄过兴乐宫的吴王后。吴王后机灵敏慧，善良厚道，原与华阳公主的生母玉姬亲如姊妹。玉姬死后她对华阳公主甚为关怀，只是因为宫中规矩很严，少有机会接触。

一日，秦王临幸兴乐宫，与吴王后谈到栎阳公主的婚事，吴王后说："栎阳较华阳还小一岁哩，姐姐的婚事未办，倒先办妹妹的，不知可好？"

秦王说："华阳公主的婚事也快了。现在六国已削平五国，在庆祝天下归一时就办她的事。"

这个日子随着齐国的投降很快就将到来，吴王后暗暗为华阳公主高兴。

可是没几天，秦王再次驾幸兴乐宫时竟狂怒地吼道："哼！我非要杀了他不可，最多再等一两个月！"

吴王后忙过去扶着秦王，一阵安慰。她不敢直接问他要杀谁，只是说："谁这么不识时务，竟敢惹大王生气……"

"谁？还不是那个小小的乐工，一个自恃对朕有救命之恩就忘乎所以的狂妄之徒……"

吴王后听了一惊。他要杀高渐离？她不敢再问，她知道，秦王说要杀谁，谁八成活不了。可是华阳公主怎么办呢？他俩爱得那么深……

她自知力量微薄，救不了高渐离，但她想尽量去减轻华阳公主的痛苦。

她找到一个去看华阳公主的机会。

见是兴乐宫的吴王后，华阳公主飞也似的迎了上去，先跪下请了安，然后便贴在她身上亲热起来。

吴王后拉着华阳公主的手进了里屋，一阵问候后，华阳公主说："吴母后，自从老太后仙逝以后，宫里疼我的除您之外再没别人了，可是您好久都不来一次；而女儿又不能随意走动……"说着，竟忍不住流下泪来。

吴王后受到感染，不停地擦眼泪，擦了几把却笑道："你别着急，很快就有人疼你了……"

"母后——您不要拿女儿开心了……"华阳公主扭了扭腰身撒娇道，她知道吴王后要说什么。

"我几时拿你开心过？你把耳朵凑过来……"

"不听不听……"华阳公主口上这么说，耳朵却朝吴王后嘴边凑，听得她笑眯眯的脸通红。

"可不能说是我说的呀，要不，你父王知道了可不得了。"

"不会。"华阳公主要指天发誓。

吴王后制止了她，把话题一转问道："喂，我问你，小公主，那高渐离究竟对你怎样？"

"母后，我说了您别笑话，他吗，他最疼我。"

"可是……"吴王后欲言又止。

"可是什么？"华阳公主紧紧逼问。

"我说了你不要生气呀，听说他这一年多在外面……"

"在外面怎样？"

"你听了别气呀"。吴王后又故意犹豫了一下才说："他在外面逛花街……"

"我不信，他不是那种人。"华阳公主很不服气地说。

"我只是听说，看你把他护的。"

"他实在是个好人嘛。"

"男人中有几个像你说的这样的好人？"

"哪怕一个，也是他！"华阳公主说得很坚决。

吴王后话一转又问："你那么喜欢他，是因为他帮你治好了腿病？"

"有这个原因，不过，即使他没有为我治病，我也会喜欢上他。"

“可是世上比他好的男人多的是……”

“我相信,但在我的眼里,世上再没有比他更好的男人。他是上苍专为我而生的……”

吴王后笑道:“女孩子开初都这样,可是以后,你不会嫌他?比如他出身微贱,没有官爵……”

“父王已经说要任命他为太乐令……”

“现在还没任命呀。”

“就是永不任命,我也不嫌。”

“那你就认定他了?”

“认定他了,永不悔改!”她说得很坚定。

“要是他……”

没等吴王后说完,华阳公主抢过来说:

“他不会,他心里只有我,没别人……”

“好了好了,痴情的丫头,像谁会从你手中把他夺走似的,说这话,也不嫌脸红。”吴王后说着,还在华阳公主脸上刮了一下。华阳公主便借势一头钻进吴王后怀里耍起赖来,把她的胸口顶得又痒又痛,连连求饶说:“好了好了,我不说了,饶了我吧……”

华阳公主这才笑着抬起头来,但她发现吴王后在流泪。

“怎么,母后,您在哭?”她奇怪地问。

“哪里?”吴王后忙揩了眼泪,笑着说:“还不是你使劲蹭的,我胸口好痛……”

“女儿该死,女儿该死。”说着,华阳公主忙去给吴王后轻轻地揉胸口。

吴王后要走了,华阳公主把她送出大门外好远。回来时,她又跳又唱,好像幸福已经唾手可得了。

可是吴王后离开华阳公主的小院后,泪水一个劲儿地往下淌,她不知道他们会是一个怎样惨烈的结局;而她,却无能为力。她口中不停地念叨:“老天保佑他们吧!”

华阳公主度过了一个非常愉快的下午,好事一件接一件地来。

“公主殿下,奉大王旨意,给公主添派两名宫女供您使唤。”

华阳公主当然喜欢,没想到,父王那么忙也没把女儿忘掉,忙说:

“请公公转致父王,女儿谢恩。”

管事太监刚走,那只白鸽又从天上翩翩落下,毫无顾忌地飞进公主的卧室,围着她咕咕叫个不停。公主正在向两个新来的宫女问话,见了鸽子,草草问几句,便把她们打发走了。

华阳公主急忙抱起鸽子,从它腿上解下白绸,上面写的是她最喜爱的那首诗。虽然她已读过不知多少遍,但每次读,都能读出无尽的新意与深情。她把它展开,像读一首新作那样津津有味。

那诗写道:

云淡淡兮月如钩,
风习习兮影扶疏。
一曲轻歌摇曳行,
双影彳亍小径幽。
……

记得那时她刚刚从床上走下来,起初在房内走走,然后由宫女扶着,在廊檐下,在庭院中一步步挪动。随着腿力的恢复,她不满足了,她要去看更大的天,去感受更广阔的空间。她要到外面去玩玩,她已经好久好久没有去外面玩了。在两名宫女的搀扶下,她出了大门,后面跟着高渐离。她在院外花圃道路间走走停停,说说笑笑,与高渐离没完没了地说这说那。不觉间,夕阳西坠,一弯新月高高挂上了天空。新月像是特地为她挂在那里似的,弯得那么可爱,亮得那么柔和;一阵又一阵甜丝丝的风吹过来,她再也站不稳,头一偏,便靠在了高渐离宽宽的胸口上。高渐离先是一惊,而后也情不自禁地伸出双臂,把她紧紧搂在怀中……这时,两个小宫女已悄悄隐退到暗处。

那弯新月从树枝树叶间偷偷地把朵朵光斑洒在他们身上。草丛中不知名的小虫叫着,唱着不知名的歌……可是他们除了彼此间听到对方的心跳外,什么也没听到。

第二天,高渐离便向她献上了这首歌……

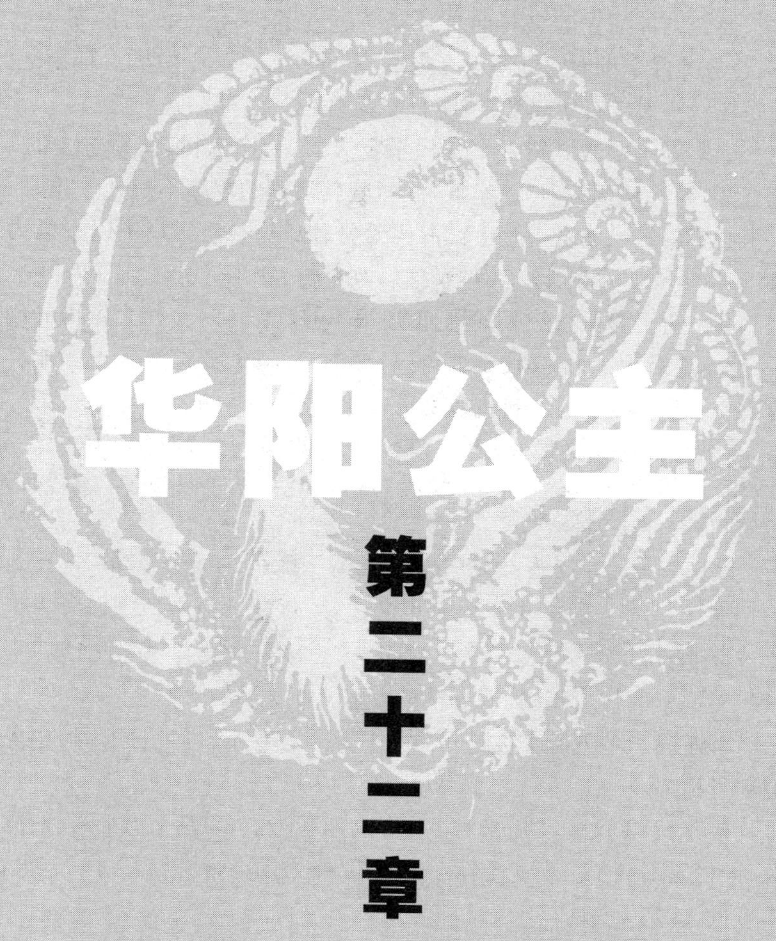

华阳公主

第二十二章

朕为始皇帝

离大秦帝国立国庆典的日子越来越近了，关于一统后的秦国的国体、帝号等许多重大问题还没有定下来。虽然，秦王心中早已有数，但他还是把一些大臣召集起来，叫他们发表意见。

李斯等人奏道："陛下举义兵平定天下，功高盖世，就是过去的'三皇五帝'也无从比拟。'三皇五帝'所管辖治理的疆域不过几千里，而今大王所管辖的土地岂止万里？古代天皇、地皇、泰皇三皇中以泰皇为最尊贵，臣等斗胆建议，改王为'泰皇'，改布告为'诏'，大王自称为'朕'。"

秦王听了心里很舒服，但觉得还很不够。作为一个伟大帝国的创始人，他不想沿袭过去，一切都要创新，要与众不同，要至高无上。他自以为德兼三皇，功包五帝，自古以来谁也比不了，便说道：

"爱卿们的建议很好，不过，我再作点改动，用'泰皇'中一个'皇'字，用'五帝'中一个'帝'字，就称'皇帝'吧！至于改天子自称'寡人'为'朕'，我非常同意。"

秦王一向对君王自称"寡人"很反感，寡人，寡德之人也，据说是表示自谦之意，但也难免生出对君王的藐视，早就该改了。李斯等人的建议正合他的心意，马上表示"非常同意"。接着他又补充一句话："今后'朕'就只能君王专用，其他人不得擅用。"

李斯说："陛下所言极是，'朕'作为帝王专用，可以分尊卑，也免得混乱了称呼。"

接着，秦王又说："历来君王在位时有位号，去世后又有庙号，时间一久，谁也厘不清了。现在重新立个规矩，朕为始皇帝，以后二世、三世，至千万世，传之无穷。"

众大臣异口同声，一致拥护。

从此，一句"朕为始皇帝"便把秦始皇的称呼在历史上固定下来，并一直叫到现在。

秦始皇做事总是有条不紊、按部就班，先走哪一步，后走哪一步，在他心中的次序早已排定，正如他讨伐六国事先已订好日程一样。现在，他梦寐以求的皇帝位置终于定下来了，但这只是第一步；第二步是要通过上天和祖宗的任命，还要在庄严的庆祝大典上宣布，诏告天下，说明此乃天意安排，才有绝对的权威，才符合程序。而这一套礼仪是少不得音乐的，原先秦国敲瓮击钵之类的哪能登这样的大雅之堂？秦始皇从小受能歌善舞的母亲的影响，对音乐特别有兴趣，他要在当皇帝时听到世间最美妙的音乐，要普天下都知道大秦国不仅武功盖世，就是音乐，也是第一流的。要做到这点，非高渐离莫属。

乐府的规模已扩大到近一千人，高渐离除了创作改编乐曲，指导排练演出，还有不少工作要做。在高度的紧张忙碌中，他反倒感到很轻松；只要有了空隙，他就要想，想到他完成这次庆典任务后凶多吉少的命运，特别是想到与华阳公主的结局一片黯淡，他就感到窒息。他好像睡在床上，一块千斤巨石在慢慢向他压下来，那巨石刚好压住他的胸口便不动了，那滋味有说不出的难受。他希望那巨石往下压，把他压得粉碎，可那巨石偏不。

他只有用工作来麻痹自己，分散自己。果然，他从中寻找到许多乐趣，他的痛苦似乎减轻了许多。

但是这两日，尽管随着庆典日期的临近，工作更为紧张，高渐离却无法摆脱那揪心的焦虑和忧烦，原因是他好久没有见到华阳公主的那只白鸽了。

每次回到他在乐府后院的小屋前，他心里都有一阵激动，他多希望那只白鸽出现在他的窗台上；每次抬头望天，都希望那白鸽箭一般划一道银白色的弧光从天而降，落在他的面前。可是，日复一日，已过了好几个该收到她的信的日子了，却不见那鸽子飞来。

没有比盼望心中挂念的人的消息，却又久久得不到更使人焦急难受的了。高渐离在望眼欲穿的巴望中苦熬日子。

难道那白鸽被老鹰叼吃了？难道被宫里人发现了秘密？或者，难道公主生了病？难道……

高渐离满脑袋装的是不祥的疑问。

白鸽的命运不幸被高渐离猜中，它死了，而且死得很惨。

当初，秦始皇在口头答应华阳公主与高渐离的婚事时心里就下定决心要赖掉它。他提出的那个在婚前不准二人相见的条件就在于让他们从此分开，互不相见，一年半载后，情感淡化了，处理起来就容易多了。可是现在快两年了，他们之间还信誓旦旦，守定前约。特别是华阳公主最死心眼，什么非他不嫁啊，好女不嫁二夫啊，一派胡言！对女儿如此痴情于高渐离，他感到奇怪，难道他们之间还有什么往来？

秦始皇是个敏感多疑的人，特别是遇上几次暗杀后，神经绷得更紧了。他在宫中专设了一支暗探队伍，由一名心腹管事太监负责，让他们以太监或者其他的身份为掩护，专门刺探各宫后妃及亲王太子公主等人的情况，随时向他报告。他觉得华阳公主的情况可疑，便给她派去两个宫女，其中一个叫阿娇的，就是个暗探。

受过特别训练，身负特殊使命的阿娇去华阳公主小院的头天就对那只鸽子产生了怀疑,对它特别留意。

华阳公主对宫中的暗探组织并不了解,但她知道宫中的太监和宫女专会察言观色逢迎拍马,背后说小话搞小动作。她发觉阿娇就有那么点味道,当阿娇在注意那只鸽子时,华阳公主也把她注意上了。按说,她不喜欢阿娇,可以打发她走就是,可她是父王的赏赐,不便让她走。

为了不使阿娇怀疑,华阳公主已十几天没有让鸽子带信了。她知道高渐离一定很焦急,但有什么办法呢?只有耐心等待时机。

可是急于立功的阿娇反倒等不住了,她找个机会向管事太监把自己的怀疑讲了,管事太监立刻向秦始皇加油添醋地做了禀告。

好哇!你这个鬼点子多的小丫头,竟敢用鸽子传书带信与高渐离保持联系,该当何罪?他正要下一道严厉的命令重重惩罚华阳公主和高渐离,但转念一想,眼看庆祝大典就要举行,他们两个都是庆典少不了的主角,在这节骨眼上处理他们太不明智。于是收了怒气,改口对管事太监如此这般吩咐了几句,叫他快去执行。

管事太监又如此这般对阿娇说了,也叫她快去执行。

第二天,不知怎的,公主的小白鸽惨叫两声,不停地在地上打滚,再也不吃不喝。华阳公主抱起它,见它耷拉着头,无力地睁着一双红红的小眼睛望着人。华阳公主把它搂在胸口心疼地问:“怎么了?我的小鸽子。”

几个宫女都围过来看,七嘴八舌地说:“大概是生病了。”

“恐怕是吃错了什么东西。”

“莫不是谁打了?”

可是鸽子不会说话。

华阳公主把鸽子翻来覆去地看,没见伤痕,不像打的,便说:“一定是生病了,快去找药来喂。”

还没等把药喂下去,那白鸽扑扇了几下翅膀就闭上眼睛再也不动了。

华阳公主伤心透顶,叫一声“哎哟,我的小白鸽!”腿一软竟晕了过去。

醒过来后,冬儿对她说,白鸽的死一定与阿娇有关。她外出有事回来,刚跨进大门就听见鸽子惨叫,又看见一个人影飞快朝后院跑去,那人影起初没有看清楚,但后来从后院出来的就只有阿娇。

华阳公主也觉得这鸽子死得奇怪,便叫人把那死白鸽拿来仔细检查。

终于找到白鸽的死因了——一根绣花针从鸽子的胸口扎进去,直刺入心脏。

把针拔起来一看，秋儿便说："那是我的针。"

她想了想，又说："是阿娇借去用的，我找她还，她说弄丢了。"

华阳公主第一次发怒了："把阿娇叫进来！"

阿娇进屋，向公主请了安，站在一旁。

公主问道："你看，这是你向秋儿借的针吗？"

针在公主手上，死鸽子摆在地上，秋儿对她怒目而视，阿娇无话可说，"扑通"一声向公主跪下："奴婢该死！"

"我问你，你为什么要杀死它？一只鸽子与你有什么仇？"公主问道。

"公主殿下！"阿娇哭了，她把手伸给公主看，"这是它啄的，我只逗了一下，它就啄了我一口……"

果然，阿娇细嫩的小手手背上有一团血迹。

华阳公主对她产生了一丝同情。记得小时候被鸡啄了一口，便找根竹竿撵着打，口中还不断骂："打死你，打死你！"不过她不相信她那温驯的鸽子会啄人，她问道："是真的吗？我的鸽子从来不啄人。"

"我是新来的，它认生……"

华阳公主没有问出个究竟，便叫她下去。

下午，管事太监来到公主的小院，领走了阿娇。

晚上，管事太监来到公主的小院，双手呈上一只盘子，盘子里放着一只女人的手，手上还有一团血迹。

"公主殿下，奉皇上旨意，将杀死鸽子的宫女阿娇的手割下，以示惩戒，请公主过目。"

华阳公主不敢看，把头扭到一边说："快拿走，快拿走……"

其实，阿娇丢掉的岂止一只手，还有她的一颗人头。

但这些，华阳公主并不知道。她常常叹息："可怜我的那只鸽子！可怜阿娇那只手！"她从未想到更多，即使有人对她说阿娇是她父皇派来的奸细，而且是为了灭口被杀，她也不会相信。

鸽子死了，音信断了。没有音信的日子如断了线的风筝，惶惶不可终日。她想接上这根线，但实在不易，且莫说其余的鸽子还太嫩，就是可以用，谁又能把它带出宫去交给高渐离呢？只有小棋子，可是好久没有见到他了。

小棋子正如他的名字一样，只是棋盘上一颗不起眼的棋子，下棋人想把他放在哪里就放在哪里。自从进宫以后，连他自己也记不清换了多少地方了。他给秦始皇当过随身太监，给西垂宫王后当过守宫太监，还给大太监当过跑腿太监……自从赵高当上宫中太监总管以后，见他不顺眼，便叫他去当御马太监，学着赶马车。他觉得这份差事最适合他，成天跟畜生打交道，省心。只是苦一点累一点，但不费神。在宫中多年，见到不知多少费思量的事，他巴不得自己变成聋子、瞎子。现在，虽然耳不聋眼不瞎，但天天看到听到的是马打架马发情，无关紧要，而以前见到听到的，一不小心就成了祸胎。他要把以前那些都忘掉，永远不再去想它。

可是有一件事他忘不了，不仅忘不了，他还时刻提醒自己不要忘了，要找机会说给一个人。

那个人是华阳公主，那件事就是皇上要把她嫁给王翦，等王翦打仗回来就成婚。现在听说王翦班师往回赶已经进函谷关了，他还没找着机会，心里实在有些着急。

他知道把这件事透露出去的后果，但他又想，最多不过是要命呗。我是个太监，本来只有半条命，为了公主，赔上它，也值。想着想着，他哈哈地笑了，鞭子一扬，"驾"的一声，他的马便放开四蹄跑了起来。

这天傍晚，小棋子跑车回来，遛了马，添了料，正要回房休息，见将作少府手下的太监老陈头提一个桶走过来。小棋子见了急忙朝黑影里躲闪，但还是被他看见了，老远就喊道："喂，小棋子，你，你躲什么？快，快出来……"老陈头又喝了酒，说话舌头发硬。

小棋子只好出来，站在那里不动。

"看你这个小棋子，在宫里也待这么多年了，怎么还没有一点长进？你看赵高，他还比你后进宫，只是因为给皇上舔好了痔疮，现在，已是太监总管了。可是你，讲什么心眼好，这年头，心眼好顶屁用！再说，只是接你马的尿，又不是接你的尿，你躲个屁……快，快给我接一桶。"老陈头说罢，把桶往小棋子面前一放，就坐在台阶上打盹去了。

小棋子无奈，只好提过桶，一步步挨到马厩里，把桶放在他那匹公马的肚子底下，拍拍它的屁股说："喂，伙计，不是我让你做缺德事，你看，是那个坐在台阶上的老陈头，别怪我……唉！真缺德，是谁想出的这个办法……"

小棋子的叹息当然是有缘故的，这马尿接去后再泡上几味什么药，晾干后，放在一间密不透风的屋子里点燃，那烟熏上半个时辰，眼睛就瞎了。这就是矐刑。宫中有犯了什么事的宫女、太监，甚至美女、嫔妃等，朝里面一关，再出来时，一辈子就什么都看不见了。老陈头是专干这事的，只要见他提个桶来，小棋子就躲。但他偏爱找小棋子，说他的马膘肥体壮，又是公马，那尿的药效更好。

也许那马也不愿干这缺德事，半天也不尿一滴，害得小棋子老等。

“陈公公”，小棋子说，“您看，这马就是不尿，不如您去另找人吧。”

“你这小棋子慌的什么，年纪轻轻的，慌了不经老。它不尿，等着。快过来陪你大伯讲讲话，来，快过来坐下……”

小棋子只好过去与老陈头并排坐下。刚坐下，一股浓烈的酒气就熏了过来。小棋子不会喝酒，闻那酒味，直冲脑门。

“小棋子，你今年二十几了吧？”

“是。”

“要是不当太监，孩子也该会叫爸爸了……唉，你爸也是，怎么就舍得把你送到宫里当太监？”

小棋子不敢回答，宫里的规矩多着哩，这类话也犯忌。老陈头喝醉了，胡扯蛋，只有不理他，打自己的瞌睡。

“当太监也太可怜，一辈子连女人的边也挨不着。唉，这呀，都是命，命苦呗！不过，高渐离，大乐师，皇上未来的女婿，命该高贵了吧？谁知，不知犯了什么事，要对他动矐刑，你说这……”

“什么？您说的是谁？”小棋子本不想理他，可一听说的是高渐离，谁不知道他是华阳公主的未婚夫君，他怎么会受矐刑？实在忍不住，就大胆问起来。

“喂，听了千万不能向外人说呀，”老陈头放低了嗓门说，“高渐离，就是华阳公主未过门的女婿，不知他怎么惹怒皇上了，说要杀他，又舍不得他弹的一手好琴，让他瞎了眼，照样可以弹琴……”

小棋子吓了一跳，这不是要公主的命吗？他霍地站起来，走进马厩，见那桶里已接了小半桶马尿，提起便倒了，把空桶提到老陈头面前一放说：“没接着，你提回去吧。”

“这半天了，怎么那马不尿尿？”

“谁知道，你问它去。”

老陈头没法，提着空桶，骂骂咧咧地走了。

小棋子感到很难受，他不知道该用什么办法去救高渐离，但他一定要去救，就算看在公主的分上，他决定去冒这个险。

昨夜，高渐离几乎熬了个通宵，天快亮了，才回到乐府住处小睡了一会儿。起床以后，走进小院，见那枝头叽叽喳喳欢叫的雀鸟，心情也不觉欢快起来。

他想到昨晚的彩排，因为是最后一次，秦始皇和李斯都亲临现场，对这次庆典的所有节目作最后审定。

根据庆典安排，首先演出宗庙祭祀乐。第一乐章为《嘉至》，乐声轻盈庄重，由远及近，如天神和祖先从天上徐徐降临；第二乐章奏《永至》，节拍舒缓沉稳，如皇帝踏着稳健的步履，一步步走进庙堂；第三乐章奏《登歌》，钟鼓齐鸣，歌声悠悠，如对神明祖先虔诚地感谢和祈祷；第四乐章奏《体成》，表示礼仪的完成，请神仙和祖宗享受祭祀的牲礼；第五章奏《永安》，祥和而明快，皇帝起身，在皇亲国戚及众大臣簇拥下去东厢房饮宴。

音乐设计与祭祀活动的内容联系紧密，程序安排有条不紊，加之指挥得体，演奏技巧娴熟，听得秦始皇不住点头称赞。

接着，按顺序演出庆贺大秦帝国永世昌盛，颂祝始皇帝万岁万万岁的《寿仁乐》、《礼容乐》、《昭容乐》、《韶舞》、《五行舞》等。每一个音乐舞蹈节目都分有若干乐章，完全依据庆典的程序和内容需要特别设计，绝不重复。

最后演出的是民间音乐舞蹈，轻快热烈，激情洋溢，以渲染万民同乐的欢乐气氛。

秦始皇和李斯一直看完最后一个节目，对演出作了充分肯定。

演出结束后，高渐离叩见秦始皇，请他对这些节目作评断。

秦始皇说："朕与李丞相刚才边看边议，对这些节目都满意，庆典就照样演出。还有两三天庆典就开始了，叫乐人们再好好练习练习，千万不要出差错。"说着，用目光把高渐离细细打量一番，接着又说：

"高渐离，你为这次庆典的音乐费了很大心思，做了不小贡献，朕自会奖赏你。这一向你也累了，好好休息休息吧！"

秦始皇说罢，在赵高的搀扶下回寝宫去了。

所有的节目都顺利通过了，作为这些节目的创作、编导、指挥者的高渐离，又怎能不高兴呢？但是，如果他真正了解到秦始皇临走时讲话中所说"奖赏"、"休息"的含义，他无论如何是高兴不起来的。

且说秦始皇回到寝宫后，赵高呈上后妃的花名册，奏道："请陛下点定今晚歇息处，奴才好侍驾。"

秦始皇摇摇手说："今晚哪儿都不去，就在这打个盹儿算了。"

赵高立即为秦始皇脱靴更衣。

"赵高，"秦始皇说，"你看今晚高渐离准备的节目如何？"

"启奏陛下，奴才对音乐本是外行，但听陛下一说，才晓得他还真有一套。"

"没有一套我会用他？我还准备重奖他哩！"

"那是自然，他本是皇上的……"

没等赵高说完，秦始皇手指着墙上一盏欲灭未灭的灯说：“看……”

“陛下，那灯没油了，奴才马上取油来添上。”

“不用了。”秦始皇制止道，“那灯烧完了自己的油，该灭了……”

赵高是何等机灵的人，一听皇上那话中有话的话，再联系平日察言观色，就知道高渐离在皇上心目中已没了地位，便试探着说：“陛下的意思是把他……”他用手做了个砍的动作。

“不。原先，倒有这个打算，可现在不。把他眼睛去掉！他那双眼睛太狂傲，太刺人。没有眼睛一样可以击筑，说不定击得更好。你看，今晚演奏得最好的乐师多数是瞎子。”

“啊，奴才明白了。”

“这事就交给你去办。”

“是，奴才一定办得干净利落。”

赵高此话不假，从十年后发生的事情看，赵高办事果然干净利落。那年七月，秦始皇巡游至河北省平乡县沙丘乡的平台得暴病身亡。在赵高主使下，与李斯合谋改了秦始皇立长子扶苏的遗诏，改立幼子胡亥为二世皇帝。赵高手握大权，杀扶苏、杀扶苏的几十个兄弟姊妹，接着杀李斯，再接着反手一刀杀了胡亥——看，有多干净利落！而最后，赵高也被杀——倒是愈加干净利落了。那自是后话。

又过了一天的清晨，高渐离走出小院准备上班，忽见一个太监打扮的人从外面进来捂着肚子上厕所，他在进厕所门前有意回头望了高渐离一眼。啊，原来是小棋子，那白鸽头一次就是他带来的，一定是公主有什么急事。看看前后无人，高渐离一步跟了进去。

厕所里再无另外的人。

“高先生，您危在旦夕。皇上要对您……对您施，施刑……”小棋子终不忍把“矐”字说出来。

“施刑！？谁说的？公主？”

“不是，也许她压根不知道。”

“唉，我早知有今天，没想到这么快。”

“请高先生早拿主意。”

“这样，请你下午再来一趟，我有书信交给公主。”

“奴才一定尽量想办法来！”说罢，小棋子出了厕所。

高渐离感到一股热气直往脑门上冲。可惜这消息来晚了，要是早知道，自己一定在排演的那晚上与秦始皇同归于尽。可是现在有什么办法？不管走哪一步都涉及华阳公主。但事已至此，别无选择，他终于下了逃跑的决心。回到屋里，他扯下一块白绸，给华阳公主写了一封诀别的信，附上一首表明心迹的诗。叠好后攥在手心，专等小棋子的到来。

秦始皇与李斯是儿女亲家，李斯的儿子全娶秦始皇的公主为妻，女儿又嫁给秦始皇的太子为妻，两家走得特别热和。有什么好吃的，好玩的，你送过去，我送过来，车马不断。小棋子便经常去完成这样的差事。何况，当初他本是相府中的小厮，许多人都熟，来来往往更加亲密。

这天下午，小棋子从宫中拉一车贡品甜瓜去相府。吃过午饭，相府又送回一车新采的桂圆。押车的小管家与小棋子说说笑笑赶车回宫。路过乐府时，小棋子捂着肚子喊疼，闹着要上厕所。

"我说相府的伙食比宫中的更好吧，看把你撑的，没出息。"小管家开玩笑说。

小棋子顾不上与他说笑，捂着肚子进了乐府。

看门老头见上午那个太监又捂着肚子上厕所，也笑道："究竟是宫里人，吃得好着哩，不如屁股上吊个马桶……"

坐在车上的小管家听了也好笑。

不一会，小棋子舒展着腰肢出来了，对看门老头笑了笑，坐上马车，一扬鞭，那马便得"嘚、嘚……"地小跑着走了。

晚上，小棋子卸了车，拴好马，钻进马厩边他的小屋里，点燃了豆油灯，关好门窗，从怀中取出那方叠得方正整齐的白绸，已准备把它藏在床草中时，突然想起没有把一个重要消息告诉高先生。他捶着自己的头，连连叹气，怨自己粗心。要是把皇上又答应把华阳公主嫁给王翦的事告诉他，让他写在这绸子上，不是两件事一起就办了？可惜自己又不会写字，要会，也写在这绸子上，该多省事。他觉得不该错过这个机会，于是，他从装破烂的小木箱里翻出一小块墨，把饭碗倒扣在小桌上，滴几滴水在碗底里便一圈一圈地磨起墨来。

磨好后，从床下抽出根稻草，掐得齐齐的，蘸上墨，就在那白绸上画起来。他认得那个"王"字，三横一竖，画得很吃力，但蛮像。他还记得"翦"字上面是两点，便点上两点，可下面怎么写，他实在记不清，只觉得乱七八糟一大串，就像他那脸上的大胡子。想到胡子，他有了办法。他在那两点上画两个圈，算是眼睛，下面，画上鼻子，鼻子下面，竖着打上许多道道，胡子就成了。画完，他觉得很像。公主是个聪明人，一看，就知道是王大胡子。朝廷里，长大胡子又姓王的有几个？她一定会想到是王翦。

小棋子很满意自己的杰作，反反复复地欣赏着，直到墨迹干了，才严严实实地收藏起来。

第二十三章

爱的煎熬

兴乐宫的吴王后能得到秦始皇的宠爱不是没有原因的。本来,吴王后身段窈窕,面皮白嫩,也算楚楚动人,但在美女如云的秦宫中并非绝色。可秦始皇偏偏喜欢她,几年间就把她从一个普通宫女提升为一宫之后,原因就是她有一种特别讨秦始皇喜欢的手段。这手段就是她能让秦始皇在她身上得到在其他女人身上无法得到的滋味,那种快乐的滋味无法言说。有次,他喝了酒,指着身边一群嫔妃说:"你们中没有一个能比得上她,把在你们身上得到的快活加起来,也没有我在她身上得到的多。"

女人们不服了,趁着他醉酒,放胆问道:"请皇上给我们说说,到底她用的什么办法?让我们学了也好侍候皇上。"

秦始皇一手拿着酒杯,一手指点她们道:"你,你,还有你……都是老一套。可是她,那个小女人,一次一个感觉,每次都新鲜,嘻嘻嘻……"

女人们估计,"那个小女人"的本事一定来自老太后,因为她是老太后生前的心腹宫女,是老太后把她赏赐给皇上的。老太后在归天以前,一定教了她不少讨男人喜欢的本事……

女人们的估计没错。

这事要扯到很久以前。

当老太后还是个歌女的时候,她名叫赵姬,在邯郸巨商吕不韦府上唱歌,因与吕不韦有了私情,身怀有孕。可是吕不韦要把她送给秦国王孙异人。她哭道:"妾虽出身卑贱,但也略知礼仪。今妾身已属吕先生,且已有了吕先生的血脉,再要我去侍候秦公子,实在不愿……"

吕不韦便把她搂在怀中哄道:"爱姬所言极是,你我正在情浓意酽鱼水欢洽时,岂愿意把你送人?可是你我生在群雄争霸的乱世,要想立身于世,并进而求得发达,只图拘守礼法,过安分日子,那是不行的。你看,现在有一个绝好的机会,抓住了,将来你就是王后,就是国母;我,也跟着沾光,说不定当宰相,当'太上皇'……"

赵姬被说动了:"妾愿听先生安排,可是,我怕……"

"此事只有你我知道,有什么可怕的?"吕不韦说,"当然也不免冒点风险,就像我做生意,也有把老本蚀光的时候;不过,要想干大事,成大气候,就得冒点大风险……"

"妾是说……"赵姬红着脸,欲言又止,"想那王孙异人,也是邯郸城里尽人皆知的风月场中人,妾身已破,且有了身孕,他不知道?"

吕不韦听了笑道:"对此,我已想好了弥补的办法。"

"什么办法?"

吕不韦岔开话题，问道："你听过'三代王后'、'七为夫人'、'九为寡妇'的故事吗？"

赵姬摇摇头。

吕不韦细细对她讲来："春秋时期，郑穆公生了个女儿，美貌无比，因嫁给陈国夏大夫为妻，人称夏姬。夏姬十五岁那年，梦见一英俊男子，与她发生关系，教她采补之术和永保处女之身的内视之法。

"夏姬学了这些方法果然玉颜不改，不论岁月怎么增加，她都照样美丽窈窕，妩媚动人。许多有地位的男人都倾倒于她的美色，想方设法与她相会。其中有陈灵公、楚庄公、晋景公，有大夫孔宁、屈巫，还有将军连尹襄，等。凡与她发生关系的男人都当她是处女，对她特别喜爱。

"只是，凡与她发生过关系的男人都不长寿，原因是她的采阳补阴术损伤了男人。可尽管如此，一些男人仍贪恋她的美色和不同一般的妙处，甚至发生多起争风吃醋动刀子杀人的事。"

"夏姬一生，与陈灵公等三个国君有不正当关系，故称'三代王后'；她先后嫁了七次，故称'七为夫人'；有九个丈夫死于她的采补之术，故称'九为寡妇'……"

赵姬听了吃惊道："这么说来，这采补之术是万万学不得的了……"

"不过，你想学也学不到了，它久已失传了；只是这内视之法已流传下来。现在，你正需要。"

"那你教我？"

"我……"吕不韦犹豫了一下说，"我还不会哩……"

吕不韦并非不会，他本性风流，又是家财万贯的巨商，早就花重金学得一身男欢女爱的本事。但他是一个有政治野心的人，他要把他疼爱的赵姬送给异人本来就舍不得，如果再把那讨人喜爱的法子亲自教给她，岂不与她更加难舍难分了？他在努力压制自己的情感，下狠心突破赵姬那张情爱之网。

他咬咬牙说："我府中有个女巫，她会，我让她教你……"

就这样，赵姬学得了一手永保处女身的"绝活"，哄过了异人，使他对嬴政是自己的亲子深信不疑。异人后来登上王位后，便立赵姬为王后。赵姬则凭借自己这手特殊的本事，在秦宫中风流了几十年。她把一向忠实于自己的贴身宫女吴女推荐给嬴政，又把那秘不示人的绝活传授给吴女，使她很快得到嬴政的欢心，顺顺当当坐上兴乐宫王后的宝座。

作为女人，吴王后算登上荣华富贵的巅峰了；但作为女人，她太孤独。秦始皇虽然对她多一份眷顾，但后宫佳丽众多，轮上一次也不容易，她便把心思寄托在儿女身上。但儿子长大后便分封去了外地，一年也难见上一面；女儿十岁那年随秦始皇巡游病死在旅途。此后，她把一腔母爱洒向华阳公主。

然而宫中的规矩太多，她不可能对华阳公主有过多的接近，只是心里默念她，关怀着她，尽可能找机会探视她，照顾她。华阳公主瘫痪的腿好了，她高兴；华阳公主长大了，她高兴；华阳公主要嫁人成家立业了，她更高兴——而当华阳公主的婚姻遇到麻烦并可能演变成一场惨烈的悲剧时，她心里也就升起一阵莫名的焦虑与恐惧。

吴王后决定去救她。她知道秦始皇是无法改变的，只有改变华阳公主，说服她放弃高渐离。

可是这很难，难在不能明说。

那天，吴王后试探着说了一下，看华阳公主那非他不嫁的坚决态度，她又失去了信心；但是，吴王后不忍心看着华阳闭着眼睛走上那条绝路。

吴王后决定再把话挑明些说。那天说得也太含糊，而且，对华阳公主的执拗，还真得想出让她脑袋开窍的办法。

吴王后认为，华阳公主脑子不开窍是因为她书读得太多。从小瘫痪在床，成天不吭声地摆弄那些刻满了弯弯曲曲文字的竹片。上面好些都是教唆青年男女反对父母主宰自己婚姻的，什么“母也天只，不谅人只”；什么“之死矢靡它”。动不动寻死觅活的，值得吗？既然不值得，她又为什么那样死心眼呢？吴王后想来想去，只有一个原因，那就是她早已把身子给了高渐离。上天也太不公平，为什么对女人如此苛刻？只要与男人有了那种关系，第二个男人若知道，就不得了，闹得女人脸无处搁。

吴王后觉得已找到了原因，决定“对症下药”地去说服她，去帮助她，去拯救她。

华阳公主浑然不知，她成天在兴奋与欢乐里计算着日子，久久盼望的那天眼看就要到了。一想到那天，她的心就突突跳个不停，她日夜思念着的、崇敬着的他好像已站在面前，他柔软的胡须已挨着她的脸，他闪亮发烫的目光正深情地盯着她，他有力的双臂正紧紧地拥抱着她，把她使劲地在他胸膛上揉搓，就像那个雷鸣闪电大雨滂沱的下午……

“我的乖女儿，你怎么还在睡呀？”门帘一翻，吴王后笑吟吟地出现在华阳公主面前。

因为整日沉浸在兴奋与欢乐里，昨晚华阳公主一夜没睡，快天亮了才迷迷糊糊睡去。梦里又尽是甜蜜与欢快，直到吴王后轻喊着走进她的寝室才把她叫醒。

她赶快从床上坐起来红着脸说：“母后驾到，小女贪睡未能迎接，望母后恕罪……”

吴王后快走两步，把华阳按在被窝里，笑着说：“睡倒睡倒，不用起来，小心受凉……”吴王后一面为她掖被子，一面接着说：“要当新娘子了，高兴得晚上睡不着觉，快天亮了打个盹，又睡过了，是不？”

“母后——”华阳拖长了声音，撒娇说，“女儿一辈子的大事，不知该怎么办，母后也不关心关心指点指点，还在一旁笑话我……”

“哎呀，我的小公主，这几天，我天天都在惦记你。你看，今天一大早就来了，你还说不关心。你这个不讲良心的小妮子……”说着，两人搂着哈哈大笑起来。

“我告诉你，”吴王后左右看看没有宫女在旁，放低声说，“我今天来，是来给你说几句最最体己的话的……”

见吴王后神秘兮兮的样子，华阳公主弯了腰把耳朵凑近吴后的嘴边，也做出神秘兮兮的样子放低声说：“母后请讲，女儿恭听。”

吴王后见了，举手在华阳脸上拧了一把说：“淘气鬼，给你说正经话。你要不想听，我就不说了……”

“我听，我听……”华阳说着，把头拱得更低了。

“那好，你听着。再过两天，你就要当新娘，要跟一个男人在一起过日子了，我问你，你知道怎样才能最讨男人喜欢吗？”

“互敬互爱。”华阳回答。

“不对。”

“夫唱妇随。我嘛，不拿公主架子。”

“不对。”

“替他生儿育女。”

“也不对。”

华阳公主有些迷惑，偏着头看着吴王后说：“这也不对，那也不对，那我就说不准了。母后您快告诉我……”

“我说嘛，一个女人最能讨男人喜欢就是——她要是个女人。”

华阳公主笑了。

“你别笑。”吴王后郑重其事、小心翼翼地说，“成亲时，男人们对女人是不是一个完整的女人，都是很看重的……”

华阳公主不笑了，脸上顿时升起两片红云。她想，当初在父皇面前被迫说出自己已是高渐离的人那句话难道她知道了？这完全可能，不仅父皇会对她讲，老太后生前也会对她讲……

吴王后见华阳公主低头不语，继续试探说：“要是你在这以前……破了身，我可以，可以帮你，帮你复原……保你夫妻一辈子和睦……”

吴王后是在点化她，让她放弃高渐离，接受父皇另外的安排。至于与高渐离发生的那种关系，可以通过弥补完好如初，不露任何破绽……

可是华阳公主并没有听出吴王后的弦外之音，只当是在笑话她，变脸说道："母后，女儿那件事也许是做错了，可是不那样父皇会同意我与高先生的婚事吗？该打该罚，由便母后，只是请母后不要耻笑女儿，女儿也是不得已，谁叫我从小就没有娘呢？呜呜呜……"

华阳公主哭了，吴王后便没有了主张，忙掏出手绢替她揩眼泪，又连连赔话道："我的好闺女，我半点耻笑你的意思也没有，只是怕万一你以前，以前……唉，我是为了你好呀，为了你一辈子……"

她真想把真相说出来，但话到嘴边，一想到秦始皇那严厉的目光，便吓得打住了。但她又实在不忍心看到那样的结果。华阳公主刚烈的性子，不知会闹出什么样的悲惨结局哩！想到这里，不觉也落下泪来。

这一哭，心更哭乱了，更不知怎么说才能把自己想说的意思表达出来，吴王后急得直跺脚。最后，只得含含糊糊说几句安慰的话，把华阳公主哄得不哭了，便急慌慌起身走了。

送走吴王后，华阳公主想想她今天说的那些话颇费猜度。是有意还是无意？是出于对自己的关心还是别有用心？细想她不可能不知道自己与高渐离的关系，那为什么还要帮自己再得到一次贞操？她想要自己把它献给谁……越想，她越觉得这是一个阴谋，主使者一定是父皇。

但是，她无论如何也不相信父皇会对她使阴谋。她是他心爱的女儿呀！她决定去找父皇当面问个明白。

可是父皇在哪里呢？她去了西垂宫、兴乐宫、大郑宫、步寿宫，都说没有。又听说父皇去了阿房宫，她想去，只是太远，便作罢。

其实，这时秦始皇到底在哪儿，谁也不知道。就连太监总管赵高也不清楚。

秦始皇为何要隐匿自己的行踪呢？

秦灭六国统一天下那年，秦始皇三十九岁，正是年富力强的时候，他却下令为自己造坟。征调全国几十万民夫，遍搜天下能工巧匠，夜以继日抢修始皇陵。始皇陵选址在咸阳东面的骊山，其规模之宏大，构造之精巧，亘古未有。但秦始皇修墓并不是为了他死后享用，而是为了满足他生前的欲望，一种展示他的权力、财富和威势的欲望，因为他根本就不想死，不愿死，不相信自己会死。早在他征讨六国的过程中，就下令搜求能制长生不老药的方士。

一时间，各种献不老术的方士云集咸阳，其中有方士向秦王奏道：

“陛下乃上界神仙转世，有长生不老之根基，只因国事纷繁，尘嚣侵染，有损圣安。如今天下大定，四海升平，陛下如能隐匿仙体，使世人不知，待元神恢复，自能长生不老……”

秦始皇听了立刻说道：“所言甚合朕意，从今日起就这样办。”

原来秦始皇经过几次行刺后时时心惊肉跳，早就想把自己隐藏起来，使臣下不知行踪。今听说隐匿还有长生不老恢复神仙原身的妙处，当然立即接受建议并立刻实行。从此，他便在几十个宫殿间东躲西藏像小儿玩捉迷藏游戏一样。臣下有事奏报，也不知到何处去找。每日上朝时间地点也不固定：清晨在西垂宫，待群臣赶到，又说改在午时雍宫；待大家风尘仆仆赶到雍宫，又说未时皇上在栎阳宫召见；当群臣赶着车马到了栎阳宫，说又改了……大臣们在各个宫殿间来回奔走，有时，跑到深夜，大臣们还没见到秦始皇的面。

秦始皇把自己隐藏得这么深，华阳公主又怎么能轻易把他找到呢？

华阳公主虽然没有见着父亲，但到各宫走了一圈，每到一处，无论王后、嫔妃、王子、公主，都是笑脸相迎，热情接待，为她要当新娘表示恭贺，她的心情随之好了许多。特别是她到步寿宫时，恰逢朔阳公主偕夫君李都尉回宫给母后请安。那朔阳公主与华阳公主同年，姊妹相见，话就多了。嘻嘻哈哈一阵后，朔阳公主便夸起高渐离来，说她听过高渐离击筑唱歌，美妙极了。又说高渐离既儒雅又伟岸，三绺胡须在胸前飘呀飘的，翩翩风度，实在是世上少见的美男子。说得华阳公主脸上绯红，心跳加快，举着小拳头直朝朔阳脸上晃，有一下，还真的碰了她的额头，吓得她连连后退，不敢再讲下去。可她的郎君李都尉接过话来说，他几天前还在大街上遇见高渐离，见他那红光满面精神饱满的样子，料想他有什么喜事。他问他，他只是笑，他向他讨喜酒，他满口应承。后来才听说高渐离是被皇上委了太乐令，马上就要与华阳公主完婚了……

已经很久没有听到他的音信了，今日听到，华阳公主心里好不兴奋，她忍不住问道：“都尉哥，你看他身体可好？”

“好着哩，好着哩，走起路来健步如飞……”

“瘦了没有？”华阳公主急切地问。

“好像……”李都尉想了想，正准备回答，朔阳公主阻止他说：“不准讲，刚才，她还嫌我话多了，还打我哩！”

“哎呀，我的好姐姐，刚才，我只不过是吓吓你……”

“头上都让你打了个包，现在还在痛，还只是吓吓呢！”

“好姐姐，莫怨我，我给你揉揉……”华阳公主扶过她的头又吹又揉。

朔阳公主这才笑了，对李都尉说："看她那可怜样，你讲吧！"

李都尉接着讲道："好像，我看，好像长胖了……"

"那他……"华阳公主还想问他穿的什么衣服，戴的什么帽子，整天在忙些什么……但不好启口，转而问道，"他的太乐令真的委任下来了？"

"都这么说。其实，就是还没委，那也是迟早的事。"

朔阳公主插嘴道："妹妹不要担心，父皇是不会让他的女婿只是个黔首百姓的，他那么疼你，到时候，一定封个大大的官让妹妹高兴……"

华阳公主听了只是好笑，她觉得朔阳并不了解她，但她也不便解释。

随后，大家又说了一阵闲话，华阳公主便告辞回去了。

回到小院的华阳公主满腹的疑虑是消除了，但她怎么也安静不下来，她对高渐离长期思念的那根弦被今天听到的那些关于他的消息强烈地挑动了起来，眼前，尽是他的影子。她想立刻见到他，依在他的胸前，听他强劲的心跳，让他有力的手紧握着自己的手……她算着日子，已经就在眼前了，她却觉得未来的这几天要比已过去的一年多还长。

她焦急地等待着，等待着那份甜蜜。

就这样，华阳公主又被蒙过去了。

其实，被蒙过去的岂止是华阳公主，整个王宫，整个朝廷，乃至整个咸阳城都被蒙在鼓里。于是，随着庆祝统一大典的临近，华阳公主真的要下嫁给乐师高渐离的消息作为一个美谈在人们口中传递着。皇上把自己的女儿嫁给一个平头百姓，真是自古少见。于是，皇上圣明，皇上爱才，皇上知恩图报，究竟是始皇帝，等等，一片颂歌再一次在皇宫内外、朝廷上下，在咸阳城的街头巷尾唱起。

只有那几个知道内情的人听了各有各的反应：李斯笑了笑，沉默不语，静观这场戏如何收场；太监小棋子觉着奇怪，他不相信这是真的，他要赶快把真相告诉华阳公主。唯有秦始皇，他听到对他的颂扬，不知该点头还是摇头。他于是不点头也不摇头，只是在心中盘算着对策……

第二十四章

当雄鸡叫完最后一声

“公主，公主，坏了，坏了……”冬儿从大门飞跑进公主的卧室，上气不接下气地喊着。

华阳公主吃惊地问道：“什么事，大惊小怪的？”

“公主，高先生前天跌了一跤，碰在树上，眼睛给摔瞎了……”

“什么？真的？谁说的？”

“我在膳房听到的，那里的公公都这样说。”

华阳公主听了先是一怔，而后忍不住抽泣起来。

真没想到，马上就成婚了，他的眼睛却瞎了。为什么，为什么我的命这么苦啊！

正哭着，兴乐宫吴王后来了。

一看是吴王后，华阳公主一头投进她的怀里，哭得更伤心了。她明白，吴王后一定为这事而来，她当然知道得更清楚。“看你，哭得泪人儿似的，知道了？”吴王后问。

“刚刚听说……”华阳公主哭着回答。

“我也是刚听说，这就赶来了。”

公主仍抽抽搭搭哭个不停。

吴王后走近她，手拍着她的肩膀安慰说：“不要再哭了，哭坏了身子……”

公主果然不哭了，她抬起头来问：“母后，您说，父皇会不会因为他瞎了眼而悔婚？”

吴王后没有回答，却反问道：“你呢？”

“我不会。”

“可是他已成了瞎子，一辈子的事啊！”

“瞎子又怎样？他的歌声把我瘫痪的双腿唱得站立了起来，我也要用歌声把他失明的双目唱明亮起来。”

“要是你父皇悔婚呢？”

“父皇不会，他现在是大秦皇帝，一言九鼎，答应了的事他不会反悔。”

吴王后叹息着，劝慰着，天黑了才走。临走时，华阳公主向她请求道：“母后，我的亲母后，请您请求父皇，让我去看看高渐离……”

吴王后见她已实在无可救药，叹一口气回道：“我一定代你求他。”

华阳公主哭了一夜，当天亮她迷迷糊糊入睡时，又被一阵急促的脚步声和吵闹声惊醒：“好了好了，高先生的眼睛又好了……”分明是冬儿的声音。

“谁说的？”秋儿急忙问。

“刚才在膳房听到的，都这么说。”

“那公主就放心了……”

“小声点，公主睡着了……”

“我没睡着，快进来给我说。”公主在卧室里大声叫着。

其实，这高渐离眼睛的瞎而复明，以及吴王后的再次探视，都是秦始皇与赵高精心策划的。散布高渐离眼睛的流言只不过是为他以后真的瞎眼找托词；吴王后去探视华阳公主是奉秦始皇之命做最后一次试探。

秦始皇为女儿的婚事心机费尽，他要利用这个女儿的婚姻去达到几个目的。现在，目的眼看一个个都快达到了。他更细心地谋划着，计算着，免得最后一刻举措失当而功亏一篑。

至关重要的是华阳公主的态度，她怎么就一点也不开窍，非死死认定那个高渐离不可，什么都无法打动她。秦始皇本想采取强制手段，又怕女儿以死对抗。她那刚烈的性格不知会做出什么样的事来。要是真的出现后果，整个庆祝大典岂不毁了？想到这里，秦始皇只得按下怒气，思谋着更好的处理办法。

本来，他答应华阳公主与高渐离的婚姻完全出于无奈：一是为了华阳公主的病；二是为了大秦王朝的庆典音乐；三是母后的逼使。现在，华阳公主的病好了，庆典音乐准备齐了，老太后早已仙逝归西了，可以一脚把高渐离踢开了。而如果这时他的眼睛又慢慢瞎了，悔婚的理由岂不更充分了？总不能让堂堂公主嫁给一个瞎子吧？

那堂堂公主总得嫁人，嫁给谁？在这当口，当然要嫁给对统一六国最有贡献的人，那当然也只有大将军王翦了——当初与王翦有约且不说，而今他手握重兵，现在离咸阳不足百里，如果他有反意，这皇帝宝座就不知该谁坐了。王翦岁数是大了些，但再大也是女婿，是晚辈，岳丈的话敢不听？秦始皇想着想着，便有了几分得意。他又想，我有十几个女儿，用一个女儿换得江山的稳固，这是赚大钱的买卖——他究竟不负从小仲父吕不韦的调教，练就出一副精明的生意人头脑。

以后几天发生的事证明，秦始皇果然把每件事都安排得贴贴实实，分毫不差。虽然也出了些差池，但都被他天衣无缝地掩盖了过去。

经过一忧一喜，心中烦躁不安的华阳公主终于得到父皇的通知：后天，即十月初六，为她完婚，要她从速准备。通知还说，为她在咸阳东门外专修了公主府第，有良田千顷，食邑千户，黄金千两做陪嫁，还特别提到允许她在宫中选一百名美女随嫁过去。

得到这样的通知，华阳公主心中自然高兴，如此丰厚的陪嫁礼，是她几个出嫁的姐妹所没有的。因此,她又产生几分不安,这不安是怕引起那些姐妹的妒忌非议,或者还有其他因素,她说不清。她只感到这份沉甸甸的嫁礼给她带来的是一份沉甸甸的心情,但她没有时间细想,女孩子出嫁想的事也太多了。

然而这时高渐离想的事只有一件:怎样跑出咸阳城。

他把给华阳公主的信交给小棋子后,立即回到卧室。收拾了简单的包袱,带上些钱币,背了筑,从后院翻墙,穿小巷走上大街。

这几日因准备庆典,各处戒备很严,巡逻队穿梭般往来。不过因新近从原六国迁到咸阳来不少居民,街上人流不断,高渐离混迹其间很快出了北门。他的目标很单纯:去投奔逃到了辽东的燕王喜,听说他手下还有上万人马在辽东一带坚持抗秦。

出了北门上了大道,买匹快马骑上,不无留恋地一再回头望望那高大的城墙,默默地向城内宫中的她道一声珍重。一咬牙,把马猛抽几鞭,绝尘而去。

秦始皇二十六年(公元前221)十月初六清晨,一切收拾停当的华阳公主来到西垂宫大殿向父皇告别。她向父皇行了跪拜大礼后说:"女儿深谢父皇二十年养育之恩,今长大成人,即将离宫,嫁与高郎为妻。离别之时,望父皇再给教诲,女儿终身记取。"

"唔,嗯,你此去嘛……"几十年政治斗争生涯已把秦始皇锤炼得心如铁石,哪怕明明是欺骗自己的女儿,也毫不觉得亏心,说话还是那副腔调:"一要孝顺公婆;二要和睦家人。不可因出身皇家就自以为是,目中无人。"

"女儿谨遵教诲。"华阳公主嘴里这样回答,心里却想,怎么父皇糊涂了?那高渐离父母早逝,孑然一身,"孝顺公婆","和睦家人",从何说起?难道只是一句套话?或者……她不敢想下去。

"那好,你就去吧。"秦始皇打着官腔说。

"只是……"华阳公主鼓了鼓勇气说,"只是高郎到如今没有官职,请父皇委了,女儿过去也好称呼。"

"你放心去吧,为父自有安排。"

这时,被安排为皇妹送亲的公子高一声吆喝:"起行!"前面彩旗队开道,接着是马上乐队、步马卫队,然后是大大小小一长串马车队。华阳公主坐在前面那辆高大的彩车中,后面的车里坐的是由宫中选出的美女,再后面的车里装满了陪嫁的各色礼品。在阵阵鞭炮声鼓乐声中,送亲队伍走出宫门，穿过大街，浩浩荡荡出了咸阳东门。一路上人群如潮水般涌来涌去撵着观看。

出了东门，坐在宽大彩车里的华阳公主不时撩开头上的红盖头，把窗帘扯一道缝往外观看。前后，是望不到头的送亲队伍；左右，是一望无际的广袤平原。已是冬季，庄稼地里空空荡荡，麦苗虽已长了出来，只是浅浅的一层翠绿。不远处，是野草丛生的莽莽平原；再远处，有一线起伏的山峦在晨雾中若隐若现地浮动。

这时，一轮红日冒出地平线，给大地镀上一层淡淡的金色。

阳光，顺着华阳公主拉开的窗帘那条缝钻进马车里，顿时，把红绸装饰的车厢四壁映照得一派通红。华阳公主满心喜悦地沉浸在一团红光之中。

透过那道缝，华阳公主看到前面招展的旗帜，看到骑在马上雄赳赳的卫队，还看到由好些人组成的乐队，他们奏着欢快喜庆的音乐。那些音乐她都很熟悉，其中有的还是高渐离创作的。听到那音乐，她好像看见他穿戴整齐地在那座父皇为他们修造的公主府门前迎接她。

可是那公主府修在什么地方，离咸阳城有多远？还有，高渐离今天为什么不来接亲？她很想知道。她见到前面骑在马上的公子高的身影，她想叫他来问。可是想想又算了，他是不会讲的。在几个哥哥中，就他跟自己最合不来。

一盘又圆又大的太阳在缓缓升起，照得天边那几抹云放射着奇异的光彩，看得华阳公主眼花缭乱，恰如她此时的心情一样。

根据庆典的整个日程安排，十月初六祭祀天地祖宗，华阳公主出嫁；初七始皇登位接受朝拜，委任三公九卿文武大臣；初八迎接王翦大军胜利班师回城，华阳公主和新郎进宫行回门礼；以后三天大宴百官，并将从六国宫廷没收的美酒分赐给百姓，举国上下大醉三日。

今天是第一天，清晨送走了华阳公主后，秦始皇坐在御椅上养神。两个小宫女端上一碗热汤，一个宫女用银匙轻轻搅动了一下，舀上大半匙，慢慢朝秦始皇的嘴边喂去。秦始皇闭着眼睛，微微张开长满胡茬的嘴唇像小孩吃奶那样吸吮着。

这时，太监总管赵高从殿外急匆匆走到秦始皇座前，双膝跪下叩头不止说："奴才该死……"

"什么事？"秦始皇微微睁开眼问道。

"启禀皇帝陛下，高渐离……"

一听到高渐离的名字，秦始皇的神经马上紧张起来，吐出已喂进嘴的热汤问道："高渐离怎么了？"

"高渐离，他，他逃跑了……"

只听"哐啷扑通"一声响，秦始皇手臂一挥，那碗热汤连同端碗的宫女一齐被打翻在地，汤泼了，碗碎了，宫女一跤跌倒在一丈以外。

"奴才该死，奴才该死！"

"赶快派人去追回来！"秦始皇厉声吼道。

"奴才已派人出四门追去了。"

"再派人追，一定要追回来，要活着追回来！"

"是。"

"追不回来拿你问罪！"

"是。"

"还不赶快下去追？"

"是，奴才就去。"

赵高应声而起，连滚带爬下了大殿。

这时，宫中掌治时辰的太监来报说，祭祀出行时辰已到。于是秦始皇在太监宫女簇拥下登上高大的马车，后面跟着载有三宫九院后妃及一大帮子女的车队，缓缓出了宫门。宫门外恭候的一干朝廷大臣和乐队、卫队、仪仗队等紧随其后，吹吹打打一齐向郊外的神祠宗庙走去。

高渐离快马加鞭一气跑到日头偏西，约莫走了二百来里地，前面却被一条河挡住了去路。因大路上多有哨卡盘查，他抄的是小路。但小路的过河渡船早已收渡，便顺河岸找渡船。走了三五里，见一打鱼船靠在岸边，他立即下马上前，对船上正在淘米做饭的白发老翁深施一礼说："老神仙，在下因有紧要事过河，请行个方便渡我过河。就便，还请老人家把米饭分些给我充饥。船钱、饭钱一并厚算。"

老渔翁抬眼看了看，说道："看客官模样，人困马乏，先把马放了，让它吃些草，客官不妨船上坐坐，等会儿一同吃饭。"

高渐离依言将马撂在有草的岸边，自己踏上渔船。顿时，一阵小米饭的香味扑鼻而来，他这才感到肚子实在饿了。等他坐定，老渔翁从船舱里的瓦罐中捞出一把酸菜，用手撕碎了，再拌上些辣椒油，那酸辣酸辣的香味直刺高渐离的喉头和舌根，口水直往外涌。等拌好后，老渔翁又从舱里摸了两双筷子，两只碗，弯腰舀些河水洗了，这才打开锅盖，舀上两碗黄灿灿的小米饭，说一声"请"。高渐离也不客气，端过碗就大吃起来，他觉得很久很久没有吃过这么香的米饭了。吃饭间，老渔翁问道："客官，恕老夫冒昧，如果没猜错的话，先生一定是高渐离。"

高渐离一惊,手中的碗差点掉下来。他问道:“老神仙果然慧眼,但不知有何依据?”

“您背上的筑就是大目标;另外,您说话吐字清楚,声音悦耳,不用猜,就知道是会唱歌的。不过,我要猜的是您现在处于危急之中,不知猜中没有?”

高渐离听了,放下碗筷,向老渔翁深施一礼说:“请老神仙指点。”

“圣人曰,处乱世宜圆,处盛世宜方;又曰,不该取不取,取之则祸随。您该圆不圆,不该取要取,岂不危哉?”

高渐离故作似懂非懂,又问:“在下性愚,请老神仙明示。”

“战国乃群雄争霸之乱世,您不识时务随机应变,身在王侧却不顺王意;特别是您要娶公主为妻,想那公主乃皇帝的女儿,可是一般人敢想的?”

第一句话,说在高渐离心上,他心悦诚服。可第二句他却不服,但他不便辩白,试着说:“事已至此,请老神仙相救。”

“事已至此,别无他法。恕老夫直言,要是您愿意,可去终南山深处我兄长处修行,虽然清苦,但可保全性命。吾兄已一百二十岁,你若投他为师,还可炼得长寿之法。”

高渐离听了好奇地问:“令兄已一百二十岁了,不知老神仙高寿?”

“老夫还年轻,还差两岁才一百岁。”

高渐离听了陷入沉思,老渔翁接着说:“高先生若有心抛却尘世,我愿引见。看你气宇非凡,飘然如仙,只要静心修炼,定能长生不老。”

高渐离又沉默了一阵,指着河边一棵大树问道:“请问老神仙,这是棵什么树,有多大岁数了?”

“你问这棵大树吗?它的年纪可大了,记得我在穿开裆裤时它就这么大了。人们叫它樗树。”

高渐离一贯反对无所作为的老庄思想,顺口说道:“这树虽然活了这么大年纪,但它浑身长着疙瘩,又弯又拐,既不能做栋梁,又不能做桌椅,空在那里占一块地盘……”高渐离自觉失言,赶快打住。但老渔翁已听出话中之言,脸一变说:“你下去吧,别误了我打鱼。”

高渐离忙道歉,老渔翁不理;高渐离要给饭钱,老渔翁不收。他只得跳下船来,当高渐离落地后转身准备向老渔翁再一次致谢时,只见他一点篙竿,那船箭一般驶向河心去了。河中隐隐约约传来一声叹息:“孺子不可教也!朽木不可雕也!”

高渐离也明知老渔翁是善意的点化,但他不甘心把自己埋葬在山林。他早从嬴政的整个表现看出了他的将来,虽说而今不可一世,但终归自食恶果;再说,他实在丢不下华阳,他要等她,哪怕等到地老天荒。

高渐离骑上他的马,继续顺河岸找渡口。这时,天已黑下来,幸有一弯新月照路才又走了一程,但仍未找到渡船。远处虽有灯火,却不敢莽撞投宿,便把马拴在树林里,自己靠着树干打盹。

一阵鸡啼,天已大亮。高渐离急忙上马,顺岸边去找渡口。正在此时,只见上游下来一艘大木船。高渐离立即取下头巾向它挥舞。那船果然一转弯靠了岸。高渐离心中大喜,拱手问船夫道:"请大哥渡我过河,我有重金相谢。"

船夫回道:"可以可以,待船停稳当您就上来。"

船刚停稳,船夫递过一块木板,引高渐离和他的马踩着上了船。而后,抽了船板,喊声开船,那船便徐徐离了岸边。高渐离松了口气,把马拴在船帮上,准备进舱坐下休息。谁知头一伸进船篷,暗中就亮出明晃晃两把利剑抵住他的胸口。同时,从船舱深处传来一阵响亮的哈哈后,有一个声音说道:"料你高渐离也逃不出我的手心!"

高渐离一听便知是赵高的声音,心想坏了。但他并不甘心,趁两个持剑人稍有松懈,身子一闪,接着左右开弓,啪啪两拳,直捣二人心窝,随着几声惨叫,二人便倒在船舱里。

"舱里人快上,不要让他跑了!"

赵高一声吆喝,船舱里躲着的卫士一拥而上,用剑把高渐离团团围住。因为事先有不准杀死他的命令,刀剑都不敢真的杀过来。

高渐离从小习武,有五六个人近不得身的功夫,无奈船上地势太窄,施展不开,在一阵交手中虽被他踢翻几个,终因对方人多,被围在核心动弹不得;想跳出逃跑,四面都是水。他从小生长在北方,不习水性。最后,被对方钩住裤腿,掀翻在船板上,众卫士一齐拥过去,将他捆个结实。

"哈哈哈!"又是一阵瘆人的笑声,赵高走到高渐离面前说道:"高渐离,我算定你过不了渭河,果不出我所料。这弹琴唱歌的事比不上你,可算计谋划个什么事情,你小子就差劲了。我且问你,你的同谋是谁?"

高渐离把头掉到一边,缄口不语。

"如实招来,皇上可以减轻你一分罪。"

赵高见他还是不说,就自言自语道:"你不说,我也知道。他跟你一样,也逃不了我的手心!"

小棋子怀里揣着高渐离给华阳公主的信,还有那个早就要告诉她的消息,却一直也找不到接近她的机会。他心里感到非常歉疚,又非常着急。

今天,一个机会来了。为送公主出嫁需要许多马车,他被派上了,专拉陪嫁礼品。他把车子里里外外打扫干净,又给马梳洗一遍,马头上拴上朵大红花。他自己也换上崭新的宫服宫帽,穿上新麻鞋。车上,早已装好了绸缎、布匹,只等时辰一到,他一扬鞭,就随车队出发。

今天,是再好不过的机会了,错过这个机会,就再也没法把这封信带到了。可是今天戒备森严,要把这封信送到公主手上,可不是件容易的事,他已经做好冒一切风险的准备。

长蛇阵般的马车队伍在一望无际的平原上行进着,华阳公主就在前面那辆高大华丽的马车里,小棋子一眼就能看到。怎样才能把信送去呢?只有接近她的马车。小棋子一边赶着自己的马车,一边观察着、计算着。相距不过几十丈,但中间要越过十几辆马车,还要越过步行的和骑马的卫兵。他想了又想,直到一轮红日已高高升起,他都未能想出办法来。

正当小棋子前后左右张望时,忽见后面远处尘土飞扬,一彪人马奔驰过来。走近了,他看清为首那个是他认识的宫中将作少府的校令,是专管捉拿惩办犯了事的宫女太监的,他感到不对劲。记得前天那校令还问过他:“喂,小棋子,你没事到乐府干什么?”他心一惊,知道有人告了密,他不惊不诧地回答道:“吃多了拉肚子,去里面找厕所。”当时虽敷衍过去了,但心里却有数,自己被盯上了。只是今天要的马车太多,一时凑不齐,要不,也不会叫上自己。

小棋子警觉地用目光盯着那校令,但见他在自己身后第三辆马车边停下,正与那辆马车上坐的太监管事说什么。那太监管事与他耳语一阵,又对自己指指点点,于是校令一挥手,领着一彪人马急奔过来。

小棋子一看,心想坏了,他们是来抓自己的。他在宫里待久了,知道要是被他们抓了去是没有活着出来的,先把你折磨得死去活来,然后补上一刀,结果了性命。他自知难逃一死,不如死个痛快。一个想法很快在他脑子里形成,只见他高举马鞭,使劲朝马屁股一阵猛抽,口中又惊怒地喊道:“马惊了,惊马了,快让开,快让开……”

一听说马惊了,前面的卫队纷纷让开一条道,生怕被马碰了。小棋子赶着马车,畅通无阻地朝前飞驰。他大声吼着、叫着,人们的视线都被他吸引了过来。他还发现华阳公主拉开车窗帘露半个脸朝外张望。

小棋子把手伸进怀里,取出那个白绸小包,在马车擦过公主马车窗户的一瞬间,从窗缝中把小包丢了进去。马车跑过去了,他还清楚地听见华阳公主在后面喊了一声:“小棋子!”

他赶快回头,正好与公主四目相对。小棋子仰了仰下巴,好像在向她暗示,向她问候,向她告别……

那马在人们的惊叫声中还真的受惊了,拉着车乱窜乱跑,直到撞在另一辆马车上才停下来。这时,车已翻倒,小棋子从马车上摔了下来,浑身是血,昏死在路边。

太子高对这个赶翻马车的太监恼怒异常,骑马过来,不问情由,从卫兵手中夺过一枝长矛,对准小棋子的胸口刺去。就在这时传来华阳公主的一声尖叫:"三哥,不要杀他!"

同时,又传来刚撵上来的校令的大喊:"三太子,不能杀他!"

可是已经迟了,那矛已深深刺进小棋子的心脏。血,如泉水般涌了出来,红红的,溅满了大半条路。

第二十五章

为大红喜字上再添一抹红

一声“王翦接诏”，把王翦吓出一身冷汗，他赶快滚下马来，跪伏在地，尖耳细听大秦皇帝的诏书。只听赵高一字一腔有板有眼地念道：

> 大秦皇帝诏曰：大将王翦，伐楚灭齐，战功显赫，朕特赐华阳公主为妻，并选宫中丽色百人为妾，于王翦故里频阳修造公主府第。赐良田千顷，食邑千户，珍宝金银绫罗绸缎二十车为嫁礼。择婚期为十月六日。是日，华阳公主出迎城东五十里，与王翦成亲。着令王翦领兵就地扎营，列兵为城，设锦幄为新房。婚后第三日，华阳公主夫妇回宫谢恩，王翦同时率兵入城，为胜利班师入城式，举国同庆消灭六国统一中华之宏伟大业。钦此
>
> 大秦始皇帝二十六年十月五日

听了诏书，王翦的顾虑虽然全打消，但他还是把请求回朝后辞官的报告托赵高转呈给秦始皇。

王翦自觉性命之忧解除了，但华阳公主从此贴在身上了。皇上诏书已下，木已成舟，只有听天由命了。

照诏书“列兵为城，设锦幄为新房”的指示，王翦命令部下立即动手。大半日功夫，一切准备停当。晚上，王翦就睡在遍插彩旗、里里外外布置得一派喜庆的新房里，等待明日华阳公主的到来。

虽然是临时搭成的新房，却一律是崭新的绣花丝锦被，大红绫罗帐，柔软暖和，香气扑鼻。可是王翦竟大半夜没睡着，因为有一个问题他一直没想通。

这问题就是秦始皇为什么要选择离咸阳五十里的地方为他女儿办婚事，这中间定有什么蹊跷。想来想去，他觉得大半还是在自己身上。因为现在自己手中握有六十万大军的指挥权，这可是大秦帝国的全部军事力量。而今，六国已经消灭，统一的大秦帝国正在咸阳举行庆典，试想，如果六十万大军开进咸阳，对秦皇的帝位还不构成威胁？啊，原来他对我王翦也防着一手哩！想想，真没劲。

华阳公主目睹小棋子惨死在三兄长公子高的长矛之下，在马车里的她又惊又吓，痛苦难言。当她拿出小棋子用生命代价给她送来的那个小包时，尚未打开她就知道是高渐离托他送来的，而且一定是凶多吉少的消息。今天晚上就要成亲，他何必托小棋子冒险给我带信？她想看，但她简直没有勇气打开那个白绸裹着的小包。

但是，她还是用颤抖的手打开了它。那是一方折叠齐整的白绸，与

她过去接到过的一个样，不同的是上面画了些什么。仔细辨认，认出一个“王”字，下面是个长着大胡子的人头。显然，这是另外的人画上的。谁呢？这物件不可能再经过他人之手，除了小棋子，不会是别人。那小棋子画这是什么意思呢？公主一时猜不出来。

猜不出来先放下。打开里面，在马车不停的颠簸中，在自己急切的心跳中，她展开了那方白绸，见那上面写道：

> 华阳公主如晤。吾乃黔首小民，为医治公主腿疾得以相遇相识。缘矣，幸矣！光阴易逝，倏忽年余，每每忆及在一起的日子，心往神驰，欢乐无尽。仅此，也算不虚度此生也。又蒙皇上允婚，相聚有期，却不知原是骗局；今又闻欲以刑相加，要置吾于死地。悲乎，蝼蚁尚贪生，吾岂能等死？今告别公主，从此只身浪迹天涯，漂泊海宇。唯心系公主，难以忘怀，特赠诗一首，以作永诀：

高高天宇兮谬误多，
与卿相遇兮又为何？
悲歌一曲曲未了，
是对是错难诉说。

昔情依依兮犹在怀，
细语切切兮心中落。
往事如丝挥不断，
时不我与堪奈何。

本来，华阳公主是满怀一腔悲痛来读高渐离给她的信和诗的。可读着读着，她逐渐清醒，悲痛没有了，代之的是几乎要爆炸的满腔愤怒。可是这愤怒该向谁发泄呢？当然首先是父皇，然而他远在咸阳；另外，那就是今晚要与自己成亲的那个人，可那个人是谁？作为新娘的她却不知道。她想呐喊，她想发问，她想把马车砸个稀烂……但她终究没有。她告诫自己要冷静，不能莽撞，她揩干了脸上的泪痕，理了一下思路。她发觉现在最重要的是救高渐离，他一定凶多吉少。至于自己，如果没有他，这生命还有什么意义？

马车在摇摇晃晃中前进，送亲的乐队不停歇地吹奏着欢乐的曲调，像什么事也没发生过一样。

中午时分，送亲队伍快到王翦的营地了，道路两旁整整齐齐排列着迎接公主的军容整齐的队伍。军乐队奏着欢迎的乐曲，迎宾礼炮不停地放，吓得树上的麻雀、草丛里的野兔乱飞乱窜。

这是一支奇怪的送亲队伍，直到送到目的地，送亲队伍中没有一个人知道新郎是谁。秦始皇的三太子高是这支队伍的总指挥，但他奉命行事，只把妹妹送到王翦兵营。而后，由皇帝的特使赵高宣读诏书。

现在，送亲的大队人马到齐，华阳公主被接下马车，送进用帐篷搭起的准备举行婚礼仪式的临时厅堂。

用帐篷搭起的厅堂自然简陋，但所有礼仪却不能稍减。首先，赵高站在上方宣读皇上诏书，一字一腔慢吞吞地念着。华阳公主昏昏沉沉什么都没听清，只听到要把自己嫁给一个叫王翦的将军。对王翦，除了听说他是一个会打仗的老将军外，其他知之不多。不过对此，这时她已完全没有了兴趣。

华阳公主被蒙上厚厚的盖头昏拜了一阵后送入洞房。

刚入洞房，她一把将盖头扯下丢了，只见面前一个白胡子老头向她拱手而立。要不是他胸前戴着红花，她绝不相信他就是新郎。她瞟了王翦一眼，脑际立刻闪现小棋子惨死的场面。

"你就是王大胡子！"

"末将王翦。"六十万大军的统帅竟不敢正视一个女人，他低着头回答。

"哼，我道是谁，原来是你！"

她一把抓过他胸前的白胡须，看了一眼，摇了两摇，"哼"了一声。

"公主息怒，这实在非我本意。"不知怎的，这千军万马杀过来的老将见了公主就心虚，不觉说了实话。

"什么？非你本意？好像你本不想娶我，有谁强迫你娶？"

"公主，听我从头说来……"为了证明他所言不虚，还取出准备呈交给秦始皇的《罪己书》给公主看。

华阳公主听了他的解释，又看了他的《罪己书》，气反倒更大了：

"好个王翦，你为了保全自己，不惜把本公主的终身大事当儿戏，不惜再一次去伤害高先生，你，你不感到亏心？"

"我早已悟到，只是事情来得仓促，已悔之不及了……"

"不，还来得及，只要你依我三件事。"

"请公主指教。"

"第一，你把《罪己书》即刻呈交给皇上，解除你我的婚姻。"

"请说第二。"

“第二嘛,你请求皇上赦免高渐离……”

“那第三……”

“公主殿下。”这是从窗外传进来的声音,一听,就知道是赵高。他说:“公主殿下,请听奴才进一言,您与王老将军的婚事是皇上钦定的,是不能更改的。至于高渐离嘛,他已被我从渭水河上捉回,皇上已下旨对他施行矐刑,从此便成了瞎子。公主,请听奴才相劝,死掉那份心,跟王老将军永享荣华吧!”

王翦说:“公主殿下,你听,不是我不同意,实在是王命难违呀……”

华阳公主气得不再讲话,双目直愣愣望着那窗子,见那影子还在,便骂道:“谁叫你听人讲话的?滚!快滚!”

窗外赵高说:“洞房花烛夜,听听墙根本来就是可以的嘛,嘻嘻……”

过了一会儿,窗外赵高又讲了:“天不早了,新婚之夜,一刻千金,请公主和将军早些安歇吧!”

华阳公主听了,一口气把红烛吹灭,顿时,帐篷搭成的新房一片漆黑。窗外,赵高的黑影慢慢隐去。王翦已领教了公主的脾气,不敢有所动作,只老老实实坐在椅子上不动。

又过了一会儿,华阳公主说:“王将军,请把蜡烛点亮。”

王翦寻来火种,把蜡烛点亮。

“事已至此,我也不再向你提过多的条件,只有一个,你能办到的。”

“请公主吩咐。”王翦说得很诚恳。

“我与高渐离相爱一场,即使婚事不成,我也得对他有个交代。我立即修书一封,请你一定设法尽快交给他。不知能否办到?”

王翦稍做犹豫后,说:“此事虽有点难度,但我一定办到。”

“一言为定。”

“一言为定。”

立刻,公主从衣襟里撕下一块白绸,洞房中有现成笔墨,不一会儿,书信写成。公主把它折叠好后缝了交给王翦,再次叮嘱说:“请将军再说一次‘一定交到’。”

“君子一诺千金,公主勿疑——一定交到!”

“好,现在我算属于你的了。”华阳公主说着,便向王翦靠拢。那王翦见如此娇美的公主向自己挨近,心中一阵热和,原先的局促不安全都化解,不觉伸出手臂去挽公主的腰。

此时,公主迅速伸手从他腰间抽出防身短剑,把剑尖指向自己胸口,后退两步说:“王将军,我早就是高渐离的人了,我的心和我的身体早已交给他了,我不会背叛他。王将军,请记住诺言。”

说罢，华阳公主用力将剑向胸口压进去，待王翦来救时，那剑已插到柄处，眼看公主软软地倒了下去。

王翦虽是军人，也被这突如其来的事吓得不知所措。愣了好久才打开洞房门，一面叫随从去请军医，一面去请赵高。

军医很快到了，但公主已无救。

赵高也很快到了，他并不惊慌，只对在场的人说："此事不能传出去，谁传了出去，小心脑袋！"

赵高又吩咐将公主尸体上的血衣换了，血迹洗擦干净，平平地放在床上，恰如睡着了一般。在一旁的王翦拿不出主意，一切听赵高安排。

赵高安排停当，立即上马，带上随从连夜赶去咸阳见秦始皇。第二天，他又急匆匆赶了回来，向王翦如此这般传达了秦始皇的旨意。

又过了一天，即第三天，按惯例和庆典日程，新娘该回门了。

这天一早，华阳公主被悄悄抬上那辆花花绿绿的高大马车。让她端坐在那里，王翦则一身新郎打扮，骑上高头大马随在车后。

新娘回门的队伍比来时更壮观，因为除了来时的送亲人马外，还有更多更雄壮的王翦的部队，他们是去咸阳参加班师回朝的入城式的。

三声炮响，浩浩荡荡的队伍向咸阳开拔，一路之上，鞭炮声、锣鼓声、各种喜庆的音乐声不绝于耳。数不清的彩旗在风中哗啦啦飘扬，成千上万支戈矛在阳光照射下闪耀，无数匹战马扬起的尘土像雾一般四处弥漫。几十万大军护卫着华阳公主的马车向咸阳城进发，将士们都为能做一次大秦皇帝公主、他们的统帅王翦将军新婚夫人的护卫而感到光荣、幸运……

六十万大军簇拥着华阳公主的尸体走进咸阳城，迈着整齐的步伐接受百万咸阳市民的鼓掌欢呼，接受皇宫城楼上大秦皇帝及文武大臣们的检阅和嘉奖。

华阳公主的尸体坐在马车里随王翦部队在咸阳城内绕了无数圈子后进了皇宫，被秘密埋葬在后花园里。直到很久以后，才传出华阳公主因暴病身亡的消息。

当然也有些瞎猜测的人。比如，在王翦大军进城那天，人们突然发现怎么新郎不是高渐离而变成王翦了，有人就议论开了——

"怎么这新郎说换就换了？"

"怎么这高渐离也没听说？"

"怎么这华阳公主也就愿意了？"

……

然而这些议论的人当晚就秘密失踪了。第二天，咸阳城大街小巷贴满了“寻人启事”。

这次“秘不发丧”虽说是皇上的旨意，实际全是赵高的点子。谁知十年以后，秦始皇在出巡时突然病死，赵高又采用“秘不发丧”的办法，把尸体送了几千里地，一直等回到咸阳才宣布皇帝驾崩。看来赵高还颇有远见，早就用秦始皇的公主作了一次成功的演习。

华阳公主死了，按说王翦难辞其咎，他诚惶诚恐地等候秦始皇的发落。不过这次秦始皇特别宽恩，没有为难自己的女婿，仍按原计划任命他为三公之一的太尉。王翦借年迈一再推辞。最后秦始皇把这个位置转封给王翦之子王贲。

王翦仍冒险遵守承诺，不负华阳公主所托，买通关节，将书信送到高渐离手上。

高渐离骑在高头大马上好不得意，他看看自己，穿一身崭新的袍服，胸前还戴着一朵好大好大的红花。他觉着头有些沉重，伸手摸摸，是一顶又高又大上面缀了许多珠子的礼帽，这才发觉自己当了新郎。他很高兴，高兴了一会儿他想，这新娘一定是华阳公主了。他用脚蹬了一下马，那马快跑几步，撵上前面那乘装饰一新的大马车，他对着车窗轻轻叫一声“华阳”，只见窗帘一翻，露出一张又圆又白的脸。正是她，他日思夜想的华阳公主。

他感到有些奇怪，他不是被赵高逮回来关在牢里了吗，怎么又让他当新郎与公主结亲呢？他问公主，公主告诉他，完全是场误会，父皇根本没有加害他的意思，纯粹是他疑神疑鬼，不辞而别跑了。幸好被赵高公公追回来，父皇下诏立即办婚事……原来，是自己错怪了秦始皇，不免心中有些惭愧。他和华阳公主一路说说笑笑往前走。正在此时，忽见前面冲起一股黑烟，接着是“嗵，嗵，嗵”几声炮响，一惊，竟从马上跌了下来……

原来，只是一场梦。他并没有从马上跌下来，而是就在地上，在一块稻草铺就的地上。要是在梦中不醒该多好啊！

那可恶的炮声，“嗵，嗵，嗵”又响了三声，接着又是锣鼓声，然后他又听到音乐声。啊，今天是十月初六，是庆典的第一天：敬天神，祭祖宗。他还为这天的祭礼专门创作设计了音乐，他歪在草堆里细细地听着。他有一副音乐家特有的听力极强的耳朵，举行祭礼的地方虽远，他也能听见，《寿仁乐》，《礼容乐》、《昭容乐》等，每个音符都躲不过他的耳朵。随着乐曲的节拍，他拍着手，摇着腿，晃着脑袋，还轻声跟着哼。快了，慢了，走了调，他都听得清楚。他不知道今天是谁指挥，整个演奏一点也不和谐，有几种乐器老跟不上，他很着急，恨不得飞到现场去纠正他们。

因为有远远的音乐陪伴，白天的日子倒好打发，可夜晚就难了。想这想那，想到对他的发落，是生，是死？是坑杀，是车裂？是宫刑还是劓刑，还是其他什么刑？但他想得最多的还是她。

他从头到尾回忆与华阳的交往，怎么后来竟陷得这么深？

在为华阳弹唱不久，他就发现她那不寻常的具有挑逗性的目光，那是一种无声的语言，他极力回避。那时，他一心想的是眉娘，总觉得多看她一眼就是对眉娘的不忠诚。可是后来，眉娘死了，他还是回避，那主要是觉得太异想天开，荒唐透顶。他不止千百次地命令自己不去看她，可又不止千百次地违背命令去偷偷地看她，最后为她的目光所俘获。

高渐离自信是个坚强的人，但却在华阳的目光面前一败涂地。他的宫廷乐队有的是妙龄女子，个个美若桃花，可是他却熟视无睹，偏偏被那双他不该看的眼睛吸引。那弯弯的眉毛并没有什么特别，只是左眉的眉尖上有颗黑痣显出非同一般的灵气；眼睛并不大，却黑而发亮；尤其是在回波流转的瞬间那勾魂摄魄的力量，实在无力抗拒。高渐离回忆，自己就是被那些瞬间征服而坠入深渊的。啊！可爱的目光……

那就想她的脚，那双脚是他最熟悉的，圆滚滚肉嘟嘟，捏在手上不由自主便产生许许多多幻想。他还记得他第一次碰那双脚时，他以为她瘫痪多年的脚一定干瘪了，变色了，可是，当那天华阳用药水烫脚时他看见了，那是一双多么可爱的脚啊，细腻得像玉石，洁白得像棉花，他不时用眼睛偷偷地瞄。

华阳看出来了，立即把侍候她洗脚的冬儿打发开。屋里，只剩下他们两个人了。她向他一笑说："你过来看，让你看个够。"

他脸羞得发烫，但还是过去了。

华阳一把拉他坐在床边，靠在他肩上，轻声说："给我洗洗脚，好吗？"

他受宠若惊，便立即蹲下，双手握着她的脚小心翼翼地洗着。洗了脚背脚底，连每个脚趾头都掰开洗干净。不时，他抬起头来看看华阳，华阳"咯咯"地笑着，满脸荡漾着幸福。那时，华阳的脚还没有完全好，他试着为她揉搓、按摩、拍打。华阳则双手扶着他的肩，轻轻地摇晃着，轻声地唱着他们爱唱的歌。

从此，华阳公主的脚好得更快了；也从此，高渐离又多了一份工作，然而他乐此不疲，毫无怨言。

只是有一次，那是他终生难忘的一次。

那天下午天气闷热，阴云密布，远远传来隆隆雷声。与往常一样，高渐离为华阳公主演奏音乐后开始为公主洗脚，满满一大盆热水，公主的双脚浸泡在里面任高渐离抚摸着，揉搓着，她感到从未有过的舒服。她弯下腰，把额头碰在他的头上，对他说了些除了他谁也听不懂的情话。这时，窗外光线更加暗淡，雷声也越打越近，眼看就要下雨了。

胸中，有一股莫名的欲望在冲动。他努力克制自己，但却渐渐失去信心。一道耀眼的闪电后是一个炸雷，华阳公主惊叫一声倒在他身上并把他紧紧搂住。他此时竟不顾一切地将她抱起，放在床上。他发现她睁眼望望他，而后又紧紧闭上，他的胆子更大了……因为手忙脚乱，一脚将脚盆踢翻，那水倒在床前的踏板上，又立即漫开，像决了堤的河水流向地面。而这时，窗外风声夹着雷声，一场倾盆大雨铺天盖地涌向大地……

庆典的第二天是始皇登位，封赏百官，大赦天下。

秦王在确立了自己的皇帝地位后，为了张扬皇帝的威仪和权力，他命李斯重新制定一套君臣之间的礼仪，其原则是“尊君抑臣”。李斯不负所望，在吸取古代和六国礼仪中可取的内容后，制定了一套大秦帝国的完整礼仪，经秦始皇批准后命大臣们认真操演，今天该正式运用了。

天刚亮，所有参加朝拜皇帝的官员都衣着整齐地等候在宫门。宫中，车骑兵马早已列好阵势。只听传令官喊一声“时辰到——”，候在宫门的官员按品位级别徐徐走向大殿，武官诸将站在东厢，文官丞相以下站在西厢，队列整齐，鸦雀无声，连那些年迈的老臣也不敢咳半声。

秦始皇坐着玉辇从后宫慢慢出来，下辇后坐上正中的御椅。坐定，一旁的太监总管赵高喊一声：“拜皇帝陛下！”文武百官齐齐跪下，三拜九叩后，山呼万岁万万岁。秦始皇轻轻说一句“平身”，各官员起立复分东西厢站定；再说一声“赐酒”，便有侍从端上酒觞，一一斟满，递给百官。

秦始皇说：“朕以六尺之身，兴兵诛暴乱，平定六国，天下大定，全赖神明保佑，祖宗显灵。为谢天地神明祖宗先人，众爱卿举觞干杯！”

众大臣纷纷举觞，一饮而尽。

接着秦始皇又说：“朕灭六国，也全仗百僚协力相助，功不可没。为此，依据贡献大小、才学能力，给予封赏。我大秦国新制，设三公九卿：三公为丞相、太尉、御史大夫。封李斯为丞相，王贲为太尉，冯劫为御史大夫；九卿为奉赏、卫尉、太仆……”一口气任命了文武大臣百余人，较原来官职多有提升，全殿上下一片欢声笑语。

跟着，又宣读了大赦天下的诏书：囚徒中重罪者减半执行，轻罪者归田务农；又诏示天下百姓歇业六日，赐酒饮乐，共庆统一。宣示后，皇帝在上林苑赐宴百官,共祝新国大定,共贺彼此荣升。

秦始皇登位乃这次庆典中的核心内容,音乐是绝对少不了的,只有在庄严肃穆的音乐声中才能感受得到当皇帝的尊贵,只有在昂扬宏阔的音乐声中才显示得出“朕即天下”的气势,也只有在轻快美妙的音乐声中才能体味得到接受群臣跪拜、听他们高呼万岁的飘飘欲仙的滋味。

可是,因为没有高渐离的指挥,整个乐曲的演奏拖拖沓沓,杂乱无章,几乎乱了套。秦始皇始终没有找到他想象的那种感觉。他气得咬牙切齿,嘴里不停地骂道:“好个高渐离……”乃至又听赵高报告说华阳公主自杀身亡,他实在按捺不住了:“我要把他碎尸万段!”

其实这时高渐离的火气并不比秦始皇小,他不停地捶打他的稻草铺,不停地骂:“简直一塌糊涂!怎么演奏成这个样……”直到看守他的狱卒打开门上的小窗干涉他,他才平静下来。

也难怪高渐离生气,今天的演奏就在宫中大殿上,离关押他的地方很近,每曲他都听得清清楚楚。那些耗费他无数心血的节目竟被演奏得面目全非,庄重变成了沉重,缓慢变成了拖沓,辽远宏阔变成了漫无边际,轻快流畅变成了轻佻滑稽。高渐离感到十分痛心,千载难逢的机遇却这样被白白糟蹋了。

因为心情太差,送来的晚饭他一口也没尝,原样被端了回去。

天黑了,一股冷风从窗口吹进来,高渐离打了一个冷战,退缩到墙角,钻进稻草和破被中。因为太冷,一个晚上也没睡好觉。快天亮时打个盹,又被阵阵炮声和锣鼓声吵醒。

高渐离想起来了,今天是庆典的第三天,按预定安排是为征服六国立下战功的军队庆功,举行盛大的入城式和阅兵式,然后开始三天三夜的全国欢庆。大概是欢迎检阅的军队入城,炮声乐声齐鸣。可是过一会,那乐声变了调,成了喜庆的结亲乐曲,而其中有一支《良缘》的曲子还是他不久前写的。谁结亲呢?谁又会在这盛大庆典的日子结亲呢?他想了想,除了皇上的太子和公主,谁也不敢凑这个热闹。

他突然悟到,难道是她?他实在不愿接受她与另外一个男人成为夫妻的事实。他只感到一阵揪心的疼痛袭上心头,顿时,眼前一阵发黑,几乎晕了过去。

华阳公主

第二十六章

历史的余响

老陈头在宫中只不过是一个一般的太监,因为他是专管宫室事务的衙门将作少府里的掌刑人,人们对他就另眼相看了。在皇宫当差可不是件省心的活,整日提心吊胆也难免不犯个什么规矩。重者丢了小命,轻者判个什么刑,那时落在他手上就由他摆弄了。比如矐刑,他可以让人痛痛快快受刑,半个时辰内不知不觉就瞎了眼;他也可以让人苦不堪言痛得死去活来。所以,宫中不论谁,凡是知道的,对他都敬畏三分。因为他手上有"绝活",连宫外衙门也要请他去掌刑。他还带了几个徒弟,都成了地方官衙里的小头目,因此他也有了身价。只是这两年因为赵高当上宫中的太监总管,一心培植自己的势力,对他看不顺眼,总挑他的毛病,日子过得很不快活。不过因为在宫中久了,又是掌刑人,出入宫门较别人自由,上街喝酒吃肉也无人过问。只是手头很紧,欠下一屁股酒账。

这天下午,老陈头在一家酒馆喝闷酒,已有六七分醉意,起身拍拍屁股要走。酒馆掌柜过来向他深施一礼说:"陈公公,您老体恤体恤咱这小酒馆吧,今天就开个现账吧。"

"怎么?不是说这几天庆祝大秦统一天下,喝酒不要钱吗?"

"陈公公,那是什么酒?您老能喝那酒?今天给您送上的是巴蜀陈年老窖,贵着哩,您没品出?"

"好好,我认账,过两天一起付给你。"

"陈公公,您老做做好事,把账付了吧!"

老陈头还从来没有遇上过这种难堪事,正在为难时,那边走过来一个军官模样的人,先向老陈头施了礼,而后问酒馆掌柜:"请问,陈公公欠你多少酒钱?"

"不多不多,只有六七百钱。"

这人立即摸出一锭金子说:"该够了吧?余下的放在你这里,留给公公以后喝。"说罢,一把拉上老陈头走进里面雅座,另叫了酒菜,二人对酌。

老陈头被这素不相识的军官救出尴尬,十分感激,便问道:"请问官人尊姓大名,在哪儿当差?在下老眼昏花,一时记不起了。"

"陈公公,在下久慕公公大名,早就想孝敬孝敬您老人家了。今日碰巧有了机会,幸甚幸甚。"那军官回避老陈头的问话,从身上又摸出两大锭金子,双手递给老陈头。

"官人有何事用得上我这个老不中用的,尽管说,何必送此厚礼?"老陈头口中这么说,双手已把金子接了过来。这种事他遇见的多了,凡受刑人的亲人故旧,都要来孝敬他。只是这军官出手如此大方,他心中格外兴奋。

“实不相瞒，我乃高渐离的好友，听说他就在这一两天动矐刑，特向陈公公献上些孝心，让他少吃点苦。还有，我这里给他准备了点酒菜，请公公就便带给他。”

“原来这等小事，别说官人有这等厚礼，就凭他高渐离是条汉子，这个忙我也得帮。”

“那在下就先谢了。”军官说罢，又深深一揖。

“不必客气，不必客气……”

二人又喝了一会酒，叙了一会话，方才分手。

就在当天晚上，老陈头奉命对高渐离施行矐刑。

整整一个下午，《良缘》乐曲的余响都在高渐离耳边缭绕。那本是一个欢快的曲子，怎么现在听起来就那么悲凉，那么凄惨，那么催人泪下？

曾记得，当初在创作这支乐曲时，华阳还提了好几处修改建议，她还说要为这支曲子填上歌词，只是后来因中断了往来而作罢。

这时，天已渐渐黑下来，高渐离望着窗外黑洞洞的天空，真想大声呼叫：“我的华阳，你在哪里啊！这歌词还等着你来填呢……”

门响了，狱卒进来把桌子上那盏油灯点燃后，刚转身出门，碰上一个老头端着一个火盆进屋。狱卒忙招呼道：“陈公公，您心真好，怕高先生冷着了，还给他送盆火来。”

“去去去，管自己的事，少操旁人的心。”老陈头不耐烦地说。

“酒又喝多了……”狱卒笑着对他的背挤了下鼻子说。

老陈头把火盆放下，上下四处看看后说：“怪不得这屋冷哩，这窗户怎么不关？”说着，他去关了窗户，又把它扣住。而后，他见狱卒已走出门去，便从怀里迅速取出一包食物和一罐酒低声说：“高先生，这是您的一个朋友托我送给您的，您吃吧。”

高渐离打开包，里面是卤牛肉和鲜肉包子，那香味直向鼻子里钻。

“请问公公，这送的人是谁？”高渐离问。

“高先生，他只说是您的朋友，以前做过对不起您的事，心中常常后悔，而今知道您有难，送点东西表示心意，请您一定收下。”

高渐离听了便不再问，刚好今天又没吃什么，闻到酒香肉香忍不住就吃喝起来。

老陈头见他吃得津津有味，心中一阵发酸，转身走了出去。

高渐离喝了大半罐酒，吃了大半包牛肉，又抓过包子咬，没咬两口，里面便咬不动了，掰开一看，原来是个油纸包，撕开油纸，是一方折叠整齐并用针线缝着的白绸……这时，他听见脚步响，是老陈头回来了，手里抱些柴草。高渐离赶快将白绸塞进衣袖里，若无其事地咬着包子。

老陈头默默地将柴草架在火盆上，架好后拍拍身上的灰，沙哑着声音说："高先生，今晚你就不会冷了。"

高渐离正捧着陶罐喝酒，他对这位太监公公为他生火很感激，说道："谢谢公公为我生火。"

老陈头长长吁口气，没说话，他从火盆上取过一撮干草，在灯上点燃后又丢在火盆的柴草上，见那火燃起来后，说道："高先生，您休息好。"说完便快步走了出去，门外接着有一阵锁响。

高渐离等老陈头一出门，立刻从衣袖里取出那方白绸，拆开线，捧在手上就在灯下看起来。果如他的猜想，正是华阳公主写的。那笔娟秀的字他再熟悉不过了。信上写道：

渐离夫君如晤：惊读来信，方知陷入骗局。早知如此，该听你的话，逃出宫去为山野黔首，效鸿雁双宿双飞，也不枉一生。而今悔之晚矣！来信所言父皇欲以刑加害于君，实令人痛心。若真有此事，妻之过也。当初献舞逼使父皇承诺你我婚事，皆出自我的主意，没想到会有这般结局，妻之罪也。闻君逃跑又被抓回，正在狱中受难，妻肝肠寸断，苦无力相救。唯祝祷上苍，吉人天相，平安无事，妻死亦瞑目矣……

读到这里，高渐离万箭穿心般难受，难道她要……他不敢想。他发觉灯光逐渐黯淡下来，拨了拨灯芯，仍不见亮，便把眼睛更靠近那方白绸，继续看下去：

……繁星点点，人海茫茫，能与君相识相爱，实乃妻之大幸也，今虽不能相伴终身，却也留下一段难忘之情，妻愿亦足矣。只是转瞬即逝，挽留不住，抱恨无尽。君本疼我，若蒙不弃，来世等我，共圆未了之缘。

妻华阳泣血顿首

刚读完信，灯又暗了下来，看灯芯还长。他想是眼中在流泪，便用衣袖擦擦，继续往下看。但字已模糊不清，只有勉强读下去：

读君来诗，随韵相和，以志永诀。

茫茫苍宇兮繁星多，
有缘相逢兮何言错。
爱心一颗献给你，
千言万语难诉说。

两情依依兮难割舍，
低语绵绵兮勿忘我。
……

下面，一片漆黑，连手中的白绸也黑了……

高渐离越看越吃力，尚未看完，就看不见了。他想，大概是灯里没有油了，便大声喊道：“看守大哥，请您添点灯油……”

门外回答他的是陈老头。他说：“高先生，恭喜您了。”

高渐离问道：“老公公，别开玩笑，在下已成囚徒，有何事值得恭喜？”

“喜事大着咧！从今后您再也看不见世间的龌龊了，岂不值得恭喜？”

“公公，您这话什么意思？”高渐离急切地问。

“高先生，实不相瞒，在下奉命对您施了矐刑。现在，您的眼睛已经瞎了。”

“什么？我不信，我不信……”高渐离摸着自己的眼睛，一点感觉没有，他想象中的矐刑，一定是很痛的。

门外老陈头又说了：“在下念高先生是条汉子，不忍让你受罪，在火盆里投了些药料，让您不知不觉间就受了刑……”

老陈头说罢，以为会像以往那样，听到受刑人撕心裂肺的哭声，可是没有，听到的却是一阵哈哈大笑，尽管那笑声有些瘆人……

笑后，高渐离平静地说：“老公公，这么说来我要感谢您了！”

“不！您不要感谢我，您要感谢大秦国始皇陛下，他念您有弹唱的本领，不杀您，留下一条命好为他弹琴唱歌，这是您的造化；还有，您要感谢一位军爷，是他让您一点也不吃苦头受刑的。”

“再请问公公，那军爷是谁？”

“不知道，他只说是您的朋友，一个做过对不起您的事的朋友。要是您想起他，一定原谅他。不然，他死了灵魂也永不安宁……”

里面，高渐离再也不说话。

老陈头听听里面没有了动静，说道：“高先生，想开些，时间久些就习惯了。您睡吧，在下不奉陪了……”说罢，他的脚步声渐渐远去。

瞎了双眼的高渐离被安排在宫廷乐队，专为皇室作饮宴、祭祀、娱乐演奏。因为他长于击筑，成了乐队的专职筑员。因为他双目失明，心无旁骛，击筑技艺日臻完善，达到炉火纯青无比精绝的程度，每次演奏，都得到秦始皇的称赞。再加上他收敛了锋芒，说话声音也低多了。偶尔秦始皇向他问话，他都谦恭地回答。只见他背着筑，被人牵着走向琴桌，摸索着放他的筑。昔日那闪闪发亮傲气逼人的目光，那岸然挺立昂首阔步的身影，再也看不见了。秦始皇见了顺眼多了，他尝到征服人的快乐。心想，这人也真贱。对屈服的人，他总是这样评价的。

其实，高渐离又何曾真的屈服？他的信念并没有熄灭，他只是在等待。首先他要等待揭开两个谜，一个是他的华阳是死是活，他还不清楚。从她的信看，可能已不在人世。即使如此，他也要找到她的坟，为她奏一支她爱听的曲。还有，他想知道嬴政到底把她嫁给了谁？

然而，不久后的一个机遇，使他很容易就解开了这两个谜。

大将王翦经历了一场灵魂折磨，戴一顶空空的驸马爷桂冠得一座空空的公主府第荣归故里了。他整日在咀嚼苦恼中生活，万万没想到在晚年会做出这等荒唐事。他带兵打仗几十年，杀人成千上万，都比不上这件事使他感到亏心。他要找一个机会向上天祈祷，向华阳公主悔罪，扎扎实实诚心诚意做一次功德，只有这样，才能减轻一些他精神的负荷。

他果然有了个机会。

这日，他正在频阳的洛水河边家中闷坐，门上报“圣旨到”。王翦最怕的是接圣旨，那套叩头作揖烦琐礼议讨厌不说，弄不好还有什么事情找到你。但有什么办法，人家是皇帝，现在又多了个老泰山的名分。泰山压顶，比什么都厉害，只得跪下恭听。

下旨太监拖着声念道，始皇二十七年，即辛巳年三月清明，是新国第一个祭祖扫墓的节日，凡皇室成员都要赶到咸阳祭祀宗祖……

王翦听了心里发毛，公主的边也没沾到，却招来这么多祖宗先人，还得跑老远去磕头，作揖，烧香，挂纸，真划不来……

传旨太监继续念道，华阳公主已迁坟至其母墓旁，王翦应尽夫君之情，为她立碑写传，培土安葬。

王翦听了，觉得这是一个绝好的机会，可以在公主坟前剖白自己的心迹，向她忏悔，求得她的谅解，也算了却一桩心愿。于是接下圣旨，感谢了传旨太监。当晚，便伏案写作，至天明，长长写下一篇祭文，准备去华阳公主坟前诵读烧化。

祭祀祖先哀悼亡人是皇室每年一次的重大活动，音乐自然是少不了的，而且要求很严，尽选那些技艺过硬的高手充当乐员。俗话说"智者千虑，必有一失"，当一份包括高渐离在内的参加祭礼乐队的名单呈送审查时，不仅在赵高那里，就是在秦始皇那里，也都顺顺当当地通过了。于是，清明节那几天，高渐离便在别人牵引下跟随秦始皇在他家族的坟茔间穿来走去，演奏着各种相同不相同的祭礼音乐。

华阳公主在皇室是小字辈，又是才死不久的新鬼，对她的祭礼自然排在最后。而秦始皇因为她生前太磨人，死又死得令他恼火，不想去见她，当轮到给她上坟时，便与几个后妃远走山野林间散步玩耍去了。于是，王翦便在她的新坟前毫无顾忌地大声朗读着祭文，高渐离则混在乐队中听了个仔细。

王翦虽是个武将，但他熟读经书，精通文墨，一篇悼念亡妻华阳公主的祭文写得哀哀切切情文并茂，听者无不动容。

祭文从他被迫接受伐楚大将军写起，如何妄提条件，乃至提出要娶华阳公主为妻，是为了激怒秦王，以便赖掉这次出征；在出征伐楚灭齐的过程中，又如何有了顿悟，写下《罪己书》向秦王请罪退婚；及至后来接旨命在军中与公主成亲，以及公主殉情惨死、秘不发丧等等，也一一写出。最后，王翦声泪俱下地忏悔自己的罪过：没想到一句赌气的话竟误丧了公主的性命，又害得高渐离受苦终身，请公主在天之灵宽宥，为自己无力救助高渐离而痛悔不止。末了，他用一首凄切哀婉的诗来结束祭文：

往事追悔千千桩，
唯有此件最难忘。
戏言一句激君怒，
未料成真多荒唐。

戏言一句为红颜，
香消玉殒已渺茫。
死者已去情未了，
生者犹痛断肝肠。

断肝肠兮由自取，

虽九死兮不能补。
为卿啼兮为卿哭，
竹简一扎兮卿细读。

王翦哽咽着声音读完祭文，然后，在那扎竹简上浇上三觞酒，用火点燃，直到它成为一缕青烟在华阳公主的坟头上飘散。

在一旁的高渐离句句听得真切，原来他与华阳公主之间的爱情背后，竟隐藏着这么多不为人知的情节。当他与乐队一起为华阳公主演奏完祭祀的乐曲后，独自留下，坐于公主墓前，击筑唱着她生前最喜爱的歌曲，那哀哀切切的筑声和那悲悲戚戚的歌声，使华阳公主的墓地变得更加悲凉暗淡起来。

王翦是从筑声和歌声中才认出高渐离的。那个丰满白净、岸然挺立的汉子，如今已面目全非，大概因长期坐着击筑，腰也变得弯塌了。王翦不觉长叹一声，他想过去向他说些什么，但终于没有鼓起那份勇气。

王翦和高渐离在华阳公主坟前的一切，很快就有人报告了秦始皇。秦始皇大为恼怒，似要对他们严厉惩处。但很快就收了怒容哈哈大笑起来，表示不予追究，就连最善于揣摩秦始皇心思的赵高也没猜透。

秦始皇的心思当然不便说，他只感到一种报复的快感——想当初他们二人都要以娶我的华阳公主为条件，结果呢，一个也没娶上，还留下终生的懊悔。让他们也尝尝想要挟我秦始皇帝，在我面前耍浑的苦果！有什么惩罚比这更厉害？再说，王翦现在虽然没有用了，但他的儿子可是掌握全国军权的太尉；至于已经瞎了眼的高渐离，他那美妙筑声百听不厌，朕实在还少不了他……想到这些，秦始皇升起来的气全都消下去了。

随秦始皇扫墓回来，高渐离胸中的怒火在聚集，在升腾，在燃烧。他把满腔怒火都集中在一个人身上，那人就是秦始皇嬴政。他恨不得过去撕他，咬他，举起手中的筑砸他……

他果然举起手中那张筑，可是，他发觉那几块木板拼装起来的筑没什么分量，那轻飘飘的筑能给嬴政造成什么伤害？他想起来了，当初在临淄初与师父韩娥相遇时，她因为与店主争抢这张筑，被筑的一角碰得鲜血长流，染红了大半个脸，那伤口有一寸长……但是，我不能只给他留下一条一寸长的伤口！

他抚摩着他那张心爱的筑，它的分量太轻，因为它是空心的，如果把那长长的音箱里装满了东西呢？他想到泥土，院子花圃里有的是。他每天都抠些来填进去，都快装满了，仍嫌不够分量。他又想起走廊上放的那几桶专为庆典用的铅砂,那东西可沉哩。于是他每次路过时都抓一把在衣袖里,没多久就有了许多。铅砂是颗粒状的,他和上泥土填进筑里。那筑的重量已经很重了。如果轮起来打在脑门上,定叫脑袋开花。

一切准备好了,就等那一天了。

这时的高渐离分外平静,平静得如去赴一场宴会。虽然他也觉得这一生太短暂了些,但只要真的爱过,恨过,实实在在活过,也就够了。渭水河边的那棵樗树有上千岁了,可除了占一片土地以外还有什么呢?何况,比起华阳公主更短暂的一生,自己更有一种偷生世间的羞愧。

一想到她,便有了份牵挂,那就是与她唱和的那些诗稿。他把那一大沓绸子卷好,找来油纸包了又包,然后塞进他住房墙角基石的缝里。他要留给后世的人去读那些美丽而悲哀的故事。

那一天果然来了。高渐离被带进宫中为皇上击筑。他抱上筑,被人牵引着走进大殿,一股酒香扑鼻而来,他知道是为皇上饮酒奏乐助兴。

今天是秦始皇的家宴,除了几个心爱的嫔妃,没有外人。

秦始皇见高渐离被带来了,便叫把他的琴桌安近些。这一向国事太忙,好久没有听到他的筑声了,他要慢慢欣赏。

饮宴在筑声中开始了,但那筑的一端因装入了铅泥,声音有些沉闷,秦始皇听出来了,偏过头来问道:“怎么今天的筑声有些粗哑?”

高渐离早就有准备,回道:“启奏皇帝陛下,这几天天气闷热,空气潮湿,弦音是要粗哑些;不过,倒适合演奏更深沉的曲调。”

“那好,你就拣深沉的奏来。”

高渐离心中默忆着当年送别荆轲的悲壮曲调演奏了起来。“风萧萧兮易水寒,壮士一去兮不复还。”他心中在唱着。

秦始皇一边喝酒,一边听着。一曲终了,他说:“这曲子倒是深沉,只是觉得有些紧张,换个松散些的奏来。”

高渐离调了调弦,立即奏了曲松散悠闲的。但他故意把音调得很低,秦始皇听起来有些吃力,就对待从们说:“把琴桌挪近点,我好仔细听。”

左右侍从太监立刻把高渐离的琴桌挪近了许多,高渐离已经能听到嬴政的鼻息声,感觉到他那宽大的衣袖扇起的阵阵凉风。

“高渐离,听着,今天朕累了,多拣些松散闲逸的曲子演奏。”秦始皇端着酒觞,偏过头说。

“是,陛下。”高渐离温顺地回答。

果然奏出的是更为恬逸舒缓有似催眠的曲调,听得秦始皇轻飘飘晕乎乎，闭着眼睛摇晃着脑袋，似乎要升入天界……

就在这时，高渐离猛地站起来，双手举筑，向秦始皇走近两步，将筑狠狠地砸去！

然而，却没有击中，只是顺着秦始皇的耳根砸在右肩上。高渐离迅速举筑再砸，可秦始皇已从音乐的陶醉中被砸醒，边躲边喊：“捉刺客！”高渐离再举起砸在御椅上，“哐”的一声，筑被折成两段。

赵高领着几个太监来抓高渐离，高渐离摸着与他们交手，居然还打翻两个在地。但他最终被众太监拥上抱住，用绳紧紧捆了。

高渐离自知行刺失败，泰然冷笑道：“嬴政暴君，你虽依杖权谋当上皇帝，然你残忍凶狠，阴险毒辣，背信弃义，心如虎狼。不要看你得意于一时，你终将要受到永世的唾骂。今我高渐离未能取你性命，将来总会有人收拾你，你的末日不会太远……哈哈哈。”

从心惊肉跳中回过神来的秦始皇听了气得浑身发抖，从腰间拔出长剑，指着高渐离骂道：“你这个忘恩负义的贼囚徒，朕念你有一技之长，几次饶你性命，让你闭目思过；而你竟敢行刺本皇。说什么将有人收拾我？哈哈，朕不管将来，先收拾你……”

秦始皇说罢，对准高渐离的颈项一剑挥去。但听“咔嚓”一声，红光一闪，高渐离的头就被砍了下来。那颗头颅落在地上，打了几个旋儿，旋到秦始皇脚边，一张口，竟咬住了他的鞋子。

高渐离人头的突然进攻，吓得秦始皇大惊失色，用剑去拨，拨不开；用脚踢，踢不脱。众嫔妃见了，吓得尖叫着四散逃走。还是赵高胆子大点儿，他躬下身去为秦始皇脱了靴子，然后扶着他坐上御椅——刚坐上去，又一阵怪响，原来坐着那截断筑了。秦始皇转身提起那半截筑，狠劲向高渐离的人头砸去。顿时，一阵“哐哐啷啷”的巨响从御椅边传来，响彻整个大殿，整个皇宫。余音袅袅，不绝于耳……

秦始皇赶快离开御椅，在赵高搀扶下，光着一只脚，一高一矮、惊惊慌慌地奔回后宫。

2013 年冬修订

华阳公主

后记

上世纪末开始,我连续写了《太平公主》等四部历史小说,十多年来,一版再版,这次出版,已是第四次了。欣喜之余,当然有许多感谢时代、感谢读者、感谢出版社的话要说。然而几番构思,总难达意,倒不如上次结集再版时写的那些更能表达我的心声,于是翻出来略加修饰,附在这里,权作《后记》吧。

写长篇小说是我一个青春梦,因受制于我处的时代,那只能是一个奢侈的梦,故而两手空空,一无所获。若干年后,时势变迁,旧梦得以接着做。然而遗憾的是,自己出道太晚,熟悉的题材和经历的故事,已有那么多大家写了,写得那么精美、深刻,我哪能写过他们?于是,把目光转向历史,然环顾左右,历代帝王已被人一写再写,名臣显将、文宗巨贾,乃至后妃太监等,也早有人涉笔,最后,只得把题材选定在相对较少有人涉及的公主身上。好在自己有在图书馆工作的经历,独享许多史料查阅的便利,一年多时间就写出以武则天之女和秦始皇之女为故事内容的《太平公主》和《华阳公主》两部,并得以出版。接着,又写了以武则天之子唐中宗女儿为主角的《安乐公主》、武则天七世孙唐宣宗之女为主角的《万寿公主》两部。

四部书面世后,引起影视界的注意,《太平公主》被改编为三十七集电视连续剧,易名《大明宫词》,在海外及全国各电视台播放;《万寿公主》已交易了改编权,拟冠名《唐宫谣》改编为三十集电视连续剧,筹拍中因故暂停。《安乐公主》,已有剧作家改编为大型话剧,易名《绚梦》正式发表;《华阳公主》也早有制片人联系改编事宜,因种种原因未果。但"皇帝的女儿何愁嫁"?历史剧是朵永不凋谢的花,别担心她们会成"剩女"。读者请耐心等待。

选择公主题材很容易被认为在追求趣味性、娱乐性和市场份额。是的,在文化商品属性被认可并大行其道的现实下,请原谅我的未能脱俗。然而,我却更注重作品的文化意蕴、历史价值和政治内涵。轻松写文化、谈笑品历史和评说帝王政治,是我写历史小说的艺术思想追求。这不是我有意忽略历史亮点,如秦始皇的一统中华、武则天的盛世繁荣等,那是应当大书特书的,但是他们的那些文治武功的代价过于昂贵,所以才有武则天死后留无字碑任后人评说的佳话。她的自知之明和自我审判,是她之前之后的任何一代帝王都难以做到的。

历史小说是小说,小说讲求文学性,虚构、编排、剪裁的分量很重,所以不能当成信史读。只要历史的主线索不混乱、重大历史事件和重要历史人物不错位,所反映的那段历史的时代精神不被歪曲,怎么虚构都无可厚非。

记得在《大明宫词》初播时，有人撰文批评其中太平公主与王维的交往有悖史实。太平公主比王维早出生四十年，死时五十二岁，时王维才十二岁。剧中二人间非同一般的交往纯系编导的胡编乱造。其实这不能怪编导，应该怪罪的是我，“板子”该打在我身上，因为我在《太平公主》小说中用了几乎一章的篇幅写太平公主与王维的交往。这当然是虚构，是为了增强唐诗文化色彩和分量，在一点野史影子启发下的虚构，是在不违背历史的本质真实和艺术创作原则前提下的虚构，是应该被允许和理解的。

《大明宫词》播出时关于史实的议论很多，还有一些小插曲至今回忆起来仍觉趣味无穷。

电视剧中有一场太平公主主持殿试点魏明伦为状元，家住成都的著名戏剧家魏明伦知道我写过一本关于状元的书，打来电话问我唐代是不是有个叫魏明伦的状元。我当即翻阅书中状元名单，告诉他说没有，不仅唐代没有，就是在历代所点的六百余名状元中，也没有一个叫魏明伦的。同时我向他说明，我的《太平公主》小说中只写了王维请太平公主向考官推荐他为状元，书中没有魏明伦其人，至于编导据何虚构，我不知情。那头魏明伦先生听了，传来一阵爽朗开心的大笑，而且感染着电话这头的我也哈哈大笑起来。

唐代离现在已经太远，许多历史细节早已淹没，通过合理的艺术虚构再现当时活生生的生活图景，是文学艺术家用以还原、丰富和表现历史的手段。可以说，没有艺术虚构便没有历史小说、历史戏剧和一切以历史为题材的文艺作品。

但虚构不能太离谱，对已有定评定论、于史有据的重大历史事件和历史人物的虚构，以采取慎重态度为好。如电视剧《大明宫词》中为了剧情的需要，甩开史料和原作，竟把唐睿宗李旦在中宗和少帝后还当了两年(711—712)皇帝的历史给虚构没了。这种对历史的随意切割取舍，为了戏剧性的震撼效果而不顾史实的做法，我认为是欠严肃的。

这种情况在我的另一部历史小说《万寿公主》改编为电视连续剧时又遇到一次。剧本写好后易名《唐宫谣》，在讨论中提出许多很好的修改意见，但在对史实与虚构的关系上却出现了分歧，如：要求把唐文宗、唐武宗、唐宣宗、牛僧儒、李德裕等历史人物，“甘露之变”、“武宗废佛”等历史事件作虚化处理；对根据剧情需要而合理虚构的宣宗未登位前的抚平藩镇活动则被认为“于史无据”而要求删去。其原因据说是为了剧本审查易于通过。影视制作是个高风险行业，这种做法的用心良苦诚可以理解，但其既有悖于历史真实又有违于艺术真实的代价实在太大。此剧尚停留在筹拍中,剧本还未最终定稿,其虚虚实实究竟如何定位,还未可知。

历史文学在处理史实与虚构的问题上一直存在着争论,核心话题是谁主导谁,有的说以史为主;有的说史实只是影子,虚构才是主体;有的说史实是筋骨虚构是血肉;还有用简单的量化法以五五、三七、二八来划分其比例的。在评论家们各持一端争论不休时,一种完全颠覆传统、戏说历史、打通古今、穿越时空的影视剧风行屏幕,引发热播的同时引发异议:担心对观众产生历史误导。其实,这种担心完全多余,因为坐在电视机前的观众是在看戏找乐子,体味那种张飞杀岳飞、关公战秦琼的快乐,想通过电视剧学历史的人究竟不多,那部播出的历史与现实相穿越沟通的历史神话剧《神话》很能说明问题。而真正有必要担心的,应该是那些以正剧面目出现的历史剧中对历史的混淆和误读,如对史实的错讹,如对秦始皇的夸大颂扬,如对康熙皇帝的过分美化等等,更应当引起关注。

这些年,因为爱好,我读了不少历史题材的文学作品,看了不少历史影视剧,还动笔写了几部历史小说,对历史题材文艺作品如何对待处理历史真实与艺术虚构,有些心得体会,借此冒昧发表些浅薄见解,以抛砖引玉。

目前,在网络阅读流行、纸质出版业运行艰难的情况下,蒙华夏出版社再版拙著"公主系列",特此深表谢意。

此外,对高卫红教授专为此次再版写评论《文学与历史的对接:从文本策略到主题构建》,孙建先生、郭平女士和孙迅女士对我写作所作的大量帮助,一并表示感谢。

孙自筠

2013 年初冬于内江师范学院

补记

每个公主都带着政治的胎记出生,华阳公主当然不会例外,不仅不例外,因为她的父亲是秦始皇,地位显赫特殊,因此,她身上的政治胎记也就格外鲜亮,格外耀眼。秦始皇胸怀大志,要灭六国统一天下,当中国亘古以来的始皇帝。为实现这个伟大志向,他把女儿华阳公主作为筹码,为他的政治抱负服务,反复使用,全不顾女儿的意愿和幸福。这是《古今图书集成》里留下的这段故事。

故事发生在秦始皇二十三年(公元前 224 年),大将李信攻打楚国大败而归。秦始皇只得请老将王翦出山。王翦托病不出。秦始皇礼贤下士,亲去频阳登门相请,把上将军印信送上,交六十万大军给他指挥。王翦推托不过,勉强接下。三天后,王翦去咸阳赴任。半道上,被秦始皇安排的华阳公主和百名美女迎住。这时,太监宣旨:“遇处成婚。”即相遇之处举行婚礼。于是,“列兵为城,中坚设锦幄,行合卺礼”。王翦被招为了驸马,替老丈人打天下,敢不卖命?后来,王翦领兵果然灭了楚国,为秦始皇一统天下立下赫赫战功。

按常理,丈夫为国立下战功,华阳公主应该高兴,但她却无法高兴得起来。先算算年龄。秦始皇生于公元前 259 年,王翦前 224 年伐楚。那年秦始皇三十五岁,他的女儿华阳公主大概十五岁左右。王翦生卒年龄不详,但他是秦国屡立战功的老将,这次受命灭楚还带上同为秦将的儿子王贲。王翦的年纪,当比秦始皇大,且不会小于两位数。如此算下来,王翦与华阳公主应接近爷与孙的年龄差距。如果没有什么铺垫,他们之间是很难有真正爱情可言的。再看看华阳公主的心思。她与高渐离早就有约在先,而且还得到秦始皇的认可。可是父亲欺骗了她。她满心欢喜地踏上去与高渐离完婚的婚车,结果洞房里等待她的却是一个她不认识的白胡子老翁。刚烈的她,除了以死相搏,别无选择。作为中华始皇帝的女儿,华阳公主无疑是高贵的,但高贵于她,除了选择高贵的死,还有什么呢?

当然,华阳公主的这段故事,很可能是古人对秦始皇拐弯抹角的讥讽。

皇权无亲情。在秦始皇眼里,皇位比什么都重要。有了它,就有无数嫔妃的后宫,要多少公主没有?一个华阳算什么。其实,类似伎俩武则天也玩过,为了当皇后,她亲手掐死自己的女儿以嫁祸王皇后,其性质比秦始皇更恶劣。但是她晚年能对自己一分为二,认罪认错态度较好,故史家把她与秦始皇比较后,还是高看她一眼。

在我写的几个公主里,没有一个是喜剧结局的,多为悲剧。这绝不是我太残忍,实在是历史太残酷。历史上也有过那种活得光鲜死得荣耀的公主,比如那些和亲的,看似喜剧,但喜庆热烈的背后,却是终其一生的悲凉。还有那出家遁入空门的,本意在割断皇脉远离是非,却因那点血统的牵连,衍化出更多的生死悲情。看来,倒不如出生于平常百姓家的女孩,身上虽没有那点高贵得令人企羡向往、也令人心惊肉跳的标识,都一样长大,日子过得无忧无虑,该欢乐时不缺欢乐,该浪漫时照样浪漫,老来回头看看,一样不缺。

2014.8.3

附

文学与历史的对接:从文本策略到主题建构
——评孙自筠的历史小说

高卫红

作为一个小说家,孙自筠虽说没有大红大紫,但他是一个特立独行的实力作家。从《太平公主》到《陈子昂》,没有人怀疑他对历史小说的理解,也为他精致入微的文学语言所构建的情节、历史人物所打动,上世纪末由他的小说《太平公主》改编的电视剧《大明宫词》引发了一拨接一拨对历史小说和历史剧的热议,而他总是不温不火,不疾不徐走着自己的路。此时由华夏出版社出版的公主系列小说《太平公主》、《万寿公主》、《安乐公主》、《华阳公主》的再次面市,必将再次激发读者的阅读热情,引发学者对历史小说文本的探讨兴致。成功的历史小说家,在尊重历史真实前提下,巧妙地把历史内容作为艺术骨架,将历史的真实转化为文学的真实,把自己对人类的广阔的责任和伟大的担当同理性与深邃的思索完美地熔炼在一起。孙自筠的公主系列小说成功地做了这点,作品以细致委婉的讲述方式,在游龙走丝中透析人物与历史那些分岔的关节,展开小说独具韵味的叙述。写历史小说被认为是回避现实矛盾而又可以展示文本和个人独特感觉的有效空间,无论是二月河的帝王系列还是高阳的商人系列,当年受此启示,孙自筠教授把题材选定在相对较少人涉及的公主身上,他说:“公主是中国历史上最特殊的女孩,一出生就被羡慕被追逐,她们的命运与帝国的命运紧紧地连在一起,她们是帝国的明星,也是帝国的利器,然而她们的命运并非她们所愿,或为权亡,或为情殇,或为利灭……成为史书上一个个带血的字符,创作她们,写出她们的形,她们的神,她们的灵魂,这便是我最原始的动力。”从 1996 到 2002 年,六年间,孙自筠创作了太平公主、华阳公主、安乐公主、万寿公主四个美丽非凡命运非凡的公主,写出了少女与帝国的情缘,孙自筠因此被媒体称为“公主文学之父”,有人戏称他为“公主教父”。这四个公主组成了中国历史上一道道奇异的景观,在古老而幽远的皇宫里演绎着她们长歌当哭的动人故事，呈现出一个庞大的古老帝国曾有过的辉煌与阴暗，散发着古典主义的情怀，在其纯净的外表下，掩藏着相当丰富的关于公主命运历史的种种探究。虽然它们是一部部历史小说，但是具有深厚的文学底蕴，体现出它们的高尚文学品质。这是文学与历史相遇，文字与心灵相交，心灵与诗意相合。

一、诗意的文本策略

从秦宫到唐宫，在巍峨壮美的宫殿里，公主的命运似流动的风景，她们目睹了荣华富贵后的血雨腥风，见证了强盛帝国背后的时代沧桑，而她们自身在享受帝国给她们的荣耀与庇护的同时也承受着不可预知的风险与危机，一个个关于欲望、关于爱情、关于成长的故事可触可感。“华阳公主”——秦始皇的美艳绝伦、心地纯洁的女儿，在经历了与高渐离至情至真的爱情之后，最终难逃作帝国工具的命运，被作为政治筹码嫁给老将王翦，最后自刎婚房……与华阳公主的惊心动魄的爱情故事相比，“太平公主”讲述的是关于女人欲望的故事。作为女皇武则天的女儿，太平公主身上更多地继承了母亲的野心和权术，从小耳闻目睹了母亲的霸气与铁腕，长大后权欲膨胀，野心勃勃地觊觎着那高高在上的皇位，梦想着像她母亲一样登上御座，君临天下，然而当她在接近权力巅峰时被重重地跌入深渊，成为帝国政治斗争的殉葬品……“安乐公主”则是大唐公主中典型而极端的公主。她是中宗皇帝和韦娘皇后被放逐途中生下的女儿，长在山野，直到十四岁才回到皇宫过上真正公主的生活。随着父亲复位为皇帝后，她以姑姑太平公主为标准，在欲望上一次次超越太平公主，在权术上也一步步向太平公主看齐，最终她的疯狂演绎成一场惨烈惊骇的弑父悲剧，为大唐帝国的历史写下触目惊心的一页，展示了另外一种绝望。当花容月貌的单纯女孩遭遇帝国皇族膨胀的欲望时，她似乎没有选择就深陷其中，任由内心的野性爆炸，直到失去爱情、亲情、友情和人性，在二十五岁的花季年龄沦为帝国宫廷政变的牺牲品。与太平公主和安乐公主强烈的权欲相反，同为大唐公主的万寿公主却是一个纯情至真的少女。这位美丽聪慧的女孩从一出生就帮父亲躲过杀身之祸，儿童时又利用宫中矛盾儿戏般地帮堂哥登上了皇位，进而间接帮父亲得到皇位，她成为父皇最爱的孩子。她的美貌、智慧、才干让她从容地应对在权力旋涡中，然而她对真情的渴求远远甚于权欲。作为公主，作为一名少女，她希望得到的是美好纯粹的爱情，希望有终身相守的恋人，当她千方百计寻到自己的如意郎君时，谁知对方早就心有所属……依然是少女的悲情,依然是女人的疼痛,依然是女人的命运。在鲜活生动的叙述语言中,一个个在人性与欲望中被撕裂的灵魂,赫然在目,令人唏嘘慨叹之际更显作者的深厚凝重的文化底蕴,凸显出小说的思想与艺术价值。

从华阳公主、太平公主、安乐公主到万寿公主,作者利用少许史料对四位公主的成长历程,特别是心态、个性进行细腻地刻画与大胆的定位,写少女与帝国的情缘,写一部部历史的裂变与一段段情缘的诀别,诡异而凄美,悠长如歌,呈现出个人与时代的接轨与错位,揭示时代与个人的以及个人与历史互相改写的复杂境遇,既是对个人命运的审视,更是理解那个时代的重要参照。更重要的是,这一文本策略所选的角度正是国与家、君与臣、男人与女人、皇宫与民间的交汇与冲突之处,透过它能深入而全面地展示人性深渊中苦苦挣扎的各色灵魂,再现历史人物和历史事件的真实风貌。可以说这是作者对当前历史小说创作态势清醒而理性的把握后,做出的回应。

二、独特的对接视角

孙自筠教授退休前是内江师范学院文学与新闻传播学院讲授文学课的老师,同时还当过师院图书馆馆长。他热爱历史,在历史小说的创作中,他把这两者爱好完美地结合起来。为了创作公主系列小说,他用了六年功夫,阅读了大量馆藏资料,从收集资料到写作到修改,其中的甘苦不言自明。“历史小说是小说,小说讲求文学性。只要历史的主线索不混乱,重大历史事件和重要历史人物不错位,所反映的那段历史的时代精神不被歪曲,怎么虚构都无可厚非。”(1)他这样定位自己历史小说创作。从历史那里借来材料,他展开丰富想象探究从秦朝华阳公主到大唐太平公主们的命运轨迹。用公主的眼睛掀开层层包裹在宫廷内外的神秘面纱,在公主的成长史中层层揭开帝国内外的重重帷幕,从日常生活语境的生活层面去还原和挖掘大的历史语境的现状,去揣摩当时治政者的驭人术和那个时代的思想文化理念,给读者丰厚的历史气息中绝不止于真实的表述或记录,更多的是不乏思想深度的冲击与震撼,让人在不经意间就获得了生命中最简单而又最不可缺失的智慧。比如《华阳公主》中高渐离,秦国第一乐师,曾冒着生命救过嬴政母子,在华阳眼里,他技艺绝伦、淡泊名利,是位情感专一、忠厚老实的恋人,但他与秦王嬴政的较量从来没有停止过,哪怕被弄瞎双眼仍果断地实施刺杀秦王的壮举,从朋友到仇人,从君臣到敌人,作者没有过多描写高渐离与秦王正面的交锋与冲突，仅透过他与华阳的交往故事，便清楚地勾勒出各自的内心轨迹，展现从朋友到仇敌这一转变过程中生活语境与政治权术，让人自然而然得出暴君失民的道理。而在《安乐公主》中，一开篇就出场担任遣送安乐公主全家重任的索元礼，本是一个大字不识的街头混混，因出卖和告发恩人，捞到官位，一路高升，由将军到大将军到刑部大臣，其个人的发家史充满荒唐感与戏剧性，折射出当时纷繁复杂的历史现状，而他最后的结局也在意想之外情理之中。小说以历史人物或历史时代的事件为主线来开展故事，有真实的历史背景和时代特征。它们是跌宕起伏的小说，更是源远流长的历史。

上世纪九十年代，是中国社会的转型时期，也是文学全面进入市场化时期，如何在尊重历史真实前提下，巧妙地把历史内容作为艺术骨架，将历史的真实转化为文学的真实，既能够建构历史事实、历史事件、历史大冲突，又能够准确地刻画人物，紧紧把握住人物的心理、行为、语言以及文化，在好看之余突出文学性？孙自筠尝试着摸索与实践在大众文化与精英文化交融背景下的历史小说写作，把纯文学的叙述方法融化进了历史题材，强调叙述视点，强调叙述时间的变化和对比，强调人物性格和心理描写，强调历史事件的宏观驾驭，强调语感和工整的句式，强调诗性氛围的营造，强调对人性悲剧的直观呈现……所有这些，开拓了历史小说表现形式，使公主系列小说达到相当高的艺术水准，为求证历史与小说的整合空间敞开了一条新路径。如果说优秀的小说是人生思维的向度与表达这种思维的能度终极共享的话，那么，无法否认孙自筠的小说在一定程度上抵近了这一目标。不难看出，他的作品闪烁着智慧的光芒。

三、深邃的哲理主题

苏格兰作家华特·司各脱曾言："小说家必须忠实地研究人类的本性，以此作为他写作的基础。"(2)孙自筠则直言自己的小说："追问的是人的心理、人的感情和人的生存态度，关注的是人、人性的终极意义。"(3)在实实在在地钻研历史中，他怀着公正、睿智、同情和包容之心对人类的天性进行透彻的探究，在创作中，强调作品的历史价值政治内涵同时突出其文化意蕴。这些在他的叙述中不是对人物历程进行单一追溯与塑造，而是在一个深度的背景上去呈现这些东西，这种深度性并不是简单的现代主义的深度性，而是一种无形的深度，里面有深刻复杂的东西。

比如《安乐公主》中永宁公主，她是安乐公主的妹妹，虽然同样出生成长在落魄的乡间，回到宫廷后，她始终不为浮华所动，保持着乡间生活的清纯与质朴，最后回归乡野，与喜欢的人一起过上男耕女织的田园生活。她的淡定超然与安乐公主的任性放纵形成强烈反差，最终以她古典家园的温馨来终结了宫殿的血腥。小说以这样明晰的方式展现其复杂性，构成了作品的一种深度。像永宁这样的公主在中国历史的公主群中是被边缘的、被陌生化的、被反复改写的、被颠覆存在的，她只是历史的虚影与碎片，是作者的想象与片断，她是被创作被虚构的，然而正是这样的人物在乡野营造一片永恒的古典家园，弥补皇室里情感枯寂与贪欲无度带来的绝望，形成对安乐公主人生悲剧意义的探索特有的时间框架，让瞬间化为永恒，展现命运的诡异与神秘。应该说整部作品中，总是有一种对命运不可知的东西，在适当的地点适当的时机出现，或许是当政者的随心所欲，或许是命运天然的巧合，或许是当事者的一次偶然，然而人物的命运，历史的轨迹因此而发生冲突和逆转，少女与帝国的关系变得神秘。安乐公主从一出生不知道要发生一个什么变化，而这种变化的意义和结果都不清晰，在她认为一切被人摆布时，她突然掌握了自己的命运，而当她认为能按自己的心愿摆布一切时，命运又突然改变了方向，无论是爱与被爱，无论是生还死，她始终找不到真正的自己，因而更无法主宰自己。小说始终保持着一种苍凉感，有一种窥视历史，寻找精神通道的努力。《太平公主》更是如此。太平公主是含着金钥匙出生的女孩，从小就要雨得雨，要风得风，登上权力之巅峰似乎是顺理成章的事，然而当她一步步按着命运的指点走近目标时才发现自己只不过血腥帝国争斗中一个棋子，自己所面对的一切竟是如此的虚幻而多变，司空见惯了别人的悲剧就那么不可思议地发生自己身上。还有那个小太监二桂，从一出场就被一支看不见的命运之手攥着，即使借助世外高僧的力量，也难以摆脱被掌控的命运。《万寿公主》中万寿公主按理应该摆脱命运的作弄，她的坦荡、聪慧和超然使她充满了理性，当她听凭生命的召唤去寻觅那个看上去憨厚质朴平凡的李山哥哥时，她接受了沿途遇到所有的考验——孤独、误解、爱情、欲望等，而真的抵达了梦中向往的地方时，她却发现：李山却是一个虚妄之梦，万念俱灰中，她选择了出家……

文本实际上不是在讲述故事，而是在故事的叙述中窥探人物的内心轨迹，感受重建生命的意境，并追问生命的意义：到底什么在主宰命运？生命究竟赖何为生？人性到底是什么？这是作者在公主系列小说中始终挥之不去的主题。其实探讨人性的本质，探究生命中的不可知论始终是文学该追溯的东西，因为文学本身应当具有对历史的宏大思维，以提出置疑的方式来言说一种生命哲学的沉重与深邃,是文学创作的终极目标之一。

在全球化迅猛扩张的今天,不少人对自我身份认识模糊,对生命意义追求迷茫,希望用“他者之镜”而使“自我”的面相更加清晰,希望从远离的历史中重温历史,找到生活的坚实性,因为理解历史,就是理解自己。历史变成了人们消费的必需品,而历史也在消费中被放大或者消解,引来种种争议。历史小说以其历史性与文学性而满足人们对历史的想象。虽说历史与小说是两个完全不同的领域,前者重事实与考据,后者依靠想象与文采。然而小说植根于人性的真实,而历史同样由人创造,是人对民族身份和自我命运关怀的记录。正是在这一点上二者取得一致,于是有了历史小说。

阅读历史小说,对大多数读者来说是提供了过去与现在、他人与自己的一种联系,使得人们可以借助于历史的逻辑,来产生民族身份和自我命运的观念,并进而领会民族与自身的存在状况和发展可能。其实已逝的故事就是现在的故事,别人的故事就是自己的故事。意大利历史学家克罗齐曾经感叹“一切历史都是当代史”。它表明人们都是以当代史的眼光来认知和重构历史,即以“当代”的视角,站在“当代”去看待历史,历史的真正价值是当代人对历史的重新认识和评价。

文学如何去把握它呢?孙自筠的公主系列历史小说以文学与历史的对接找到自己的方式,这些作品涉及重新认识公主与帝国关系的主题,呈现出历史小说过去少有涉及的少女与帝国的情缘,以及由此产生的时代与个人的以及个人与历史互相改写的复杂境遇,这也正是孙自筠的历史小说所蕴含的价值所在。这种从“当代史”的角度凸现历史小说意义的写法,有意违背了传统的写作,使作品有可贵的创新性,获得一种独立奇俊的品格,同时使作家获得一种现代个性和智慧。

【参考文献】

[1][3] 孙自筠. 太平公主[M]. 北京:中国三峡出版社,2009:270 .

[2] 石幼珊译 - 张隆溪校. 名人演说一百篇[C] 北京:三联书店,1987:209

图书在版编目（CIP）数据

华阳公主 / 孙自筠著. —北京：华夏出版社，2014. 9
ISBN 978-7-5080-8193-9

Ⅰ. ①华… Ⅱ. ①孙… Ⅲ. ①长篇历史小说－中国－当代 Ⅳ. ①I247.5

中国版本图书馆 CIP 数据核字（2014）第 191107 号

华阳公主

作　　者 孙自筠
责任编辑 高　苏

出版发行 华夏出版社
经　　销 新华书店
印　　刷 三河市兴达印务有限公司
装　　订 三河市兴达印务有限公司
版　　次 2014 年 9 月北京第 1 版
2015 年 1 月北京第 1 次印刷
开　　本 670×970　1/16 开
印　　张 17.75
字　　数 296 千字
定　　价 32.00 元

华夏出版社 地址：北京市东直门外香河园北里 4 号　邮编：100028
网址：www.hxph.com.cn　电话：（010）64663331（转）

若发现本版图书有印装质量问题，请与我社营销中心联系调换。